HERZKLOPFEN AUF VENEZIANISCH

HERZKLOPFEN AUF VENEZIANISCH

Kiki Pillukat

Impressum

1. Auflage Dezember 2021
Kiki Pillukat
Trausnitzstraße 11, 81671 München
www.herzklopfenaufvenezianisch.de
www.facebook.com/HerzklopfenaufVenezianisch
kiki@kikipillukat.de
Umschlaggestaltung: Kiki Pillukat,
unter Verwendung eines Fotos von Kiki Pillukat
ISBN: 9798779914826

Für Michel

Inhalt

Kapitel 1 – Aus und vorbei

Es herrschte ein geschäftiges Treiben an diesem Donnerstagvormittag vor dem Gerichtsgebäude in London. Auf dem Strand, einer mehrspurigen Straße, fuhren Doppeldeckerbusse und Taxis beinahe in Kolonne. Die Fußwege hingegen wurden von zweierlei Arten von Menschen bevölkert; da waren zum einen die, die eilig hetzend den nächsten Bus erwischen wollten, weil sie auf ihrem Weg zur Arbeit oder dem nächsten Termin schon viel zu spät dran waren. Zum anderen jene, die die Zeit und Muße hatten, sich die Schaufenster der Geschäfte anzuschauen, Tee bei Twinings einzukaufen oder für eine Tasse Kaffee einen Stopp in einem Straßencafé einzulegen, zu dem das angenehm warme Wetter geradezu einlud - nicht selbstverständlich für Ende Mai.

Eigentlich ein perfekter Tag, dachte Ben, der gerade aus dem Taxi vor dem Gerichtsgebäude gestiegen war, die Schultern straffte, sein dunkelgraues Jackett zuknöpfte und tief durchatmete. Perfekt, wenn ihm da nicht dieser Termin bevorstehen würde, der ihm schon tagelang schwer im Magen lag: Die Scheidung von seiner Noch-Ehefrau Catherine. Während er auf das Eintreffen seines Anwalts wartete, dachte er darüber nach, wie es eigentlich so weit hatte kommen können. Sie hatten sich damals während des Jura-Studiums kennengelernt und ineinander verliebt. Es folgte die Hochzeit und Bens Einstieg in die Kanzlei seines Schwiegervaters. Die Ehe war kinderlos geblieben, da sich beide auf die Karriere konzentriert hatten und sich keiner von beiden vorstellen konnte, die Robe gegen eine Schürze zu tauschen. Zudem war es einfach nie ein konkretes Thema gewesen. Und irgendwann war es dann passiert und ihre Ehe plätscherte nur noch so dahin: Der Alltag in der Kanzlei,

Wochenenden bei den Eltern auf dem Land und Urlaubsreisen an die angesagten Hotspots – man musste unbedingt in den Kreisen, in denen sie sich bewegten, mitreden können. Über die Jahre gingen so in dem Trott die Gefühle verloren und mit der Zeit war es nicht mehr die Liebe zueinander, die sie verband, sondern ein regelrechter Wettstreit, wer die lukrativsten Mandanten für sich gewinnen konnte oder wer die besseren Ergebnisse vor Gericht errang. Irgendwann kam der Punkt, an dem sie sich eingestehen mussten, dass sie nicht einmal mehr die spärliche Freizeit miteinander verbringen wollten und sie beschlossen daher, ihrer rund zwanzigjährigen Ehe ein Ende zu setzen und die Scheidung einzureichen.
Erst waren sie sich noch einig darüber gewesen, sich einvernehmlich zu trennen, schließlich hatte man sich mal geliebt, aber dann folgte auch hier ein Wettbewerb und der Ton zwischen beiden wurde rauer und aggressiver. Catherine forderte, dass er umgehend aus der Kanzlei ausscheiden solle, allerdings wollte Ben ihr nicht komplett kampflos das Feld überlassen. Er hatte nicht mehr als zwei Jahrzehnte lang zum Erfolg und zum Ausbau des Familienunternehmens beigetragen, um sich jetzt einfach so ausbooten zu lassen. Er musste irgendwann allerdings einsehen, dass es tatsächlich besser wäre, endlich einen Schlussstrich zu ziehen und neu anzufangen. Fortan vermied er es, im Büro anwesend zu sein – besonders wenn Catherine ebenfalls dort war - und arbeitete überwiegend vom Homeoffice aus. Über seine vielen geschäftlichen Kontakte und dank seines guten Rufs war es ihm dann auch nicht allzu schwergefallen, nach kurzer Zeit eine Anstellung in einer anderen Kanzlei zu finden, die er auch bereits demnächst antreten würde.

Jetzt stand er also vor dem Gerichtsgebäude, prüfte noch mal sein Telefon auf neue Nachrichten, stellte es auf lautlos und steckte es zurück in seine Jackentasche. Als er aufsah, erblickte er seinen Kollegen Andrew, der ihn in dieser Angelegenheit vor Gericht vertrat und nun auf ihn zueilte.

Der Anwalt streckte ihm die Hand entgegen. „Alles klar bei dir?“ Ben war allerdings nicht sonderlich gesprächig und nickte nur kurz, woraufhin Andrew ihm auf den Rücken klopfte. „Nur noch dieser eine Termin und dann hast du es geschafft.“ Zusammen machten sich beide auf den Weg und verschwanden in dem großen Gebäude.

Zwei Stunden später war alles vorbei und Ben befand sich wieder auf der Straße vor dem Gebäudekomplex des Gerichts. Er fuhr sich mit beiden Händen durch seine blonden Haare, öffnete dann sein Jackett, lockerte die Krawatte und löste die oberen Knöpfe seines Hemds. Alles hatte sich eng angefühlt und er brauchte jetzt Luft, Luft, um frei durchzuatmen. Andrew hatte noch letzte Einzelheiten geklärt und folgte ihm. „Deine persönlichen Dinge aus dem Büro wird Alice vom Empfang zusammenpacken und dir per Post zusenden und …“, weiter kam er nicht, denn Catherine war ebenfalls mit ihrem Anwalt vor das Gebäude getreten. Kaum hatte sie Ben erblickt, warf sie sich in Positur, ging ein paar Schritte auf ihn zu und begann mit schriller Stimme zu zetern. Kann sie denn nicht wenigstens jetzt endlich Ruhe geben, schoss es ihm durch den Kopf und er ballte die Fäuste in seiner Hosentasche, während er sich genervt zu ihr umdrehte und sich instinktiv fragte, wie er diese Frau mal geliebt haben konnte, diese Frau, die es doch gar nicht notwendig hatte, immer noch nachzutreten. Im Gegenteil: Sie waren endlich geschieden, konnten tun und lassen, was sie wollten und Catherine für ihren Teil konnte sich definitiv nicht über die ausgehandelten Vereinbarungen beschweren. Trotzdem stand sie dort, wirkte zwar elegant und mondän in ihrem maßgeschneiderten, cremefarbenen Kostüm und den dunkelbraunen High Heels, aber plärrte wie ein Waschweib, das einfach kein Ende finden konnte. Wie sehr hatten sich seine Gefühle für sie doch geändert und an die Stelle der tiefen Zuneigung und Achtung waren Abscheu und Verständnislosigkeit getreten.

Ben machte gerade Anstalten, etwas zu entgegnen, als Andrew ihn am Arm festhielt und zur Seite zog. „Lass gut sein. Es ist vorbei und ihr geht jetzt endlich getrennte Wege." „Du hast recht.", Ben senkte den Kopf. Sie drehten Catherine und Gefolge den Rücken zu und entfernten sich. Nach einigen Schritten fragte Ben: „Kommst du noch mit auf ein Pint in den Pub?" Andrew schüttelte bedauernd den Kopf. „Sonst immer gerne, Ben, das weißt du. Aber ich habe heute Nachmittag den nächsten Gerichtstermin und sollte mich besser noch darauf vorbereiten. Ich melde mich bei dir. Wir holen das auf jeden Fall nach, versprochen."
Nachdem sich beide voneinander verabschiedet hatten, schlenderte Ben langsam die Straße Richtung Pub entlang. Erst jetzt wurde ihm bewusst, dass ein langes Kapitel in seinem Leben nun endgültig abgeschlossen war. Es war an der Zeit, nach vorne zu schauen und sich nicht mehr mit der Vergangenheit zu belasten. „Nicht wirklich das, was ich mir immer ausgemalt hatte … mit fünfzig noch mal neu zu beginnen", hing Ben seinen Gedanken nach. „Aber was soll's", murmelte er leise vor sich hin. Herausforderungen waren schließlich dafür da, gemeistert zu werden. Dann stand er auch schon vor der Eingangstür des Pubs, der seit Jahren sein Stammlokal war. In großen kupferfarbenen Lettern stand THE KNIGHTS TEMPLAR an der Front des Gebäudes, das bereits von außen einen imposanten Eindruck machte. Beim Betreten beeindruckte der Raum mit seinen hohen Decken und der aufwendigen Gestaltung: schwarzgestrichene, eiserne Säulen trugen die reich verzierte Decke, zahlreiche kleine Holztische standen in Reih und Glied, auf einigen von ihnen lagen weiße Tischdecken und sie waren stilvoll eingedeckt. Besonders aber fiel die geschwungene hölzerne Theke vor der verspiegelten Rückwand und der Figur eines Ritters in glänzender Rüstung ins Auge. Das ganze Ambiente machte einen herrschaftlichen und zugleich heimeligen Eindruck. Heimelige Gefühle kamen allein deswegen schon bei Ben auf, weil er bereits unzählige Stunden an diesem Ort

verbracht hatte. Durch die Nähe des Pubs zum Gerichtsgebäude, aß er hier des Öfteren mit Kollegen zu Mittag oder traf sich hin und wieder auch mit Mandanten dort. Und nach Feierabend gehörte gelegentlich auch ein Bier zusammen mit seinem alten Freund Sam zu den lieb gewonnenen Ritualen seines Alltags.

Der Gastraum war angenehm temperiert und das gleichmäßige Geräusch, das durch Gläser, Besteck und Geschirr zusammen mit den Gesprächsfetzen erzeugt wurde, hatte etwas durchaus Einladendes. Als Ben eingetreten war, ließ er zuerst seine Blicke über die anwesenden Gäste schweifen. War vielleicht ein Kollege unter ihnen, zu dem er sich gesellen konnte? Doch er konnte kein bekanntes Gesicht ausmachen und so ging er direkt an die Bar, grüßte den Barmann mit Handschlag und bestellte sich ein Pint. Nachdem er dieses entgegen genommen und gezahlt hatte, schaute er sich erneut im Lokal um und entschied sich für einen Platz an einem der höheren Tische bei den schlanken schwarzen Säulen. Er zog sein Jackett aus, legte es über die Lehne des Stuhls neben ihm und nahm einen langen Schluck vom kühlen Lager. Eine Weile stand er, die Ellenbogen auf den Tisch gestützt, mit dem Kinn auf den verschränkten Händen ruhend, gedankenversunken da. So begann also sein neues Leben als Single. Das Gefühl, ungebunden zu sein, fühlte sich merkwürdig an. Einerseits war er durch die emotionalen Strapazen der letzten Monate erschöpft, andererseits freute er sich, dass er jetzt privat und beruflich frei war.
Doch plötzlich wurde er aus seinen Gedanken gerissen. Ben hatte gar nicht mitbekommen, wie sein Freund Sam den Pub betreten hatte und auf ihn zusteuerte. Er nahm ihn erst wahr, als dieser direkt vor ihm stand: „Hi Pal, alles gut gelaufen? Ich dachte mir, ich schaue mal nach, ob du heute hier deinen Mittag verbringst." Sam legte seine Hand zur Begrüßung auf Bens Schulter. Die beiden Männer umarmten sich und klopften sich gegenseitig auf den Rücken. Ben

nickte und seufzte dann kurz. „Keine Ahnung, aber ich habe jetzt alles hinter mir und wollte erst einmal nichts weiter als ein kühles Bier. Catherine hat sich noch mal von ihrer besten Seite gezeigt." Er verdrehte dabei seine Augen und lächelte etwas müde. „Das kann ich mir lebhaft vorstellen. Aber das ist jetzt aus und vorbei", entgegnete Sam und machte sich dann auf den Weg zur Theke, um sich ebenfalls ein Bier zu bestellen. Nach ein paar Schritten drehte er sich noch mal um und fragte: „Isst du auch etwas?" Ben nickte und Sam bestellte zwei Burger an der Bar.

Ben war dankbar, dass Sam vorbeischaute. Sein Freund arbeitete im Bankenviertel von London und die beiden kannten sich schon seit Studienzeiten. Zwar hatten sie sich für eine Weile aus den Augen verloren, aber gerade in den letzten Jahren hatten sie, nachdem sie sich bei einem Jahrgangstreffen wiedergetroffen hatten, ihre Freundschaft aufleben lassen. Sam war zudem zu einer wichtigen emotionalen Stütze in der Trennungszeit geworden und hatte nicht nur einmal mit seinem Gästezimmer ausgeholfen, wenn der Streit zwischen Ben und Catherine mal wieder eskaliert war.

Sam kehrte mit seinem Bier an den Tisch zurück. „Was hast du jetzt vor? Irgendwelche Pläne?" Ben schaute von seinem Glas auf, in das er hinein gestarrt hatte. „Nicht wirklich. Bis zum Start in der neuen Kanzlei sind es noch ungefähr eineinhalb Wochen. Momentan habe ich mir da noch gar keine Gedanken gemacht, was ich mit den freien Tagen anstelle." „Wäre es da jetzt nicht die beste Gelegenheit, eine kleine Auszeit zu nehmen und mal komplett abzuschalten? War schließlich ziemlich viel in letzter Zeit für dich. Und wenn du erst deinen neuen Job angetreten hast, wird es auch nicht so schnell was mit Urlaub." Er legte seine Hand auf Bens Oberarm und fuhr fort: „Nimm' es mir bitte nicht übel, aber du siehst momentan ziemlich erschöpft und fertig aus, um es höflich auszudrücken." Ben atmete tief durch, während er wieder auf sein Bierglas starrte. „Vermutlich hast du recht. Ein Tapetenwechsel könnte mir sicherlich nicht

schaden.“ Und mit einem Grinsen fügte er hinzu: „Und ein langes Wochenende bei meinen Eltern auf dem Land mit gut gemeinten Ratschlägen ist dagegen keine wirkliche Alternative.“ Sam lachte. „Stimmt. Bei allem Respekt vor deinen Eltern, die ich wirklich schätze, aber das wäre sicherlich nicht der idealste Weg, den Kopf freizubekommen. Und eine unverheiratete Nachbarin hätten sie bestimmt auch noch in petto.“ Beide mussten bei dem Gedanken lachen. Wie gut das mal wieder tat.
Die Burger wurden an den Tisch gebracht und sie genossen ihr Mittagessen, unterhielten sich noch eine Weile und brachen dann auf, da Sam zurück in die Bank zu einem Termin muss.
Ben hatte beschlossen, seinen Freund noch ein Stück zu Fuß Richtung U-Bahn-Station zu begleiten, um sich von dort aus ein Taxi für die Heimfahrt nach Notting Hill zu nehmen. Dabei fiel sein Blick auf einen vorbeifahrenden Bus, auf dem großflächig eine aufwendige und farbenprächtige Werbung für Reisen in Europa angebracht war. Bilder vom Eiffelturm in Paris, der Sagrada Família in Barcelona, dem Colosseum in Rom, dem Brandenburger Tor in Berlin und der Rialtobrücke in Venedig zierten die Seite des Doppeldeckers. Ben schaute wie gebannt auf die Motive, die dort an ihm vorbeiglitten und stieß Sam mit dem Ellenbogen in die Rippen. „Venedig! … ich glaube, das ist der richtige Ort, um auf andere Gedanken zu kommen. Einen größeren Unterschied kann es doch wohl kaum zu London geben, oder?“ Sam sah ihn zuerst erstaunt an, nickte dann aber und antwortete lächelnd: „Perfekt. Sehr guter Plan, Pal! Wenn du dort nicht runterkommst, weiß ich es auch nicht. Okay, ich war zwar noch nie dort und ich wüsste jetzt spontan auch nicht sonderlich viel über die Stadt, aber eins ist sicher: Eine Stadt im Wasser kann nicht so hektisch sein, wie das hier“, er zeigte auf den vorbeifahrenden Verkehr und wie zur Bestätigung fingen in diesem Moment einige Autos lautstark an zu hupen.

Die beiden verabschiedeten sich an der nächsten Straßenecke. Sam eilte los, um seine U-Bahn zu erwischen und Ben hob den Arm, um ein Taxi anzuhalten, das ihn nach Hause fuhr.
Beim Gedanken an die unmittelbar bevorstehende Reiseplanung huschte ihm ein Lächeln über das Gesicht. Wann bin ich eigentlich das letzte Mal allein verreist? Wann habe ich zum letzten Mal eine Entdeckungstour durch eine unbekannte Stadt gemacht? Ben fühlte die Vorfreude in sich aufsteigen und dazu eine ganz neue Motivation. In der Vergangenheit hatte das Sekretariat der Kanzlei größtenteils die Buchungen der Urlaubsreisen, die Catherine vorher minutiös geplant hatte, übernommen. Jetzt würde er dies wieder selbst tun. Es fühlte sich an, wie das erste Abenteuer seines neuen Lebens.

In seinem Appartement angekommen, warf er dann noch kurz einen Blick auf die Post, die heute allerdings nichts Interessantes zu enthalten schien. Auch gut, fand Ben und beschloss erst einmal eine Dusche zu nehmen. Er spürte das Bedürfnis, die Erlebnisse und schlechten Gefühle des heutigen Tages gründlich wegzuwaschen.
Frisch geduscht zog er sich anschließend T-Shirt und Shorts an, machte sich eine Tasse Earl Grey und setzte sich mit seinem Notebook an den Küchentisch. Nach kurzem Suchen hatte er auch schon alles gefunden, was er für seinen Kurztrip brauchte und buchte Flüge und Hotel.
Frei zu sein fühlte sich richtig gut an, überlegte er und wenn es nach ihm ging, dann sollte das bitte auch erst einmal genauso bleiben. Bestärkt von diesem Gefühl, genoss er die Ruhe und die nun endlich einsetzende Entspannung.

Kapitel 2 – Was für eine Stadt!

Die italienische Mittagssonne strahlte bereits mit einer ziemlichen Kraft. Ben hatte gerade die Passkontrolle des Flughafens Marco Polo passiert und war vor das Gebäude getreten, um nach einem Wassertaxi Ausschau zu halten, das ihn in die Lagunenstadt bringen würde. Er suchte die Taschen seines Sakkos nach seiner Sonnenbrille ab. So viel Sonne war er gar nicht mehr gewöhnt.
Anschließend holte er sein Telefon hervor, schaltete es ein und suchte im Kalendereintrag nach der Adresse des Hotels, das er für die nächsten vier Tage gebucht hatte. Er war noch nie in Venedig gewesen und hatte sich bemüht, eine Unterkunft zu finden, welche einerseits zentral, andererseits nicht in direkter Umgebung der Hauptattraktionen der Stadt gelegen war. Trubel hatte er in der zurückliegenden Zeit wahrlich genug gehabt. So war seine Wahl auf ein Hotel gefallen, das in einem der wunderschönen Palazzi direkt am Canal Grande untergebracht war und sich im Viertel San Polo befand.
Er ging zur Anlegestelle der Wassertaxis und in Ermangelung ausreichender Sprachkenntnisse hielt er der Einfachheit halber einem der Fahrer sein Telefon entgegen und deutete auf die Adresse. Dieser nickte freundlich und Ben bestieg das kleine Boot, dass ein wenig zu schwanken begann. Eilig verstaute er seinen Koffer und lehnte sich an die überdachte Fahrgastkabine, um während der Überfahrt einen sicheren Stand zu haben und den Ausblick über die Lagune uneingeschränkt genießen zu können. Wenige Augenblicke später legten sie auch schon ab und der Bootsführer nahm Kurs auf Venedig.
Dabei überkam Ben wieder dieses Gefühl von Freiheit, allerdings war es dieses Mal noch wesentlich angenehmer. Alle Last schien von ihm abgefallen zu sein und er freute sich auf die kommenden Tage, auf das Unbekannte. Endlich mal nicht einem Terminkalender folgen zu müssen und die

Stadt auf eigene Faust erkunden zu dürfen. Er überlegte, wann er so etwas zum letzten Mal getan hatte. Das musste tatsächlich während der Zeit an der Uni gewesen sein. Damals hatte er zusammen mit Freunden jedes Jahr eine Reise in sonnigere Gefilde unternommen. Meistens ging es an die Strände von Portugal oder Spanien - nach Portugal, zum Surfen und nach Spanien, um einfach am Strand abzuhängen. Damit war Schluss gewesen, als er mit Catherine zusammengekommen war. Sie hatte dieser Art von Urlaub nicht viel abgewinnen können. Von da an musste die Ferienzeit eindrucksvoller gestaltet werden. Was sollten schließlich die anderen denken? Das hatte zwar für Ben nie eine Rolle gespielt, aber aus Liebe zu ihr war er von da an damit einverstanden gewesen, dass sie sich um die Planung kümmerte.
Als er sich jetzt zum wiederholten Male dabei ertappte, wie er mit seinen Gedanken in der Vergangenheit festhing, wurde er wütend auf sich selbst. Diese Erinnerungen trübten jedes Mal seine Stimmung und er machte sich Vorwürfe, warum er so lange an der Beziehung festgehalten hatte, obwohl sie doch augenscheinlich schon von Anfang an viel zu verschieden gewesen waren. Damit musste jetzt endgültig Schluss sein! Er schüttelte sich kurz, als ob er damit die Erinnerungen an seine gescheiterte Ehe abschütteln wollte und atmete tief durch. In die Sonne blinzelnd, genoss er den warmen Fahrtwind im Gesicht. Was für ein wohliges Gefühl. Und dies war erst der Auftakt zu seiner Auszeit – besser konnte diese nicht beginnen.
Nach einer Weile wandte sich der Fahrer des Wassertaxis an ihn und fragte in gutem Englisch, aber mit diesem liebenswerten italienischen Akzent, der in Ben noch mehr Urlaubsstimmung hervorrief, ob er zuvor schon mal in Venedig gewesen wäre. Ben verneinte und fügte beinahe entschuldigend hinzu, dass er auch bis jetzt keinerlei konkreten Pläne geschmiedet hätte. Der Italiener schmunzelte, als er antwortete: „Signore, das ist vielleicht die beste Art, *La Serenissima* kennenzulernen: sich treiben lassen,

in den Straßen verloren gehen und die versteckten Schönheiten entdecken. Leider haben die wenigsten Besucher unserer schönen Stadt dafür genug Zeit. Sie wissen gar nicht, was sie verpassen. Signore, ich will Ihnen nicht davon abraten, sich die Piazza San Marco mit dem majestätischen Dom und dem Dogenpalast anzuschauen oder über die berühmte Rialtobrücke zu spazieren, aber es gibt so viel mehr, was unsere schöne Stadt ausmacht. Wenn Sie mit offenen Augen durch die engen Gassen gehen oder einen *Ombra*, also einen Wein, in einer der vielen Bars in Ruhe genießen, dann werden sie so viel mehr sehen und erleben als all diese Touristen, die nur für einen Tag hierherkommen, hinter einem Stadtführer herlaufen, Fotos machen und erst daheim erkennen, was sie verpasst haben. Unsere Stadt muss mit allen Sinnen entdeckt werden." Während er dies sagte, untermalte er seine Worte gestenreich, um ihnen damit noch mehr Gewicht zu verleihen.

Ben war beeindruckt von diesem leidenschaftlichen Plädoyer. Er merkte, wie sich seine Neugier minütlich steigerte und konnte es kaum erwarten, endlich anzukommen. „Was meinen Sie, was sollte ich mir auf gar keinen Fall entgehen lassen?", fragte er nach. Der Fahrer überlegte kurz und antwortete dann: „Gehen Sie am späten Nachmittag zur Fondamenta della Misericordia in Cannaregio. Setzen Sie sich dort bei einer der Bars an einen Tisch direkt am Kanal. Essen Sie, trinken Sie und genießen Sie die untergehende Sonne oder gehen Sie abends auf den Campo Santa Margherita." Zwinkernd fügte er hinzu: „Dort sind nicht so viele Touristen zu finden und Sie können erleben, wie die Venezianer ihren Abend verbringen." „Vielen Dank für die Tipps", sagte Ben, während er sich diese sogleich in seinem Telefon notierte.

Nachdem sie die Lagune durchquert und die Stadt erreicht hatten, steuerten sie auf einen der Kanäle zu, der zum Canal Grande führte. Rechts und links am Ufer entlang reihten sich die typischen Häuser in unterschiedlichen Farben auf; einige waren eher in Orangetönen gehalten, andere in verschiedenen Rotschattierungen und wieder andere waren einfach nur grau. Allerdings wirkten auch diese Grautöne anmutig. Man sah vielen Gebäuden ihr Alter an, aber diese Spuren, die die Zeit hier hinterlassen hatte, machten eben auch ihren Charme aus. Sie fuhren unter einer der unzähligen Brücken hindurch und Ben fragte sich unwillkürlich, wie viele er wohl davon in den kommenden Tagen überqueren würde, denn er hatte im Vorfeld gelesen, dass es rund vierhundert von ihnen gab.

Nach einer weiteren Brücke bogen sie links in den Canal Grande ein und Ben war sofort beeindruckt von den Palazzi, die auf beiden Seiten das Wasser säumten. Die gotischen Fassaden ließen die Paläste noch imposanter und malerischer wirken und da sich ein beeindruckendes Gebäude an das nächste reihte, erschien es ihm fast so, als würde er an Filmkulissen vorbeigleiten. Etwas Vergleichbares hatte er bisher nirgends gesehen. Seine Augen wanderten vom rechten Ufer zum linken und wieder zurück. Er wollte vermeiden, dass seinem Blick auch nur ein einziger dieser Palazzi entging. Dann machte der Kanal eine Biegung nach rechts und gab die Sicht auf die Rialtobrücke frei; diese berühmte Brücke aus hellem Kalkstein, deren Abbild auf dem Bus der Auslöser für die Reise gewesen war. „Wow“, entfuhr es Ben, der eilig sein Telefon hervorzog um ein Foto zu schießen.

Direkt hinter der Brücke flankierten Restaurants die Fußwege am Kanal. Mit farbenprächtigen Blumen und bunten Markisen sorgten sie für ein ganz besonderes Flair. Zwischen den Lokalen befand sich eine größere Anlegestelle für Gondeln und einige Gondolieri standen auf einem Steg, um auf Kundschaft zu warten. Andere legten gerade mit einem gekonnten Fußtritt vom Steg ab und starteten ihre Tour.

Nach wenigen Minuten erreichte das Wassertaxi schließlich den Anleger des Hotels. Ben zahlte und der Fahrer half ihm mit dem Gepäck. Er stieg aus, betrachtete das Gebäude und war sichtlich beeindruckt: Er blickte an der terracottafarbenen Fassade empor, sah die hohen und schmalen Fenster mit den kleinen Balkonen und die Sonnenterrasse, die seitlich auf Höhe des zweiten Stocks lag und auf der mehrere weiße Sonnenschirme Schatten spendeten. „Gute Wahl!“, flüsterte er leise vor sich hin und betrat die elegante Lobby, in der es angenehm kühl war. Ben trat an die Rezeption, checkte ein und wurde zu seinem Zimmer geführt. Es war geräumig und stylish. Ganz anders als man von außen hätte vermuten können. Neugierig ging er zum Fenster, zog die Vorhänge zur Seite und schaute direkt auf den Canal Grande. Von dort aus bot sich ihm ein unvergleichlicher Ausblick auf das geschäftige Treiben: Ein Vaporetto, der venezianische Wasserbus, fuhr gerade an einer Haltestelle in der Nähe los, einige Gondeln waren zu sehen und schienen geradezu über das Wasser zu schweben, am gegenüberliegenden Ufer legte ein Wassertaxi an, ein weiteres fuhr vorbei und ein Lastenboot bog vom Canal Grande in einen der schmalen Kanäle ein. Was für eine Stadt, dachte Ben, wandte sich vom Fenster ab und fing an, sich einzurichten. Er brauchte dafür nicht lange, machte sich nur ein wenig frisch und zog sich um, bevor er aufbrach, um sein Venedig-Abenteuer zu beginnen.

Ben verließ das Hotel über den Ausgang Richtung Stadt und folgte den engen Gassen. Wie ihm geraten worden war, ließ er sich einfach treiben. Nach einiger Zeit meldete sich sein Magen mit leisem Knurren und so stoppte Ben an einer kleinen Café-Bar, bestellte einen Cappuccino und dazu zwei Gebäckstücke. Er setzte sich an ein Tischchen direkt vor der Bar und der Barista brachte ihm die Bestellung. Mit geschlossenen Augen genoss er den ersten Schluck: Kein Vergleich zu einem Cappuccino in London. Seine Zunge fuhr über die Oberlippe. So in der Art hatte er sich Venedig erhofft und er gab sich ganz dem Genuss und dem italienischen Flair hin. Danach fühlte er sich ausreichend gestärkt, seine Erkundungstour fortzusetzen.

Er bummelte weiter durch die Gassen, überquerte Brücken, beobachtete die Boote und Gondeln auf den schmalen Kanälen und sah sich die Auslagen der kleinen Geschäfte an. Ben ließ sich von der Atmosphäre begeistern und vergaß darüber vollkommen die Zeit.
Als die Sonne langsam unterging, erinnerte er sich daran, was ihm der Fahrer des Wassertaxis geraten hatte und machte sich auf den Weg Richtung Campo Santa Margherita. Dort angekommen sah Ben sich um, überquerte den Platz und hielt Ausschau nach einem freien Tisch in einem der zahlreichen Lokale ringsherum. In einer beschaulichen Osteria wurde er schließlich fündig, bestellte Antipasti, Risotto Nero und ließ sich einen passenden Wein dazu empfehlen. Entspannt beobachtete er währenddessen die ihn umgebende Szenerie und genoss die fröhliche Lebendigkeit. Junge Leute standen in Gruppen zusammen, unterhielten sich und tranken Spritz, von irgendwoher ertönte Musik, Familien aßen zu Abend und Kinder spielten Fußball, während ein kleiner Hund zwischen ihnen umher sprang, bellte und unermüdlich versuchte, den Ball zu ergattern und dabei auch immer wieder Tauben aufscheuchte. Es war eine durch und durch gelöste und beschwingte Stimmung. Gerne blieb Ben daher auch nach dem Essen noch eine Weile sitzen, um alles in sich aufzusaugen und trat den Rückweg zum Hotel erst an, als die Sonne schon längst untergegangen war. Langsam schlenderte er entlang der Wasserstraßen, verweilte dabei auf einer kleinen Brücke und beobachtete die sich im Wasser spiegelnden Lichtreflexionen. Versonnen flüsterte er vor sich hin: „Es stimmt wirklich; man muss Venedig einfach mit allen Sinnen genießen.“
Zurück im Hotelzimmer, holte Ben sein Telefon hervor und sendete das Foto der Rialtobrücke zusammen mit einem zwinkernden Smiley an Sam. Kurz darauf klingelte es. Es war – natürlich - Sam: „Hey Pal, wie schaut’s aus?“ „Wunderbar. Es war definitiv die richtige Entscheidung, hierher zu kommen.“, antwortete er. „Wenn ich den Kopf hier nicht freibekomme, dann weiß ich es auch nicht. Den ganzen

Nachmittag war ich zu Fuß unterwegs, frag' mich nicht, wo ich überall war. Ein Traum! Und abends: Wein und Risotto in einem kleinen Lokal auf einem wunderschönen Platz." Ben sprühte regelrecht vor Euphorie und wirkte sehr gelöst. „So begeistert habe ich dich ewig nicht erlebt", stellte sein Freund zufrieden fest. „Da kann ich ja nur hoffen, dass dir jetzt nicht auch noch eine hübsche Venezianerin über den Weg läuft und dir den Kopf verdreht", lachte er. Ben wiegelte entschieden ab: „Nein, Sam, da brauchst du dir gar keine Sorgen zu machen. Davon habe ich erst einmal die Nase voll. Ich komme sehr gut allein zurecht. Vielleicht irgendwann mal wieder, aber dann suche ich mir sicherlich auch keinen Urlaubsflirt." „Dann genieße die Tage und wir sehen uns, wenn du wieder im Lande bist", antwortete Sam und fügte lachend hinzu: „Und denk dran: Ich möchte schöne Bilder sehen."

Die Tage vergingen wie im Flug. Ohne Hast und Eile ließ Ben sich treiben und genoss die Stadt, die einen – ob man es nun wollte oder nicht – entschleunigte. Hier gab es keinen Autoverkehr, keine hupenden Pkws, qualmende Abgase oder blinkende Ampeln. Stattdessen enge Gassen, mal schmalere, mal breitere Wege an den Ufern der Kanäle und malerische Brücken. Nur auf den Touristenpfaden ging es hektischer zu, da er diese aber tagsüber mied, entfaltete sich vor ihm die einzigartige Schönheit der Lagunenstadt. Er schwor sich, dass dieser Besuch auf keinen Fall der letzte gewesen sein sollte.
Am Tag vor seiner Abreise streifte er nochmals fast schon etwas wehmütig durch die engen Gassen des Viertels San Marco. Er hatte Gefallen daran gefunden, einen Cappuccino oder Espresso vor einer der unzähligen Bars zu trinken und dabei die Leute zu beobachten, die vorbeiliefen oder schlenderten. Manchmal versuchte er zu erraten, wer wohl Venezianer und wer eher Besucher war. Wobei er zugeben musste, dass viele der Touristen es ihm wahrhaftig nicht schwer machten.

Während Ben weiter durch die engen Gassen tingelte, stieß er auf einen Laden für Muranoglas. Ein Zertifikat neben der Eingangstür bestätigte, dass die hier angebotenen Glaswaren ausschließlich aus den Glasbläsereien der Insel Murano stammten und keine Importware angeboten wurde. Man konnte den farbenprächtigen Auslagen im Schaufenster ihre Qualität allerdings auch ansehen. Was für eine kreative Pracht. Sein Blick fiel auf einige gläserne Utensilien für den Schreibtisch. „Ein perfektes Symbol für meinen Neuanfang“, murmelte er vor sich hin und betrat das Geschäft. Von außen hatte es gar nicht so groß gewirkt, aber jetzt, nachdem er eingetreten war, merkte er, wie tief der Geschäftsraum war. Regale, die die bunten Vasen, Schüsseln und Figuren perfekt in Szene setzten, teilten den Raum auf. Von der Decke hingen traditionelle venezianische Lüster und moderne Deckenlampen. Trotz der großen Auswahl wirkte der Raum nicht überladen – ganz im Gegenteil, das Geschäft ähnelte vielmehr einer Galerie. Während Ben sich suchend nach den Souvenirs seiner Wahl umsah, fiel sein Blick auf eine Verkäuferin, die gerade einen weiteren Kunden bediente. Sie stand mit dem Rücken zu Ben und während er wartete, musterte er sie beiläufig. Sie stach sofort ins Auge, obwohl oder vielleicht gerade weil sie nur in Schwarz und Weiß gekleidet war und damit einen eleganten Kontrast zu der Farbenpracht um sie herum bildete. Ihre braunen Haare hatte sie zu einem lockeren Knoten hochgesteckt und ihre Figur war schlank, aber trotzdem weiblich. Er wandte den Blick wieder von ihr ab und vertrieb sich die Zeit des Wartens damit, die großen Glasskulpturen zu betrachten. Bei einigen konnte man erahnen, was sie darstellen sollten, bei anderen hingegen wusste dies vermutlich nur der Künstler selbst.

Fasziniert vom Kunsthandwerk bemerkte er gar nicht, dass die Verkäuferin inzwischen auf ihn zugekommen war und ihn auf Italienisch fragte, wie sie ihm helfen konnte. Ben drehte sich zu ihr um und antwortete ihr auf Englisch: „Ich spreche kein ...“ Er stockte, als er der freundlich lächelnden

Frau ins Gesicht sah. Er war sich nicht ganz sicher, ob sie tatsächlich die war, für die er sie hielt und fragte daher zögerlich: „Lilly?“ Sie sah ihn mit großen Augen überrascht an, nickte lächelnd und schaute sich den Mann, der vor ihr stand, jetzt auch genauer an. Nach einer für ihn gefühlten Ewigkeit fragte sie: „Ben? Ben Harris?“ Er bejahte und fügte hinzu: „Wie lange ist es her, dass wir uns das letzte Mal gesehen haben?“ „Ich schätze mal, bei unserer Abschlussfeier in der Schule oder der Party danach?“, entgegnete Lilly lachend. „Wow … also über dreißig Jahre. Wahnsinn. Aber an deinem Lächeln habe ich dich sofort wiedererkannt. Schön dich zu sehen. Wie geht es dir?“, lächelte Ben und strahlte sie an, nachdem sie sich herzlich umarmt hatten und es kaum fassen konnten, sie ausgerechnet hier wiederzusehen. „Was machst du hier?“, fragte er. Mit einem Lachen im Gesicht breitete sie die Arme weit aus und antwortete: „Glas verkaufen! Und du?“ „Ich habe hier ein paar Tage Urlaub gemacht und bin gerade eher zufällig auf die wunderschönen Glaswaren in eurem Schaufenster gestoßen. Die Utensilien für den Schreibtisch, könnte ich mir die mal ansehen? Die würden perfekt zu meinem Neustart passen.“ „Neustart?“, hakte Lilly interessiert nach. „Lange Geschichte“, seufzte Ben. Sie wies ihm mit der Hand den Weg in den hinteren Teil des Ladens, ging voran und er folgte ihr. Dort angekommen, präsentierte sie ihm das Angebot. Er begutachtete einige der Stücke näher und entschied sich recht schnell für eine Stiftablage. Während Lilly das Glasobjekt vorsichtig in Papier einpackte, fragte Ben: „Hast du vielleicht Lust und Zeit, mit mir nachher etwas essen zu gehen und über alte Zeiten zu reden?“ „Sehr gerne“, sie lächelte ihn an und fuhr fort: „Wo wollen wir uns treffen? Auf der Rialtobrücke? Wenn man sich hier nicht gut auskennt, kann man sich schon mal leicht verlaufen, wie du sicherlich bereits gemerkt hast und die Wegweiser zur Brücke findet man wenigstens in der ganzen Stadt.“ Ben nickte und musste über ihre vorsorgliche Art schmunzeln. „Passt es für dich um halb sieben?“, fragte sie dann, er bejahte, nahm die Tasche entgegen, die sie ihm reichte und verabschiedete sich von ihr: „Bis später, Lilly."

Er setzte seinen Spaziergang durch die Stadt fort und freute sich schon auf das ‚Date' mit seiner ehemaligen Schulkameradin. Er musste bei dem Gedanken an ihr Aufeinandertreffen immer wieder ungläubig in sich hinein lächelnd den Kopf schütteln. Wie hoch standen die Chancen, dass man jemanden aus der Schule nach über dreißig Jahren – noch dazu in einem anderen Land – zufällig wiedertraf?
Er hatte sie damals schon nett gefunden, aber sie hatten außerhalb des Unterrichts nicht viel miteinander zu tun gehabt. Lilly war eher ruhig und etwas schüchtern gewesen, aber eben auch eines der Mädchen, an das man sich gerne zurückerinnerte: hübsch, ein nettes Lachen und manchmal ein klein wenig verrückt. Ben selbst war zu jener Zeit auch oft eher der stille Beobachter gewesen. Nicht, weil er sich nicht getraut hätte, sondern weil er schon damals sein Karriereziel fest im Blick gehabt hatte. Er stammte aus keiner der privilegierten Familien, deren Söhne und Töchter ganz selbstverständlich auf teure Internate und Colleges geschickt wurden. Ben musste sich diesen Weg erarbeiten. Seine Eltern waren nicht arm, aber eben auch nicht so vermögend, dass ihm alles in den Schoß fiel, daher hatte er früh gelernt, Prioritäten zu setzen und zu diesen gehörten eben keine Verabredungen mit Mädchen. Seine Freizeit verbrachte er nach dem Lernen lieber mit den Freunden beim Sport. Sich mit anderen messen, das war eher sein Ding gewesen.

Inzwischen war es Nachmittag geworden und Ben kehrte zu seinem Hotel zurück, um seinen Koffer für die Rückreise zu packen. Er hasste es, unter Zeitdruck zu geraten und so fing er damit nie erst am Abreisetag an. Um danach die Zeit bis zum Treffen mit Lilly zu überbrücken, setzte er sich auf einen kleinen Balkon direkt über dem Eingang des Hotels

und bestellte sich ein Glas Weißwein. Er atmete tief durch: Das Leben ist schön, dachte er sich und genoss die wärmenden Strahlen der Nachmittagssonne mit geschlossenen Augen. Entspannt nickte er ein und wurde erst durch den Gesang eines Gondolieres, der gerade am Anleger des Hotels ablegte und ein traditionelles italienisches Lied schmetterte, aufgeweckt. Er rieb sich die Augen und schaute auf seine Uhr: Es war bereits Viertel nach sechs. „Verdammt!", schimpfte Ben, sprang auf und lief zu seinem Zimmer. Hastig zog er sein Hemd aus, warf sich im Bad etwas Wasser ins Gesicht, trocknete sich ab und zog ein frisches Hemd über. Er prüfte noch mal sein Spiegelbild und machte sich dann eilig auf den Weg. Keinesfalls wollte er Lilly warten lassen.
Kaum war er aufgebrochen, schaute er erneut auf seine Uhr. Nur noch fünf Minuten. Warum bin ich nur eingeschlafen? Ben begann erst schneller zu gehen, fiel dann aber in einen flotten Trab, um rechtzeitig am Treffpunkt anzukommen. Er folgte den gelben Schildern, die bei der Orientierung in der Stadt sehr hilfreich waren. Davon gab es - neben einigen wenigen Ausnahmen - hauptsächlich drei verschiedene: Richtung Piazza San Marco, Richtung Ferrovia, also dem Bahnhof und eben Richtung Rialto. Er war diesen gelben Wegweisern in den letzten Tagen sehr dankbar gewesen, denn sie hatten dafür gesorgt, dass er sich nicht vollständig in der Stadt verlor.
Er bog auf die Uferpromenade des Canal Grande ein und schlagartig herrschte mehr Betrieb. Das Gros der Touristenströme, die größtenteils nur für einen Tag blieben, hatte zwar um diese Zeit Venedig schon wieder verlassen oder war auf dem Weg zum Hafen, wo die Kreuzfahrtschiffe vor Anker lagen, aber es gab immer noch genügend Besucher der Stadt, die einen Bummel entlang der Kanäle oder die Gastfreundschaft in den Bars und Restaurants schätzten und *la Dolce Vita* genau hier genossen.
Ben versuchte, so schnell es eben ging, sich seinen Weg durch die Menschen zu bahnen und schaute hoch zur

Rialtobrücke, ob er Lilly bereits ausmachen konnte. Das war allerdings gar nicht so einfach, da sich auch dort oben immer noch viele Leute aufhielten, die eines dieser fast schon kitschigen, aber so schönen Fotos machen wollten, auf denen sich das Licht der Sonnenstrahlen auf den Wellen des Kanals brach und wunderschön funkelte und glitzerte. Doch dann erblickte er sie, als er am Fuße der Brücke angekommen war. Auch Lilly hatte ihn inzwischen entdeckt, winkte ihm zu und kam ihm entgegen. Bei jedem ihrer Schritte schwang ihr gestreifter glockenförmiger Rock hin und her. Ben musste unwillkürlich grinsen. Sie war eigentlich in seinem Alter, wirkte mit ihrer ganzen Art allerdings um einige Jahre jünger.

Als sie sich endlich gegenüberstanden, legte Lilly ihre Hände auf seine Oberarme, beugte sich vor und hauchte ihm erst rechts, dann links einen Kuss auf die Wange. Er schaute sie an: „So schön, dich zu treffen. Gut schaust du aus." Lilly lächelte. „Danke dir. Ich finde es auch total schön, dass wir uns wiedergetroffen haben und du siehst im Übrigen auch sehr gut aus." Nach einer kurzen Pause fügte sie hinzu: „Komm, lass uns gehen." Lilly wies Ben den Weg und ein paar Minuten später erreichten sie einen kleinen Platz direkt am Canal Grande. Auf der linken Seite befand sich ein lang gezogenes Gebäude, in dem nebeneinander zwei Restaurants untergebracht waren, davor – ordentlich aufgereiht - Tische und Stühle. Die Grenze zwischen den beiden Lokalen konnte man lediglich an der Form der Stühle und der Farbe der Stuhlkissen ausmachen.

Zu ihrer Rechten gab es eine Anlegestelle. Hier lagen gerade zwei Gondeln nebeneinander im Wasser. Die dazugehörigen Gondolieri saßen unter einem Sonnenschirm direkt am Ufer auf einer Bank und waren in ein Gespräch vertieft, während sie auf Fahrgäste warteten. Beide trugen die typischen flachen Hüte mit der breiten Krempe und rot-weiß beziehungsweise schwarz-weiß geringelte Oberteile zu einer schwarzen Hose. Man konnte den Männern ansehen, dass ihnen Tradition sehr wichtig war.

„Ciao Leonardo! Ciao Tonio!“, rief Lilly zu den Männern hinüber. Die zwei unterbrachen sofort ihre Unterhaltung, wandten ihre Köpfe, winkten ihr zu und antworteten wie aus einem Mund: „Ciao Lilly“ und einer fragte nach, wie es ihr ging. „Perfetto!“, antwortete sie lachend. Dann wandte sie sich wieder Ben zu, zeigte auf die Plätze vor einem der Restaurants und fragte ihn: „Magst du hier sitzen?“ Er schaute sich um und entgegnete: „Sehr gerne. Es ist wirklich wunderschön hier.“ „Ja, besonders, wenn abends die Lichter in den Fenstern der Palazzi angehen und sich auf der Wasseroberfläche spiegeln. Das ist wirklich traumhaft“, fügte sie hinzu, während sie ihren Haarknoten löste. Die Haare fielen lockig auf ihre Schultern und rahmten sanft ihr Gesicht ein. Sie zupfte sie etwas zurecht und blies sich eine Strähne aus der Stirn. Die beiden gingen auf einen freien Tisch zu und Ben – ganz Gentleman – rückte Lilly den Stuhl etwas zurück, damit sie sich setzen konnte. Sie bedankte sich bei ihm und überlegte, wann das ein Mann das letzte Mal für sie getan hatte, musste sich allerdings rasch eingestehen, dass dies schon so lange zurücklag, dass sie sich beim besten Willen nicht mehr daran erinnern konnte. Als er sich ihr gegenübergesetzt hatte, kam auch schon der Kellner und brachte den beiden die Speisekarte. Ben blickte sich noch mal auf dem Platz um und bemerkte lächelnd, während er mit dem Kopf in Richtung der Gondolieri deutete: „Hier kennt man sich untereinander, oder?“ Lilly zog verschmitzt die Mundwinkel hoch: „Kommt drauf an. Mein bester Freund ist ein Kollege der beiden, daher kenne ich sie flüchtig. Er war übrigens schon öfters meine letzte Rettung, wenn ich mal wieder viel zu viel geshoppt hatte und kaum wusste, wie ich alles nach Hause bringen sollte“, erklärte sie mit einem Augenzwinkern. „Wie praktisch“, grinste er. „Hier ist halt einiges anders und genau das liebe ich am Leben in dieser Stadt“, erklärte sie und bückte sich zu einem kleinen Beutel, den sie neben ihrer Tasche auf dem Boden abgestellt hatte. „Entschuldige bitte, ich wechsele nur schnell meine Schuhe. Wenn ich den ganzen Tag auf High Heels gelaufen bin, mag ich es abends gerne etwas bequemer.“ Sie zog weiße Sneaker hervor, schlüpfte schnell hinein und band die Schnürsenkel. Danach verstaute sie ihre Pumps in dem Beutel und seufzte erleichtert auf: „Ah, schon besser.“ Ben gefiel ihre Unbefangenheit. So in etwa hatte er sie auch in Erinnerung gehabt.

Anschließend wählten beide aus der Speisekarte aus, bestellten und kurze darauf erschien der Kellner bereits mit ihren Getränken. Lilly prostet Ben zu: „Cin Cin!“, „Cin Cin, Lilly”, erwiderte er und nachdem er einen Schluck getrunken hatte, fuhr er fort: „Ich bin immer noch überrascht, dich gerade hier wiederzusehen - nach einer gefühlten Ewigkeit.“

„Ja, die Welt ist dann doch oft kleiner als man denkt. Ich muss allerdings auch gestehen, dass ich es nie für möglich gehalten hätte, jemanden aus der Schule hier zu treffen, auch wenn die ganze Welt hier tagtäglich Gast zu sein scheint.“

Schule war scheinbar das Stichwort gewesen und beide begannen in Erinnerungen zu schwelgen. Ein ständiges „weißt du noch ...“ oder „kannst du dich daran erinnern, dass …“ oder auch „hast du damals mitbekommen, wie ...“ waren die Folge. Während sie Pasta und Meeresfrüchte genossen, wechselten sich Lachen, Kopfschütteln und ungläubige Blicke bei beiden ab.

Nachdem die Teller abgeräumt worden hatte, bestellten sie zwei Espressi. Ben rutschte mit seinem Stuhl etwas zurück und schlug die Beine übereinander. „Jetzt haben wir so viel über die Vergangenheit geredet, aber ich weiß immer noch nicht, wie es dich hierher verschlagen hat.“ Lilly stützte die Ellenbogen auf den Tisch, verschränkte die Finger ineinander, setzte ihr Kinn darauf und schaute ihn herausfordernd an. „Wie viel Zeit hast du?“ „Ich habe keine Eile“, antwortete er augenzwinkernd. „Gut, schließlich will ich danach auch wissen, wie es dir so in den ganzen Jahren ergangen ist.“ „Oh, ich befürchte, da war dein Leben das spannendere.“ Ben machte eine abtuende Handbewegung. „Interessieren tut es mich trotzdem“, grinste sie und schlug

vor: „Aber dann sollten wir vielleicht doch gleich noch mal einen Blick in die Weinkarte werfen, oder?“
Der Kellner brachte die Espressi und Lilly bat ihn, ihnen die Weinkarte zu zeigen, überlegte dann aber kurz und fragte ihn stattdessen nach seiner Empfehlung. Ben verstand kein Wort von dem, was die beiden redeten, bis sich Lilly an ihn wandte: „Magst du lieber einen roten oder einen weißen Wein?“ „Weißwein“, antwortete er, da er befürchtete, dass ihn ein Rotwein zu schnell zu müde machen könnte und wenn er gerade eins nicht wollte, dann war es, dass dieser Abend schnell endete. Lilly wechselte wieder ein paar Worte mit dem Kellner, der nickte ihr zu und verschwand. Kurz nachdem die beiden ihre Espressi ausgetrunken hatten, kam er zurück und stellte ihnen jeweils ein Glas Wein auf den Tisch. Ben nahm seins in die Hand, schwenkte es etwas und prüfte das Aroma, dann stießen sie an. Nach dem ersten Schluck bemerkte Ben: „Ein wirklich feiner Wein. Gute Wahl!“ „Gute Empfehlung!“, korrigierte in Lilly heiter.
„Also: Wie kommt es, dass aus einer Londonerin eine waschechte Venezianerin geworden ist?“, fragte Ben. Lilly seufzte und überlegte kurz, wo sie anfangen sollte. „Puh. Lange Geschichte.“ Sie machte eine kurze Pause und atmete tief durch, bevor sie fortfuhr: „Damals, nach der Schule, hatte ich eine Ausbildungsstelle im Büro gesucht. Ich wollte nicht auf die Uni gehen. Ich konnte mir nicht vorstellen, weiter in Hörsälen zu sitzen und die Nachmittage mit Lernen zu verbringen. Nach meiner Ausbildung fand ich auch eine wirklich gute Anstellung, wo ich ungefähr zehn Jahre gearbeitet habe und auch durchaus zufrieden war, aber irgendwann habe ich mich gefragt, ob mein Leben jetzt immer in diesem Trott weitergehen würde oder ob es nicht vielleicht doch noch etwas Aufregenderes gab. Kannst du das verstehen?“ Sie sah Ben fragend an. „Ja, das kann ich.“ Er senkte den Blick. Auch bei ihm hatte es Zeiten gegeben, in denen er sich wie in einem Hamsterrad gefühlt hatte, nur hatte es die Option des Ausbrechens für ihn nicht gegeben,

erst recht nicht, wenn er sich eingestand, dass es ihm trotz allem sehr gut und besser als vielen anderen ging.
Lilly fuhr fort: „Jedenfalls bat ich meinen Chef darum, meinen Jahresurlaub an einem Stück nehmen zu dürfen und hängte zusätzlich noch einige Wochen unbezahlten Urlaub dran. Er war natürlich nicht begeistert, aber stimmte schließlich zu und ich habe meinen Koffer gepackt, bin nach Heathrow gefahren und habe mir dort ein Flugticket gekauft." „Wow, ganz schön mutig. Besonders für eine junge Frau", warf Ben ein. „Ja, vielleicht, aber ich habe mir damals darüber tatsächlich gar nicht so viele Gedanken gemacht", gab sie zu und erzählte weiter: „Ich bin um die halbe Welt gereist, habe zwischendurch auch immer mal wieder gejobbt und habe mich gut dabei gefühlt, so ungebunden und frei zu sein. Dann war die geplante Reisezeit fast schon vorbei und es zog mich wieder in eher heimische Gefilde. Der letzte Stopp vor London sollte dann nur noch Venedig sein. Nur noch…" Sie lächelte vielsagend, bevor sie weitersprach. „Ich habe mich sofort in diese Stadt verliebt. Sie strahlte für mich eine Ruhe und Gelassenheit aus, die ich so zuvor noch in keiner Stadt gespürt habe. Auch die teilweise heruntergekommenen Fassaden und stark beschädigten Gebäude zogen mich irgendwie magisch an; diese Melancholie hat – für mich zumindest – nichts Negatives. Hier ist nichts perfekt und immer wieder hat man den Eindruck, diese Stadt wäre dem Untergang geweiht und doch gibt sie dann wieder so viel Schönheit preis." Ben musste an den Fahrer des Wassertaxis denken, der ebenfalls ein so leidenschaftliches Plädoyer für Venedig gehalten hatte. Irgendwie konnte er das aber nach den wenigen Tagen in dieser Stadt nachvollziehen. Er trank einen Schluck Wein und hörte ihr aufmerksam zu, als sie fortfuhr: „Dann stand ich ein paar Tage später am Flughafen Marco Polo, suchte mein Gate auf der Anzeigentafel und hatte einfach ein seltsames Gefühl dabei." Sie machte eine kurze Pause. „Was soll ich sagen?", sie zuckte mit ihren Schultern. „Dann habe ich einfach so meinen Flug verpasst und mein Ticket

zerrissen." Fast schon entschuldigend lächelte sie dabei. Ben sah sie fasziniert an. „Und dann? Was hast du dann getan?" „Dann habe ich mir ein kleines Zimmer in einer Pension gemietet, bin am nächsten Morgen ganz früh auf den Markt gegangen und habe dort die Händler gefragt, ob sie einen Job für mich hätten. Das war das Erste, was mir spontan eingefallen war. Und eine der Marktfrauen konnte tatsächlich gut Hilfe gebrauchen." Lilly zog die Augenbrauen nach oben und grinste: „Heute ist Paola meine beste Freundin und wie eine große Schwester für mich. Wenn es meine Zeit erlaubt, helfe ich ihr gelegentlich immer noch aus. Frauenpower am Marktstand ist halt nicht zu unterschätzen!" Sie lachte und er stimmte in ihr Lachen mit ein. Gespannt hakte er nach: „Und von dieser Arbeit konntest du leben?" „Nein, das hätte nicht funktioniert, auch wenn ich mein Appartement in London zwischenzeitlich untervermietet hatte." Sie nippte an ihrem Weinglas und lehnte sich in ihrem Stuhl zurück. „Ich habe mehrere Gelegenheitsjobs angenommen, alles was sich halt so anbot, bis ich schließlich den Job als Verkäuferin in dem Geschäft gefunden habe, wo wir uns heute getroffen haben. Im Laufe der Zeit habe ich dort dann zusätzlich noch den Einkauf übernommen", sie hielt kurz inne. „Vielleicht ist es nicht gerade das, wofür ich meine Ausbildung gemacht habe, aber es ist der Job, den ich liebe. Von so viel Kunst und Ästhetik umgeben zu sein, ist ein Traum. Außerdem ermöglicht mir der Job mein Leben hier. Ein wunderschönes Leben." Sie strahlte ihn an. „Man sieht dir an, wie zufrieden du bist", lächelte er und prostete ihr zu: „Auf dich, Lilly." Doch sie wehrte ab. „Lass uns lieber auf unser Wiedersehen anstoßen."

Eine Frage beschäftigte Ben allerdings dann doch noch: „Was haben eigentlich deine Familie und Freunde dazu gesagt, dass du in die Welt hinausgezogen und nicht wieder nach Hause gekommen bist?" Sie senkte den Kopf und atmete tief durch, bevor sie weitersprach: „Einige verstanden mich, andere hielten mich für verrückt, allein aufzubrechen. Sie schilderten mir bildreich, was alles passieren konnte, aber ich habe mich nicht davon beirren lassen. Ich wollte das einfach zu sehr. Schlussendlich hielten die Freundschaften der Entfernung nicht stand. Schließlich konnte ich nicht einfach auf einen Drink vorbeikommen oder für eine Party mal schnell einfliegen. Dafür hätte ich gar kein Geld gehabt und das wäre es mir auch nicht wert gewesen. Auf meiner Reise habe ich sehr viel über Menschen gelernt, habe viel Zeit zum Nachdenken gehabt, da wäre es ohnehin schwer geworden, dort weiterzumachen, wo ich mich in jeglicher Hinsicht vor meiner Abreise befunden hatte." Sie zog die Augenbrauen hoch und zuckte mit den Schultern. „Ich habe jetzt eine venezianische Familie." Sie trank einen Schluck Wein und er tat es ihr gleich.

Nachdem beide ihre Gläser wieder abgestellt hatten, meinte Lilly: „Und jetzt zu dir. Wie ist es dir ergangen? Was treibst du so?" Ben berichtete ihr von seiner Zeit an der Uni, von Catherine und vom Einstieg in die Kanzlei seines Schwiegervaters. Er berichtete auch von den letzten Monaten und seiner jetzigen Situation. Schließlich schloss er mit den Worten: „Und als ich mir vorgenommen hatte, wegen all dem eine kurze Auszeit zu nehmen, habe ich zufällig die Reklame eines Reiseveranstalters mit einem Bild der Rialtobrücke gesehen. So bin ich hierhergekommen." Sie hatte ihm die ganze Zeit aufmerksam zugehört und wusste jetzt nicht so recht, was sie sagen sollte: Sollte sie ihn bemitleiden für das, was hinter ihm lag oder doch dazu gratulieren, dass er es überstanden hatte? Sie entschied sich für weder noch.

„Jedenfalls scheint Venedig dir gutgetan zu haben. Du siehst erholt aus", sagte sie, während sie ihn freundlich ansah. Er musste schmunzeln: „Ja, das stimmt. Und hätte ich gewusst, wie sehr mich die Stadt faszinieren würde, hätte ich noch ein paar Tage drangehängt. Aber so geht mein Flieger leider schon morgen."

Nach einer Weile, in der sie sich still gegenübergesessen hatten, schlug Lilly vor: „Du kannst ja wiederkommen. Wenn du magst, zeige ich dir dann ein paar Ecken unserer

Stadt, die die wenigsten Besucher zu sehen bekommen." Ben schaute sie an. „Das würde ich sehr gerne." Daraufhin zog sie ihr Telefon aus der Tasche hervor. „Ich gebe dir meine Handynummer, dann kannst du mir schreiben, wenn du wieder nach Venedig kommst." „Darf ich dir auch einfach so schreiben?", fragte er schelmisch. „Natürlich darfst du das!", lachte sie. Sie tauschten ihre Nummern und Ben nutze die Gelegenheit, Lilly um ein Erinnerungsfoto zu bitten. Wer würde ihm schließlich glauben, dass er seine Schulfreundin nach so langer Zeit wiedergetroffen hatte. Kurzerhand rutschte sie mit ihrem Stuhl neben seinen, Ben streckte den Arm aus und schoss ein Foto.
Dann fiel ihr Blick auf ihre Uhr und sie erschrak: „Oh, schon so spät. Ich habe gar nicht bemerkt, wie die Zeit vergangen ist." Auch Ben schaute ungläubig nach und winkte den Kellner heran, um zu zahlen. „Darf ich dich einladen?", fragte er und sie nickte: „Sehr gerne."
Anschließend standen sie auf und gingen gemeinsam Richtung Rialtobrücke zurück, wo Lilly stehen blieb und mit der Hand auf die andere Seite des Ufers deutete. „Ich muss hier entlang. Ich wohne drüben in Cannaregio. Danke dir für den schönen Abend und die Einladung, es hat mich wirklich gefreut, dich wiedergesehen zu haben." „Das kann ich nur zurückgeben. Es war schön, den Abend mit dir verbringen zu dürfen." Er fügte mit einem Zwinkern hinzu: „Und wer weiß, vielleicht ergibt sich ja wirklich die Gelegenheit, dass ich zurückkomme." Sie nahmen sich zum Abschied in den Arm und Lilly hauchte ihm wie zuvor einen Kuss rechts und einen Kuss links auf die Wange. „Ciao Ben, guten Heimflug und guten Start in deinem neuen Job!" „Ciao Lilly!", erwiderte er, bevor sie sich schnell umdrehte, einige Stufen der Brücke hochsprang, sich dann aber noch mal zu ihm umdrehte und winkte.
Ben machte sich jetzt ebenfalls auf den Rückweg zu seinem Hotel. Er hatte es genossen, die Zeit mit einem Menschen zu verbringen, der einerseits so lebensfroh und unkompliziert war, dabei aber gleichzeitig eine solche Ruhe und

Gelassenheit ausstrahlte. So etwas hatte er selten erlebt. Gedankenversunken verlief er sich prompt und kam erst auf Umwegen zu seinem Hotel zurück.
Dort angekommen, zog er noch einmal sein Telefon hervor, betrachtete das Foto, das er zuvor von Lilly und sich gemacht hatte und sendete es ihr zu, versehen mit den Worten: „*Das schönste Klassentreffen, das ich je hatte.*"
Da er noch nicht schlafen konnte, schaute er in der Hotelbar vorbei. Er bestellte beim Barmann ein Glas Weißwein und ging damit auf die Terrasse des Hotels hinaus. So ein wunderbarer Abschluss meiner Reise, dachte er, während er sich an die Hauswand lehnte, die noch ausreichend Wärme abstrahlte. Tief einatmend, als wollte er die Atmosphäre der Lagunenstadt in sich aufsaugen, beobachtete er dabei die vorbeifahrenden Boote auf dem Canal Grande. Es waren zwar inzwischen deutlich weniger unterwegs, aber hin und wieder glitt eins vorbei und die Signallichter spiegelten sich tanzend auf der Wasseroberfläche. „Was für ein Abend! Was für eine Stadt!", ging es ihm erneut den Kopf.

Kapitel 3 – Alles auf Anfang

Ben war pünktlich wieder in London Heathrow gelandet, holte sein Gepäck ab, nahm den Heathrow Express Richtung Innenstadt bis Paddington Station und von dort aus das Taxi zu seiner Wohnung in Notting Hill.
Es ist doch auch immer wieder schön, nach Hause zu kommen, dachte er und machte sich erst einmal eine Tasse Tee, um die Post der vergangenen Tage zu studieren. Außergewöhnliches war nicht dabei gewesen: lediglich ein paar Rechnungen, ein Branchen-Fachblatt, ein bisschen Werbung und eine Postkarte, die seine Eltern ihm von einem Ausflug nach Edinburgh gesendet hatten. Und das vermutlich nur, um ihn ganz nebenbei daran zu erinnern, dass auch er sich mal wieder bei ihnen melden sollte. Seine Mutter machte das sehr gerne auf die subtile Art. Ben verstand den Wink mit dem Zaunpfahl und nahm sich fest vor, ihnen daher am kommenden Wochenende einen Besuch abzustatten. Sie lebten, seitdem sein Vater nicht mehr arbeitete, außerhalb von London in der Grafschaft Buckinghamshire. Die Stadt war für die beiden alten Leute zu kostspielig geworden, vor allem aber genossen sie die ländliche Umgebung, wo fast noch jeder jeden kannte und man sich noch gegenseitig unterstützte. Da die Fahrt dorthin jedes Mal mindestens eine Stunde in Anspruch nahm, war es Ben aufgrund seines engen Terminkalenders in den letzten Jahren schwergefallen, die Besuche einzurichten und so hatten sie hauptsächlich telefonisch Kontakt gehalten. Aber auch das wollte er jetzt ändern, schließlich konnte keiner wissen, wie lange die beiden noch selbstständig und allein leben konnten.

Später, nachdem er die Post erledigt und seine Teepause beendet hatte, packte er seinen Koffer aus und legte die Wäsche für die Reinigung beiseite. Jetzt begann wieder der Ernst des Lebens und er begab sich in sein Arbeitszimmer, um sich auf seinen neuen Job, den er in ein paar Tagen antreten würde, vorzubereiten. Dabei fiel ihm auf, dass er das versprochene Paket mit seinen persönlichen Dingen aus der alten Kanzlei immer noch nicht erhalten hatte. Er hätte inzwischen zumindest eine Benachrichtigung von der Post vorfinden müssen, wo er die Sendung in Empfang nehmen konnte. Schließlich konnte man der britischen Post bestimmt vieles nachsagen, aber dass ein Paket innerhalb der Stadt eine Woche dauerte, war dann doch eher ungewöhnlich. Ben wählte die Nummer des Sekretariats und die Empfangssekretärin Alice meldete sich. Als sie seine Stimme erkannte, konnte sie sich den Grund des Anrufes schon denken: „Hallo Mr Harris, so schön von Ihnen zu hören. Es tut mir so leid." „Was tut Ihnen leid?", fragte er und bekam zur Antwort, dass Catherine verboten hatte, das Paket per Post an ihn zu senden und er konnte sich ziemlich genau ausmalen, in welchem Wortlaut seine Ex-Frau diese Anweisung erteilt hatte. Ben fluchte leise vor sich hin und entschuldigte sich dann sofort wieder dafür: „Tut mir leid, Alice, ich meinte nicht sie. Ist SIE noch im Büro?" „Ja", entgegnete die Sekretärin mit gedämpfter Stimme. „Aber ich kann das Paket gerne mitnehmen und Sie holen es bei mir ab oder wir treffen uns irgendwo", flüsterte sie. „Sie hat uns die Anweisung erteilt, dass Sie hier ab sofort Hausverbot hätten."

Na prima, dachte Ben, ließ sich Alices Adresse geben und fragte nach, ob es in Ordnung sei, wenn er später bei ihr ihr vorbeikäme und sie willigte ein. Unwillkürlich merkte er, wie der Ärger wieder in ihm aufstieg und versuchte sich abzulenken. Kurz entschlossen wechselte er in seine Sportsachen und ging Laufen. Das hatte ihm bisher immer geholfen und das tat es auch heute. Eine Runde durch den Hyde Park war einfach die beste Therapie für ihn.

Zurück in seiner Wohnung duschte er schnell, zog sich um und fuhr los, um seine Sachen bei Alice abzuholen. Er wollte sie nicht unnötig lange warten lassen, da ihre Tage in der Kanzlei ohnehin schon recht lang waren und sie sich ihren

Feierabend nicht nur aus diesem Grunde mehr als verdient hatte. Als sie ihm öffnete, lächelte sie ihn freundlich an. Ihre Freude darüber, dass sie ihm noch einmal behilflich sein konnte, war ihr anzusehen. Beide unterhielten sich kurz und Alice versicherte ihm, wie leid es den meisten in der Kanzlei täte, dass er nicht mehr da sei. SIE ließe jetzt ständig ihren Ärger an den Angestellten aus. Ben schüttelte verständnislos den Kopf, bedankte sich nochmals für die spontane Hilfe und verabschiedete sich dann. Auch wenn Alice nichts dafürkonnte: Sie erinnerte ihn an die Zeit, mit der er nun endgültig abschließen wollte.
Als er später nach Hause kam, zog er sein Jackett aus, holte sein Telefon hervor und warf einen kurzen Blick auf das Display. Er hatte eine neue Nachricht erhalten – von Lilly: „*Danke dir für das Foto und den schönen Abend gestern. Ciao, Lilly xx*" Beim Lesen der Nachricht huschte ein Lächeln über sein Gesicht und die Erinnerungen an die vergangenen Tage ließen den Ärger des heutigen Nachmittags merklich abflauen.

Den Rest der Woche verbrachte er damit, Liegengebliebenes aufzuarbeiten und die Wohnung auf Vordermann zu bringen. Wenn er seine neue Arbeitsstelle angetreten hatte, wollte er sich voll und ganz darauf konzentrieren und nicht durch Dinge, die er bereits jetzt erledigen konnte, abgelenkt werden.
Außerdem setzte er seinen Plan in die Tat um und fuhr zu seinen Eltern aufs Land, die sich sichtlich über seinen überraschenden Besuch freuten.
Während sie schließlich beim Tee zusammensaßen, erkundigte sich sein Vater, wie die Scheidung verlaufen war, aber als seine Mutter merkte, wie Ben das Thema immer noch aufzuregen schien, legte sie sanft, aber bestimmt ihre Hand auf den Unterarm ihres Mannes und gab ihm so zu verstehen, dass er die Sache besser auf sich beruhen lassen sollte. Seine Mutter hatte nun mal diesen besonderen Radar für unangenehme Schwingungen.

Viel lieber berichtete Ben dagegen von seinen Tagen in Venedig und beiläufig auch von seinem Wiedersehen mit Lilly. Seine Mutter überlegte, ob sie eventuell noch ein Bild von ihr vor Augen hatte, aber als Ben ihr versicherte, dass sie sich vermutlich nie persönlich gesehen hatten, gab sie auf und fügte hinzu: „Und selbst wenn ich sie damals vielleicht einmal gesehen haben sollte, hätten die Jahre vermutlich schon dafür gesorgt, dass ich mich inzwischen nicht mehr an sie erinnern kann. Ich bin halt auch nicht mehr die Jüngste." Ben streichelte ihr liebevoll über den Rücken und musste zugeben, dass er den Besuch bei seinen Eltern wirklich genoss. Zeit mit ihnen zu verbringen war schön und wertvoll, denn besonders seine Mutter hatte diese Fähigkeit ihm auch jetzt noch, obwohl er schon jenseits der Fünfzig war, jene Geborgenheit zu vermitteln, die manchmal einfach notwendig war und die ausnahmslos immer guttat.

Am darauffolgenden Montag war es dann endlich so weit: Sein erster Tag in der Kanzlei Brooks & Brooks. Geführt wurde diese von Vater und Sohn. Den Sohn, Matthew Brooks, kannte Ben von zahlreichen Veranstaltungen. Sie waren zwar nicht im gleichen Alter – Matthew war gerade noch in seinen Dreißigern – aber das tat ihrem beinahe schon freundschaftlichen Verhältnis zueinander keinen Abbruch und so tauschten sie sich gerne in endlosen Diskussionen über Rechtsfragen aus und leerten dabei auch das ein oder andere Pint Bier. Als Ben dann vor einigen Monaten begann, seine Fühler nach einer neuen Anstellung auszustrecken, machte Matthew ihm ein Angebot, über das Ben nicht lange nachdenken musste. Er freute sich schon darauf, noch mehr Gelegenheit zum fachlichen Austausch mit ihm zu haben, denn im Grunde war er Rechtsanwalt aus Leidenschaft. Zudem hatte ihn an diesem Angebot gereizt, dass die Kanzlei bekannt dafür war, langfristige Beziehungen zu ihren Mandanten zu pflegen und nicht ausschließlich das Augenmerk auf die vermeintlich lukrativsten Aufträge zu richten.

Er war zeitig aufgebrochen, um zu vermeiden in der morgendlichen Rush Hour stecken zu bleiben und sich womöglich zu verspäten. Zu früh wollte er allerdings auch nicht eintreffen und legte daher kurzerhand noch einen Stopp in einem kleinen Coffee Shop auf dem Weg ein, wo er sich einen Cappuccino to go genehmigte. Er nahm einen Schluck, schüttelte sich und verzog das Gesicht. „Der erste britische Cappuccino nach einer Italienreise ist vermutlich immer der schlimmste", schoss es ihm durch den Kopf und er verzichtete darauf, den Becher komplett zu leeren.
Kurz danach betrat er die Kanzlei, die sich in einem viktorianischen Gebäude am Lincoln's Inn Fields befand. Am Empfang kam eine Assistentin auf ihn zu und begrüßte ihn freundlich: „Guten Morgen, Sie müssen Mr Harris sein. Mr Brooks hatte Sie bereits angekündigt. Mein Name ist Karen und ich bringe Sie gleich zu Ihrem Büro." „Guten Morgen und vielen Dank für den netten Empfang, Karen. Ist Mr Brooks auch schon im Hause?", erkundigte sich Ben. „Ja, er ist bereits da, hat aber gerade schon den ersten Termin. Er hat mich gebeten, Ihnen auszurichten, dass er danach zu Ihnen kommen wird. Bis dahin sollen Sie sich schon mal ein bisschen einleben", erwiderte sie lächelnd, während sie ihm vorausging und ihm die Tür zu seinem Büro öffnete. Es war modern und stilvoll eingerichtet, genau so, wie er es mochte. „Darf ich Ihnen noch etwas bringen? Einen Tee, Kaffee oder Cappuccino?", fragte sie, bevor sie sich wieder auf den Weg zum Empfang machte. Ben musste an das italienisch anmutende Heißgetränk von vorhin denken und entschied sich daher sicherheitshalber für einen Tee.
Nachdem sie die Tür hinter sich geschlossen hatte, begann Ben sich einzurichten. Na dann, alles auf Anfang, dachte er und packte einige Utensilien aus seinem Aktenkoffer. Er hatte sich ohnehin auf die wichtigsten Dinge beschränkt, darunter die Stiftablage aus Muranoglas, die sich sehr gut auf seinem neuen Schreibtisch machte, wie er fand.

Als Karen wenig später mit einer dampfenden Tasse Schwarztee zurückkam, gab sie ihm Bescheid, dass Mr Brooks gerade seinen Termin beendet hätte und in Kürze zur Verfügung stünde. Kaum hatte sie den Satz ausgesprochen, klopfte es auch schon an der Tür und Matthew betrat das Büro. Ben ging ihm entgegen und die beiden Männer umarmten sich freundschaftlich. „Schön, dass du endlich da bist. Willkommen bei „Brooks & Brooks“, Ben!“ Matthew setzte sich in den Stuhl vor Bens Schreibtisch und ihm war anzusehen, wie ihn Bens Ankunft freute. „Ich habe mir heute den Tag größtenteils freigehalten, um dich den Kollegen vorzustellen und dich ein bisschen einzuweisen.“ Rasch wandte er sich an Karen, die noch in der Tür stand und bat ebenfalls um eine Tasse Tee.
Dann nahm der Tag seinen Lauf: Kennenlernen der übrigen Anwälte und Mitarbeiter, Vorstellung bei Mr Brooks Senior und gemeinsames Mittagessen im nahe gelegenen Pub. Den Nachmittag verbrachten sie damit, bereits die ersten Fälle durchzugehen, an denen Ben mitwirken sollte.
Während Matthew ein Telefonat führen musste, legte Ben eine kurze Teepause ein; dabei ruhte sein Blick auf der gläsernen Stiftablage und plötzlich kam ihn die Idee, eine Nachricht an Lilly zu senden. Also machte er ein Foto seiner Tasse auf dem Schreibtisch mit der Stiftablage im Hintergrund und sendete ihr dieses Bild: „*Tee statt Cappuccino. Ich wünsche dir einen schönen Nachmittag. Lieben Gruß, Ben*“.
Dann vertiefte er sich wieder in eine Akte, um sich in den Fall einzulesen, als plötzlich ein leises Surren ertönte, das den Erhalt einer neuen Nachricht signalisierte. Lillys Antwort: „*Tee trinke ich auch ganz gerne, aber dann hier.*“ Ben betrachtete das Foto, das sie zusammen mit der Nachricht gesendet hatte. Es zeigte den Ausblick von einer dieser typisch venezianischen Dachterrassen über einem Meer von Ziegeldächern bis hinüber zu einem Kirchturm. Er hatte diese hölzernen Konstruktionen auf vielen der Häuser in der Lagunenstadt gesehen. Auf einigen wurde Wäsche getrocknet und auf anderen hatte er Sonnenanbeter erspäht,

die dort oben das Leben noch ein Stückchen mehr zu genießen schienen, als sie es vermutlich eh schon taten.
So eine müsste man haben. Wie schön muss die Sicht von dort oben wohl über die Dächer der Stadt sein? - hatte sich Ben beim Anblick der teilweise wohl selbstgezimmerten Freisitze gedacht. Und jetzt das. „*Ist das etwa deine Dachterrasse?*“, schrieb er zurück und ihre Antwort kam umgehend: „*Ja, das ist meine geliebte Altana*“, gefolgt von: „*Übrigens, die Stiftablage macht sich gut auf deinem Tisch.*“, versehen mit einem zwinkernden Smiley.
Bevor er sein Telefon wieder zur Seite legte, schrieb er noch schnell: „*Das finde ich auch! Die habe ich bei einer sehr kompetenten Dame erworben.*“
Er konzentrierte sich wieder auf die Schriftstücke, die vor ihm lagen, bis Matthew von seinem Telefonat zurückkehrte und sie die Fälle gemeinsam durchgingen. Sie fachsimpelten stundenlang. Wie hatte Ben das in der letzten Zeit gefehlt! Beide vergaßen vor lauter Eifer vollkommen die Zeit und so war es nicht verwunderlich, dass es bereits nach neun Uhr war, als Matthew schließlich meinte: „Genug für heute. Ich bin echt stolz, dich jetzt in unserem Team zu haben. Selten, dass jemand so für seinen Beruf brennt wie du.“ Er klopfte Ben anerkennend auf die Schulter. Der Gelobte nickte bescheiden „Danke dir. Und ich bin froh, wieder professionell mit Gleichgesinnten arbeiten zu können.“ Er zog sein Jackett über, nahm seinen Aktenkoffer und verabschiedete sich.
Draußen war es schon recht dunkel und es waren nicht mehr ganz so viele Menschen unterwegs. London schlief zwar nie und schon gar nicht um diese Uhrzeit, aber die meisten waren jetzt vermutlich schon daheim, in einem Restaurant oder im Pub. Ben machte sich auf den Weg zur U-Bahn-Station, erreichte gerade noch den Zug, bei dem sich bereits die Türen zu schließen begannen und zwängte sich hinein. Er lehnte sich an eine der Haltestangen in der Nähe der Tür und ging in Gedanken noch einmal den Tag durch. Nichts – tatsächlich gab es nichts, was Unwohlsein oder Ärger in ihm

hätte erzeugen können. Erleichtert atmete er durch. So hatte er sich das Arbeiten wieder gewünscht.
Zu Hause angekommen sah er rasch die Post durch, machte sich ein Sandwich und legte sich auf die Couch, um noch ein wenig fernzusehen. Nur noch die Nachrichten, dachte er bei sich, zu mehr reicht es heute wohl eh nicht mehr. Sein Telefon surrte. Vermutlich Matthew, dem noch was eingefallen war. Schnell griff er nach dem Gerät und entsperrte es mit einem Fingerwisch, doch als er den Absender der Nachricht sah, zogen sich seine Mundwinkel nach oben. „*Die kompetente Dame möchte dem versierten Anwalt zu seinem überstandenen ersten Tag in der neuen Anstellung gratulieren. Venezianische Grüße xx*".
Ganz allmählich fand Ben an diesen kleinen Nachrichten Gefallen. Bisher war er eher sparsam damit umgegangen. Warum hätte er auch irgendwem auf diesem Wege Mitteilungen senden sollen? Er nutze dieses Medium überwiegend beruflich und privat eigentlich nur, um sich mit Sam kurz auszutauschen – wann und wo treffen wir uns, oder so ähnlich. Für alles andere telefonierte er lieber. Er hatte sich irgendwann eingeredet, dass er für so etwas einfach schon zu alt war, aber jetzt musste er zugeben, dass es ihm zusehends Spaß bereitete. Er schrieb zurück: „*Der versierte Anwalt bedankt sich herzlich für die Glückwünsche und wünscht der kompetenten Dame seinerseits eine gute Nacht. Lieben Gruß aus Notting Hill*". Er wartete kurz, bis die beiden Häkchen neben der Mitteilung erschienen, legte das Telefon dann wieder beiseite und schaute sich die Nachrichten im Fernsehen weiter an. Doch noch bevor das Wetter von Morgen vorhergesagt wurde, war er schon auf der Couch eingeschlafen.

Kapitel 4 – Die italienische Familie

Lilly war keine Frühaufsteherin, doch die ersten Sonnenstrahlen hatten sie heute schon zeitig aufgeweckt und nicht mehr einschlafen lassen. Sie hatte noch gute zwei Stunden, bis sie im Geschäft sein musste und beschloss, die Zeit zu nutzen, um gleich morgens bei ihrer Freundin Paola auf dem Markt vorbeizuschauen. Nachdem sie geduscht hatte, zog sie sich an, trug ein leichtes Make-up auf und steckte ihre Haare hoch. Dann machte sie sich auf den Weg durch die schmalen Gassen von Cannaregio Richtung Rialtomarkt. So früh war in den kleinen Straßen noch wenig los. Tagestouristen kamen erst später und verliefen sich sowieso eher selten hierher. Auch auf der Strada Nova, einer der größeren Einkaufsstraßen und eben dem Weg, über den die meisten Pendler und Reisende in die Stadt kamen, war es noch recht ruhig und vom regen Treiben, das sonst hier herrschte, war wenig zu spüren. Es schien, als sei Venedig zu dieser Uhrzeit tatsächlich noch den Venezianern vorbehalten, die jetzt in den Bars standen, um sich mit Cappuccino und Cornetto für den Tag zu stärken oder bereits die ersten Besorgungen erledigten. Außerdem huschten einige Lieferanten umher, die mit Sackkarren die Ware zu den umliegenden Geschäften brachten.
Lilly kehrte in einer Café-Bar ein, bestellte sich ein kleines Frühstück und nahm an einem der Tische vor der Bar Platz. Die Luft war im Schatten noch etwas kühl und so legte sie sich ihre Strickjacke über die Schultern, während sie auf Cappuccino und Gebäck wartete. Es dauerte nicht lange, bis ihre Bestellung kam und so konnte sie kaffeeschlürfend ihren Gedanken nachhängen und das Treiben um sie herum beobachten. Sie liebte es, wenn ihr Tag so gemächlich startete wie heute.
Als sie fertig war, ging sie ein paar Schritte zu der nahe gelegenen Traghetto-Station Santa Sofia und setzte mit dem Traghetto, einer Gondel, die für kleines Geld die

Überquerung des Canal Grande ermöglichte, zur anderen Seite über, wo sich der Rialtomarkt befand. Was für eine Augenweide sich dem Besucher dort bot! Sie war jedes Mal aufs Neue begeistert.
Auf der rechten Seite stand ein rötliches Gebäude, das ganz im Stil der venezianischen Neugotik von Säulen getragen wurde. Hier war der Fischmarkt untergebracht, auf dem die Händler täglich ihre Ware an den verschiedenen Ständen höchst künstlerisch anrichteten. Hier musste einem einfach das Wasser im Munde zusammenlaufen. Die Verkäufer gaben zudem gerne Tipps für die Zubereitung der verschiedenen Fische und Meeresfrüchte. Man spürte die Leidenschaft, mit der sie ihren Beruf ausübten und für sie war es sicherlich nicht nur eine Arbeit, um Geld zu verdienen, sondern tatsächlich eine Berufung.
Gleich links daneben lag der Gemüsemarkt. Die Stände, deren Waren von großen Markisen vor dem Sonnenlicht geschützt wurden, waren in Reihen angeordnet. Hier fand das Feinschmeckerherz und natürlich auch alle anderen Hungrigen alles, was sie begehrten. An den Ständen lagen frische Artischocken neben grünem Spargel, Tomaten, Paprika, Auberginen, Zwiebeln, Salat und grünen und roten Peperoni, die zu malerischen Sträußen gebunden waren. Pfirsiche reihten sich an Birnen, Weintrauben, Melonen, Feigen und Pflaumen. Die Auswahl war schier grenzenlos. Lilly schaute sich das Angebot einiger Stände an, grüßte die Kaufleute und wechselte mit dem einen oder anderen ein paar Worte über das Wohlergehen der Familie oder wie das Wetter wohl heute werden würde.
Paola hatte Lilly schon von Weitem entdeckt und erwarte sie bereits, als diese endlich an ihrem Stand angekommen war. Sie stemmte die Arme in die Seite und sagte mit gespielter Strenge: „Hast du es jetzt endlich bis zu mir geschafft? Ich dachte schon, du wolltest es dir heute mit mir verscherzen und lieber bei den anderen einkaufen.“ Lilly kam zu ihr in den Stand hinter die Auslagen und die beiden Frauen umarmten sich herzlich, küssten sich gegenseitig auf die

Wangen und die Gescholtene antwortete lachend: „Das würde ich mir doch nie erlauben, Paola."

Paola – sie war diejenige gewesen, die Lilly einen ersten Job gab, als diese damals kurzfristig beschlossen hatte, in Venedig zu bleiben. Sie war sich zwar nicht sicher gewesen, ob die schlanke Engländerin wirklich genug Kraft hatte, ihr beim Einlagern der Gemüsekisten oder beim Ziehen der Karren, auf denen sie ihre Ware täglich aus den Lagerräumen zum Markt beförderte, zu helfen, aber diese Frau hatte sie mit einem netten Lächeln so höflich um Arbeit gebeten, dass sie gar nicht ablehnen konnte. Das hätte ihr großes italienisches Herz einfach nicht zugelassen. Überraschenderweise hatte sich dann jedoch schnell gezeigt, dass Lilly zwar schlank, aber eben auch genauso zäh war und mit jedem Tag die Arbeit besser erledigte. Sie half ebenso beim Entladen der Lastenkähne und erarbeitete sich dadurch zusätzlich den Respekt der Männer, die sie erst nur belächelt hatten. Paola hatte sie schnell ins Herz geschlossen und lud sie abends öfters zu sich nach Hause ein, um zuerst für sie, später dann mit ihr zusammen zu kochen. Außerdem war die Händlerin auch maßgeblich daran beteiligt gewesen, dass sich Lillys Sprachkenntnisse von einer Art Gebärdensprache versetzt mit kleinen italienischen Brocken, zu einem sehr guten und flüssigen Italienisch gemausert hatten. Über die Jahre war ihre Freundschaft immer enger geworden und sie verbrachten oft Zeit miteinander, auch wenn Lilly lange schon nicht mehr bei ihr auf dem Markt arbeitete.

Eine Frau kam auf den Marktstand zu und begutachtete die Ware. Als Paola sie erblickte, wandte sie sich von Lilly ab, begrüßte die Kundin und beantwortete freundlich die Fragen nach Herkunft und Frische des Gemüses. Sie bediente die Frau mit dieser für sie typischen herzlichen Art, die Lilly so sehr an ihr liebte. Die Marktfrau machte keine Unterschiede zwischen Arm und Reich oder Jung und Alt. Nur zwei Dinge verabscheute sie: Unfreundlichkeit und Respektlosigkeit.

Während Paola beschäftigt war, ließ Lilly ihre Blicke über das wunderschön drapierte, farbenfrohe Gemüse schweifen. Kurzerhand zog sie ihr Telefon hervor, schoss ein Foto und sendete es an Ben: *„Und? Auf was hättest du da am meisten Appetit?“* Sie lächelte vor sich hin und verstaute ihr Telefon wieder in ihrer Handtasche. Paola hatte sie neugierig aus dem Augenwinkel beobachtet und kam, als die Kundin gegangen war, zu ihr, stieß sie mit dem Ellenbogen in die Seite und neckte sie: „Seit wann lächelst du so geheimnisvoll, wenn du Nachrichten schreibst?“ „Geheimnisvoll? Was bitte war daran geheimnisvoll?“, lachte Lilly. „Ich habe letzte Woche zufällig einen Schulfreund getroffen. Es war wirklich nett und jetzt schicken wir uns halt ab und zu Nachrichten. Nichts Besonderes.“ „Moment!“, unterbrach Paola sie. „Davon hast du mir ja gar nichts erzählt. Und was heißt zufällig?“ Sie bemühte sich um einen entrüsteten Gesichtsausdruck. Lilly musste über ihre Neugier schmunzeln und antwortete brav. „Also: Letzte Woche kam er zufällig zu uns ins Geschäft und als wir uns gegenüberstanden, haben wir uns sofort wiedererkannt. Wir waren damals in der gleichen Klasse. Er hat mich dann gefragt, ob wir was zusammen essen gehen wollen, ich habe zugesagt und wir hatten einen schönen Abend, an dem wir uns viel über alte Zeiten unterhalten haben.“ „Und das war alles?“, fragte Paola beinahe etwas enttäuscht, bevor sie nachhakte: „Sieht er gut aus? Seht ihr euch wieder?“ Als sie Lillys erstaunten Blick sah, grinste sie schelmisch. „Ich weiß nicht, wann ich zuletzt miterlebt habe, dass du einem Mann überhaupt eine Nachricht schreibst, also abgesehen von Handwerkern oder deinem Chef.“ Lilly zog eine Augenbraue hoch und zuckte mit den Schultern. „Ich weiß nicht, ob wir uns wiedersehen. Ich habe angeboten, ihm Venedig zu zeigen, wenn er noch mal hierherkommen sollte. Mehr nicht. Warum auch?“ Sie machte eine kurze Pause bevor sie fortfuhr. „Aber um auch die andere Frage zu beantworten: Ja, er sieht gut aus. Sein blondes Haar ist nicht mehr ganz so üppig wie früher, aber er hat immer noch ein schönes

Lächeln." Ihre Freundin sah sie prüfend an, wurde dann aber von Andrea unterbrochen, der die beiden Frauen entdeckt hatte und auf sie zusteuerte.

Andrea war Gondoliere und übte seinen Beruf voller Leidenschaft aus. Seine Gondel lag oft, wenn er keine Gäste durch die Kanäle und über den Canal Grande fuhr, in der Nähe des Rialtomarktes. Er nutzte dann die Pausen gerne für einen Plausch mit Paola. Die beiden gebürtigen Venezianer fühlten sich in ihrem Schicksal vereint: Immer mehr Einheimische hatten der Stadt den Rücken gekehrt, um auf das Festland zu ziehen, da es in der Lagunenstadt selbst fast nur noch Jobs in Hotels und Restaurants gab und die wiederum nicht so lukrativ waren, dass man davon die Miete hätte zahlen können. Die beiden gehörten zu den Glücklichen, die nicht nur hier arbeiten, sondern auch leben durften und fühlten sich untrennbar mit Venedig verbunden, was sie vermutlich auch waren und deshalb noch nie wirklich ihre Heimatstadt verlassen hatten.
Mit Andrea war Lilly fast so lange befreundet wie mit Paola. Die beiden hatten sich kennengelernt, kurz nachdem sie begonnen hatte, für die Marktfrau zu arbeiten. Er war von ihrem Mut, alles hinter sich zu lassen, um in einem anderen Land neu anzufangen, beeindruckt gewesen. Das war für ihn selbst unvorstellbar und es nötigte ihm noch mehr Respekt ab, wenn er bedachte, wie schnell sie sich hier eingefügt hatte und nicht mehr als Fremde auffiel, vor allem natürlich, weil sie sich anstrengte, die Sprache zu lernen und weil sie sich genau wie die Venezianer selbst für den Erhalt dieser Stadt und ihrer Kultur stark machte, wo sie nur konnte. Sie wiederum war Andrea unendlich dankbar, dass er stets für sie da war, wenn sie jemanden brauchte, an dessen Schulter sie sich ausheulen konnte, wenn ihr Optimismus und ihre Lebensfreude mal einen Dämpfer bekommen hatten. Sie saßen dann daheim an Lillys Esstisch und tranken Wein, während sie sich den Kummer von der Seele redete, er ihr geduldig zuhörte und versuchte, ihr mit seiner

Lebenserfahrung beizustehen und sie wieder aufzubauen – und das in den überwiegenden Fällen mit Erfolg.
Und es gab noch einen unschlagbaren Vorteil, den die Freundschaft zu dem Gondoliere für Lilly mitbrachte: Er nahm sie manchmal, wenn er keine Gäste hatte, mit der Gondel mit. Wenn sie wieder zu viel eingekauft hatte, war das ein wahrer Segen und dafür bedankte sie sich zuweilen mit einer Einladung zum Essen, der Andrea nur zu gern folgte, da sie mit der Zeit eine recht gute Köchin geworden war.

Nun kam er also auf die beiden zu und unterbrach somit das Verhör, in das Paola Lilly gerne weiter genommen hätte. Er begrüßte beide mit „Ciao Bellezze" und jeweils einem Küsschen auf die rechte und die linke Wange. „Ciao Andrea, was machst du heute schon so früh hier?", fragte die Händlerin und er entgegnete entwaffnend: „Darf ich nicht auch mal früh aufstehen?" „Darfst du gerne; sogar jeden Tag, aber du tust es nie." Paola untermalte ihre Worte gestenreich. Lilly, die amüsiert danebenstand, konnte sich das Lachen kaum noch verkneifen: „Euch beiden zuzuschauen ist manchmal besser als jedes Theaterstück."
Andrea machte eine Verbeugung, als wenn er sich bei seinem Publikum bedanken wollte, aber Paola wedelte verächtlich mit den Händen. Rasch tauschten sich die drei über den neuesten venezianischen Tratsch aus, bis sich Lilly kurze Zeit später von beiden verabschiedete, um sich auf den Weg Richtung Arbeit zu machen. Als sie außer Sichtweite war, nahm die Marktfrau den Gondoliere beiseite. „Ich glaube, Lilly hat einen Freund." „Wie kommst du darauf?" „Sie war mit einem Mann essen und schreibt ihm jetzt Nachrichten. Und …", sie machte eine bedeutungsvolle Geste. „Sie lächelt dabei." Sie war sich ihrer Sache ganz sicher. Andrea schüttelte belustigt den Kopf. „Und wenn schon? Darf sich eine Frau in ihrem Alter nicht mehr verlieben?" Nach einer kurzen Pause fügte er gewitzt hinzu: „… und darf sie vor dir keine Geheimnisse haben? Wenn es tatsächlich so wäre,

dann ist es doch allein Lillys Sache, ob und wann sie uns etwas sagt." Paola war damit ganz und gar nicht einverstanden. „Aber wir sind ihre Freunde! Ihre italienische Familie!" „Ja, das sind wir, aber auch denen muss man nicht gleich alles auf die Nase binden", erwiderte Andrea lachend. Er gab ihr einen Kuss auf die Wange und machte sich auf den Weg zu einer der Bars am Rande des Marktes, um sich einen Cappuccino zu holen. Sie schüttelte nochmals den Kopf und murmelte vor sich hin: „Ich meine es ja nur gut. Sie ist schließlich so etwas wie meine kleine Schwester." Die nächsten Kunden kamen an ihren Stand und so blieb ihr keine Zeit mehr, weiter ihren Gedanken und Vermutungen nachzuhängen - zumindest jetzt nicht.

Als Lilly im Geschäft ankam, stellte sie ihre Handtasche auf einen Tisch im Büro, öffnete einen kleinen Schrank, in dem sie ihre Schuhe verstaut hatte und wechselte routiniert Sneaker gegen High Heels. Sie fand, dass ihr Gang eleganter wirkte, wenn sie hohe Absätze trug, und eine gewisse Eleganz war – ihrer Ansicht nach – in Gegenwart der gläsernen Schönheiten absolut notwendig und auch angebracht. Diese filigranen Kunstwerke waren einfach unvergleichlich und es ärgerte sie umso mehr, wenn Touristen auf gefälschte Ware in den Souvenirläden hereinfielen, weil sie glaubten, sie würden ein ganz besonderes Schnäppchen machen. Glücklicherweise gab es jedoch immer noch genügend Kunden, die den Fokus auf Authentizität und Qualität legten und somit auch den gerechtfertigten Preis für dieses Kunsthandwerk zahlten und dazu beitrugen, dass die jahrhundertealte Tradition am Leben gehalten wurde.
Als sie sich und ihr Outfit ein weiteres Mal prüfend im Spiegel gemustert hatte, fiel ihr Blick auf ihre Handtasche, in der ihr Telefon gerade summte. Sie holte es hervor und sah, dass sie eine neue Nachricht erhalten hatte – von Ben: *„Appetit auf Gemüse habe ich morgens eher selten, aber ich liebe grünen Spargel."* Sie wollte das Telefon gerade wieder in die

Tasche stecken, als es erneut summte. Noch mal Ben: „*Ich wünsche der kompetenten Dame einen schönen Tag. Liebe Grüße, Ben.*“ Schnell tippte sie: „*Den wünsche ich dem versierten Anwalt ebenfalls. Lilly xx*“. Sie legte das Telefon zurück, schloss ihre Tasche in den Schrank und ging beschwingt in den Geschäftsraum, um den Laden zu öffnen.

Kapitel 5 – Eine Art Freundschaft

Manchmal geht das Leben schon komische Wege, sinnierte Ben, als er die Tür aufschloss und seine Wohnung betrat. Er war gerade von seiner Laufrunde durch den Hyde Park zurückgekommen und ihm waren dabei die Geschehnisse der letzten Wochen durch den Kopf gegangen: Wie leer hatte er sich nach der Scheidung vor einem Monat gefühlt? Da hatte er sich noch gefragt, wie lange er wohl brauchen würde, um in der neuen Kanzlei Fuß fassen zu können. Dass er den Juniorchef kannte, war nicht gleichbedeutend mit Akzeptanz und Erfolg. Doch seine Bedenken waren unbegründet gewesen und er war mittlerweile vollständig integriert.

Auch hatte er vor einigen Wochen noch nicht ahnen können, seine Schulfreundin Lilly wieder zu treffen und was das in ihm auslösen würde.

Diese Art von Freundschaft war merkwürdig für ihn. Er konnte sich nicht daran erinnern, dass er zuvor schon einmal zu irgendjemandem Kontakt gehalten hatte, den er eigentlich nicht wirklich kannte oder den er nicht so ohne Weiteres treffen konnte, um das zu ändern. War das dann überhaupt eine richtige Freundschaft?

Ihre Verbindung zueinander bestand nur aus dem regelmäßigen Austausch von Kurznachrichten – mal mit, mal ohne Bild. Er bemerkte aber auch, dass er inzwischen öfters auf sein Telefon blickte und den Bildschirm überprüfte, damit ihm ja keine Botschaft von ihr entging; sorgten sie doch immer dafür, dass er unweigerlich lächeln musste und gute Laune bekam.

Aber weder er noch Lilly griffen zum Telefon, um mit dem jeweils anderen zu reden. Warum eigentlich nicht? Immer, wenn Ben gedanklich an diesem Punkt ankam, fragte er sich, über was er denn auch mit ihr reden sollte. Über das Wetter?

Über ihre Arbeit oder seine? Sie führten so unterschiedliche Leben. Warum hielten sie also trotz alledem Kontakt?
Konnte es sein, dass er sie einfach mochte oder sogar Gefühle in irgendeiner Art für sie entwickelte? Auch diese Frage hatte sich Ben schon mehrfach gestellt. Aber wenn das so wäre, was genau mochte er an ihr? Er hatte sie nur für ein paar Stunden getroffen, nachdem sie sich über dreißig Jahre nicht gesehen hatten. Er kannte sie also überhaupt nicht. Sicher, sie war hübsch und erfrischend unkompliziert. Letzteres war, so hatte er es bereits erfahren müssen, nicht immer ganz selbstverständlich bei Frauen ihres Alters. Zudem war ihm an dem Abend aufgefallen und im Gedächtnis geblieben, dass, wenn immer sie lächelte oder lachte, sich auf ihren Wangen kleine Grübchen zeigten. Warum merkte er sich ausgerechnet dieses zugegeben süße Detail an ihr?
Und trotz alledem blieben sie immer etwas auf Abstand – die ‚kompetente Dame' und der ‚versierte Anwalt'.
Irgendwie ergab das alles keinen Sinn, jedenfalls nicht für ihn, den Kopfmenschen. Und doch wollte er ihre Nachrichten nicht mehr missen.

Ähnlich erging es Lilly. Natürlich hatte sie sich gefreut, Ben wiederzusehen. Nicht selbstverständlich, einen Schulkameraden nach so langer Zeit zu treffen, zumal sie der alten Heimat den Rücken gekehrt und seit Jahrzehnten kaum Verbindungen nach London hatte. Noch unwahrscheinlicher erschien es, mit eben diesem „fremden Bekannten" auch noch einen wunderschönen Abend zusammen zu verbringen und nie das Gefühl von Distanz oder einen Anflug von Langeweile zu erleben. Trotzdem blieb sie skeptisch, ob er tatsächlich irgendwann wieder nach Venedig zurückkommen würde. Man sagt oft so viel, wenn man in ausgelassener Stimmung ist, bremste sie sich selbst und versuchte daher, dem Kontakt zu Ben nicht zu viel Bedeutung beizumessen.

Allerdings machte es ihr zunehmend Spaß, mit ihm täglich teilweise auch mehrmals kleine Nachrichten auszutauschen, war es doch genauso für sie Neuland. Bisher hatte sie nur mit ein paar ihrer Freundinnen auf diese Weise kommuniziert. In dem Alter, in dem sie sich jetzt alle befanden, waren Textnachrichten nicht unbedingt das Mittel der Wahl, um sich auf dem Laufenden zu halten. Vielmehr nutzte man sie, um sich zu verabreden und sich dann bei ein oder zwei Gläsern Spritz wieder auf den gleichen Wissensstand zu bringen – egal, um welches Thema es sich handelte.
Und da stellte sie sich ihr schon die Frage, warum sie auf einmal mit einem Mann hin und her schrieb, über den sie im Grunde nicht viel mehr wusste, als dass sie ihn zugegebenermaßen sehr attraktiv fand. Irgendwas musste es sein, dass sie anzog. Vielleicht ja auch nur die Tatsache, dass sie so weit voneinander entfernt wohnten und es dadurch vermutlich kein weiteres Treffen gab; er also in unerreichbarer Entfernung und dadurch irgendwie „sicher" schien. Je mehr sie aber über ihre eigenen Grübeleien nachdachte, desto weniger Sinn ergaben diese für sie. Ich sollte es einfach genießen, solange es mir Spaß macht, überlegte sie, da es eh endete, wenn er irgendwann wieder eine feste Partnerin hätte, wovon sie ausging. Ben war gut aussehend und sympathisch, hatte einen angesehenen Beruf und da mangelte es sicher nicht an den entsprechenden Situationen und Kontakten. Und immer, wenn sie darüber nachdachte, wurde sie merkwürdigerweise ein bisschen wehmütig.

Nachdem Ben geduscht und einen kleinen Snack zu sich genommen hatte, ging er in sein Arbeitszimmer, um den Papierkram der letzten Wochen aufzuräumen. Es hatte sich einiges auf dem Schreibtisch angesammelt: Rechnungen, die zwar schon bezahlt waren, aber noch abgelegt werden mussten, Belege für die Spesenabrechnung im Büro, Briefe mit Werbung, die er nicht einmal geöffnet hatte und noch einige weitere Papiere, die nicht allzu wichtig erschienen, deren Verlust man aber verfluchen würde, wenn sie, sollte man sie doch benötigen, nicht vorlägen. Er setzte sich brav auf den Stuhl und begann zu sortieren. Wie er diese Arbeit verabscheute, aber leider erledigte sie sich nun mal nicht von selbst. Morgen war Samstag und er hatte sich fest vorgenommen, dieses Wochenende aus London rauszufahren. Irgendwohin. Vielleicht an die Küste, um sich auf einem Pier den Wind um die Nase wehen zu lassen. Dort wollte er dann zumindest nicht von einem schlechten Gewissen geplagt werden, sollte ihm das Chaos auf seinem Schreibtisch in den Sinn kommen.

Ben holte Locher und Tacker aus der Schublade und warf dabei einen Blick auf sein Telefon. Es war keine Nachricht eingegangen. Er sortierte weiter, holte Ordner aus dem Regal, lochte Dokumente, tackerte Blätter zusammen und hefte alles ab. Nach einer Weile war sein Schreibtisch ordentlich aufgeräumt und die Belege für die Spesenabrechnung chronologisch sortiert und beschriftet in einem Kuvert verpackt.

Wieder schaute er inzwischen etwas enttäuscht auf sein Telefon. Immer noch keine neue Nachricht.

Er ging in die Küche, schenkte sich ein Glas Weißwein ein und beschloss spontan, endlich mal wieder ein Buch zu lesen. Früher wäre das an einem Freitagabend undenkbar gewesen. Da hatte man sich mit befreundeten Paaren auf ein paar Drinks in einer der stylishen Bars der Stadt getroffen. Die Zeiten ändern sich, stellte Ben fest, als er im Wohnzimmer vor dem Bücherregal stand und nach einer Lektüre suchte, die es wert war, den Abend mit ihr zu verbringen. Er strich mit dem Finger entlang der Buchrücken und las die Titel, bis er bei der Biografie von Winston Churchill hängen blieb. Diese hatte er schon seit

Jahren hier stehen und war nie dazu gekommen, sie in Ruhe zu lesen.
Bewaffnet mit Weinglas und Buch machte er es sich auf der Couch bequem und begann zu schmökern. Einige Seiten später legte er den Wälzer aber auch schon wieder beiseite, ging ins Arbeitszimmer und holte sein Handy. Vielleicht hatte sich ja inzwischen jemand gemeldet.
Und tatsächlich sah er das Symbol für den Erhalt einer neuen Nachricht aufleuchten. Sie war von Sam. Die beiden hatten sich gestern im Pub getroffen und Sam hatte ihm von einer interessanten Dokumentation über das Bankenwesen in London berichtet. *„Hi Pal, hier der Link zu der Doku, wie gestern besprochen. Schönen Abend und schönes Wochenende!"* Ben sendete eine kurze Antwort, in der er sich bedankte und seinem Freund ebenfalls ein schönes Wochenende wünschte. Er seufzte, denn eine Nachricht von Lilly wäre ihm irgendwie lieber gewesen und so starrte er eine Weile vor sich hin, trank einen Schluck Wein und murmelte leise: „Dann schreibe ich ihr halt." Er begann zu tippen, löschte das Geschriebene aber immer sofort wieder. Da war abermals sein Problem: Was sollte er ihr eigentlich schreiben? Es gab keinen Anlass. Aber hatte es den bis jetzt für irgendeine ihrer Nachrichten gegeben? Nicht wirklich, wenn er ehrlich wahr.
Schließlich schoss er ein Foto von seinem Weinglas und schrieb dazu: *„Der kompetenten Dame einen wunderschönen Abend. Viele Grüße aus London*". Er drückte auf Senden und ärgerte sich im gleichen Moment über sich selbst. Warum hatte er wieder diese distanzierte Form gewählt? Inzwischen klang das eher abgedroschen statt eloquent und witzig.
Vielleicht kann ich die Mitteilung ja noch löschen, schoss es ihm durch den Kopf, aber dann sah er auch schon den zweiten Haken neben der Nachricht. Sie hatte es gelesen. „Verdammt!", entfuhr es ihm und er schlug aufgebracht mit der flachen Hand neben sich auf die Couch. Dann ein leises

Surren. Eine Nachricht von ihr: „*Buona Sera und Cin Cin aus Venedig. Ich wünsche dir auch einen schönen Abend. xx*“ Er lächelte. Wie schön wäre es jetzt, irgendwo mit ihr zu sitzen, gemeinsam etwas zu trinken, zu essen oder einfach nur zu reden und zu lachen.

Es kam ihm so vor, als ob sie ihn ganz langsam in ihren Bann zog: Anders als die Frauen, die er sonst kannte, war sie eher ruhig und zurückhaltend, früher – daran konnte er sich noch erinnern - sogar schüchtern. Gleichzeitig war sie aber auch mutig genug, um im Leben das zu tun, was sie wirklich wollte – ohne Angst vor den großen Herausforderungen oder möglichen Verlusten. Vielleicht war sie genau deswegen so lebensfroh und strahlte eben dies auch aus.

Ben ging in die Küche und schenkte sich noch mal Wein nach, lehnte sich dann an einen der Küchenschränke und starrte minutenlang gedankenverloren aus dem Fenster. Ein Blick auf die Uhr verriet ihm, dass es kurz nach neun Uhr war.

Sie hat gleich geantwortet, also war sie vermutlich auch gerade daheim, dachte er, stellte sein Glas ab und holte das Telefon. Er zögerte noch etwas, strich immer wieder über das Display, bis er es schließlich entsperrte, in den Kontakten nach Lillys Namen suchte und ihre Nummer wählte. Quälend lange dauerte es, bis das Freizeichen endlich ertönte und eine gefühlte Ewigkeit, bis der Anruf entgegengenommen wurde: „Ciao Ben“, klang Lillys Stimme etwas fragend durch das Telefon. „Hi Lilly, ich wollte einfach mal hören, wie es dir geht. Und ich dachte mir, es wäre auch mal wieder schön, mit dir zu reden.“ „Das freut mich. Es freut mich wirklich, auch mal wieder deine Stimme zu hören. Schreiben ist zwar gut, aber das hier ist noch besser und nicht so mühselig – ich bin im Tippen definitiv nicht so schnell, wie die Jungen“, antwortete sie und er glaubte, das Lächeln in ihrer Stimme hören zu können.

„Wenigstens kenne ich durch die Bilder, die du mir geschickt hast, schon deine Dachterrasse und einen Teil deiner Wohnung, ganz zu schweigen vom guten venezianischen Gemüse", lachte er. „Stimmt. Dafür kenne ich deinen Schreibtisch, deine Küche, dein Weinglas und deinen Pub", stimmte sie in sein Lachen mit ein. Vermutlich waren jetzt wieder die netten Grübchen auf ihren Wangen zu sehen, die er sich bildlich vorstellen konnte. „Also, wie geht es dir?", erkundigte er sich. „Mir geht es gut, danke. Ich hoffe, dir auch?" „Ja, es passt alles." Was konnte er noch sagen? Genau das hatte er befürchtet: Nicht zu wissen, über welche Themen er mit ihr reden sollte. Es entstand eine Pause, die Ben sehr unangenehm war. Wie viel einfacher war ihm das Gespräch mit ihr gefallen, als sie sich beide am Rialtomarkt gegenübergesessen waren. Da hatte es keine Unterbrechungen gegeben. Hilflos kreisten seine Gedanken: Was kann ich ihr erzählen oder was wollte ich sie eigentlich die ganze Zeit schon fragen? Lilly erlöste ihn schließlich und beendete die Stille zwischen ihnen. „Wie läuft es in der neuen Kanzlei? Passt alles? Ist es so, wie du es dir erhofft hast?" Erleichtert beantwortete er ihre Nachfrage: „Ja, es war absolut die richtige Entscheidung. Ich hatte vorher ein paar Bedenken, aber die waren vollkommen grundlos. Es ist schön, wieder gerne ins Büro zu gehen. Weißt du, ich bin Anwalt aus Leidenschaft und es hat mir die Monate davor schon ziemlich zugesetzt, dass ausgerechnet dieser Teil meines Lebens mit so vielen negativen Gefühlen behaftet war." „Das freut mich für dich. Man verbringt so viel Zeit mit dem Beruf, da sollte der auch Spaß machen", pflichtete sie ihm bei. „Apropos Anwalt: Da fällt mir gerade noch etwas ein, dass ich auf dem Herzen hätte." Er räusperte sich. „Würde es dir etwas ausmachen, wenn wir aufhören, die ‚kompetente Dame' und den ‚versierten Anwalt' zu zitieren?" Lilly fiel ihm lachend ins Wort: „Ich bin so froh, dass du es ansprichst. Ich fand es ehrlich gesagt langsam auch etwas

albern. Irgendwie hatte sich das bei uns beiden wohl verselbstständigt." Jetzt musste auch er lachen und schlagartig war das Eis gebrochen. Sie plauderten und gackerten ausgelassen wie bei ihrem Wiedersehen einige Wochen zuvor.
Und während Ben es sich auf seiner Couch bequem machte, hockte sich Lilly auf die Stufen, die zu ihrer Dachterrasse führten und lehnte sich an den Türstock. Die Themen schienen ihnen nicht mehr auszugehen, egal ob es sich um ihren Alltag in Venedig drehte, um seine Pläne für das bevorstehende Wochenende an Englands Südküste oder erneut die Erinnerungen an die gemeinsame Schulzeit hervorgekramt wurden. Beide spürten dabei eine unerwartete und ungewöhnliche Vertrautheit.
Plötzlich sah sie, dass es inzwischen bereits weit nach Mitternacht war. „So spät schon! Mit dir vergeht die Zeit wirklich wie im Flug." „Ja, das kann ich nur zurückgeben", entgegnete er leise. Es entstand wieder eine Pause, die auch dieses Mal von Lilly beendet wurde: „Wolltest du nicht morgen gleich in der Früh aufbrechen, um an die Küste zu fahren?" „Ja, stimmt. Das wollte ich", antwortete er zögerlich. „Dann sollten wir jetzt auflegen, oder?" „Wahrscheinlich hast du recht. Es war schön, deine Stimme zu hören. Ich wünsche dir eine gute Nacht, Lilly." „Die wünsche ich dir auch, Ben. Und viel Spaß morgen am Meer", flüsterte sie eher als das sie sprach. Dann legten beide auf.

Ben schloss die Augen, streckte sich auf der Couch aus und grinste wie ein Schuljunge. Er war froh, dass er sich ein Herz gefasst und zum Hörer gegriffen hatte. Wie hatte er die zurückliegenden Stunden genossen und wie gerne hätte er einfach immer weitergeredet. Ihre sanfte und ruhige Stimme, ihre liebe Art - sie vermittelte ihm ein Behagen, das er lange so nicht gespürt hatte. Ich freue mich jetzt schon auf das nächste Mal, dachte er bei sich und ging zufrieden zu Bett.

Lilly hatte sich, nachdem das Telefonat beendet gewesen war und sie sich von den Treppenstufen erhoben hatte, im Schlafzimmer rücklings auf ihr Bett fallen lassen. Sie starrte versonnen an die Zimmerdecke. Wie gerne hätte sie weiter seine Stimme gehört und zusammen mit ihm noch länger gelacht. Es war so unkompliziert und leicht mit ihm. Beinahe etwas verschämt gestand sie sich ein, dass sie sich ihn während des Telefonats immer wieder vorgestellt hatte, wie er wohl gerade dasaß, seine blonden Haare etwas zerzaust, die kleinen Fältchen um seine Augen, wenn er lachte und eben dieses Lächeln, dass ihr nur schwer aus dem Kopf ging. Ben hatte es tatsächlich geschafft, einen bleibenden Eindruck bei ihr zu hinterlassen. „Er ist schon ein richtig toller Mann!", flüsterte sie leise vor sich hin, während sie sich langsam auf die Seite drehte und kurze Zeit später einschlief.

Kapitel 6 – Veränderungen

Schon früh morgens war Ben aufgestanden, obwohl er es am Wochenende sonst auch ganz gerne mal ruhiger angehen ließ, aber die Möbel in seinem Wohnzimmer wie das Sideboard, der Tisch, die Couch und die Sessel mussten großzügig mit Folie abgedeckt und die hölzernen Fußleisten und Lichtschalter mit Malerkrepp abgeklebt werden, bevor er seinen heutigen Plan in die Tat umsetzen konnte. Den Teppich hatte er bereits gestern zusammengerollt und vorübergehend im Arbeitszimmer deponiert, genau wie die beiden Stehlampen. In der Küche hatte er lediglich den Boden abgedeckt, damit die hier abgestellten Farbeimer keine unliebsamen Spuren hinterlassen konnten.

Er hatte, als er am vergangenen Wochenende an der Küste gewesen war und das Spiel der Blau- und Grüntöne auf dem Wasser beobachtet hatte, spontan den Entschluss gefasst, dass es in seinen vier Wänden dringend Zeit für etwas frischen Wind war. Dies hatte natürlich auch rein gar nichts mit den Fotos zu tun, die er von Lilly erhalten hatte und auf denen immer auch Ausschnitte ihrer Wohnung zu sehen waren, oder etwa doch? Ihm gefielen die Farbakzente, die er darauf erkannte und die in den Räumen eine fröhliche Atmosphäre erzeugten. Es war so anders als bei ihm daheim, wo er es bis jetzt eher klassisch und schlicht gehalten hatte. Natürlich wollte er nicht gleich übertreiben, aber ein wenig mehr Farbe in seinen vier Wänden konnte auf keinen Fall schaden. Als er dann Sam bei ihrem Treffen im Pub kurz darauf von seinem Vorhaben berichtet hatte, bot dieser sofort seine Hilfe an und Ben hatte dankbar akzeptiert. Früher hätte er für solche Aktionen Handwerker beauftragt, aber er wollte sich endlich wieder einmal beweisen, dass er

dazu auch noch selbst in der Lage war. Hilfe von einem guten Freund war allerdings erlaubt, so viel stand fest.
Im Baumarkt war seine Farbwahl auf ein warmes, helles Grün gefallen, das den klangvollen Namen ‚Eau de Nil' trug. Der frische und elegante Ton hatte ihn sofort angesprochen und war von Lilly, der er sogleich ein Foto davon gesendet hatte, durch ein „*Perfetto!*" abgesegnet worden. Zusammen mit den hellen Möbeln und ein paar Pflanzen, die er später noch auswählen und besorgen wollte, würde der Raum in seinen Augen wesentlich freundlicher und wohnlicher wirken und irgendwie stand ihm gerade der Sinn nach positiven Veränderungen.
Als er später Daheim etwas Farbe an der Wand ausprobierte, war er mit seiner Entscheidung sehr zufrieden. Passt, dachte er und überlegte versonnen, ob sich vielleicht tatsächlich irgendwann die Gelegenheit ergeben würde, dass Lilly die von ihr mitgetragene Entscheidung persönlich in Augenschein nehmen konnte.

Ben blickte aus dem Fenster, um nach seinem Freund Ausschau zu halten und genau in dem Moment klingelte es auch schon an der Tür. Er drückte den Türöffner und sperrte auf. Sam kam schwungvoll die Stufen hochgesprungen und begrüßte seinen Freund per Handschlag, als er bei der Wohnung im ersten Stock angekommen war. Die beiden Männer gingen ins Wohnzimmer und Sam sah sich um. „Du hast ja schon alles vorbereitet. Cool, dann können wir gleich loslegen." Er rieb sich voller Arbeitseifer die Hände. Ben, der in die Küche vorgegangen war, zeigte ihm alles, was er besorgt hatte und fügte etwas unschlüssig hinzu: „Ich hoffe, ich habe nichts vergessen. Das letzte Mal habe ich gestrichen, als ich aus dem Studentenwohnheim in ein Appartement umgezogen bin." Sein Freund musste lachen. „Ja, das ist dann doch schon eine ganze Weile her, aber mach' dir nichts draus, bei mir schaut es auch nicht anders aus. Ich bin mir aber sicher, dass wir das zusammen schon hinbekommen." Er zog seine Jacke aus, hängte sie über die Lehne des Küchenstuhls und schon machten sich die beiden ans Werk. Die ersten Handgriffe erfolgten noch etwas ungeübt, aber dann ging ihnen das Streichen doch erstaunlich gut von der Hand und während sie sich dabei über Job und Freundeskreis austauschten, verging die Zeit weit schneller, als erwartet. Nach getaner Arbeit waren beide allerdings immer noch weit davon entfernt, das Anpinseln von Wänden von nun an zu ihrem neuen Hobby zu erklären.

Farbrollen und Pinsel hatten sie beiseitegelegt und Sam verschwand gerade im Bad, um sich seine farbverschmierten Hände zu säubern, als Ben die Gelegenheit nutzte, um ein Foto vom Ergebnis zu machen und dieses an Lilly zu senden. Er verspürte leichten Stolz, wieder einmal etwas Handwerkliches vollbracht zu haben und war gespannt, was sie dazu sagen würde. Als sein Kumpel kurze Zeit später die Küche betrat, holte Ben gerade zwei Flaschen Bier aus dem Kühlschrank, öffnete sie und reichte eine an Sam weiter. „Wie in alten Zeiten!", bemerkte dieser und Ben bestätigte: „Wie in alten Zeiten!" Sie stießen mit den Flaschen an und nahmen jeder einen kräftigen Schluck. „Danke dir, ohne dich hätte ich das nicht so hinbekommen." Er wischte sich mit dem Handrücken über die Stirn, aber sein Freund machte eine abwehrende Handbewegung. „Das hättest du auch allein geschafft, aber zusammen geht vieles besser - und schneller." „Da hast du vollkommen recht", stimmte Ben zu. Leise ertönte das Surren seines Telefons und er warf lächelnd einen Blick darauf, während er die eingegangene Nachricht überflog. Lilly beglückwünschte ihn zu dem neu gestrichenen Zimmer und bat um ein weiteres Bild, sobald auch die Möbel wieder an Ort und Stelle standen. Sam beobachtete seinen Freund dabei, wie dieser immer noch versonnen das Display anlächelte und fragte neckend: „Neue

Bekanntschaft?“ Ben schaute auf und schüttelte den Kopf. „Nein … im Gegenteil. Ich hatte dir doch erzählt, dass ich in Venedig zufällig eine Schulfreundin wiedergetroffen hatte. Wir stehen immer noch in Kontakt.“ Sams Grinsen wurde breiter und er kommentierte mit einem lang gezogenen „Okay …“. Nach einer kurzen Pause und einem weiteren Schluck Bier fuhr Ben fort: „Irgendwie tut sie mir gerade gut. Wir schreiben uns und haben letztens telefoniert. Möglicherweise ist es gerade die räumliche Distanz zwischen uns, die diese Kommunikation so besonders macht. Keine Verpflichtungen und nur gute Gefühle – genau das, was ich jetzt am besten gebrauchen kann.“ „Pal, du brauchst dich nicht erklären. Du hast mir ein Bild von ihr gezeigt“, schmunzelte er und legte seinem Freund die Hand auf die Schulter. „Alleine ihr Aussehen wäre für mich schon Grund genug gewesen, mit ihr in Kontakt zu bleiben.“ Ben schüttelte lachend den Kopf und zog die Augenbrauen hoch: „Du wieder!“ In Gedanken gab er Sam allerdings vollkommen recht.

Wieder einmal stand Lilly vor dem Schaufenster der kleinen Boutique. Sie kam hier jeden Tag auf dem Weg zur Arbeit vorbei und ihr war schon vor einiger Zeit ein cremefarbenes kurzes Sommerkleid aufgefallen, das ihr jedes Mal ein bisschen mehr gefiel. Es hatte eine hübsche Lochstickerei, luftige Volants und ein paar goldene Ornamente. Auf Höhe der Taille konnte der Betrachter zudem Einblicke auf die darunterliegende Haut erhaschen. Sie rang innerlich immer noch mit sich, ob sie es nicht wenigstens mal anprobieren sollte, obwohl es in ihren Augen eigentlich für ihr Alter viel zu kurz und möglicherweise auch zu sexy erschien.
Unentschlossen schürzte sie die Lippen. Aber was riskierte sie schon? Im schlimmsten Fall wusste sie danach, dass sie inzwischen wirklich zu alt für Mini war. Noch etwas zweifelnd betrat sie den Laden und ließ sich das Kleid geben.

Eilig verschwand sie in einer der Umkleidekabinen, um Minuten später wieder heraus und vor den Spiegel zu treten. Prüfend betrachtete sie sich und warf einen kritischen Blick auf alle vorstellbaren Problemzonen, doch sie konnte nichts an ihrem Spiegelbild aussetzen. Die Jahre waren gnädig mit ihr umgegangen und ihre Figur hatte sie sich auch bewahrt. Sie hatte ein paar Kurven, aber auch die liebte sie, schließlich war sie gerne eine Frau. Eine Kundin, die sich auch gerade im Laden umsah, bemerkte neidlos: „Das steht Ihnen aber ausgezeichnet. Ich wünschte, ich könnte auch noch solche Kleider tragen, aber ich mag meine Beine nicht mehr so zeigen." Lilly drehte sich überrascht nach ihr um und bedankte sich für das nette Kompliment. Ja, sie fühlte sich rundum wohl und entschloss, sich dieses Kleid zu gönnen. Sie nickte sich noch mal zufrieden im Spiegel zu, trat zurück in die Kabine und zog sich wieder um. Als sie an den Kassentisch kam, beglückwünschte sie die Verkäuferin ebenfalls zu ihrer Wahl, während sie das Kleid sorgsam in Seidenpapier einschlug und in eine Papiertasche legte. „Ich habe es schon einige Zeit im Fenster bewundert, aber ich war mir nicht sicher, ob ich in meinem Alter so etwas noch tragen sollte", gab sie zu. Die Verkäuferin sah sie erstaunt an: „Signora, sie haben doch eine großartige Figur. Sie können alles tragen, was Ihnen gefällt. Die Zeiten sind nun wirklich vorbei, in denen wir Frauen uns die Mode haben diktieren lassen. Mode soll Spaß machen und unsere Seele zum Ausdruck bringen. Haben Sie viel Freude damit."
Lilly bedankte sich, bezahlte und verließ das kleine Geschäft. Sie hat recht, dachte sie. Trotzdem – wenn sie ehrlich zu sich selbst war, musste sie sich eingestehen, dass sie den Schritt in den Laden immer noch nicht gewagt hätte, wenn es nicht Ben gewesen wäre, der ihr vor einigen Tagen ganz überraschend ein Kompliment für ihr Aussehen und ihre Figur gemacht hatte. Glücklich über ihren, für sie mutigen

Entschluss, spazierte sie die Tasche schwenkend nach Hause.
Daheim angekommen, packte sie das Kleid aus und betrachtete es erneut. Ich sollte wirklich endlich etwas mutiger und selbstbewusster sein, solange mir solche Sachen noch stehen, ging es ihr durch den Kopf. Manchmal hätte sie sich einfach gerne mehr zugetraut, aber dann kam hin und wieder das kleine Mädchen von früher durch, das schüchtern war und nicht wagte, aus sich herauszukommen. An Ideen und Einfällen hatte es ihr nie gemangelt, aber der bloße Gedanke, dass alle Augen auf sie gerichtet wären, sie dann vielleicht sogar im Mittelpunkt stehen könnte, hatte viele ihrer Ambitionen im Keim erstickt. Sicher hatte sich ihre Einstellung über die Jahre gebessert, aber sie empfand es immer noch als eine Schwäche. Andere mochten sie als mutig bewundern, weil sie allein um die halbe Welt gereist war und sich ein neues Leben fern von daheim aufgebaut hatte. Das war in ihren Augen aber auch etwas ganz anderes. Da war sie zu keinem Zeitpunkt vom Urteil anderer abhängig gewesen. Probleme hatte sie nur dann, wenn Leute auf sie oder auf ihr Tun achteten und sie dafür möglicherweise bewerteten. Inzwischen hatte sie zwar gelernt, auf das, was sie erreicht hatte und was sie ausmachte, stolz zu sein und nichts auf die Kritik anderer zu geben – sie kannte schließlich ihre Stärken, aber manchmal war da eben doch immer noch die leise und verzagte Stimme des kleinen Mädchens von früher. Lilly atmete tief durch. Vermutlich war es wirklich gerade Ben, der ihr half, endlich selbstsicherer zu werden und das auch zu genießen. Er kannte sie von früher, wusste, wie sie gewesen war und konnte aufgrund dessen sogar ziemlich genau einschätzen, was sie alles erreicht hatte. Seine ehrlichen Komplimente taten deswegen besonders gut und machten richtiggehend Lust auf Veränderung.

Das Klingeln des Telefons riss sie aus ihren Gedanken. Es war Paola. „Ciao Lilly, hast du Lust, nachher vorbeizukommen? Ich mache Pasta und Andrea bringt den Wein mit.“ Sie zögerte nicht lange und sagte sofort zu. „Soll ich noch irgendwas mitbringen?“ Ihre Freundin überlegte. „Hast du zufällig noch Parmesan daheim? Den könnten wir nämlich brauchen.“ Lilly warf einen Blick in ihren Kühlschrank. „Ja, ich habe noch genügend. Ich packe gleich etwas ein. Wann soll ich bei dir sein?“ „Komm einfach, wenn du fertig bist. Du kannst mir gerne noch beim Kochen helfen“, schlug Paola vor und legte auch schon wieder auf.
Rasch ging Lilly ins Bad und machte sich frisch. Zurück im Schlafzimmer fiel ihr Blick auf ihr neues Kleid. Das würde sie heute tragen, denn was für einen besseren Anlass könnte es dafür geben als ein Treffen mit den allerbesten Freunden. Sie schlüpfte hinein, sprang schnell noch einmal vor den Spiegel, bevor sie in die Küche eilte und den Käse in eine Plastikdose packte. Anschließend suchte sie hastig nach passenden Schuhen und ihre Wahl fiel, wie so oft, auf ihre geliebten Sneaker. „Die gehen immer“, flüsterte sie leise vor sich hin, zog sie an und warf einen letzten prüfenden Blick in ihre Handtasche, bevor sie sich auf den Weg rüber nach San Polo machte.

Die Freude über das bevorstehende Treffen mit ihren Freunden ließ sie wie ein junges Mädchen durch die Gassen tänzeln. Es war jedes Mal in jeglicher Hinsicht ein Genuss, wenn Paola einlud - besonders im Sommer, wenn sie draußen sitzen konnten. Zu ihrer Wohnung gehörte eine wunderschöne kleine Terrasse im Innenhof. Tagsüber spendeten die hohen Mauern angenehmen Schatten und abends, wenn es etwas kühler wurde, strahlten diese noch lange eine wohlige Wärme ab. An den rötlich gestrichenen Wänden rankte Efeu empor und auf kleinen Mauervorsprüngen waren unterschiedlich große Tontöpfe

mit allerlei Küchenkräutern platziert, deren aromatischer Duft einem in die Nase stieg und zusammen mit den köstlichen Gerichten, die die Marktfrau servierte, eine ganz besondere Liaison einging.
Als Lilly klingelte, öffnete Andrea ihr die Tür. Er begrüßte sie herzlich und nahm sie in den Arm, während er Paola entschuldigte, die gerade mit dem Kochen der Pasta-Sauce beschäftigt war und den Herd nicht verlassen konnte. Sie folgte dem außerordentlich appetitanregenden Aroma in die Küche, um ihre Freundin zu begrüßen. Paola entging nichts und ihr Blick fiel daher sofort auf Lillys Kleid. Noch bevor sie sich umarmten, entfuhr ihr die Frage: „Oh, neu? Steht dir wirklich gut." Lilly bejahte und präsentierte ihre neueste Errungenschaft mit einer Drehung um die eigene Achse. „Hübsch siehst du aus. Richtig sexy." Andrea musterte sie anerkennend und zeigte mit beiden Daumen nach oben. Paola warf ihm daraufhin einen strafenden Blick zu: Seit wann bezeichnete man Freunde als „sexy"?
Um bei der Zubereitung des Abendessens zu helfen und von der Situation abzulenken, kümmerte sich Lilly rasch um den Salat, Andrea deckte draußen den Tisch und entkorkte den Wein. Kurz darauf saßen die drei beisammen und ließen sich das Essen schmecken. Sie redeten wie üblich gestenreich über allerlei Klatsch und Tratsch, bedauerten den Wegzug alter Bekannter auf das Festland nach Mestre und bewunderten das Engagement einer Gruppe junger Venezianer, die mit viel Eifer versuchten, die traditionellen Geschäfte zu bewahren und gegen die Verwahrlosung einiger Gegenden anzukämpfen, um ihre Stadt wieder lebenswerter, lebendiger und attraktiver werden zu lassen. Es mochte Themen geben, bei denen die drei unterschiedlicher Meinung waren, aber in einem Punkt waren sie sich uneingeschränkt einig: Für sie war und blieb Venedig der allerschönste Ort auf der Welt und solange sie hier leben

konnten, so lange würden sie dies auch tun. Egal, was noch alles passierte.

Es war schon weit nach elf, als Andrea und Lilly aufbrachen. Die Verabschiedung dauerte wie immer an solchen Abenden recht lange und bestand aus unzähligen Wangenküssen, Umarmungen und dem Schwur, so einen Abend schnellstmöglich zu wiederholen.

Die beiden hatten eine Weile den gleichen Weg und so hakte sie sich bei ihm unter. Andrea kickte mit seinem Fuß einen kleinen Stein vor sich her und begann beiläufig ein Gespräch: „Paola hat mich vorhin wieder gefragt, ob ich auch der Meinung wäre, dass du einen Freund hast …“, er verstummte, schaute sie direkt an und fragte mit einem herausfordernden Lächeln: „Hast du?“ Lilly sah ihn entgeistert an und kniff die Augen zusammen. „Warum glaubt Ihr das?“ „Nun“, er überlegte, wie er sich am besten ausdrücken sollte. „Du wirkst in letzter Zeit so verändert, etwas fröhlicher vielleicht sogar und manchmal ein wenig abwesend.“ „Ernsthaft?“, entfuhr es ihr und sie zog die Augenbrauen erstaunt nach oben. Er nickte lächelnd. „Und dann dein neues Kleid, dass dir wirklich sehr gut steht … wäre ich nicht so eng mit dir befreundet, würde ich dir direkt hinterherpfeifen.“ Sie musste lachen. „Ach, Andrea!“ Sie streichelte freundschaftlich über seinen Arm. „Und ausgerechnet das soll ein Indiz dafür sein, dass ich einen Freund habe?“, schmunzelte sie, bevor sie ihm dann aber doch erklärte: „Erinnerst du dich daran, dass ich erzählt hatte, wie ich vor einiger Zeit zufällig einen alten Schulfreund wiedergetroffen habe? Wir schreiben uns regelmäßig und irgendwie tut er mir und meinem Selbstbewusstsein richtig gut. Das ist alles.“ Andrea lachte: „Du kannst dir sicherlich denken, was Paola sich für Gedanken macht. Vor allem wurmt es sie, dass sie nicht weiß, wie er heißt, wie er aussieht, was er macht. Du kennst sie!“ Er legte den Kopf schräg und lächelte beinahe etwas verlegen. „Ich weiß - also, falls du es ihr erzählen willst: Er heißt Ben Harris, ist so alt wie ich und arbeitet als Anwalt in London“, zählte sie auf. „Und?“, hakte er nach. „Und was?“ „Ist er dein Typ?“ Lilly konnte im Schein der Laterne Andreas prüfenden Blick erkennen. „Ja, im Grunde genommen wäre er schon mein Typ - glaube ich.“ Sie seufzte und um alle Spekulationen über ihr Liebesleben beenden zu können, fügte sie hinzu: „Ich würde mich echt freuen, wenn aus dem Kontakt eine echte Freundschaft entstehen würde. Wie gesagt: Er tut mir gut.“ Während sie das sagte, deutete sie noch mal lächelnd auf ihr neues Kleid. Der Gondoliere legte brüderlich den Arm um ihre Schultern und ließ die Sache nun auf sich beruhen.

Nach der nächsten Brücke trennten sich schließlich ihre Wege. Sie blieben stehen, drückten sich noch einmal fest und wünschten sich einander eine gute Nacht.

Kapitel 7 - Begegnungen

Ben stand an seinem Schreibtisch in der Kanzlei und schaute auf seine Armbanduhr. Es war kurz nach sieben. Erneut überflog er die Einladung zum Empfang der Rechtsanwaltsvereinigung, die vor ihm lag. Es handelte sich um eine Art Business Club für Anwälte und eine Mitgliedschaft setzte eine Empfehlung durch ein Mitglied voraus. Mr Brooks Senior hatte ihm dort die Türen geöffnet und es schadete sicherlich nicht, neue Kontakte zu knüpfen und bestehende zu pflegen.
Er zog sein Jackett über, steckte die Einladung ein und klopfte sich prüfend auf die Taschen, ob er auch alles dabei hatte. So fiel ihm gerade noch rechtzeitig auf, dass er beinahe sein Telefon vergessen hätte. Er hatte es vorhin in seine Schreibtischschublade gelegt, um während eines Termins nicht von eingehenden Mitteilungen abgelenkt zu werden. Jetzt holte er es dort hervor und sah eine Nachricht von Lilly: „*Ich wünsche dir einen erfolgreichen Abend. Liebe Grüße xx*“. Lächelnd steckte er das Telefon ein, ging zur Tür und schaltete das Licht aus. „Dann wollen wir mal“, sagte er leise zu sich selbst und fügte in Gedanken hinzu: … den Abend möglichst schnell hinter uns bringen.
Auch wenn er um den Nutzen solcher Veranstaltungen wusste, war er doch immer wieder froh, wenn er sie überstanden hatte. Nur zu oft tummelten sich dort Menschen, für die der Schein mehr wog als das Sein. Und genauso wie er ehrlichen Erfolg und Leistung anerkannte, so sehr verabscheute er Zeitgenossen, die es nur darauf anlegten, zu protzen oder sich gar mit fremden Federn zu schmücken.
Möglicherweise war das auch eine Begleiterscheinung seines Alters; er wusste vielleicht nicht immer, was er genau wollte,

aber inzwischen war ihm klar geworden, was er auf keinen Fall mehr brauchte.

Draußen rief er nach einem Taxi und ließ sich zu einem der modernen Hochhäuser Londons mit dem passenden Namen „The Gherkin“ bringen, wo der Empfang stattfand. Die Gestaltung des Gebäudes aus Stahl und Glas erinnerte tatsächlich etwas an eine Gurke und befand sich in bester Gesellschaft von Bürotürmen, denen die Londoner ebenso liebevolle, versinnbildlichende Spitznamen wie Käsereibe, Skalpell oder Walkie-Talkie gegeben hatten.

Er betrat das Hochhaus, absolvierte einen Sicherheitscheck und fuhr mit dem Aufzug ganz nach oben. Am Einlass zeigte Ben seine Einladung vor und wurde die Treppe zu einer Bar hinaufgeführt. Der runde Raum war recht groß und stellte die Spitze des Turms dar. Die von stählernen Streben durchzogenen Glasscheiben boten ringsherum einen atemberaubenden Ausblick über die Stadt, von dem sich Ben allerdings nicht ablenken ließ. Vielmehr hielt er Ausschau, ob er nicht doch den einen oder anderen der anwesenden Gäste kannte, aber außer einigen, die er meinte, schon einmal flüchtig gesehen zu haben, waren keine bekannten Gesichter darunter. Nicht weit entfernt an einem Stehtisch, erblickte er dann Matthew und seinen Vater. Er ging auf beide zu, begrüßte sie und bedankte sich nochmals bei Mr Brooks Senior für die Empfehlung. Der alte Herr machte eine abwehrende Handbewegung und erwiderte nur milde lächelnd, dass dies doch selbstverständlich sei.

Glücklicherweise erwartete niemand, dass Neu-Mitglieder offiziell vorgestellt wurden, vielmehr oblag es den Empfehlungsgebern, die neu Aufgenommenen den ihrer Meinung nach wichtigsten Personen der Vereinigung persönlich vorzustellen. Da sein Chef diese Verpflichtung sehr ernst nahm, wusste Ben irgendwann nicht mehr, wie viele Hände er bereits geschüttelt hatte und war erleichtert,

als er ihm schließlich zuzwinkerte und zufrieden feststellte: „So, ich glaube, wir haben alle durch und können uns jetzt getrost dem angenehmen Teil des Abends widmen.“ Ben war heilfroh und bedankte sich bei ihm, bevor er sich auf den Weg zur Bar machte, um sich einen Weißwein zu bestellen. Mit dem Glas in der Hand, lehnte er sich rücklings an die Theke und schaute verstohlen auf seine Uhr. Laut Programm müsste das Dinner bald beginnen und wenn er ehrlich war, verspürte er inzwischen auch ein leichtes Hungergefühl in sich aufsteigen, nachdem das Mittagessen terminbedingt heute sehr mager ausgefallen war.
Plötzlich bemerkte er eine Dame, die neben ihn an die Bar trat und sich ebenfalls ein Glas Wein bestellte. Sie war eine wahre Erscheinung und stach allein deswegen schon aus den übrigen Anwesenden hervor. Ein eng anliegendes dunkelrotes Kleid und farblich abgestimmte Stilettos, die ihre Beine noch länger wirken ließen, mochten dafür ebenso der Grund sein wie ihre lange blonde Mähne, die in Wellen über ihre Schulter fiel. Was für ein Kontrast zum Rest der Teilnehmer, dachte er. Ihr Alter konnte er schwer schätzen, aber er vermutete vorsichtig, dass sie um die vierzig sein musste. Höflich drehte er sich zu ihr um und prostete ihr zu. Nachdem beide einen Schluck getrunken hatten, stellte er sich ihr vor: „Guten Abend, Ben Harris, ich bin einer der Neuen.“ Sie lächelte ihn an und warf ihre Haare zurück. „Ich weiß. Ich habe Sie vorhin schon gesehen, als Mr Brooks sie herumführte. Sie heben sich aus der Menge ab.“ Sie zögerte einen kleinen Moment, streckte ihm dann aber ihre Hand entgegen und stellte sich ihrerseits vor: „Jill. Jill Morris.“ Ben, der etwas irritiert von ihrer vorherigen Aussage war, sah sie fragend an: „Angenehm, aber wie darf ich Ihre Bemerkung verstehen?“ Sie zog eine Augenbraue nach oben: „Sagen wir, neue Gesichter fallen mir in dieser Runde nun mal auf.“ Sie machte eine ausladende Handbewegung und deutete auf die umstehenden Gäste, fixierte dann aber

wieder seine Augen. Ihr intensiver Blick bereitete ihm zunehmend Unbehagen. Er mochte sehr wohl selbstbewusste Frauen, aber diese hier hatte für seinen persönlichen Geschmack von allem etwas zu viel. Allerdings sollte das heute Abend nicht weiter stören, denn schließlich ging es nicht darum, neue Freundschaften zu knüpfen.
Die Ersten der Anwesenden begannen langsam, sich in Richtung der Treppe zu bewegen und die Stufen zum Restaurant herabzugehen. Jill beugte sich etwas zu Ben rüber und schlug einen sanften Ton an, sanfter als es ihr stechender Blick hätte vermuten lassen: „Ich würde mich freuen, wenn Sie heute Abend mein Tischnachbar wären, Ben. Es gibt sicherlich einige interessante Themen, über die wir uns austauschen könnten.“ Er nickte ihr lächelnd zu, stellte sein Weinglas ab und bot ihr seinen Arm an, in den sie sich einhakte und mit ihm zum Restaurant hinab ging. Dort angekommen, wurden sie von einem Kellner zu einem der Tische geführt, an denen jeweils acht Personen Platz hatten. Zuvorkommend schob er ihr den Stuhl zurecht, damit sie sich hinsetzen konnte. Sie musterte ihn erneut und fand zusehends Gefallen an dem großen, sportlich wirkenden, blonden Mann. Seine Anwesenheit hier gab ihr zudem Anlass zur Annahme, dass er ein integrer und erfolgreicher Vertreter seiner Zunft war. Einen solchen Mann an der Seite zu haben, konnte nie schaden.
Zwischenzeitlich hatten sich weitere Gäste an den Tisch gesellt, aber Jill war stets darauf bedacht, dass sich ihr neuer Begleiter nicht ablenken ließ und verwickelte ihn immer wieder aufs Neue in Themen - meist juristischer Natur, damit seine Aufmerksamkeit ganz und gar bei ihr blieb. Ben wiederum hatte sich mit der Zeit an ihre eher forsche Art gewöhnt und empfand ihre Gegenwart nicht mehr so befremdlich wie noch anfangs an der Bar.

Nachdem auch das Dessert verspeist und die Teller abgeräumt waren, legte sie ihre Hand auf seine und fragte: „Jetzt haben wir uns den ganzen Abend unterhalten und trotzdem weiß ich kaum etwas über Sie, Ben." „Was möchten Sie denn über mich wissen?" Er sah sie erwartungsvoll an. „Zum Beispiel würde es mich interessieren, ob Sie noch einen Drink mit mir zusammen an der Bar nehmen?" Sie drehte eine Haarsträhne um ihren Finger, während sie ihn anlächelte. Das Spiel mit ihren weiblichen Reizen war ihm nicht verborgen geblieben. Etwas amüsiert fragte er sich daher, welche Register sie wohl als Nächstes ziehen würde und willigte ein. Sie standen auf, verabschiedeten sich von ihren Tischnachbarn und machten sich auf den Weg zur Bar.

Jill steuerte auf die Treppe zu und Ben folgte ihr mit etwas Abstand. Ihm fiel erneut ihre schlanke Silhouette auf, die sie mit diesem hautengen Kleid und einem gekonnten Hüftschwung in Szene setzte. Einen atemberaubenden Auftritt hinlegen kann sie - das muss man ihr lassen, schoss es ihm durch den Kopf. Oben angekommen, schwang er sich neben sie auf einen Hocker an der Bar und fragte, ob es für sie in Ordnung wäre, wenn er jetzt, da der offizielle Teil der Veranstaltung beendet war, sein Jackett ablegte. Selbstredend hatte sie nichts dagegen einzuwenden, konnte sie ihn und seine körperlichen Vorzüge doch so noch besser in Augenschein nehmen.

Jill orderte beim Barkeeper ein Glas Champagner, wohingegen Ben sich für einen Pinot Grigio entschied, was sie mit einem etwas abschätzenden Blick quittierte. Kurz entschlossen legte sie wieder ihre Hand auf die seine und bat ihn: „Bitte lassen Sie uns den Abend mit einem Champagner beschließen." Der Barmann sah ihn fragend an und Ben zog die Augenbrauen gleichmütig nach oben. „In Ordnung." Sie legte ihren Kopf etwas auf die Seite, streichelte mit ihren

Fingerspitzen über seinen Arm und raunte zufrieden: „Dankeschön".
Kurz darauf wurden die Gläser vor sie auf die Bar gestellt und sie stießen miteinander an.
Als sie nun wieder das Gespräch aufnahm, klang ihre Stimme sehr viel weicher und weniger bestimmt, als noch zu Beginn des Abends und wie selbstverständlich wurde ihr Ton vertrauter. „Entschuldige bitte, ich hatte ganz vergessen, dich zu fragen, ob ich dich von irgendetwas abhalte oder ob jemand auf dich wartet." Sie fuhr sich dabei mit den Fingern durchs Haar. Ben ließ sich davon nicht irritieren. „Nein, das ist schon in Ordnung. Ich hatte heute Abend nichts weiter geplant." Jill war mit dieser Aussage nur bedingt zufrieden, hatte er ihre Frage doch bloß zur Hälfte beantwortet. Und das missfiel ihr, galt ihr Interesse an ihm inzwischen nicht mehr rein seiner juristischen Expertise.
Sie war sich ihrer Wirkung auf das andere Geschlecht durchaus bewusst und hatte bisher selten Probleme gehabt, Männer in jeglicher Hinsicht für sich zu gewinnen - und das nicht nur wegen ihres Aussehens, sondern auch wegen ihrer Intelligenz und ihrer Position bei der Rechtsanwaltskammer. Nachdem Ben nun ihr Interesse geweckt hatte, war sie sich ihrer Sache recht sicher, dass sie auch ihn problemlos von sich und ihren Vorzügen recht bald würde überzeugen können. Es bedurfte nur einer entsprechenden Gelegenheit. Ob er hingegen liiert war oder nicht, spielte in ihren Augen dabei eine eher untergeordnete Rolle. Im Gegenteil: Sollte er vergeben sein, verpasste es der Sache sogar noch einen zusätzlichen reizvollen Kick.
Während sie beide langsam ihre Gläser leerten, hatte sie eine Idee. „Mir kam da gerade noch ein Fall in den Kopf, den ich derzeit auf meinem Schreibtisch liegen habe. Ich würde da sehr gerne deine Einschätzung hören. Es ist etwas komplexer und ich bin mir nicht ganz sicher, wie ich hier bei der Verteidigung vorgehen sollte." Ben schaute sie

überrascht an, da es ihm etwas sonderbar erschien, dass sie ausgerechnet ihn hier ins Vertrauen zog; hatten sie sich doch gerade erst kennengelernt. Es war wieder mal seine Höflichkeit, die ihn dazu brachte, ihr zu versichern, dass er ihr selbstverständlich mit juristischem Rat gerne zur Verfügung stand. „Passt es bei dir Freitag gegen vier?“, erkundigte sie sich und schaute ihn erneut mit diesem herausfordernden Blick an. „Ja, das ließe sich einrichten“, erwiderte er, woraufhin sie eine Visitenkarte aus ihrer Handtasche zog und sie ihm in die Brusttasche seines Hemdes steckte. Er war bemüht, sich seine Irritation darüber nicht anmerken zu lassen, aber ihre Art auf Tuchfühlung zu gehen, war ihm fremd und nicht ganz geheuer.

Kurz darauf beendeten sie den gemeinsamen Abend und Ben bat am Empfang darum, dass zwei Taxis gerufen wurden. Als sie vor die Tür des Gebäudes traten, waren diese bereits eingetroffen und sie verabschiedeten sich voneinander, um sich jeweils auf den Heimweg zu machen.

Im Fond des Wagens sitzend, ließ Ben den Abend Revue passierten: Er wusste einfach nicht, was er von der Begegnung mit dieser Frau halten und wie er sie einschätzen sollte. Sie hatte eine nicht zu unterschätzende Stellung als Mitglied bei der Rechtsanwaltskammer und hatte es gleichzeitig für notwendig erachtet, Ben mit allen Mitteln für sich zu gewinnen. Er schüttelte seufzend den Kopf. Gut, dass ich nicht jede Frau verstehen muss, dachte er bei sich und war froh, endlich nach Hause und ins Bett zu kommen. Es war ein langer Tag gewesen.

Als er am nächsten Morgen in die Kanzlei kam, begegnete ihm Matthew bereits auf dem Flur. Diesem war nicht verborgen geblieben, dass Ben mit Jill Morris zusammen an einem Tisch gesessen und sich offensichtlich angeregt mit ihr unterhalten hatte. Die beiden begrüßten sich und Matthew folgte ihm in sein Büro. „Wie fandest du den

Abend?", begann er das Gespräch harmlos, um nicht gleich mit der Tür ins Haus zu fallen. Ben, der gerade dabei war, eine Akte aus seinem Koffer herauszuziehen, schaute auf: „Interessant. Wirklich interessant. Ich hatte, wie ich dir im Vorfeld erzählt hatte, schon oftmals von dieser Vereinigung gehört, aber jetzt diese Plattform zum Netzwerken nutzen zu können, ist wirklich unbezahlbar." Sein Gegenüber hakte nach: „Und Jill? Jill Morris? Ich habe sie den ganzen Abend an deiner Seite gesehen." „Stimmt. Sie schien sehr interessiert an meiner juristischen Einschätzung einiger Fälle zu sein, die in der letzten Zeit durch die Presse gegangen waren", antwortete Ben lakonisch. Matthew trat ein paar Schritte näher an Bens Schreibtisch und fügte dann wissend hinzu: „Auf mich machte sie den Eindruck, als ob sie nicht ausschließlich daran interessiert war." Ben zog einen Mundwinkel nach oben: „Wenn du darauf anspielst, muss ich dich leider enttäuschen. Wir haben zwar einen Termin für diese Woche Freitag vereinbart, aber der ist rein geschäftlich." Der Juniorchef horchte auf: „Einen Termin? Sehr gut!" Ben sah ihn irritiert an. „Sie hat einen gewissen Einfluss und das macht sie zu einem wertvollen Kontakt für uns. Und da sie …", Matthew zögerte, überlegte, wie er sich am besten ausdrücken sollte und fuhr dann grinsend fort: „… nennen wir es ‚mit dir zusammenarbeiten' möchte, ist das einfach perfekt." Ben zuckte nur mit den Schultern und wollte sich jeden weiteren Kommentar sparen, doch als Matthew sich zum Gehen umdrehte, konnte dieser sich trotzdem nicht verkneifen, Ben an ihre weiblichen Reize zu erinnern. „Siehst du, daran erkennt man, dass du doch um einiges jünger bist als ich. Ich lasse mich von äußerlicher Attraktivität nicht mehr so leicht irritieren, es sei denn, die Schönheit kommt von innen", entgegnete Ben. Bei den letzten Worten musste er an Lilly denken. Er hatte ihr gestern Abend gar nicht mehr geantwortet und wollte das sofort nachholen. Kaum war er allein in seinem Büro, zog er daher sein Telefon aus der Tasche und schrieb: „*Guten Morgen Lilly, gestern ist es recht spät geworden. Ich wünsche dir einen wunderschönen Tag. Ben xx*“

Lilly war gerade im Geschäft angekommen und im Begriff, ihre Schuhe zu wechseln: raus aus den Sneakern, rein in die High Heels. Da hörte sie das leise Summen ihres Telefons und schon breitete sich ein Lächeln in ihrem Gesicht aus, denn sie konnte sich schon denken, wer ihr da gerade geschrieben hatte. Sie holte ihr Telefon hervor und las Bens Nachricht. Auch wenn sie nicht viele Worte enthielt, freute sich Lilly sehr. Ben hatte vorher noch nie „xx“ hinter seinen Namen gesetzt; diese „xx“, die für Küsse standen. Unwillkürlich schlug ihr Herz etwas schneller.
Plötzlich wurde sie von einem Geräusch aus ihren Gedanken gerissen. Jemand war zur Ladentüre hereingekommen. Dann ertönte allerdings auch schon die Stimme ihres Chefs, Signore Constantini. Seltsam, so früh ist er sonst nie da, überlegte sie und ging vor, um ihn zu begrüßen. Als sie im Verkaufsraum ankam, sah sie, dass er von einem Mann begleitet wurde, der ihr unbekannt war. Sie musterte den Besucher rasch: Er war groß, hatte dunkelblondes, sehr kurzes Haar und seine Haut war von der Sonne gut gebräunt. Der leichte Sommeranzug, der ihm vermutlich auf den Leib geschneidert worden war, betonte seine athletische Erscheinung. Dazu trug er ein schlichtes weißes Shirt und – was ihr besonders ins Auge fiel – Slipper aus Segeltuch. Eine ungewöhnliche Kombination; trugen Männer von seinem Format doch eher handgenähte Lederschuhe zu so einem Outfit. Sie versuchte sein Alter zu schätzen, was ihr in den seltensten Fällen erfolgreich gelang, tippte aber darauf, dass sie in etwa gleichaltrig sein mussten. Als Signore Constantini sie sah, lächelte er und begrüßte sie: „Ah Lilly, du bist schon da. Das hatte ich gehofft.“ Er wandte sich an seinen Begleiter: „Robert, das ist die Signora, von der ich dir bereits

erzählt hatte. Sie hat sicher das richtige Händchen für dein Projekt.“ Lilly schaute erstaunt zwischen den beiden Männern hin und her. Der Fremde reichte ihr die Hand: „Entschuldigen Sie bitte den Überfall. Mein Name ist Robert. Robert Clifford.“ Lilly schüttelte seine Hand „Lilly. Lilly Moore.“ Dann richtete sie ihren Blick wieder auf Signore Constantini, der erklärend fortfuhr: „Lilly, Robert hat einen kleinen Palazzo am Canal Grande drüben in Dorsoduro erworben und möchte ihn herrichten. Ich habe ihm deine Unterstützung empfohlen.“ Sie schaute ihn verdutzt an und fragte: „Mich? Ich bin keine …“, er fiel ihr ins Wort: „Du hast Geschmack, Stil und gute Kontakte und mehr braucht es doch dazu nicht.“ Sie gab sich geschlagen, drehte sich zur Seite und zog die Augenbrauen hoch. Was sollte sie vor Mr Clifford schon dazu sagen?
Signore Constantini stand noch eine Weile ins Gespräch vertieft mit ihm da, während Lilly sich etwas abseits hielt und Vasen im Regal neu positionierte. Etwas Sinnvolleres war ihr auf die Schnelle nicht eingefallen. Sie musste überlegen, wie sie aus der Nummer wieder herauskam, zwar hatte sie ein Faible für die Gestaltung und Dekoration von Räumen, jedoch keine einschlägigen Erfahrungen auf diesem Gebiet, aber es war auch nicht ihre Art, ihren Chef zu brüskieren und sie wollte auf keinen Fall unhöflich wirken. Wieder so eine Schwäche von mir, dachte sie sich und wartete, bis die beiden ihr Gespräch beendet hatten. Endlich ging Signore Constantini in sein Büro. Sein Bekannter war gerade damit beschäftigt, die kunstvollen Lüster an der Decke in Augenschein zu nehmen, als sie an ihn herantrat und sich leise räusperte. „Mr Clifford, kann ich Sie kurz sprechen?“ Er drehte sich zu ihr um und sah sie freundlich an. „Sie können ruhig Robert zu mir sagen.“ „Danke, ich bin dann einfach Lilly“, lächelte sie. „Gerne, einfach Lilly“, gab er gewitzt zurück und beide lachten. Doch schnell wurde sie wieder ernster. „Robert, ich weiß nicht, was Ihnen über mich

erzählt wurde, aber wenn Sie einen alten Palazzo gekauft haben, benötigen Sie wohl eher die Unterstützung von Statikern, Bauingenieuren und Architekten. Ich wüsste wirklich nicht, wie ich Ihnen dabei behilflich sein kann." Er beruhigte sie: „Lassen Sie mich das kurz erklären, ich denke, Sie könnten mir wirklich eine große Hilfe sein, also wenn Sie das möchten. Es ist so: Der Palazzo wurde bereits vom Vorbesitzer von Grund auf saniert, diesem ging dann allerdings das Geld aus. Die Räume sind also weitestgehend fertig renoviert; zugegeben das eine oder andere fehlt noch und ich bin mir auch nicht sicher, ob mich nicht doch noch die ein oder andere böse Überraschung erwartet, aber vor allem ist das Haus komplett leer und quasi nackt. Ich würde es gern modern, aber doch venezianisch gestalten und dabei bräuchte ich eine helfende Hand. Jemand, der sich beispielsweise mit Glas auskennt." Er deutete auf einige der Lüster und fuhr fort: „Und der auch weiß, welche Webereien hier in der Stadt noch die typischen Stoffe, beispielsweise für Wandbespannungen produzieren. Ich denke, da könnten Sie schon die Richtige sein. Man sieht Ihnen an, dass Sie Stil haben". Dabei musterte er sie eingehend von oben bis unten. Lilly errötete etwas und lächelte verlegen. „Vielen Dank für das Kompliment. Ich muss zugeben, reizen würde es mich dann schon. Darf ich mir den Palazzo mal unverbindlich ansehen?", fragte sie interessiert. „Selbstverständlich. Heute Nachmittag?" Als er ihr Zögern bemerkte, fügte er hinzu: „Ich bin mir sicher, dass mein alter Freund Lorenzo nichts dagegen haben wird, wenn Sie heute früher Feierabend machen. Er hat sie mir schließlich empfohlen." Er grinste gewinnend und Lilly willigte schließlich ein. „Ich habe heute Nachmittag ohnehin am Campo Manin zu tun. Wenn es für Sie in Ordnung ist, treffen wir uns dort an der Brücke. Dann kann ich Sie mitnehmen."

Signore Constantini bestätigte ihr, dass es für ihn überhaupt kein Problem war, wenn sie heute das Geschäft früher verließ, um den Palazzo zu begutachten. Er erklärte ihr, dass er Robert und auch dessen Eltern bereits lange kannte. Seine Tochter Giulia war vor Jahrzehnten als Au Pair in England gewesen und hatte ein Jahr bei der Familie Clifford gelebt. Daraus war ein freundschaftlicher Kontakt der beiden Familien entstanden, der bis heute anhielt.

Später schaute Lilly immer wieder ungeduldig auf ihre Uhr. Sie hatte ihrer Kollegin Maria gleich, nachdem diese zur Arbeit gekommen war, Bescheid gegeben und von ihrem Termin erzählt. Allein der Gedanke an das Angebot, ließ eine gewisse Aufregung in ihr aufsteigen.

Dann war es endlich Zeit aufzubrechen und sie machte sich auf den Weg Richtung Campo Manin. Bereits von Weitem konnte sie Robert sehen, der lässig am Brückengeländer lehnte. Sie beeilte sich, den Platz zu überqueren, was allerdings leichter gesagt als getan war, da um diese Zeit noch viele Touristen die Stadt bevölkerten. Als er sie erblickte, hatte sie ihn schon fast erreicht. Er lächelte und machte eine einladende Geste Richtung dem Boot, das gleich hinter ihm im Wasser des Rio de San Luca lag. Er begrüßte sie und reichte ihr die Hand, um ihr beim Einsteigen behilflich zu sein und bemerkte dabei, dass sie – im Gegensatz zu heute Morgen – keine High Heels mehr trug, sondern ganz sportlich in Sneakern unterwegs war. Diese Entdeckung quittierte er mit einem amüsiert hochgezogenen Mundwinkel. Als ihr bewusst wurde, worauf sich seine Gesichtsregung bezog, lachte sie ihn entwaffnend an: „Frau muss halt immer auf alles gefasst sein.“ Er zeigte mit dem Daumen nach oben, sprang ebenfalls auf das Boot und gab dem Fahrer ein Zeichen, loszufahren. Nach kurzer Strecke erreichten sie den Canal Grande und bogen dort nach links ab. Lilly kannte diese Wasserstraße jetzt schon so lange, aber jedes Mal wieder war es für sie ein Genuss an den Palazzi

vorbeizufahren, egal ob mit dem Vaporetto, wie jetzt mit dem Wassertaxi oder in Andreas Gondel. Dieser Anblick verlor nie etwas von seinem Reiz.
Sie hatte auf der hinteren Bank Platz genommen und strich sich immer wieder die Haarsträhnen aus dem Gesicht, die der Fahrtwind herumwirbelte. Robert wollte gerade neben ihr platznehmen, als sein Telefon klingelte. Er entschuldigte sich, lehnte sich mit einer Schulter an die Fahrgastkabine und nahm den Anruf entgegen. Derweil nutzte Lilly die Gelegenheit und kramte in ihrer Handtasche nach einem Gummi, um ihre Haare zu bändigen. Eigentlich habe ich doch immer eins dabei, dachte sie bei sich und fand alles Mögliche: Telefon und Schlüsselbund, Taschentücher und Pflaster, Handcreme und ein Täschchen mit Pinzette und Nagelfeile, Geldbeutel und Kaugummis, Lipgloss und Nähset, Deoroller und Kopfschmerztabletten, Bürste und Nagellack sowie ein Notizbuch und einen Kugelschreiber. Sollte sie irgendwann unerwartet das Land verlassen müssen, so schien sie für alle Eventualitäten gerüstet zu sein. Endlich entdeckte sie dann doch noch, wonach sie eigentlich gesucht hatte: ein Haargummi. Sie strich ihre Haare nach hinten, umschlang den Zopf ein paar Mal damit und fixierte so ihre Mähne in einem Dutt.
Robert hatte inzwischen sein Telefonat beendet und entschuldigte sich erneut bei ihr für die Unterbrechung. Er setzte sich neben sie auf die Bank. „Ich weiß nicht, was Lorenzo Ihnen alles über mich erzählt hat.“ Er machte eine Pause um ihre Antwort abzuwarten und schaute sie dabei erwartungsvoll an. „Nicht viel“, gab Lilly ehrlich zurück. „Er erwähnte nur, dass er Sie und besonders Ihren Vater schon lange Zeit kennen würde, da Giulia als Au Pair bei Ihnen im Haushalt gelebt hatte und mit der Zeit eine Freundschaft zwischen Ihren beiden Familien entstanden war.“ Er nickte, schaute versonnen auf das sich kräuselnde Wasser, das die Sonne glitzernd reflektierte. „Stimmt … Giulia! Ich war

damals tatsächlich ein bisschen verliebt in sie." Er schmunzelte, während er an sie dachte. „Sie können sich vielleicht vorstellen, wie eine Italienerin zu der Zeit in England auf dem Land auffiel." Der bloße Gedanke, wie damals vermutlich alle dem hübschen dunkelhaarigen Mädchen mit den großen braunen Augen hinterhergeschaut und bewundernd gepfiffen hatten, brachte Lilly zum Grinsen.

Das Wassertaxi bog rechts in einen kleinen Kanal ein und kurz darauf hatten sie ihr Ziel auch schon erreicht. Zu ihrer Rechten befand sich ein Palazzo, dessen Fassade teilweise noch von einem Baugerüst verdeckt war. Die sichtbaren Wände waren in einem hellen Terracotta-Ton gestrichen und die hohen schmalen Fenster im venezianischen Stil verfügten über schön gestaltete Rundbögen sowie steinerne Brüstungen, die von Weitem wie kleine Balkone wirkten. Nur in der Mitte des Gebäudes hatte ein Zimmer einen echten Balkon. Hier trugen seitliche Säulen ein bogenförmiges Dach. Rechts am Gebäude war auf Höhe des ersten Stocks eine Terrasse. Lillys Blick glitt über die Fassade und sie fragte sich immer wieder, wie die Menschen vor Jahrhunderten imstande gewesen waren, solche wunderbaren und fantastischen Gebäude zu erschaffen und es heute nicht mehr möglich zu sein schien, ähnliche Schönheiten zu erbauen. Die Architektur dieser Stadt hatte sie von Anfang an verzaubert und jetzt die Möglichkeit zu haben, bei der Ausgestaltung des Inneren eines dieser kostbaren Paläste mitzuwirken, in dessen Mauern man immer auch einen Hauch der vergangenen Zeiten zu spüren schien, ließ sie verzückt innehalten.

Der Fahrer stoppte an einer kleinen Tür, die sich in einer Mauer links neben dem Palazzo befand. Robert setzte einen Fuß auf eine der Stufen davor, öffnete die schwere Holztür und sprang dabei gekonnt an Land. Anschließend reichte er ihr die Hand, um ihr beim Aussteigen behilflich zu sein.

Hinter der Mauer befand sich ein wunderschöner kleiner Hof. Die Wände waren von Kletterpflanzen überzogen und einige Bäume spendeten wohltuenden Schatten. In der Mitte bemerkte Lilly die zierliche Statue einer jungen Frau, die ein Streichinstrument in ihren Händen hielt und weiter hinten sah sie einen dieser typischen abgedeckten Brunnen, die früher für die Versorgung mit Süßwasser genutzt wurden. Während sie sich umschaute, um alles mit ihren Augen zu erfassen, ging Robert zur Tür, schloss sie auf und hielt sie ihr offen. Sie betraten die Eingangshalle. Den Boden schmückte ein kunstvolles Muster aus verschiedenfarbigem Marmor und dunkle Säulen des gleichen Materials stützten die Decke zum oberen Stockwerk. Seitlich stand ein Podest mit der steinernen Figur eines geflügelten Löwen, dem Wappentier der Stadt. Sie durchquerten den Raum und er stieg ihr voran die Treppe hoch. Das prächtige schmiedeeiserne Geländer fiel ihr sofort auf. Wie alt mochte es wohl schon sein? Wie viele Besucher hatten den hölzernen Handlauf über die Jahrhunderte schon genutzt, um in die oberen Etagen zu gelangen? Oben angekommen verschlug es ihr fast die Sprache: Der Palazzo war in einem tadellosen Zustand. Die Handwerker, die an der Sanierung und Restaurierung beteiligt gewesen waren, hatte wirklich ganze Arbeit geleistet und ihm zu seiner ursprünglichen Schönheit verholfen. Robert führte sie durch die einzelnen Räume und erklärte ihr, welche Nutzung er jeweils vorgesehen hatte: Salon, Arbeitszimmer, Gästezimmer, Bibliothek, Schlafzimmer. Auch er schien dem Zauber des alten Hauses erlegen zu sein und seine Augen glänzten, als er enthusiastisch von seinen Plänen sprach. Sie zwang sich immer wieder dazu, sich zu konzentrieren, ihm auch wirklich zuzuhören und folgen zu können, denn irgendwas gab es in jedem Raum, dass sofort ihre Aufmerksamkeit auf sich zog. Ein kunstvoll gestalteter Boden, opulente Wandmalereien, prunkvolle Fresken, ein eindrucksvoller Kamin oder einfach auch nur der spektakuläre Ausblick auf den Canal Grande. Teilweise waren die Wände halbhoch mit edlen Hölzern vertäfelt, einige Räume verfügten sogar über die typischen sichtbaren Deckenbalken, die einwandfrei erhalten den dazwischenliegenden Wandbemalungen den optimalen Rahmen verpassten und andere Zimmer wiederum besaßen eine wunderschöne stuckverzierte Decke, deren kreisrunde Ornamente durch einen Lüster aus Muranoglas perfekt ergänzt werden könnten, dachte Lilly und verspürte den Drang, sich sofort nach einem freien Appartement in diesem Palazzo zu erkundigen. Keine Frage – schöner konnte man in dieser Stadt kaum wohnen.

Sie liebte den Mix der Baustile, den man in vielen dieser alten Häuser erkennen konnte, da sie in unterschiedlichen Epochen erweitert worden waren.

Als sie im obersten Geschoss angekommen waren, drehte er sich schließlich zu ihr um. „Und? Was halten Sie davon, mich bei diesem Projekt zu unterstützen?“ Lilly schürzte die Lippen und überlegte. Es war für sie keine Frage des „ob“, sondern eher des „wann“. Sie arbeitete unter der Woche von neun bis sechs im Geschäft, am Wochenende hatte sie zwar frei, wollte aber diese Zeit nicht auch noch komplett verplanen. Sie kannte sich: Freiheitsliebend wie sie war, würde sie eine solche an sich so wunderschöne Arbeit dann schnell als Bürde ansehen und sich ihr nicht mehr mit der notwendigen Hingabe zum Detail widmen. Er schien ihre Zweifel zu bemerken und schlug daher vor: „Ich könnte Lorenzo bitten, Sie zeitweise freizustellen. Die Kosten trage selbstverständlich ich.“ Sie sah ihn erstaunt an und wunderte sich darüber, dass ihm so viel an ihrer Unterstützung gelegen war, aber dann überwand sie sich. Sie wollte sich nicht schon wieder selbst im Wege stehen und musste eine solche Gelegenheit beim Schopfe packen. Signore Constantini hatte sie schließlich empfohlen. Ihm musste bewusst gewesen sein, dass sie diese Aufgabe nicht ausschließlich in ihrer Freizeit erledigen konnte und so stimmte zu: „Ja, wenn das möglich wäre, stehe ich Ihnen sehr gerne zur Verfügung." Sie lächelte ihn an und war bereits voller Vorfreude. Was für ein Abenteuer! Endlich wäre sie in der Lage, selbst auch einmal etwas Kreatives zu machen. Das war schon so lange einer ihrer Wünsche gewesen, den sie aber bislang nie wirklich hatte umsetzen können. Robert war ebenfalls erleichtert. Ihm war es lieber, wenn ihn jemand unterstütze, der dies nicht als einen Auftrag sah, sondern der seine Leidenschaft ausleben durfte. Es brauchte auch gar nicht alles perfekt sein, viel wichtiger war ihm Authentizität und dass das Ergebnis eine Seele hatte. Nebenbei war die Tatsache, dass er mit ihr in seiner Muttersprache kommunizieren konnte ebenso ein nicht zu unterschätzender Vorteil. „Ich hatte gehofft, dass Sie zusagen, Lilly. Und ich finde, so einen Moment sollte man gebührend feiern." Erstaunt schaute sie ihm hinterher, als er in einem der angrenzenden Zimmer verschwand und nur Sekunden später mit einem Picknickkorb, den er zuvor dort deponiert hatte, zu ihr zurückkam. Er wies mit der Hand auf das gegenüberliegende Zimmer und bat sie vorauszugehen. „Ich habe Ihnen jetzt vermutlich alles gezeigt, außer …", er machte eine Pause. „Außer?", fragte sie neugierig, blieb stehen und sah ihn gespannt an. Er ging an ihr vorbei und deutete auf ein paar Stufen, die zu einer Tür führten. „Außer die Dachterrasse." Mit diesen Worten sprang er förmlich die Stufen hoch, stieß die Tür auf und das warme, goldene Licht der Sonne strömte in den Raum. Sie folgte ihm und war überwältigt. Eine Dachterrasse auf einem Palazzo am Canal Grande. Ein Traum!

Er stellte den Korb ab, breitete eine Decke auf dem gefliesten Boden aus, ließ sich nieder und holte eine Flasche Prosecco samt zwei Gläsern aus dem Korb hervor. Es war eine gute Idee gewesen, den kleinen Kühlschrank hier aufzustellen, dachte er. Eigentlich hatte er nur beabsichtigt, sich ab und an eine kleine Erfrischung gönnen zu können, wenn er sich auf der Baustelle aufhielt und die erfolgten Arbeiten kontrollierte, aber so konnte er ihr jetzt auch ein angenehm temperiertes Getränk reichen. Dann schaute er nach Lilly, die an die Brüstung der Terrasse getreten war. Der Blick, der sich ihr von dort aus bot, war umwerfend: In einiger Entfernung war die hölzerne Struktur der Ponte dell'Accademia zu sehen und rings herum ein Palazzo, der sich an den Nächsten reihte. Sie mochte sich gar nicht vorstellen, wie stimmungsvoll es im Dunkeln von hier oben wirken musste, wenn in den Sälen der Paläste die Lichter angingen und der Glanz des Lichtscheins sich auf den sanften Wellen des Kanals spiegelte. Wenn das nicht romantisch ist, weiß ich es auch nicht, dachte sie, zwang sich dann aber doch, die Augen abzuwenden und sich wieder ihrem Begleiter zu widmen. Der deutete auf den Platz neben sich und sagte lächeln: „Ich habe da eine Kleinigkeit für uns vorbereitet." Sie kniete sich neben ihm auf die Decke und er reichte ihr ein Glas Prosecco. „Cheers, auf eine erfolgreiche Zusammenarbeit", prostete er ihr zu. „Cin Cin, das würde mich freuen", erwiderte sie, immer noch dankbar, diese Chance erhalten zu haben. Nachdem sie beide einen Schluck getrunken hatten, stellten sie ihre Gläser ab und zu ihrer Überraschung holte er aus dem Korb auch noch einen Teller mit einer Auswahl unterschiedlichster Tramezzini hervor. „Ich dachte mir, dass wir, wenn wir hier oben angekommen sind, sicherlich auch einen Bissen vertragen können." Er hielt ihr den Teller entgegen und sie griff beherzt zu. Sie fühlte sich total entspannt. Hier oben die Abendsonne genießen, ein interessanter Mann an ihrer Seite, der auch noch gut aussah: Dieser Nachmittag schien einfach perfekt.

Nachdem sie sich etwas gestärkt hatten, sah er sie an und fragte: „Lilly, erzählen Sie mir, wie eine Britin zur Venezianerin wurde." Sie begann ihre Geschichte zu erzählen. Auch Robert war, wie Wochen zuvor Ben, beeindruckt von ihrem Mut und ihrer Entschlossenheit, ihre

Träume zu leben. Als sie geendet hatte, fragte sie wiederum ihn: „Und? Wie kommt ein Engländer zu einem Palazzo am Canal Grande?" „Hmmm ...", begann er, senkte den Blick und schmunzelte vor sich hin. „Lachen Sie nicht, aber das habe ich mich auch gefragt. Ich versuche mal eine Erklärung." Gespannt nahm sie eine bequemere Sitzposition ein und erwiderte erwartungsvoll: „Ich bin ganz Ohr."

Er nippte noch einmal an seinem Glas und begann dann zu erzählen. Er sprach davon, dass er seine Kindheit und Jugend fast ausschließlich in England verbracht hatte. Nur in den Sommerferien war die Familie vorzugsweise nach Südfrankreich oder Italien gereist. Familie, das hieß in seinem Fall seine Eltern, sein jüngerer Bruder und er. Schon damals wuchs in ihm der Wunsch, auszubrechen, um die Welt zu entdecken. Doch durch das Familienunternehmen, ein Zuliefererbetrieb in der Automobilindustrie, war sein Weg, wenn es nach seinem Vater ging, bereits vorgezeichnet. Er war der älteste Sohn und sollte auch das industrielle Erbe antreten. Aus Gehorsam und Respekt vor seinem Vater hatte er Maschinenbau studiert und war nach erfolgreicher Beendigung des Studiums pflichtbewusst in die Firma eingestiegen. Schnell merkte er jedoch, dass dies niemals sein Plan fürs Leben sein würde. Trotzdem fiel es ihm schwer, das entscheidende Gespräch zu suchen, aber nach einigen Monaten bat er seinen Vater schließlich doch darum. Dieser hörte ihm die ganze Zeit ruhig zu und akzeptierte – zu Roberts Verwunderung – seine Entscheidung sofort. Er machte eine kurze Pause und nahm einen großen Schluck aus seinem Glas. Lilly konnte spüren, dass es ihn noch immer tief bewegte. Dann fuhr er fort: „Er hat mich damals lange angesehen und mir gesagt, dass er schon vor langer Zeit gewusst hatte, dass ich irgendwann diese Entscheidung treffen werde und auch treffen muss. Er wollte aber sehen, wann ich mutig genug sein würde, auch dazu zu stehen. Das war mir eine Lehre fürs Leben." Er erzählte weiter, wie er

zum Unternehmer wurde, sich mit etwas Kapital an kleinen Start-ups beteiligte und es schaffte, damit recht erfolgreich zu sein. Zudem ließ ihm diese Tätigkeit den Raum, überall auf der Welt unterwegs sein zu können. Bis jetzt. Jetzt wollte er alles etwas ruhiger angehen lassen und als er durch Zufall von dem Palazzo erfuhr, habe er zugegriffen. „Deswegen bin ich jetzt hier“, schloss Robert seinen Bericht. „Auch ein sehr interessanter Lebensweg. Waren Sie dann auch zuvor schon öfters in Venedig? Ich meine, wegen der Freundschaft zu den Constantinis?“, fragte Lilly. „Ein paar Mal, aber jedes Mal waren es leider nur wenige Tage. Ich gebe zu, es war jetzt auch eher eine spontane Entscheidung, den Palazzo zu kaufen. Vermutlich war es die Herzlichkeit der Constantinis, die mir immer im Gedächtnis geblieben ist. Ich habe selten eine Familie erlebt, in der alle so liebenswürdig und gastfreundschaftlich sind. Und so war dieser Ort immer nur mit den besten Gedanken und Gefühlen verbunden“, erklärte er.
Eher zufällig fiel ihr Blick auf die Uhr und sie erschrak, wie lange sie hier oben schon saßen. Sie blickte sich nach ihrer Tasche um, die sie vorhin irgendwo abgestellt haben musste.
Robert, der ihre Anwesenheit sichtlich genoss und jetzt ihre Aufbruchstimmung bemerkte, nutzte die Gelegenheit, stand auf, reichte ihr die Hand, um ihr ebenfalls aufzuhelfen und fragte: „Darf ich Sie … darf ich dich noch zum Essen einladen?“ Sie ergriff seine Hand und erhob sich. Was sollte sie ihm antworten? War es unhöflich eine Einladung von einem Mann auszuschlagen, mit dem man zukünftig zusammenarbeiten wollte? Oder wäre es einfach nur dumm gewesen, dieses Angebot eines interessanten Mannes zu ignorieren, mit dem man sich die letzten Stunden zugegebenermaßen recht wohl gefühlt hatte? „Wenn es dir keine Umstände macht, gerne“, antwortete sie lächelnd.
Der Ton zwischen beiden wurde vertrauter und sie genossen die Gegenwart des jeweils anderen. Beide hatten erkannt,

dass sie ähnliche Lebensläufe hatten: Ein vermeintlich vorgezeichneter Weg, der Wille etwas zu ändern, der Mut es umzusetzen und das Glück, einen Teil der Träume leben zu dürfen. So etwas verband auf besondere Weise.
Nachdem Robert Gläser, Flasche, Teller und Decke wieder im Korb verstaut und diesen im Zimmer hinter der Dachterrasse abgestellt hatte, stiegen beide die Treppe ins Erdgeschoss herab. Währenddessen orderte er telefonisch ein Wassertaxi, dass auch bereits wenige Augenblicke, nachdem sie am Ausgang zum Kanal ankamen, um die Ecke bog. Als es direkt vor der Tür lag, stiegen sie zu, Robert rief dem Fahrer hinüber, wohin er die beiden bringen sollte und setzte sich dann zu Lilly auf die Rückbank. Versonnen schaute sie auf die Wasseroberfläche des Kanals, auf dem sich inzwischen die ersten Lichter aus den Gebäuden rings herum spiegelten. Was für ein toller Tag und was für ein schöner Sommerabend. Überhaupt … was für ein schöner Sommer! Ein interessantes Projekt, interessante Begegnungen mit Robert und … Ben, ging es ihr durch den Kopf. Sie war versucht, ein Bild der Szenerie zu machen und es an ihn zu senden, aber hielt dies in Roberts Anwesenheit für unangemessen.
Kurze Zeit später, bog das Boot links in den Rio de l'Alboro ein und der Bootsführer machte es am Anleger eines hübschen Restaurants mit einer großen grünen Markise fest. Sie stiegen aus und wählten einen Tisch direkt am Wasser. Gemütlich war es hier – und romantisch. Gläserne Laternen an der Hauswand und Kerzen auf den Tischen spendeten ein sanftes Licht. Der Kellner brachte die Karte und Robert bestellte eine Flasche Wein und Mineralwasser. Während sie auf die Getränke warteten, trafen sie ihre Wahl von Pasta und Fisch. Kaum war die Bestellung aufgegeben und der Wein eingeschenkt, begann ein angeregtes Gespräch zwischen den beiden. Lilly war gedanklich schon bei der Ausgestaltung des Palazzos, machte ihm Vorschläge, wie die

unterschiedlichen Räume gestaltet werden könnten und Robert hörte ihren enthusiastischen Ausführungen gerne zu. Wahnsinn, mit was für einer fast schon kindlichen Freude sie bei der Sache ist, dachte er bei sich und ließ sich von ihrer Lebendigkeit anstecken. Lilly hatte sich hier über die Jahre angewöhnt, gestenreich mit den Händen zu reden. So hatte sie die Möglichkeit, auch mit einem Mund voller Pasta ihren Emotionen Nachdruck zu verleihen. Robert konnte kaum glauben, dass ihm da wirklich eine Landsmännin gegenübersaß, aber es gefiel ihm und wirkte authentisch und nicht aufgesetzt.

Als Lilly langsam die Wirkung des Weins zu spüren begann, nippte sie nur noch vorsichtig an ihrem Glas und trank gleichzeitig mehr Wasser. Sie wollte nicht Gefahr laufen, eine Dummheit zu begehen; was sollte Robert schließlich von ihr denken. Sie hatte sich schlichtweg von der Atmosphäre und seiner Gesellschaft verleiten lassen und den Abend in vollen Zügen genossen. Inzwischen war sie sich auch gar nicht mehr so sicher, ob dies immer noch um Arbeitsessen oder vielleicht doch bereits ein Date gewesen war. Zum Abschluss und bevor sie schließlich aufbrachen, tranken beide noch einen Espresso. An der kleinen Brücke direkt neben dem Restaurant wollte sie sich dann von ihm verabschieden. „Danke dir für den schönen Abend." „Soll ich dich nicht doch heimbegleiten. Nicht, dass dir etwas passiert", wandte er ein und nahm ihre Hand. Einen Moment lang zögerte Lilly, unschlüssig, was sie ihm entgegnen sollte. „Das ist lieb von dir, aber es ist nicht so weit. Das passt schon." Er sah ihr in die Augen, hob ihre Hand zu seinen Lippen und deutete einen Handkuss an. „Okay, aber dann rufst du mich bitte an, sobald du daheim angekommen bist." Mit diesen Worten zog er eine Visitenkarte aus seiner Hosentasche und reichte sie ihr. „In Ordnung", flüsterte sie und hauchte ihm – in italienischer Manier – jeweils einen Kuss rechts und links auf die Wange, drehte sich um und machte sich auf ihren

Heimweg. Nach ein paar Schritten schaute sie noch mal zurück und winkte ihm zu.

Daheim angekommen, holte sie ihr Telefon hervor und schrieb ihm eine kurze Nachricht. Irgendwie verrückt, dachte sie kopfschüttelnd. Da werde ich heute früh einem Mann vorgestellt und abends schreibe ich ihm schon eine Nachricht, damit er sich keine Sorgen machen muss.
Dann fiel ihr Blick auf die letzte Nachricht von Ben. Sie überlegte kurz und begann zu tippen: „*Liebe Grüße und eine gute Nacht aus Venedig. Heute so viel erlebt, aber das erzähle ich dir beim nächsten Mal. Lilly xx*“ Sie legte das Telefon auf den Küchentisch und ging ins Bad. Während sie vor dem Spiegel stand und sich abschminkte, ertönte von irgendwoher ihr Lieblingssong aus den Achtzigern und sie begann mitzusingen: „Oh every day my love is stronger …“ Plötzlich realisierte sie, dass die Musik nur ihr Klingelton sein konnte und sprang so schnell es ging in die Küche, wo sie das Telefon schnappte und den Anruf gerade noch entgegennehmen konnte, bevor sich die Mailbox einschaltete. In der Hast hatte sie nicht lesen können, wer am anderen Ende war und brachte nur ein gehetztes „Pronto?“ hervor. Nach einer kurzen Pause sagte eine ihr wohlbekannte Stimme: „Ich hoffe, ich störe dich nicht.“ Ein Lächeln machte sich auf ihrem Gesicht breit. „Nein, das tust du nicht, Ben.“ „Nachdem ich gerade deine Nachricht erhalten habe, dachte ich mir, ich versuche einfach noch, dich zu erreichen“, erklärte er. Lilly ging ins Wohnzimmer und machte es sich auf ihrem Sofa bequem. „Eigentlich wollte ich tatsächlich gerade schlafen gehen, aber da bleibe ich gerne noch eine Weile wach.“ Sie berichtete Ben von ihrem aufregenden Tag: von Robert, dem Angebot und dem Palazzo. Zugegeben fiel die Erwähnung von Robert nur recht kurz aus und auch das Abendessen am Kanal ließ sie aus. Sie fand es unpassend, einem Freund, mit dem sie

zweifelsohne flirtete, von einem Mann, den sie gerade kennengelernt hatte und interessant fand, mehr als notwendig zu berichten. Ben erzählte ihr im Gegenzug von seinem Abend bei der Rechtsanwaltsvereinigung und sparte sich auch überflüssige Kommentare über Jill – nicht, weil er etwas zu verbergen hatte, sondern weil es ihm schlichtweg unwichtig erschien. Nach einer Weile hörte er sie gähnen und schaute auf die Uhr: „Ich glaube, wir sollten Schluss machen. Und versprochen: Nächstes Mal rufe ich nicht so spät an.“ „Das macht doch nichts. Ich freue mich immer.“ Sie wünschten sich gegenseitig eine gute Nacht und verabschiedeten sich voneinander.

Müde ging Lilly zu Bett und dachte dabei noch einmal über den Tag nach. So viele neue Eindrücke und dann die Begegnung mit Robert, zu guter Letzt noch das Telefonat mit Ben. Sie versuchte ihre Gedanken zu sortieren, aber bevor sie dazu in der Lage war, fielen ihr die Augen zu und sie schlief ein.

Kapitel 8 – Süßes Gift

Im Radio war man sich einig, dass die Temperaturen heute in London die 30°C-Marke knacken würden. Das waren genau die Tage, an denen Ben seinen Beruf ein wenig verfluchte. Er hatte einen Termin mit einem neuen Mandanten und da war es selbstverständlich angebracht, in Jackett und mit Krawatte zu erscheinen. Für den Weg in die Kanzlei hatte er sich allerdings dazu entschieden, seinen Wagen zu nehmen. Der verfügte – im Gegensatz zur Londoner U-Bahn - über eine funktionierende Klimaanlage und trotz aller Vorzüge, die die öffentlichen Verkehrsmittel ansonsten ganz offensichtlich boten, stellte er sich lieber der Herausforderung, einen Parkplatz fußläufig zur Kanzlei zu finden, als bereits morgens verschwitzt im Büro zu erscheinen.

Dort angekommen war er erleichtert, dass Karen daran gedacht hatte, die Jalousien herabzulassen, damit der Raum auch ohne Klimaanlage möglichst kühl blieb. Ben hängte sein Jackett auf einen Bügel, setzte sich an den Schreibtisch und machte sich daran, seinen Termin vorzubereiten. Das leise Surren seines Telefons unterbrach seine Konzentration und er stand auf, um es aus seiner Jackentasche zu holen. Vielleicht würde der Termin ja aufgrund des phänomenalen, aber viel zu heißen Wetters verschoben werden, hoffte er. Aber über die Nachricht, die er fand, als er das Handy entsperrte, freute er sich noch mehr als über die ursprünglich erwartete. „*Verschlafene Grüße. Ich hoffe, du bist etwas munterer als ich. Lilly xx*“ Er bekam ein schlechtes Gewissen, da er der Grund für ihren Schlafmangel gewesen war, vergaß er doch stets, dass es bei ihr eine Stunde später als in Großbritannien war. Schuldbewusst schrieb er sofort zurück: „*Es tut mir so leid, ich hatte den Zeitunterschied schon wieder vergessen. Ich hoffe, ich*

kann es irgendwann wieder gut machen. Liebe Grüße xx". Er ging zu seinem Schreibtisch zurück, um sich wieder seiner Arbeit zu widmen, doch noch bevor er sein Telefon ablegen konnte, spürte er das leichte Vibrieren, das ihm erneut den Erhalt einer Nachricht meldete. „*Gerne. Oder ich klingele dich morgens als Revanche aus dem Bett. xx*" Er grinste bei dem Gedanken daran und tippte flink seine Antwort: „*Ich glaube, es gibt definitiv schlimmere Dinge, als von deiner Stimme geweckt zu werden. xx*"
Nachdem er auf ‚Senden' gedrückt hatte, wurde ihm schlagartig bewusst, was er da eben geschrieben hatte. Er hoffte, dass er ihr damit nicht zu nahegetreten war. Neben den zugegebenermaßen nicht allzu schlimmen Vorwürfen, die er sich gerade selbst machte, war da jedoch auch die Erkenntnis, dass es ihm gefiel, mit ihr zu flirten. Wie lange hatte er so etwas nicht mehr getan und außerdem war es bestenfalls eine harmlose Neckerei – obwohl … Eine eingehende Nachricht beendete seinen Versuch, herauszufinden, was in ihm vorging. „*Wenn du einen Weckdienst brauchst, stehe ich dir gerne zur Verfügung*", stand da, gefolgt von einem zwinkernden Smiley. Er musste lachen. Erleichterung machte sich in ihm breit, da sie ihm seine forsche Bemerkung ganz offensichtlich nicht übel genommen hatte. So dazu ermuntert, tippte er schnell noch einmal. „*Sei vorsichtig, ich könnte von deinem Vorschlag Gebrauch machen.*" Neugierig schaute er noch eine Weile auf das Display und dachte dann kopfschüttelnd: Das muss wohl die Hitze sein, anders kann ich mir das alles nicht erklären. Es folgte keine Antwort mehr und Ben widmete sich erneut seinen Unterlagen, um sich auf den bevorstehenden Termin vorzubereiten.

Das Treffen mit seinem neuen Mandanten war hervorragend verlaufen. So hervorragend, dass man beschloss, gleich im Anschluss gemeinsam essen zu gehen. Ben hatte Karen gebeten, auf die Schnelle ein Restaurant zu finden, das möglichst über einen schattigen Außenbereich verfügte und dort einen Tisch zu reservieren. Wie immer, hatte sie es in Windeseile geschafft, das Unmögliche möglich zu machen und ihm eine entsprechende Notiz gereicht. Er war fasziniert, denn bei dem heutigen Wetter war ein Tisch im Garten eines kleinen Pubs in Covent Garden fast so selten, wie ein Sechser im Lotto. Zusammen mit seinem Kunden brach er dorthin auf und erreichte nach einem kurzen Spaziergang das Lokal. Sie setzten sich und erleichtert darüber, dass auch sein Gegenüber beschlossen hatte, Jackett und Krawatte abzulegen sowie die Ärmel hochzukrempeln, genoss Ben die willkommene Pause unter freiem Himmel noch etwas mehr. Während er die Speisekarte studierte, sinnierte er über die merkwürdigen Gepflogenheiten, mit denen scheinbar niemand - ihm eingeschlossen - brechen wollte. Alle hielten sich an die Regeln der Etikette, egal, ob sie sinnvoll waren oder, wie bei diesem Wetter, eher lächerlich. Wir Anwälte sind schon ein komisches Völkchen, mit Angewohnheiten aus einer anderen Zeit – ging es ihm durch den Kopf. Genau das waren auch immer seine Gedanken, wenn er seine Perücke im Gerichtssaal trug. Von einem aktuellen Zeitgeist konnte da beim besten Willen keine Rede sein.

Als er nach dem Essen wieder in die Kanzlei zurückkam, lag auf seinem Schreibtisch eine Telefonnotiz: „Bitte Ms Morris zurückrufen“. Er drehte den Zettel um, ob dort noch weitere Informationen vermerkt waren, aber es gab keine. Vielleicht wollte sie den für morgen geplanten Termin verschieben oder gar absagen? Er holte ihre Visitenkarte hervor und wählte die Nummer. „Morris“, erklang eine sehr resolute Stimme am anderen Ende der Leitung. „Harris hier. Sie baten um einen Rückruf, Ms Morris.“ Sofort unterbrach sie ihn und antwortete sehr viel sanfter als noch vor ein paar

Sekunden, jedoch ein wenig vorwurfsvoll: „Ben! Schön, dass du dich gleich meldest, aber für dich bin ich doch Jill." „Entschuldige, Jill. Was kann ich für dich tun? Geht es um unseren Termin?", fragte er. „Nicht direkt, mein Lieber", begann sie. „Im Rahmen eines Cricket-Turniers am Sonntag findet eine Art juristischer Stammtisch statt. Es wird sicherlich sehr interessant – schon allein wegen des Spiels. Hättest du da eventuell Zeit und Lust, mich zu begleiten?" Ben überlegte: Er war kein großer Fan von Mannschaftssportarten und hätte freiwillig nie ein Spiel – egal ob Cricket, Rugby oder Fußball – besucht, aber er hatte Matthews Worte im Ohr, dass Jill Morris ein wertvoller Kontakt für die Kanzlei sei. Außerdem hatte er für das bevorstehende Wochenende noch keine anderweitigen Pläne gemacht und so antwortete er: „Gerne, warum nicht?" „Fein, das freut mich. Würde es dir etwas ausmachen, mich von daheim abzuholen? Dann könnten wir gemeinsam dorthin fahren." „Das kann ich sicherlich einrichten", erwiderte er zögerlich. Bisher hatte ihn noch nie ein Geschäftspartner um so einen Gefallen gebeten, aber vielleicht sah er das nur falsch und es war inzwischen etwas spießig, sich darüber Gedanken zu machen. Freudig unterbrach sie sein Grübeln. „Sehr schön, dann klären wir die Einzelheiten bei unserem Termin. Ich freue mich auf dich. Bis dann, Ben." „Bis morgen", entgegnete er, legte auf und runzelte die Stirn. Aus dieser Frau wurde er einfach nicht schlau.

Am späten Nachmittag stand Matthew plötzlich in seiner Tür und fragte ihn, ob er nach Feierabend bereits etwas vorhabe. Ben schüttelte den Kopf und der Junior-Chef erzählte ihm, dass einige der Kollegen beschlossen hatten, den Sommerabend auf einer Dachterrasse ganz in der Nähe zu genießen. „Die Kolleginnen vom Empfang haben bereits Plätze reserviert. Also, wenn du Lust hast, komm einfach mit." „Gerne!", antwortete er und freute sich schon jetzt

darauf. Noch vor einigen Monaten war so etwas für ihn undenkbar gewesen. Sein Schwiegervater hatte stets Wert daraufgelegt, dass gewisse Hierarchien beachtet und gelebt wurden, da ein kollegiales Verhältnis untereinander in seinen Augen dazu führen konnte, dass es seitens der Angestellten möglicherweise schamlos ausgenutzt wurde. Ein Umstand, der Ben von je her ein Dorn im Auge gewesen war. Umso mehr genoss er es, jetzt ein kameradschaftliches Verhältnis zu seinen Kollegen zu pflegen.
Als sich einige Zeit später Aufbruchstimmung breitmachte, fiel ihm ein, dass er heute den Wagen genommen hatte und ihn jetzt wohl oder übel über Nacht im Parkhaus stehen lassen musste. Die Parkgebühr wird saftig ausfallen, aber egal. Das ist es mir wert, dachte er, während er prüfte, ob er alles Wichtige dabeihatte, sein Jackett über die Schulter schwang und sich den anderen anschloss.
Sie machten sich zusammen von der Kanzlei in Holborn auf den Weg Richtung City. Kurz nachdem die sie den Vorplatz der St. Paul's Cathedral passiert hatte, bogen sie in eine schmalere Straße ein, sammelten sich am Eingang eines dort befindlichen Hotels und fuhren gemeinsam mit dem Lift zu dessen Dachterrassen-Bar empor.
Der Ausblick, der sich ihnen bot, war phänomenal: Von hieraus schaute man zum einen direkt auf die Kuppel der Kathedrale und auf der anderen Seite erstreckte sich vor ihnen die Skyline des modernen Londons mit Wolkenkratzern, deren Anzahl stetig zuzunehmen schien.

Ben genoss den entspannten Abend und die netten Gespräche, dazu kalte Drinks und diese unvergleichliche Aussicht. So sollten solche Sommertage immer enden, fand er, als sich Karen zu ihm gesellte, der vermutlich der gleiche Gedanke durch den Kopf ging. Er hatte gerade ein Foto gemacht, um es Lilly zu senden und sie warf interessiert einen Blick darauf. „Wahnsinnig schön hier oben, oder?"

„Absolut. Eigentlich genießt man so etwas viel zu selten. Cheers, Karen." Er prostete ihr zu und sie tat das gleiche. „Waren Sie schon mal hier oben?", fragte sie ihn. Er schüttelte den Kopf. „Nein, hat sich leider bisher nie ergeben. Und Sie?" „Ich bin ab und zu mit meinen Mädels hier. Wir finden immer einen Grund zum Feiern und wenn es nur das Leben an sich ist." Sie lachte. Ben musste schmunzeln. Das konnte er sich wirklich gut vorstellen, denn er hatte sie in den letzten Wochen als sehr freundliche und lebenslustige Frau kennengelernt und er konnte sich nicht an einen Tag erinnern, an dem sie mit ihrer ausgeglichenen Art die Atmosphäre im Büro nicht positiv beeinflusst hätte. Ihre Freundlichkeit und Hilfsbereitschaft waren überwältigend. Nicht ein einziges Mal hatte er bei ihr schlechte Laune oder Ärger feststellen können. Egal, wie aufgebracht ein Anrufer war oder wie oft der Drucker einen Papierstau meldete und wild blinkte; Karen schien tatsächlich in allem auch etwas Gutes zu sehen.

Als eine Kollegin dazu kam und sie in Beschlag nahm, nutzte Ben die Gelegenheit, das geschossene Bild an Lilly zu schicken: *„Sommerabende können auch hier schön sein. xx"*

Karen wäre allerdings nicht Karen gewesen, wenn sie es nicht geschafft hätte, neben dem Gespräch mit ihrer Kollegin auch gleichzeitig Bens Telefon im Blick zu haben. Sie wusste: Eine gute Assistentin ist stets bestens informiert und jede noch so kleine Information konnte irgendwann nützlich sein. So rechtfertigte sie zumindest ihre Neugier gegenüber sich selbst. Und so blieb es ihr auch nicht verborgen, dass Ben kurze Zeit später eine Nachricht erhielt und den Empfang mit einem Lächeln quittierte. Er ging ein paar Schritte zur Seite, um sie ungestört lesen zu können und war gespannt, ob seine venezianische Freundin auch dieses Mal mit einem Bild konterte. *„So schön habe ich London gar nicht in Erinnerung. Wo bist du?"*, stand dort und er schrieb zurück: *„Auf einer Dachterrasse in der Nähe von St. Paul's. Schade, dass du*

nicht da bist, ich würde dir jetzt sehr gerne einen Drink spendieren.“
Das Telefon steckte er gar nicht erst ein und musste auch nur kurz auf ihre Antwort warten: *„Dann nehme ich einen Spritz.*“
Spitzbübisch vor sich hin grinsend schaute Ben auf sein gerade geleertes Glas, ging vor zur Bar und bestellte sich ihr Wunschgetränk. Er überlegte kurz - jetzt benötigte er nur noch einen Platz, von dem aus er ein möglichst beeindruckendes Bild davon machen konnte und idealerweise nicht dabei beobachtet wurde. Sonst war er es immer gewesen, der alle belächelt hatte, die ihr Essen oder ihre Getränke fotografierten und nun tat er genau das gleiche. Das war wirklich unfassbar. Das Flirten mit Lilly machte zweifelsohne Spaß, verleitete ihn aber auch zu seltsamen und fragwürdigen Handlungen, wie er sich selbst gerade ironisch eingestand. Endlich fand er etwas abseits einen freien Tisch an der gläsernen Brüstung, stellte sein Glas ab und beeilte sich, ein Foto davon vor dem von der untergehenden Sonne golden eingefärbten Himmel zu machen. Das Bild war wirklich gut geworden und so schickte er es ihr verbunden mit den Worten: *„Hier ist, wie versprochen, dein Spritz. Cin Cin xx*“
Er wandte sich wieder seinen Kollegen zu, die noch immer in angeregte Unterhaltungen vertieft waren und – wie er – den Abend sichtlich genossen. Doch irgendwann verabschiedete sich schließlich der Erste aus der Runde und der Nächste folgte kurz darauf, bis sich Ben ebenso auf den Heimweg begab, denn schließlich hatte er morgen einen gut gefüllten Terminkalender. Alsbald löste sich auch der Rest der Gruppe auf und Karen und ihre Kolleginnen wurden eindringlich gebeten, einen solchen Feierabend-Ausflug so bald wie möglich wieder zu organisieren.

Am nächsten Nachmittag machte Ben sich pünktlich von seinem Büro aus auf den Weg, um Jill in der Kanzlei aufzusuchen, für die sie tätig war. Er meldete sich am Empfang und wurde von einer Sekretärin in einen Konferenzraum geführt. Bevor sie wieder ging, fragte sie ihn, ob er etwas zu trinken wünschte und er entschied sich für einen Tee, den sie ihm kurz darauf brachte. Währenddessen richtete sie ihm aus, dass Ms Morris ihm in Kürze zur Verfügung stünde. Ben war immer noch ratlos, über welche Art von Fall sie mit ihm sprechen wollte, schließlich waren für die Erlangung ihrer Position in der Rechtsanwaltskammer sehr viel berufliche Erfahrung und eine ausgesprochene Expertise notwendig gewesen. Wieso war sie sich in diesem Fall also unsicher? Er nippte an seiner Tasse Earl Grey und wartete ab. Dann, einige Minuten später, ging die Tür auf und Jill erschien im Raum. Wieder wirkte ihr Auftritt beinahe einstudiert. Sie trug eine weiße Bluse, deren oberster Knopf gewollt lässig geöffnet war und einen kurz über dem Knie endenden schwarzen Bleistiftrock mit Nadelstreifen. Ihre Haare waren glatt nach hinten gekämmt und am Hinterkopf in einem Knoten fixiert. Nur eine schmale Strähne fiel seitlich ins perfekt geschminkte Gesicht und verlieh ihrem strengen Business-Look diese kleine Nuance Unvollkommenheit, die sie sympathischer erscheinen ließ. Gekonnt schritt sie auf den hohen Absätzen schnell auf ihn zu und begrüßte ihn fast schon überschwänglich, indem sie mit ihren Händen seine Oberarme umfasste und ihm einen Kuss auf die Wange hauchte. Ben war bemüht, sich von ihrer offensiven Art nicht aus dem Konzept bringen zu lassen und fragte stattdessen freundlich nach, wie es ihr ginge. Er wartete höflich, bis sie am Tisch Platz nahm, um sich dann selbst zu setzen.

„Danke, dass du dir Zeit für mich und mein Anliegen nimmst. Ich weiß das sehr zu schätzen", begann sie und kam dann ohne große Umschweife auf den Fall zu sprechen. Sie legte ihm ausführlich die Details dar und zeigte ihm

notwendige Unterlagen, damit er die Zusammenhänge verstehen konnte. Ben hörte ihr aufmerksam zu und stellte nur hin und wieder Rückfragen, die sie bereitwillig und eingehend beantwortete. Sie machte heute auf ihn einen sehr professionellen Eindruck und er kam zu dem Schluss, dass er aus ihrem Auftritt beim Empfang falsche Schlüsse gezogen haben musste. Vermutlich war sie einfach der Typ Frau, der leicht missverstanden wurde, weil sie ihre Weiblichkeit und ihre Reize, die sie zweifellos besaß, offen zur Schau stellte. Trotzdem war ihm immer noch nicht bewusst, warum sie ausgerechnet seine Hilfe benötigte. Vielleicht wollte sie tatsächlich nur eine zweite Meinung, grübelte er.
Schließlich, nachdem sie ihm alle Informationen präsentiert hatte, bat sie ihn, seine Einschätzung darzulegen. Er rutsche auf seinem Stuhl etwas vor, stützte die Ellenbogen auf dem Tisch ab und legte die Handflächen aneinander. Seine Lippen lagen an seinen Fingerspitzen, während er gedanklich alles Gehörte noch mal durchging. Sodann erklärte er ihr, wie er die Sachlage sah und bei der Verhandlung vorgehen würde. Er bemerkte, dass sie beim Zuhören mit der Haarsträhne, die ihr seitlich ins Gesicht fiel, spielte und sie immer wieder um ihre Finger wickelte. Vermutlich macht sie das mit allen Männern um sich herum, sie um den Finger wickeln, schoss es ihm durch den Kopf. Gewiss war sie sehr attraktiv, zudem konnte er heute auch nichts an ihrem Verhalten beanstanden, im Gegenteil, er spürte sogar eine gewisse Art von Faszination und Bewunderung für sie.
Nachdem Ben seine Sicht der Dinge dargelegt hatte, bedankte sie sich bei ihm: „Du warst mir eine sehr große Hilfe. Ich diskutiere normalerweise nur mit den Kollegen hier in der Kanzlei und fand es wertvoll, mich mit einem kompetenten Anwalt, der in dieser Sache neutral ist, auszutauschen. Vielen lieben Dank für deine Zeit.“ „Keine Ursache, Jill. Das habe ich gerne getan“, erwiderte er wahrheitsgemäß. Sie erhoben sich von ihren Stühlen und

lächelnd fragte sie ihn: „Bleibt es bei deiner Zusage, mich zum Cricket-Turnier zu begleiten?“ Er bejahte. „Und? Holst Du mich ab?“ Sie hatte ihren Kopf etwas gesenkt und auf die Seite gelegt. Ihr Blick hatte etwas von dem eines kleinen Mädchens, das seine Eltern um die Erfüllung eines Herzenswunsches bat. „Das kann ich gerne tun. Schickst du mir deine Adresse per E-Mail?“, erkundigte er sich. „Was hältst du davon, wenn wir noch auf einen Drink in die Bar an der Ecke gehen? Dann schreibe ich dir meine Adresse ganz altmodisch auf eine Serviette“, schlug sie mit einem betörenden Unterton in ihrer Stimme vor, während sie ihre Hand vertraulich auf seinen Oberarm legte. Schlagartig wurde ihm wieder bewusst, dass er sich bei ihr in Acht nehmen musste. Möglicherweise unterstellte er ihr immer noch Absichten, die sie gar nicht hatte, aber ihm war einfach nicht wohl bei ihren Intimitäten und keineswegs wollte er auch noch den Abend zusammen mit ihr verbringen. Zumal in diesem Viertel die Dichte der Anwaltskanzleien extrem hoch war und die Möglichkeit, dass er mit ihr gesehen wurde somit ebenfalls. Sie war nun mal eine Frau, die auffiel - ganz und gar nicht unangenehm, aber es war nicht möglich, mit ihr einfach in eine Bar oder einen Pub zu gehen und zu hoffen, dass niemand etwas davon mitbekam. Ben wollte nicht riskieren, dass man ihm eventuell Vorhaltungen machte oder ihm – schlimmer noch - eine Affäre andichtete. Er war nach wie vor der Ansicht, dass es das Beste war, Berufliches und Privates strikt zu trennen. Das hatte er nicht zuletzt aus seiner Ehe gelernt. Er räusperte sich kurz und legte seinerseits seine Hand auf ihren Arm. „Danke dir, aber ich kann leider nicht. Ich hoffe, du bist mir deswegen nicht böse.“ Jill verzog keine Miene und ließ sich nicht anmerken, ob sie über seine Antwort enttäuscht war. „Natürlich mein Lieber, ist schon in Ordnung. Dann gib mir doch einfach deine Nummer und ich sende dir meine Adresse per SMS zu.“ Ihr Ton war wieder eine Spur sachlicher geworden, was

er erleichtert zur Kenntnis nahm und ihr bereitwillig seine Telefonnummer diktierte. Nach ein paar weiteren Worten verabschiedeten sie sich voneinander und er verließ die Kanzlei.
Unterwegs fragte er sich, warum er bei Jill immer wieder ein so mulmiges Gefühl bekam. Wären sie sich unter anderen Umständen begegnet, wäre er sicherlich nicht abgeneigt gewesen, sie näher kennenzulernen, um herauszufinden, was hinter ihrer offensiven Art steckte. Zudem war sie unbestritten gut aussehend und intelligent, eine an sich perfekte Kombination also. Andererseits war da ihr Hang zu einer ihm ungewohnten und fast schon militanten Vertrautheit, die ihm zwar nicht unbedingt unangenehm war, aber doch unangebracht erschien. Oder war er so lange aus der Übung, dass er ihr Verhalten einfach nur falsch verstand? Männer waren schließlich nicht gerade dafür bekannt, ausgewiesene Experten auf diesem Gebiet zu sein.
Gerne hätte er ein weibliches Urteil dazu eingeholt - aber von wem? Karen wollte er lieber nicht ins Vertrauen ziehen… und Lilly? Nein, das konnte er nicht. Mit ihr wollte er über alles, aber nicht über andere Frauen reden.

Er verließ die U-Bahn in Notting Hill Gate. Es waren noch jede Menge Menschen unterwegs, die damit beschäftigt waren, Lebensmittel für das Wochenende einzukaufen. Ben überlegte kurz, entschied sich aber schnell dafür, während er die Hektik um sich herum beobachtete, unentbehrliche Besorgungen morgen in Ruhe oder besser noch online zu erledigen. Viel lieber war es ihm jetzt, sich umzuziehen und eine Runde Laufen zu gehen. Daheim angekommen, setzte er daher seinen Plan ohne Verzögerung in die Tat um: Raus aus seiner Business-Kleidung, rein in Shirt, Laufhose und -schuhe. An seinem Oberarm befestigte er die Halterung für sein Telefon, um beim Laufen Musik hören konnte. Da ging das Abschalten gleich noch viel besser.

Seine übliche Strecke verlief durch den Hyde Park. Er schätzte sich glücklich, so eine Route quasi direkt vor der Haustür zu haben; andere mussten extra nach London reisen, um die Sehenswürdigkeiten, die er dort passierte, zu besuchen: die italienischen Gärten, der Gedenkbrunnen zu Ehren von Prinzessin Diana, das Albert Memorial und nicht zuletzt Kensington Palace. Es gab definitiv schlechtere Gegenden, um Sport zu treiben und etwas für seinen Körper zu tun. Während er durch die Grünanlage joggte, stoppte für einen Moment seine Musik, lief dann aber weiter. Vermutlich war gerade eine Nachricht eingegangen und nachdem er in den vergangenen Wochen eine gewisse Neugier diesbezüglich entwickelt hatte, konnte er auch dieses Mal nicht widerstehen und wollte sofort wissen, wer ihm da geschrieben hatte oder eher, ob es sich um eine Mitteilung von Lilly handelte. Also hielt er an, zog sein Telefon aus der Halterung an seinem Oberarm und strich über das Display. Er hatte ein Bild von einem Weinglas und einem Teller Pasta erhalten, die beide auf einem Tisch standen, der sich allem Anschein nach auf Lillys Dachterrasse befand. Zumindest meinte er, diese von den Fotos, die er zuvor bekommen hatte, wiederzuerkennen. Darunter standen die folgenden Worte: „*Ich hoffe, du hast einen ebenso entspannten Abend. xx*“ Kurzentschlossen machte er eine Aufnahme des Ausblicks, der sich ihm gerade bot: grüne Rasenflächen, üppig belaubte Bäume und im Hintergrund der Seitenflügel des Schlosses. Er betrachtete sein Bild kritisch, befand es für gut und sendete es Lilly: „*Sobald ich meine Laufrunde beendet habe, würde ich gerne mit dir tauschen … oder mich dazu setzen. xx*“ Er hoffte, dass sie ihm auch dieses Mal, wie schon so oft, gleich antwortete und legte eine Pause auf einer nahe gelegenen Bank ein. Kaum hatte er sich gesetzt und die Beine ausgestreckt, meldete sich sein Telefon. „*Es wäre auf jeden Fall noch genug da*“, stand unter einem Bild, das zwei Töpfe auf einem Herd zeigte. In einem befand sich dampfende Pasta und in dem zweiten die dazu passende Sauce mit frischem Gemüse und Scampi. Ben fragte sich, ob sie das wirklich ernst meinte. Also, ob sie ihn tatsächlich zum Essen zu sich nach Hause einladen würde, wenn die Möglichkeit dazu bestünde. Vermutlich würde sie es tun, denn so wie er sie bisher kennengelernt hatte, hielt er sie für sehr gastfreundlich. Zugegeben: Sie hatten sich nur einmal gesehen – die Schulzeit zählte nicht - und zweimal telefoniert. Den Rest seiner Erkenntnisse zog er aus den Nachrichten, die sie austauschten. War es da nicht etwas vermessen zu glauben, dass man den Menschen kannte? Trotzdem war er sich sicher, dass er sich nicht in ihr täuschte. Er tippte: „*Wenn das eine Einladung ist, würde ich sie gerne bei meinem nächsten Besuch in Venedig annehmen. xx*" Einige Minuten verstrichen, doch es blieb still. Gerade als er beschloss, seine Runde fortzusetzen und sein Telefon wegstecken wollte, vibrierte es erneut. Lillys Antwort war da. „*Sehr gerne, Ben. Ich würde mich sehr darüber freuen. xx*" Er lächelte. Sie schaffte es immer wieder, ihm durch ein paar wenige Worten ein gutes Gefühl zu geben. Wie es wohl zwischen ihnen wäre, wenn sie nicht so weit voneinander entfernt leben würden? Er seufzte, da er keine Antwort darauf hatte.

Am Sonntag fand sich Ben vor dem Spiegel in seinem Ankleidezimmer wieder und prüfte kritisch, ob der helle Sommeranzug, den er schon längere Zeit nicht mehr getragen hatte, noch passte. Glücklicherweise tat er das und so fühlte er sich angemessen für die Veranstaltung, zu der er Jill begleiten sollte, gekleidet. Sie hatte ihm vorgestern zwar ihre Adresse gesendet, aber nicht erwähnt, wo das Cricket-Turnier stattfand. Wo es ihn wohl nachher hin verschlagen würde?

Generell war er gespannt, was ihn an diesem vor ihm liegenden Nachmittag erwartete. Er grübelte auch noch

darüber nach, als er sich auf den Weg zu seinem Wagen machte, einstieg und Jills Anschrift heraussuchte, um sie ins Navigationsgerät einzugeben. Nachdem er die Eingabe bestätigt hatte, erhielt er eine Fehlermeldung, die er beiläufig wegdrückte und die Adresse erneut eingab. Abermals erschien die Meldung und er entnahm ihr, dass keine GPS-Verbindung hergestellt werden konnte, verbunden mit einem Fehlercode, den Ben zwar in der Gebrauchsanleitung hätte nachschlagen können und dann gegebenenfalls auch eine Lösung für das Problem gefunden hätte, aber dafür war jetzt keine Zeit. Stattdessen versuchte er es unnötigerweise ein drittes Mal und fluchte leise, als erwartungsgemäß der gleiche Code aufleuchtete. Er atmete tief durch, holte sein Telefon hervor, steckte es in die Halterung und gab die Adresse dort ein. Die Navigation wurde sofort gestartet. Das fängt ja gut an, dachte er, als er endlich den Wagen anließ und losfuhr.
Jill wohnte in einer noblen Gegend von South Kensington, in einem dieser typischen mehrstöckigen weißen Reihenhäuser aus der Edwardischen Epoche, mit hohen weißen Säulen, die die Eingänge flankierten und so einen perfekten Rahmen für die massive schwarze Haustür boten. Wenn Ben ehrlich war, hatte er sich bei ihr auch nichts anderes vorstellen können. Er fuhr die Straße langsam entlang, suchte aber vergebens nach einer Lücke zwischen den geparkten Autos und wählte daher kurzerhand ihre Nummer „Hallo Jill, ich finde partout keinen Parkplatz, kannst du bitte rauskommen?“ „Natürlich Ben, ich bin in zwei Minuten da.“ Bis sie eintraf, so hoffte er, könnte er in der zweiten Reihe stehen bleiben. Glücklicherweise musste er tatsächlich nicht länger als angekündigt warten, bis sie vor die Tür trat. Gekleidet war Jill heute für ihre Verhältnisse sehr zurückhaltend in einem blassblauen Kleid, zu dem sie eine farblich abgestimmte Tasche und passende Schuhe trug. Die Haare hatte sie in einem lockeren Zopf zusammengebunden. Ben musterte sie, während sie auf das

Auto zukam und konnte nicht abstreiten, dass ihm gefiel, was er da sah. Alles war perfekt aufeinander abgestimmt, aber trotzdem besaß das Outfit einen natürlichen Touch, was Jills Gesamterscheinung in seinen Augen um ein Vielfaches sympathischer wirken ließ als ihre sonstige, stets tadellose Aufmachung. Sie war anscheinend tatsächlich die Frau mit den vielen Gesichtern und er hatte gerade das erblickt, welches ihm bis jetzt am besten gefiel.
Er beugte sich zur Beifahrerseite hinüber und öffnete ihr die Tür. Zügig stieg sie ein, begrüßte ihn und gab ihm dabei einen Kuss auf die Wange. Noch immer irritierte ihn ihre offensive Art. Sicher - es gab weitaus schlimmere Dinge, als einen Kuss von einer attraktiven Frau zu bekommen, aber das änderte nichts an der Tatsache, dass sein Interesse nur der beruflichen Zusammenarbeit galt. Alles andere war für ihn vollkommen ausgeschlossen und er hoffte, dass sie seine Signale und seine Zurückhaltung ihr gegenüber akzeptierte und verstand.
Bevor er den Wagen startete, erkundigte er sich noch schnell: „Wo genau findet das Turnier denn statt?“ Sie zog die Einladung aus ihrer Handtasche hervor und tippte auf die Ortsangabe. „Schau, hier müssen wir hin.“ Er warf einen kurzen Blick darauf, gab die Adresse in den Routenplaner seines Telefons ein und fuhr los. Angestrengt suchte er nach einem unverfänglichen Gesprächsthema, allerdings wollte ihm nichts Geistreiches einfallen und so rekapitulierte er gedanklich nochmals seine momentane Situation: Auf dem Beifahrersitz neben ihm saß eine Frau, die zugegebenermaßen bezaubernd aussah, aber mit der er ausschließlich einen rein geschäftlichen Kontakt zu pflegen beabsichtigte, an einem Sommernachmittag, den er lieber zusammen mit Sam und den übrigen Kumpels verbracht hätte, auf dem Weg zu einem Wettkampf in einer Sportart, von deren Regeln er nicht die leiseste Ahnung hatte. Er hoffte inständig, dass der Zweck die Mittel heiligte und er die

Zeit zumindest nutzen konnte, um interessante Unterhaltungen zu führen und den einen oder anderen neuen Kontakt zu knüpfen. Jill schien die Stille, die zwischen ihnen entstanden war ebenfalls zu stören und so begann sie ein Gespräch über die Vor- und Nachteile des Lebens in London, insbesondere an so extrem warmen Sommertagen. Ben war erleichtert, dass sie ein harmloses Thema gewählt hatte und begann sich etwas zu entspannen.

Nach einer guten halben Stunde erreichten sie den Parkplatz des Stadions, in dem das Spiel stattfand. An der Einfahrt zog er ein Parkticket und Jill bat ihn: „Schau bitte nach den VIP-Parkplätzen, da müssen wir nicht so weit laufen." Sie lächelte ihn fast schon entschuldigend an, während sie auf ihre hohen Absätze deutete. Er nickte verständnisvoll, folgte den Schildern und parkte den Wagen. Nachdem er ausgestiegen war, ging er um das Auto herum, öffnete die Beifahrertür und reichte ihr die Hand, um ihr beim Aussteigen behilflich zu sein. Lächelnd strich sie ihr Kleid glatt und hakte sich dann bei ihm ein. Sie fühlte sich sichtlich wohl an seiner Seite. „Welche Mannschaften spielen heute eigentlich gegeneinander?", erkundigte sich Ben beiläufig. „Es ist ein Freundschaftsspiel zwischen der englischen und der indischen Nationalmannschaft. Das wird sicherlich eine hochklassige und interessante Partie. Ich bin wirklich schon auf die Aufstellung unseres Teams gespannt", entgegnete sie und erweckte damit bei ihm den Eindruck, sich bestens auszukennen. Das hatte er ihr gar nicht zugetraut und so fragte er sich unwillkürlich, ob er womöglich doch der einzige Gast war, der keine Ahnung von den Regeln oder gar den Spielern hatte.

Im Stadion folgten sie der Beschilderung zu einer Loge, die zahlungskräftigen Gästen und geladenen VIPs vorbehalten war. Kaum hatten sie diese erreicht, hielt Jill nach dem Treffpunkt Ausschau, der auf der Einladung angegeben war. Als sie diesen erblickte, ließ sie Bens Arm los und steuerte

zielstrebig auf eine Gruppe Männer zu, die dort bereits beieinanderstanden. Er folgte ihr mit etwas Abstand und versuchte auszumachen, ob er eventuell einen von ihnen kannte, aber das schien nicht der Fall zu sein. Er stieß zu ihnen, nachdem sich bereits alle begrüßt hatten und Jill die Gelegenheit ergriff, Ben der Runde vorzustellen. Es folgte der übliche Austausch von Höflichkeiten, gefolgt von allgemeinem Small Talk, während Bedienungen Tabletts mit Champagner brachten, von denen sich alle bedienten und einander zuprosteten.
Das Turnier begann und Ben verfolgte, wie die Nationalhymnen gespielt wurden und sich die Spieler anschließend für das Match in Stellung brachten. Die Aufmerksamkeit der meisten Anwesenden richtete sich nun auf das Spielfeld, nur im Ehrengastbereich verstummten nicht alle Gespräche. Scheinbar sind doch nicht alle aus sportlichen Gründen hier, grinste Ben vor sich hin und er trat ein paar Schritte zurück, um sein Telefon zu zücken und auf Nachrichten zu überprüfen. Nichts. Er überlegte kurz und begann dann, Lilly zu schreiben: „*Kennst du dich mit Cricket aus?*" Er steckte das Telefon wieder in seine Hosentasche, spürte aber schon wenig später durch ein leichtes Vibrieren, dass eine Antwort eingegangen war: „*Nein, leider gar nicht. Warum?*" „*Dann haben wir beide was gemeinsam. Nur hast du den unschlagbaren Vorteil, dass du nicht gerade einem Spiel beiwohnen musst.*" Er war bestrebt, sein Desinteresse für diesen Sport nicht allzu öffentlich zur Schau zu tragen und tippte daher nur Nachrichten in sein Telefon, wenn er sich unbeobachtet fühlte.
Als der erste Spielabschnitt beendet war, gesellte sich Jill wieder enger an Bens Seite und bemühte sich, seine ungeteilte Aufmerksamkeit zu erhalten – sie hatte ihn letztlich nicht ohne Grund gebeten, sie heute zu begleiten. Wie zufällig berührte sie ihn daher immer wieder und schlug schließlich vor: „Ben, wir könnten uns dort drüben

hinsetzen, da ist es sicherlich etwas ruhiger." Sie deutete auf einige Plätze am Rande der Loge, die komplett leer waren. Wie geschaffen, um sich nicht unbedingt vor aller Augen etwas näher zu kommen. Aus seinen Gedanken gerissen, erkannte er nicht, worauf sie eigentlich hinaus wollte und antwortete daher nur knapp: „Das passt schon. Es ist vollkommen in Ordnung hier." Jill ließ sich ihre Enttäuschung nicht anmerken und beschloss, ihren Plan dann eben später weiter zu forcieren. Nachdem das Spiel wieder begonnen hatte, behielt sie ihn mehr im Auge und so fiel ihr nun auch auf, dass es sein Telefon war, das ihn regelmäßig ablenkte und seine Aufmerksamkeit von ihr wegzog. Was, um alles in der Welt, war so wichtig, dass es nicht bis später warten konnte, überlegte sie verärgert und beschloss, ihn fortan mehr in Beschlag zu nehmen. Kurzerhand hakte sie sich wie zufällig bei ihm ein. Ben hielt es für angebracht, keinen Widerstand zu leisten und so möglicherweise Aufsehen zu erregen, stattdessen beteiligte er sich nun wieder vermehrt an den Unterhaltungen, die sie führte und versuchte zudem dem Spiel zu folgen, was ihm aber aufgrund fehlender Kenntnisse nur bedingt gelang. So hielt er sich auch mit jeglichem Jubel oder Unmutsbekundungen weitestgehend zurück, um nicht wegen seiner Ahnungslosigkeit zum Gespött der Anwesenden zu werden.

Am Ende gab es einen knappen Sieg für das englische Team, den die Runde liebend gerne gebührend gefeiert hätte, allerdings waren alle mit dem Auto gekommen und so versprach man sich, den Umtrunk lieber auf ein anderes Mal zu vertagen. Alle verabschiedeten sich voneinander und auch Ben trat gemeinsam mit Jill den Heimweg an. Am Wagen angekommen, öffnete er ihr die Tür und half ihr beim Einsteigen. Als er ebenfalls eingestiegen war, legte sie ihre Hand auf sein Bein und sagte mit sanfter Stimme: „Schön, dass du mitgekommen bist. Ich habe deine Begleitung sehr genossen." Sie fuhr zärtlich mit ihren Fingerspitzen über seinen Oberschenkel. Ben wurde nervös, schloss die Augen und versuchte, Ruhe zu bewahren. Was sollte er jetzt tun? Geistesgegenwärtig entschied er sich dazu, ihre Annäherungsversuche schlichtweg zu ignorieren, holte sein Telefon aus seiner Brusttasche und steckte es in die Halterung am Armaturenbrett, dabei kommentierte er betont sachlich, als wenn nichts gewesen wäre: „Ich danke dir, dass du mich mitgenommen hast. Die Gespräche waren wirklich gut, so etwas ist ja nicht selbstverständlich und dann noch das Spiel mit einem Sieg für unser Team. Perfekt." Er wählte erneut ihre Adresse im Routenplaner aus, schnallte sich an und fuhr los in der Hoffnung, dass sie die Zwecklosigkeit ihres Flirtversuchs einsehen und nicht enttäuscht auf seine Zurückweisung reagieren würde. Ihm war einfach nicht nach einer Affäre in Anwaltskreisen und mehr wäre es nicht. Nicht für ihn und nicht für sie. So viel musste doch auch ihr klar sein, ging es ihm durch den Kopf.

An der Ausfahrt des Parkplatzes befand sich eine Schranke und erst jetzt fiel Ben ein, dass er sich ein Freiticket für die Ausfahrt hätte ausstellen lassen können, aber dafür war es jetzt zu spät. Er schaute sich um und sah, dass glücklicherweise ganz in der Nähe ein Kassenautomat stand. „Ich muss uns hier noch schnell auslösen", erklärte er Jill entschuldigend und fuhr auf den Stellplatz neben dem Automaten. Er stieg aus, stellte sich hinter den anderen Besuchern an und suchte nach passendem Kleingeld.
Jill dagegen war immer noch darum bemüht, ihren Ärger hinunterzuschlucken und sich nichts anmerken zu lassen. Es kam nicht häufig vor, dass jemand ihre Avancen ignorierte oder sie gar zurückwies und so beschloss sie, es auf keinen Fall auf sich beruhen zu lassen. Dafür wollte sie ihn inzwischen zu sehr und irgendwie ging es jetzt auch ums

Prinzip. Sie war eine Jägerin und eine Gewinnerin und wollte nicht kampflos ein Unentschieden hinnehmen. Verstohlen blickte sie hinüber zu Ben, der immer noch anstand, um das Ticket zu zahlen. Eine gute Gelegenheit also, um sein Telefon ins Visier zu nehmen, das entsperrt genau vor ihr in der Halterung steckte. Sie musste unbedingt herausfinden, wer seine Aufmerksamkeit heute von ihr abgelenkt hatte und brauchte nicht lange suchen, um die Nachrichten, die er mit Lilly ausgetauscht hatte, zu finden. Sie überflog sie mit zusammengezogenen Augenbrauen, schaute sich Fotos und Momentaufnahmen an und sah die „xx", die ganz offensichtlich für Küsse standen. Jills Augen verengten sich zu Schlitzen und entrüstet tippte sie auf das Profilbild. Sie wollte wissen, wer ihre Widersacherin war und wie diese Frau aussah. Als sie Lillys Gesicht erblickte, schnaubte sie aufgebracht: „Ist das sein Ernst? Wegen dieser Frau muss ich ihn daran erinnern, wen er haben könnte. Unglaublich." Hastig vergewisserte sie sich erneut, dass Ben nichts von ihren heimlichen Recherchen mitbekommen hatte und zischte leise: „Aber verlass dich drauf, ich bekomme immer, was ich will! Verlass dich auf mich und mein süßes Gift!" Eilig wählte sie wieder den Routenplaner auf dem Telefon aus, als sie im Augenwinkel sah, wie Ben zum Wagen zurückkam. Als er einstieg, schenkte sie ihm ihr süßestes Lächeln und fragte unschuldig, ob alles in Ordnung sei. Er bejahte, startete den Wagen und sie setzten die Heimfahrt fort. Jill behielt ihre Hände jetzt bei sich und beließ es bei einem belanglosen Gespräch. Er wunderte sich zwar, dass sich die für ihn unangenehme Situation scheinbar nun doch so schnell in Wohlgefallen aufgelöst hatte, war darüber aber sehr erleichtert und maß dem auch keine weitere Bedeutung bei. Schließlich war sie eine intelligente Frau, die sich sicherlich keine Blöße geben wollte und vermutlich froh darüber war, wenn er kein weiteres Wort über ihren gescheiterten Annäherungsversuch verlor.

An ihrem Haus angekommen, bedankte sie sich nochmals bei ihm. Gab ihm einen flüchtigen Kuss auf die linke Wange und streichelte ihm über die Rechte. Dann stieg sie aus, ging ein paar Schritte, drehte sich noch mal zu ihm um und winkte ihm zu, bevor sie auf die Haustür zuging, diese öffnete und im Haus verschwand.
Ben holte tief Luft und zog die Augenbrauen nach oben. Jetzt, da dieser Nachmittag vorbei war, entspannte er sich sichtlich. Das hätte auch ganz anders enden können, überlegte er und er war sich sicher, dass es Jill ähnlich ging. Sie hatte etwas versucht, war gescheitert, aber sie würde ihm vertrauen können, dass niemand davon erfuhr.

Kapitel 9 – Teuflisches Spiel

Der Sommer nahm seinen Lauf und die Wochen verliefen ohne, dass etwas Außergewöhnliches passierte - weder in der Kanzlei noch in seinem Privatleben hatte es Katastrophen oder nennenswerte Ereignisse gegeben, worüber Ben ausgesprochen froh und erleichtert war. Hatte es doch noch zu Jahresbeginn ganz anders ausgesehen.
Stattdessen hatte er ausgiebig die Annehmlichkeiten, die diese Jahreszeit in London bot, genossen und sich hin und wieder mit Sam und den anderen Kumpels in den Biergärten getroffen, die in den Sommermonaten über die Stadt verteilt entstanden, ein Musik-Festival im Hyde Park besucht und sich Kinofilme auf einer Themse-Fähre angesehen. Es war schon erstaunlich, was er in den zurückliegenden Jahren alles weder mitbekommen noch genutzt hatte, umso mehr freute er sich jetzt darüber.
Ebenso lernte er endlich das Viertel kennen, in das er nach der Trennung von Catherine vor über einem Jahr gezogen war. Kannte er lange nur den Weg zwischen seiner Wohnung, der U-Bahn-Station und dem Lebensmittelgeschäft, so bummelte er inzwischen hin und wieder sogar über den nahe gelegenen Markt in der Portobello Road. Gewiss war er schon in früheren Jahren das ein oder andere Mal dort gewesen, aber er hatte dann stets versäumt, mit allen Sinnen zu genießen. Seine Tage in Venedig hatten ihm, was dies betraf, die Augen geöffnet und auch wenn es meistens daheim längst nicht so spannend und aufregend erschien wie in der Ferne, so wollte er es jetzt doch wenigstens auch in der Heimat versuchen und auf Entdeckungstour in der eigenen Stadt gehen. Interessant war es allemal.
Obendrein genoss er zunehmend seine Freundschaft zu Lilly, die er nicht mehr missen wollte. Ihre Nachrichten waren zu einer Konstante in seinem Tagesablauf geworden und es begann nie langweilig zu werden – ganz im Gegenteil.

Dass es ihr ähnlich zu gehen schien, freute ihn umso mehr und wenn er ehrlich war, konnte er es kaum erwarten, sie irgendwann wiederzusehen.

Nun stand also das letzte Augustwochenende bevor und Ben hatte sich vorgenommen, morgen pünktlich das Büro zu verlassen, um wieder einmal zu seinen Eltern aufs Land zu fahren. Sein Vater hatte bei ihrem letzten Telefonat erwähnt, dass einige kleine Reparaturen am Haus anstanden und kurz entschlossen hatte er ihm daraufhin seine Hilfe angeboten, was seine Mutter dazu veranlasste, darauf zu bestehen, dass er selbstverständlich über Nacht bleiben müsse. Wie hätte Ben ihr diesen Wunsch abschlagen können und wenn er ehrlich war, freute er sich auf die gemeinsame Zeit.
Voller Euphorie nahm er sich sogar vor, morgen Nachmittag auf dem Weg zu ihnen ein paar Delikatessen zu besorgen, damit es auch aus kulinarischer Sicht ein ganz besonderes Wochenende werden würde. Er musste zugeben, dass ihm noch bis vor einiger Zeit ein paar Tage in Buckinghamshire eher Angst vor Langeweile und der Abgeschiedenheit eingejagt hätten, aber was das betraf, hatte sich seine Sicht der Dinge mittlerweile ebenfalls gehörig verändert.
Um alles rechtzeitig erledigen zu können, war Ben daher heute besonders zeitig in die Kanzlei gefahren, saß jetzt an seinem Schreibtisch und studierte seinen Terminkalender. Vormittags musste er zu einer Verhandlung bei Gericht erscheinen, aber für den Rest des Tages standen keine weiteren Termine an; er hatte sich lediglich ein paar Reminder gesetzt, um Dinge abzuarbeiten, die er in der letzten Zeit immer wieder aufgeschoben hatte. Morgen sah seine Planung ebenfalls noch sehr übersichtlich aus: ein Gespräch mit einem Mandanten und mittags ein Geschäftsessen. Sollte das Wetter halten, so überlegte er, war es sicherlich nochmals möglich, dass Karen ihnen einen Tisch im Freien reservierte. Man musste die warmen Tage schließlich nutzen, bevor die Witterung bald wieder unbeständiger und kühler wurde.

Die restliche Zeit, die ihm blieb, verwandte er darauf, sich nochmals in den Fall einzulesen und seine Strategie durchzugehen, bis er pünktlich aufbrach, um rechtzeitig vor Ort zu sein. Das Gericht war nicht allzu weit vom Büro entfernt und er nutzte den kurzen Spaziergang dorthin, um seine Gedanken in Ruhe zu sammeln, bis er schließlich den Gebäudekomplex erreichte, an dessen Hauptportal ihn sein Mandant, Mr Peterson, bereits erwartete und sie sich rasch ein letztes Mal abstimmten, bevor es in den Verhandlungssaal ging.
Der Termin zog sich unerwartet lang hin und endete erst nach geschlagenen drei Stunden mit einem Vergleich. Nicht das, was Ben sich vorgenommen hatte, aber immerhin doch ein Erfolg, wenn man die Fakten berücksichtigte, die heute für ihn unvorhergesehen noch auf den Tisch gekommen waren. So etwas ärgerte ihn maßlos, denn alle Vorbereitung nützte nichts, wenn der Klient nicht mit offenen Karten spielte und bedeutende Informationen zurückhielt. Trotz allem waren sie mit einem blauen Auge davongekommen und Ben machte sich auf den Weg zurück in die Kanzlei. Der Spaziergang tat in diesem Fall besonders gut und war gerade lang genug, um seinen Unmut wenigstens einigermaßen zu verarbeiten.
Im Büro angekommen, machte er sich unverzüglich daran, die notwendigen Formalitäten zu erledigen, um mit dem Fall abschließen zu können, als es plötzlich an der Tür klopfte und Mr Brooks Senior eintrat. „Wie lief es?“, fragte er und sah ihn dabei erwartungsvoll an. Ben schaute von seinen Papieren auf und schilderte ihm in kurzen Worten den Ausgang des Prozesses und warum es so gekommen war. „Ich glaube, unter diesen Umständen haben wir das bestmögliche Ergebnis erzielt, auch wenn es mich immer noch furchtbar ärgert, dass uns nicht im Vorfeld alle Details vorgelegen haben.“ Sein Chef nickte. „Ja, manche Mandanten scheinen zu denken, dass wir tatsächlich dazu in der Lage sind, sie optimal vertreten können, wenn sie uns ausschließlich die Dinge mitteilen, die für sie sprechen. Diese

Annahme gehört für mich zu den Mysterien unseres Berufsstandes", fügte er schmunzelnd hinzu und Ben war erleichtert, dass er das erzielte Resultat mit Humor zu nehmen schien. Bereits wieder in der Tür stehend, drehte sich Mr Brooks Senior noch einmal zu ihm um. „Ach, fast hätte ich es vergessen. Ms Morris hat vorhin angerufen. Es geht noch mal um den Fall, in dem sie Sie bereits um Rat gefragt hatte. Es gab da wohl eine neue Wendung – ich habe die Zusammenhänge nicht ganz verstanden. Jedenfalls würde sie es begrüßen, wenn Sie noch mal Zeit für sie hätten." „In Ordnung, ich melde mich bei ihr", antwortete Ben und suchte, nachdem sein Chef das Büro verlassen hatte, Jills Nummer hervor.

Seit dem Turnier hatten sie nur zwei oder drei Mal miteinander telefoniert – rein geschäftlich, versteht sich. Und die Tatsache, dass sie ihm gegenüber dabei sehr freundlich und sachlich geblieben war, hatte ihn beruhigt. Seine Zurückweisung hatte sie ihm also ganz offensichtlich nicht übel genommen. Eine Tatsache, die er erleichtert zur Kenntnis nahm, da die Londoner Juristenwelt in mancher Hinsicht doch sehr viel kleiner war, als man zunächst annehmen mochte und so einer weiteren partnerschaftlichen Zusammenarbeit zwischen ihnen nichts im Wege stand.

Er wählte ihre Nummer und bereits nach dem zweiten Freizeichen nahm sie den Anruf entgegen: „Ben! Schön von dir zu hören und danke dir für deinen schnellen Rückruf." „Keine Ursache. Wie kann ich dir helfen?", erkundigte er sich. „Nun, wir hatten in dem Fall, den ich mit dir durchgegangen war, vor einiger Zeit eine erste Verhandlung. Sie lief auch erwartungsgemäß gut für uns, aber die Gegenseite ist in Berufung gegangen und ich würde – wenn es dir nichts ausmacht – gerne noch mal deine Einschätzung hören. Wäre es dir möglich, dass wir uns heute dazu zusammensetzen?" Er überlegte kurz und überflog gedanklich seinen Kalender. Es sprach nichts dagegen, ihr hier kurzfristig helfend zur Verfügung zu stehen. „Ja, das kann ich einrichten." „Fein, danke dir. Ich werde mich bei

passender Gelegenheit natürlich erkenntlich zeigen. Sagen wir um vier bei mir? Also in unserer Kanzlei natürlich." Sie lachte spitz auf. Ben willigte ein und sie verabschiedeten sich voneinander. Dem Termin sah er recht positiv entgegen. Sie würden einfach noch mal von vorne beginnen und sich auf eine professionelle Zusammenarbeit konzentrieren. Was gewesen war, lag in der Vergangenheit; darüber brauchte keiner von beiden ein weiteres Wort verlieren, so viel war für ihn sicher und er vermutete, dass es ihr damit genauso ging.
Kurz darauf steckte sein Kollege Daniel seinen Kopf zur Tür herein. „Kommst du mit? Wir wollen drüben im Pub etwas essen gehen." Ben warf einen prüfenden Blick auf seine Uhr, griff dann nach seinem Jackett und schloss sich den anderen an. Mittagspausen im Kollegenkreis nahm er gerne wahr, fanden sie doch viel zu selten satt, da gemeinsame Lücken in den Kalendern rar waren. Prompt dauerte sie auch um einiges länger als ursprünglich geplant, aber wie hatte Lilly es unlängst formuliert? „Man verbringt so viel Zeit im Beruf, da sollte es auch Spaß machen." Und das hatte es in diesem Fall auch getan.
Zurück in der Kanzlei ließ seine Motivation allerdings recht schnell nach, als er erkannte, dass es nun endgültig an der Zeit war, sich den ungeliebten und aufgeschobenen E-Mails zu widmen und diese abzuarbeiten. Froh, diese Aufgabe eine Weile später endlich abgeschlossen und auch die letzte Nachricht aus seinem Posteingang als erledigt in einen der Ordner verschoben zu haben, machte er sich zufrieden auf den Weg zu Jills Büro.
Ein Großteil der Rechtsanwaltskanzleien befand sich im selben Viertel von London und so waren sie untereinander zu Fuß gut zu erreichen. Diese Wege genoss Ben dabei sehr, gaben sie ihm doch die seltene Gelegenheit, sich auch tagsüber einmal die Beine zu vertreten, bevor er wieder an einem Konferenztisch Platz nehmen musste.
An seinem heutigen Ziel angekommen, führte ihn die Sekretärin dieses Mal allerdings direkt in Jills Büro, das momentan noch verwaist war. Sie bat ihn daher, dort auf sie

zu warten und fragte, ob er etwas zu trinken wünschte. Als er dankend ablehnte, verließ sie den Raum wieder, verbunden mit dem freundlichen Hinweis, dass Ms Morris jeden Moment da sein müsste.

Ben setzte sich auf einen Stuhl vor dem Schreibtisch und sah sich in dem Büro um: der lang gezogene Schreibtisch aus Stahl und Glas, ein schlanker Sessel mit hoher Lehne aus schwarzem Leder dahinter, passend dazu die beiden Stühle aus gleichem Material davor, ein silbernes Notebook auf dem Tisch, ein Regal mit juristischen Fachbüchern an der Wand hinter ihrem Platz und eine kleine Sitzecke mit drei niedrigen schwarzen Ledersesseln in der gegenüberliegenden Ecke – alles sehr reduziert, sachlich und kühl. An den Wänden hingen zwei kreischend bunte Bilder, die der modernen Kunst zuzurechnen waren und zumindest farblich im klaren Kontrast zum Rest des Raumes standen.

Augenblicke später flog dann die Tür auf und Jill betrat mit einem jungen Mann an ihrer Seite den Raum. Ben erhob sich und sie begrüßten sich freundlich, dabei deutete Jill mit ihrer Hand auf ihren Begleiter und stellte diesen vor: „Das ist Marvin, er ist der Sohn meines Kollegen und unser derzeitiger Praktikant. Wir versuchen ihm schon mal einen kleinen Einblick in den juristischen Alltag zu vermitteln, bis er demnächst sein Jurastudium aufnimmt." Der junge Mann klemmte sich seine Besprechungsmappe hastig unter den Arm, streckte Ben seine Hand entgegen und begrüßte ihn höflich.

Jill machte indessen ein paar Schritte auf die Sitzecke zu. „Ich denke, wir nehmen am besten gleich hier Platz." Die beiden Männer folgten ihrem Vorschlag und setzten sich. Anschließend kam sie ohne große Umschweife auf den Punkt und fasste zusammen, worum es eigentlich ging und aus welchem Grund die Gegenseite in Berufung gegangen war. Ben teilte ihr im Gegenzug seine Sicht der Dinge mit und sie diskutierten daraufhin eingehend das Für und Wider. Der Praktikant lauschte ihrem Austausch stumm und machte sich eifrig Notizen. Ben beobachtete ihn dabei aus dem

Augenwinkel heraus und fragte sich instinktiv, ob er selbst damals, als er sich in einer vergleichbaren Situation befunden hatte, einen ähnlich hilflosen Eindruck hinterlassen hatte, wie dieser junge Mann hier gerade eben.
Nach einer Weile schaute Marvin verstohlen auf seine Uhr, stand auf und entschuldigte sich bei beiden. Er solle gleich seinen Vater noch zu einem Mandanten begleiten. Jill nickte, erhob sich ebenfalls, brachte ihn zur Tür und schloss diese hinter ihm, nachdem sie sich von ihm verabschiedet hatte.
Ben der sitzen geblieben war, vernahm plötzlich hinter sich das Geräusch eines Schlüssels, der im Schloss umgedreht und abgezogen wurde. Ruckartig drehte er sich um und bekam gerade noch mit, wie Jill diesen genüsslich in ihrem Ausschnitt verschwinden ließ und ihn dabei siegessicher anlächelte. Ohne zu zögern zeigte sie ihm ganz deutlich, was sie im Schilde führte und begann langsam die Knöpfe ihrer Bluse zu öffnen. Er war aufgesprungen und stand jetzt wie angewurzelt da, unfähig etwas zu sagen, wohl wissend, in was für einer prekären Situation er sich befand. Sein Atem ging schneller, als sie sich hüftschwingend und lasziv auf ihn zu bewegte, die Arme um seinen Hals schlang und mit den Fingern zärtlich durch sein Haar glitt. Leise flüsterte sie in sein Ohr: „Jetzt stört uns garantiert niemand mehr." Aufreizend fuhr sie sich mit der Zunge über ihre Lippen, während Ben erfolglos versuchte einen klaren Gedanken zu fassen und sich bemühte, sie von sich wegzuschieben. Immer noch hoffte er, sie zur Vernunft bringen zu können. „Lass das sein, Jill", bat er sie mit leicht bebender Stimme, doch sie umfasste seine Krawatte, zog ihn blitzschnell zu sich ran und presste ihre Lippen auf seine. Gleichzeitig begann sie, behände sein Hemd aufzuknöpfen. Schlagartig wurde ihm klar, dass er mit Worten nichts erreichen konnte, packte sie geistesgegenwärtig an den Schultern und stieß sie von sich weg. Sie funkelte ihn an, als sie ihm direkt in die Augen sah. „Sei vorsichtig, sonst schreie ich laut um Hilfe und werde erzählen, wie du über mich hergefallen bist, sobald wir allein im Büro waren. Wer sollte mir da nicht

glauben?“ Um ihren Worten Nachdruck zu verleihen, vergrub sie ihre Finger im Stoff ihrer Bluse und riss so heftig daran, dass die feine Seide über ihrer Brust zerriss. Ben erstarrte, schloss die Augen und rang nach Luft. Er musste sich eingestehen, dass seine Lage beängstigend war und er schnell einen Ausweg finden musste, doch von seiner sonstigen Souveränität war gerade nichts mehr übrig – sein Herz schlug ihm bis zum Hals und in seinen Ohren war nur ein lautes Rauschen zu hören. Jill hatte sich inzwischen ihrer Bluse entledigt und ließ ihn dabei nicht aus den Augen. Sie war wieder an ihn herangetreten, machte sich erneut an den übrigen Knöpfen seines Hemdes zu schaffen und begann dabei zärtlich über seine Brust zu streicheln. Langsam näherten sich ihre Lippen seinem Schlüsselbein und er spürte, wie sie mit ihrer Zunge über seine Haut fuhr, bis sie schließlich sanft in sein Ohrläppchen biss und mit erregter Stimme flüsterte: „Willst Du nicht auch endlich zugreifen? Worauf wartest du noch?“ Während sie das sagte, glitt ihre Hand zum Reißverschluss seiner Hose, doch bevor sie sich auch daran zu schaffen machte, ließ sie kurz von ihm ab, um ihre hochgesteckten Haare zu lösen. Endlich schien sein Verstand aus der Schockstarre zu erwachen: Blitzschnell umfasste er ihre Handgelenke und drückte so fest zu, dass seine Knöchel weiß hervortraten und sie vor Schmerz leise aufschrie. „Du gibst mir jetzt sofort den verdammten Schlüssel und ich werde gehen ohne dass du mich noch einmal anfasst. Und ich warne dich: Lass dein teuflisches Spiel ein für alle Mal bleiben!“ Er starrte sie schnaubend vor Wut an und ließ eines ihrer Handgelenke los. Jetzt war es Jill, die ihn mit weit aufgerissenen Augen erschrocken ansah und starr vor Angst vor ihm stand. Sein Gesichtsausdruck war furchteinflößend und sie wusste nicht, was er in dieser Situation bereit war zu tun. Zitternd griff sie in ihren BH, zog den Schlüssel hervor und streckte ihn Ben entgegen, der ihn packte und fest mit seiner Hand umschloss, bevor er auch ihren zweiten Arm losließ. Eilig griff er nach seinem Jackett, durchquerte den Raum mit schnellen, großen

Schritten und sperrte auf. Ehe er hinaus ging, drehte er sich noch mal zu ihr um, hob warnend die Hand und zischte: „Tue das niemals wieder!“ Nachdem er die Tür hinter sich ins Schloss gezogen hatte, lehnte er sich erschöpft an die Wand und atmete tief durch. Zum Glück war er allein hier und niemand sah ihn in diesem Zustand, der nicht ohne Weiteres erklärbar gewesen wäre. Hastig knöpfte er sein Hemd zu, warf sich die Jacke über seine Schultern und beeilte sich, hinauszukommen. Im Laufschritt verließ er die Kanzlei und auch draußen verlangsamte er seine Schritte nur ganz allmählich, bis er einige Straßen weiter stehenblieb, sich an eine Hauswand lehnte und tief durchatmete.
Was hätte er getan, wenn sie tatsächlich losgeschrien hätte, wer hätte ihm in diesem Fall geglaubt? Selbst Matthew hatte beim Empfang gesehen, dass er den ganzen Abend an Jills Seite gewesen war. Was hätte in einer solchen Situation für ihn gesprochen? Läge nicht vielmehr die Vermutung nahe, dass er es gewesen war, der mehr in die Verbindung hineininterpretiert haben könnte und die Umstände in ihrem Büro jetzt ausgenutzt hatte. Er war fassungslos und aufgewühlt. Alles lief noch einmal wie ein Film vor seinem inneren Auge ab und er fuhr sich immer wieder mit seinen Händen über sein Gesicht und durch seine Haare. Er wollte einfach nur noch weg. Ganz weit weg.

An der nächsten U-Bahn-Haltestelle ging er die Stufen hinab zum Bahnsteig, bestieg den gerade eingefahrenen Zug und bemerkte erst nach einigen Stationen, dass er in die verkehrte Richtung unterwegs war. Beim folgenden Halt stieg er daher aus, wechselte auf den gegenüberliegenden Bahnsteig und fuhr einige Minuten später endlich in die richtige Fahrtrichtung.
Daheim angekommen, schloss er sie Tür auf, ging direkt in die Küche und schmiss sein Jackett achtlos über einen Stuhl. Er holte sich eine Flasche Bier aus dem Kühlschrank, öffnete diese und nahm sofort einen großen Schluck, bevor er ins Wohnzimmer wechselte und sich erschöpft auf die

Couch fallen ließ. Während er die Flasche zügig leerte, starrte er vor sich hin. Er konnte immer noch nicht glauben, was vorhin geschehen war und hoffte inständig, dass zumindest ein Funken Vernunft in Jill steckte und sie nicht versuchen würde, sich an ihm zu rächen. Plötzlich riss ihn das Klingeln seines Telefons aus seinen Gedanken. Er sprang auf, ging in die Küche und zog es aus der Tasche des Jacketts, dass immer noch über der Stuhllehne hing. Es war Sam. „Hi Pal, Lust auf ein Bier im Pub?“ Ben verneinte und war bemüht, sich nicht anmerken zu lassen, in welcher Verfassung er sich immer noch befand. „Sorry Sam, heute geht’s leider nicht. Ich weiß nicht, ob es irgendwas ist, was ich heute zum Mittag hatte, aber meinem Magen geht es nicht so gut.“ „Okay, dann gute Besserung!“ „Danke dir. Ich melde mich die kommenden Tage und dann machen wir was aus“, versprach Ben. „Kein Problem, Pal. Das holen wir auf jeden Fall nach.“ Sie verabschiedeten sich voneinander und Ben packte sein Telefon beiseite. Er ließ sich wieder auf die Couch fallen, legte den Kopf in den Nacken und massierte sich jeweils mit Zeige- und Mittelfinger die Schläfen. Vielleicht sollte er heute früh schlafen gehen. Das war für ihn, abgesehen vom Laufen, der beste Weg, zu entspannen und morgen – so hoffte er – würde er sich dann schon wieder erholt haben. Wobei – vielleicht war es besser, sich nach dem Erlebten einen Tag freizunehmen? Er musste unbedingt erst einmal auf andere Gedanken kommen.

Nachdenklich wählte er Karens Nummer. Sie würde zwar ganz bestimmt um diese Zeit nicht mehr in der Kanzlei sein, aber er wollte ihr zumindest eine Nachricht auf dem Anrufbeantworter hinterlassen und sie bitten, seine morgigen Termine zu verschieben. Zu seiner Überraschung hob sie allerdings doch ab. „Hallo, hier ist Ben … Sie sind noch im Büro?“, fragte er erstaunt. „Ja, ich hatte mir vorgenommen, etwas für morgen vorzuarbeiten, damit ich ausnahmsweise auch mal pünktlich ins Wochenende starten kann. Kann ich noch etwas für Sie tun?“ Er überlegte, welchen Grund er vorschieben konnte. „Ja, ich wollte sie eigentlich nur bitten,

die beiden Termine, die für morgen in meinem Terminkalender stehen, zu verschieben, da ich daheimbleiben werde." „Geht es Ihnen nicht gut?", fragte Karen besorgt. „Nein … ja … ich brauche morgen einfach eine kleine Pause und dann bin ich am Montag auch wieder fit. Es ist nichts Ernstes.", antwortete er und hoffte selbst, das dem so war. Sie sagte zu, sich sofort darum zu kümmern und Ben legte erleichtert auf.
Anschließend ging er ins Bad, wo er sein Spiegelbild erblickte und feststellen musste, dass ihm der Schrecken immer noch wie ins Gesicht geschrieben schien. Vermutlich bildete er sich dies nur ein, aber im Inneren war er fassungslos. Er zog sich aus, stieg in die Dusche und ließ das heiße Wasser über seinen Körper rinnen. Ganz langsam entspannte er sich etwas dabei und genoss es wie jeder Wasserstrahl ein klein wenig seiner Anspannung wegzuwaschen schien.

Kapitel 10 – Gefühle und Wünsche

Die kleine Aluminium-Mokkakanne zischte und fauchte auf dem Herd. Lilly zog sie von der Platte und schaltete diese aus. Auf dem Weg ins Geschäft war sie heute Morgen bereits in der Pasticceria gewesen und hatte einige süße Gebäckstücke geholt, die sie jetzt auf einem großen Teller drapierte. Während sie das tat, summte sie fröhlich vor sich hin, denn sie freute sich schon sehr auf den bevorstehenden Tag: Ihr Lieblingskunde Charles hatte für heute endlich wieder einmal seinen Besuch angekündigt.

Charles Bennett war Teilhaber eines kleinen Einrichtungshauses im Stadtteil Mayfair in London. Er besaß von je her eine Vorliebe für Italien und seitdem er ein geschäftliches Interesse an Möbeln entwickelt hatte, nutze er seine Reisen dazu, sich inspirieren zu lassen und sich ganz nebenbei nach außergewöhnlichen Stücken für sein Geschäft umzusehen. Vor einigen Jahren war er dann zufällig in Venedig auf den Laden gestoßen, in dem Lilly arbeitete. Er hatte schon geraume Zeit in der Stadt nach echtem Muranoglas Ausschau gehalten, was immer schwerer zu werden schien und fand hier, wonach er gesucht hatte: einzigartige Glasobjekte, handwerklich auf höchstem Niveau und ein wunderschönes und abwechslungsreiches Sortiment. Als er dann noch feststellte, dass Lilly eine Landsmännin war und es ihm so erspart blieb, auf Italienisch oder gar Venetisch verhandeln zu müssen, wurde er unweigerlich und sehr gerne zum Stammkunden. Signore Constantini war anfangs etwas zögerlich gewesen, ob der Engländer wirklich so viel Ware abnehmen würde, wie er vorgab, aber Charles kam fortan in regelmäßigen Abständen alle paar Monate vorbei und wurde zu einem guten Freund des Hauses, der natürlich auch eine Spezialbehandlung erfuhr: von Signore Constantini durch attraktive Preise und von Lilly durch eine besonders eingehende Beratung und einen liebevollen Empfang. Sie freute sich darüber, dass sie durch seine

Besuche den Kontakt zu ihrer alten Heimat nicht vollkommen verlor. Zudem brachte er ihr jedes Mal kleine Mitbringsel aus London mit: Mal war es ihr Lieblingstee, ein Lady Grey, dann wieder Shortbread oder englische Toffees von Harrods. Sie liebte seine kleinen Überraschungen und ganz besonders mochte sie auch seine typische britische Art. Er war ein ruhiger Mann, stets höflich und eher zurückhaltend. Mit allen Regeln der Etikette schien er vollends vertraut zu sein und auch wenn das für manche Zeitgenossen inzwischen aus der Mode gekommen war, so gefiel es ihr doch umso mehr, vermutlich weil es eben heute nicht selbstverständlich war. Zudem, so fand Lilly, war er gut aussehend, groß, schlank, hatte braunes, inzwischen leicht angegrautes Haar und seine Anzüge mussten Maßanfertigungen sein, so perfekt, wie sie an ihm saßen.
Charles teilte ihr immer eine gute Woche im Voraus mit, wann er wieder einen Besuch vor Ort einrichten konnte. Sobald sie diese Information an ihren Chef weitergegeben hatte, sorgte dieser dafür, dass besonders schöne und wertvolle Objekte aus den Glasmanufakturen von Murano gebracht und durch Lilly und ihn entsprechend in Szene gesetzt wurden. Dafür nutzten sie den hinteren Teil des Ladengeschäfts, wo es etwas ruhiger zuging, da sich hier nur noch die Kunden umschauten, die ehrliches Interesse an den kleineren und größeren Kostbarkeiten hatten. Alle die, die nur auf der Suche nach einem günstigen Souvenir waren, wurden schon auf halbem Wege durch die Preisschilder abgeschreckt. Echtes Kunsthandwerk hatte halt seinen Preis und den waren nicht alle bereit zu zahlen.
Sie war immer noch damit beschäftigt, in der kleinen Küchennische des Büros Charles Empfang vorzubereiten, als dieser eben vorne an die Eingangstür klopfte. Offiziell hatten sie noch gar nicht geöffnet, da um diese Uhrzeit selten Kundschaft zu erwarten war. Lilly, die gerade eine Zuckerdose und Kaffeelöffel aus einem kleinen Schränkchen herausgeholt hatte, ließ sofort alles stehen und liegen und lief durch den Verkaufsraum. Eilig entriegelte und öffnete sie die

Tür, vor der Charles bereits mit ausgebreiteten Armen wartete und sie begrüßte. „Ciao Lilly." Sie umarmte und begrüßte ihn ebenso herzlich. „Schön, dass du wieder da bist. Ich habe auch schon eine Kleinigkeit für dich vorbereitet." Er schloss die Augen und atmete das Aroma des frischen Kaffees ein, das den kompletten Raum erfüllte. „Wie das duftet. Allein deswegen würde ich immer wieder zu dir kommen", er lächelte sie an und trat ein. Hinter ihm verschloss sie sofort wieder die Tür und ging ihm voran in die im hinteren Bereich befindlichen Räume. „Wir haben wieder einige wunderschöne Stücke für dich gefunden. Am liebsten würde ich das ein oder andere gar nicht hergeben und bei mir in der Wohnung aufstellen, aber lass uns erst einmal zusammen frühstücken, bevor ich dir alles zeige." Er folgte ihr in einen kleinen Raum neben dem Büro, in dem nur Platz für einen Tisch und drei Stühle war. Seitlich gab es ein kleines Fenster, von dem aus man auf einen Kanal hinausschauen konnte. Mehr Venedig geht nicht, dachte er sich jedes Mal: die alten Wände mit den teilweise sichtbaren Balken in der Decke, der Blick hinaus direkt auf das Wasser, die Gläser auf dem Tisch aus Muranoglas und der gute Kaffee aus der venezianischen Kaffeerösterei in den Tassen. Lilly schenkte diesen gerade ein, stellte den Teller mit dem Gebäck in die Mitte zwischen sie und bat Charles, Platz zu nehmen und sich zu bedienen. Sein letzter Besuch lag dieses Mal außergewöhnlich lange zurück und so hatten sie eine Menge Themen, über die sie sich austauschen konnten. Er berichtete von einer Reise, die ihn nach Marokko geführt hatte und seinen Eindrücken von dort und sie erzählte ihrerseits von ihrem neuen Projekt in Roberts Palazzo und welche Fortschritte sie dabei bereits gemacht hatten. Gleichzeitig nutze sie die Gelegenheit, einen ausgewiesenen Experten in Einrichtungs- und Ausstattungsfragen, der er zweifellos war, um einige Tipps zu bitten. Die Zeit verging rasend schnell und sie hatten gar nicht mitbekommen, dass Signore Constantini inzwischen ebenfalls den Laden betreten hatte. Er hatte die Stimmen der beiden gehört und stieß daher gleich zu ihnen. Die Begrüßung fiel auch hier, wie jedes Mal, sehr herzlich aus. Lilly stand währenddessen auf, schenkte ihrem Chef ebenfalls eine Tasse Kaffee ein und bot ihm vom Gebäck an. Er lachte. „Charles, Sie sollten wirklich öfters bei uns vorbeikommen. Ich bekomme sonst kein Frühstück." Lilly legte ihre Stirn in Falten und zwinkerte ihm zu. „Ich bin nur um deine Gesundheit besorgt, Lorenzo. Zu viel Zucker ist nicht gut für dich. Das weißt du ganz genau." „Und für mich schon?", fragte Charles mit gespielter Entrüstung. „Du bist ja zu Besuch hier. Dich darf ich - nein, dich muss ich dann sogar verwöhnen." Sie lächelte ihn an. „Du meinst, dann komme ich in noch größere Kauflaune, als ich es eh schon bin, wenn ich Euer Geschäft betrete?", konterte er und sie grinste. „Funktioniert es denn wenigstens?" Charles zog eine Augenbraue nach oben. „Ich befürchte schon." Lilly stand auf und schenkte ihm noch einmal Kaffee nach. „Na dann - hast du dieses Mal an etwas bestimmtem Interesse? Lüster, Skulpturen?" „Ich lass mich überraschen, was Ihr vorbereitet habt. Ihr wisst ja inzwischen ziemlich genau, was sich in London gut verkaufen lässt. Deswegen bin ich ja so oft bei euch."

Nachdem sie ihr gemeinsames Frühstück beendet hatten, machten sich Signore Constantini und Lilly daran, Charles ihre heutige Auswahl zu präsentieren. Er war begeistert und kaufte den Großteil der kunstvollen und farbenprächtigen Lampen, Skulpturen und Schalen. Lilly markierte alle Artikel mit einem Etikett. Diese würden dann in den kommenden Tagen sorgfältig verpackt und für den Transport nach England vorbereitet werden.
„Ich schaue mich schnell noch ein bisschen im Rest des Ladens um und suche noch zwei oder drei kleinere Objekte, die ich dann auch sofort mitnehme." Er ging an den Regalen im Verkaufsraum entlang und fand schnell, wonach er gesucht hatte: wunderschöne bunte Blüten aus Glas. Er wählte drei besonders farbenfrohe Exemplare aus und Lilly brachte sie zum Kassentresen, wo sie die schönen Stücke

vorsichtig in mehrere Lagen zartes Papier wickelte und zusammen mit Luftpolsterfolie einzeln in kleinen Kartons verstaute. Als sie damit fertig war, schaute sie zu ihm auf und fragte: „Hast du dieses Mal etwas mehr Zeit mitgebracht oder musst du gleich wieder los?“ Er verzog bedauernd sein Gesicht. „Leider geht mein Rückflug schon heute Mittag. Ich hatte schon große Mühe, mir diesen Tag im Kalender freizuhalten, aber vielleicht schaffen wir es ja bei meinem nächsten Besuch, dass ich dich endlich wieder einmal zum Essen ausführe und mich für den wunderbaren Empfang, den du mir jedes Mal bereitest, revanchiere.“ Er nahm sie zum Abschied in den Arm. „Und versprochen, bis zum nächsten Besuch wird es dieses Mal nicht so lange dauern.“ Lilly grinste: „Das wird meinen Chef sicherlich auch freuen.“ Sie drückte ihn, gab ihm einen Kuss auf die Wange und übergab ihm die Tasche mit den Blüten aus Glas. Dann begleitete sie ihn zur Tür und winkte ihm noch hinterher, bis er hinter der nächsten Ecke verschwunden war.

Neben dem Schaufenster lehnte seit geraumer Zeit ein Mann an der Hauswand, der bereits ein paar Mal durch die Scheibe in das Geschäft geschaut hatte. Lilly hatte davon nichts bemerkt und nahm auch jetzt keine Notiz von ihm, als sie geschwind wieder im Laden verschwand und zum Tresen ging, um dort für Ordnung zu sorgen. Ganz in ihre Arbeit versunken, bekam sie so auch nicht mit, dass der Mann, der eben noch draußen gestanden hatte, jetzt das Geschäft betrat, auf sie zuging und hinter ihr stehen blieb.
Er räusperte sich kurz und sprach sie dann mit leiser Stimme an: „Signora, ich bräuchte eine kleine Tischlampe für mein Wohnzimmer.“ Lilly hielt schlagartig inne und traute ihren Ohren kaum, denn diese Stimme kannte sie inzwischen sehr gut. Aber konnte das tatsächlich wahr sein? Sie drehte sich um und blickte Ben direkt ins Gesicht. Überrascht schnappte sie nach Luft. „Was … was machst du hier?“ Ihre Augen begannen vor Freunde zu leuchten und sie spürte, dass ihr Herz sofort etwas schneller schlug. Ben strahlte sie ebenfalls

an und zog verschmitzt einen Mundwinkel nach oben, als er ihr antworte: „Ich bräuchte eine hübsche kleine Tischlampe.“ „Und da hast du in ganz London natürlich keine einzige gefunden, oder?“ Sie versuchte ernst zu bleiben und einen strengen Gesichtsausdruck zu bewahren, aber es gelang ihr nicht, denn dafür war das Lächeln in ihrem Gesicht schon viel zu breit. „Nein - also jedenfalls nicht so schöne“, er zwinkerte ihr zu, breitete die Arme aus und machte einen Schritt auf sie zu, um sie endlich in seine Arme zu schließen. Lilly schlang ebenfalls ihre Arme um ihn und gab ihm einen Kuss auf jede Wange. So verharrten sie für einen Moment, bis sie sich langsam von ihm löste, ihn aber weiter an beiden Händen hielt und es immer noch nicht fassen konnte, dass er leibhaftig vor ihr stand. „Wie kommst du hierher? Warum hast du mir das nicht geschrieben oder hast angerufen?“ „Na ja, sagen wir, es war eine sehr spontane Entscheidung. Ich habe mich quasi erst letzte Nacht dazu entschlossen und dann heute Morgen den ersten Flug genommen.“ Er machte eine kurze Pause, bevor er grinsend hinzufügte: „Und bin ich dir nicht immer noch einen Spritz schuldig?“ „Du Spinner.“ Sie gab ihm lachend einen Klaps auf den Arm. „Wie lange arbeitest du heute?“, erkundigte sich Ben, nachdem Lilly zurück an den Tresen getreten war. Sie schürzte die Lippen, überlegte und bat ihn um einen Moment Geduld, bevor sie nach hinten ins Büro ging, wo Signore Constantini über einigen Belegen saß, die er bereits für den Zoll vorbereitete. In kurzen Worten erklärte sie ihm, wer der Kunde da vorne im Geschäft war und fragte nach, ob es für ihn in Ordnung sei, wenn sie sich den heutigen Tag freinahm, sobald ihre Kollegin Maria eingetroffen war. Er warf einen prüfenden Blick über den Rand seiner Brille, die ganz vorne auf der Nasenspitze saß, in den Verkaufsraum, in dem Ben gerade vor den Regalen stand und sich dort umsah. Das war also der Mann, von dem Lilly ihm erzählt hatte: groß, sportliche Figur, blondes Haar und sehr gepflegt. Er schaute nicht ohne Grund, denn für ihn war sie nach all den Jahren, in denen sie inzwischen für ihn arbeitete, zu einem Familienmitglied geworden. Sie pflegten zwar keine Freundschaft im engeren Sinne, aber sie verbrachten im Geschäft so viel Zeit miteinander, dass man schon von Familienbanden reden konnte. Lilly sah ihn immer noch fragend an und wartete ungeduldig auf seine Entscheidung. „Natürlich kannst du freinehmen. Ich mache das schon und Maria wird eh gleich da sein. Also geh ruhig. Ich wünsche euch beiden ein schönes Wochenende.“ Er hatte einen fast väterlichen Ton angeschlagen und machte eine Handbewegung, als wenn er sie rausscheuchen wollte. Lilly bedankte sich, schnappte sich ihre Tasche und kehrte zu Ben zurück. „Wenn du magst, können wir sofort los.“ Es war nicht schwer zu erkennen, wie sehr er sich darüber freute. Bevor sie aber zur Tür hinausgingen, blieb sie nochmals stehen, drehte sich zu ihm um und legte den Zeigefinger an ihre Lippen, während sie nachdachte. „Hast du beim letzten Mal den Lido di Venezia besucht?“ Er schüttelt den Kopf. „Dann komm. Ich glaube, heute ist ein perfekter Tag für einen Spaziergang am Strand.“ „Das klingt gut. Nein - das klingt sogar sehr gut“, bestätigte er begeistert. Zusammen verließen sie das Geschäft und Ben folgte Lilly durch die engen Gassen der Lagunenstadt, vorbei an unzähligen kleinen Restaurants, Bars und Boutiquen. Immer wieder überquerten sie dabei Brücken, die kleine Kanäle überspannten. Einiges kam Ben sogar noch bekannt vor, aber er hielt sich nicht mit dem Versuch auf, etwas wiederzuerkennen, viel mehr bemühte er sich, mit Lilly Schritt zu halten, die es erstaunlich schnell durch die teilweise dicht bevölkerten Straßen hindurch schaffte. „Ich muss dich einfach bewundern, wie flott du dir den Weg durch die Menschenmassen bahnst.“, raunte er ihr zu, als sie auf einer kleinen Brücke kurz warten mussten, um einer entgegenkommenden asiatischen Reisegruppe den Vortritt zu lassen. „Das lernst du hier zwangsläufig. Wir leben hier zum großen Teil von und mit den Touristen. Ich rege mich auch nicht mehr darüber auf, da sich die Stadt schon zu sehr darauf eingestellt hat und es vermutlich eh längst zu spät ist,

das Rad wieder zurückzudrehen. Ich mag es allerdings gar nicht, wenn sie alle Regeln des Anstandes missachten oder nicht wenigstens ein bisschen darauf Rücksicht nehmen, dass wir hier auch unser normales Leben führen. Wir sind kein Freilicht-Museum, keine Kulissenstadt und so schwer das manchmal zu glauben scheint, ist es nun mal so.“ Sie betonte ihre Worte mit zahlreichen Gesten. Typisch italienisch, dachte er und war einfach nur glücklich, hier zu sein. Hier erinnerte ihn rein gar nichts an das, was ihm gestern widerfahren war und von dem er sich immer noch abzulenken versuchte.
Endlich konnten sie ihren Weg fortsetzen, erreichten kurz darauf den Markusplatz, überquerten diesen und scheuchten dabei einige der Tauben auf, die pickend und gurrend dort umherstolzierten. Zielstrebig steuerte Lilly die dahinterliegende Vaporetto-Station am Rande des San Marco Beckens an und besorgte die Tickets für die Überfahrt zum Lido. Als sie den Ponton der Haltestelle betraten, konnten sie schon den sich nähernden Wasserbus ausmachen, der wenig später anlegte. Gerade zugestiegen, entdeckte Lilly, dass am Heck ein paar Außen-Sitzplätze frei geworden waren, von denen aus man zum einen die beste Aussicht hatte und zum anderen nicht ständig ein- und aussteigenden Fahrgästen ausweichen musste. Sie gab Ben Zeichen, dass er ihr folgen sollte und kaum hatten sie sich gesetzt, fuhr das Vaporetto auch schon los. Auf der Fahrt deutete sie immer wieder auf Sehenswürdigkeiten am Ufer, die sie passierten und erklärte ihm alles, was sie darüber wusste. Beeindruckt hörte er ihr zu und überlegte, ob er ebenfalls in der Lage wäre, mit einem ähnlichen Wissen über London aufwarten zu können. Davon abgesehen genoss er es geradezu, ihrer wunderbar weichen Stimme zu lauschen, die in ihm ein unbeschreibliches Wohlgefühl auszulösen schien.

Am Lido angekommen, verließen sie das Schiff und bummelten die Straße entlang, die – vorbei an Cafés und Souvenirläden – direkt zum Strand führte. Die den Weg säumenden Bäume und Oleanderbüsche, spendeten dabei angenehmen Schatten, denn auch jetzt, Ende August, hatte die Sonne noch sehr viel Kraft. Um sie herum war das gleichmäßige Zirpen der Zikaden zu hören, dass hin und wieder etwas anschwoll und dann abrupt verstummte. Das typische Geräusch des Südens, ging es Ben durch den Kopf, als er Seite an Seite mit Lilly die Allee bis zum Ende entlang schlenderte, wo sie auf ein lang gezogenes Gebäude zusteuerten und dieses durch ein Tor passierten. Hatten sie sich gerade noch auf einer geschäftigen Straße befunden, so erstreckte sich jetzt vor ihnen direkt der Strand. So weit das Auge reichte gab es nur noch Sand, Liegestühle, Sonnenschirme und die Weite des Meeres. Ben schirmte mit der Hand seine Augen gegen die Sonne ab und genoss den Blick in die Ferne, während ein leichter Wind für eine angenehme Erfrischung sorgte. Hier fiel es wahrlich nicht schwer, sich zu entspannen. Lilly, die ihm schon ein paar Schritte vorausgegangen war, hockte sich auf einen Hocker des hiesigen Strandlokals und zog sich bereits ihre Schuhe aus, während Ben immer noch von der Aussicht gefangen schien und ihr nur langsam folgte. Als er schließlich mitten im Sand stand, wurde er von ihr aus seinen Gedanken gerissen. Sie räusperte sich kurz und deutete dann auf seine handgenähten Lederschuhe. „Du wirst die besser auch ausziehen oder du bereust es später.“ Er nickte, setzte sich rasch neben sie auf das Podest und tat wie ihm geraten. Zusätzlich krempelte er seine Hosenbeine hoch, erhob sich und ging ein paar Schritte. Als er das tat, fragte er sich, wie lange er nicht mehr barfuß durch den Sand gelaufen war. Einfach so. Es war vermutlich Jahre her. Er blieb stehen, grub seine Zehen in den Sand und genoss das Gefühl mit geschlossenen Augen. Lilly, die ebenfalls aufgestanden war, beobachtete ihn dabei und lächelte, als sie die entspannten Züge auf seinem Gesicht sah. Sie musterte ihn, wie er da vor ihr stand: Mit seiner sandfarbenen Hose und dem weißen Hemd, dessen hochgekrempelte Ärmel die sonnengebräunte Haut seiner Arme perfekt zur Geltung brachten; zusammen mit dem vom Wind etwas zerzausten blonden Haar sah er noch um einiges besser aus, als sie ihn ohnehin von ihrem Wiedersehen vor drei Monaten im Gedächtnis hatte. Er hatte sich offenbar vom Stress der Scheidung gut erholt und auch sein neuer Job schien ihm ebenfalls sichtlich gutzutun. Und nun war sie es, die abwesend vor sich hinstarrte und von Ben ins hier und jetzt zurückgeholt wurde. „Ich bin bereit. In welche Richtung gehen wir?“ Sie drehte sich um, strich sich schnell ein paar Haarsträhnen hinter das Ohr und deutete nach vorne. „Da lang und einfach der Nase nach.“ Sie lachte ihn an und in ihm machte sich ein Gefühl von Zufriedenheit breit. Was wollte er schließlich mehr? Die gestrigen Probleme lagen so weit entfernt, als hätte es sie nie gegeben und er genoss die Sonne, den Wind und das Meer zusammen mit einer Frau, die ihm in den letzten Monaten sehr ans Herz gewachsen war. Ihm fiel kein Ort ein, an dem er jetzt gerade lieber sein wollte. Langsam spazierten sie Seite an Seite: Rechts von ihnen die Reihe der Kabinen, Liegen und Schirme und links das blaue glitzernde Meer. Untermalt wurde die Szenerie vom Geräusch der Wellen, die an den Strand liefen und dem Zirpen der Zikaden - zusammen ergaben sie eine merkwürdige Melodie, die beinahe hypnotisierend wirkte. „Bist du oft hier?“, fragte Ben, als sie bereits eine Weile stumm nebeneinanderher gegangen waren. Lilly schüttelte den Kopf. „Leider nicht so oft, wie ich gerne würde. Ich liebe das Leben am und mit dem Wasser. Das ist allerdings auch eine zwingende Voraussetzung, wenn man freiwillig zur Venezianerin wird“, sie kicherte und blies sich eine Haarsträhne aus dem Gesicht, bevor sie fortfuhr. „Aber jedes Mal, wenn ich es schaffe, hier rauszukommen, dann setze ich mich einfach auf einer Decke in den Sand und schaue den Wellen zu. Das hat für mich etwas sehr Meditatives.“ Er nickte, kniff die Augen zusammen und schaute auf die kleinen Wellen, die an den Strand liefen. „Das kann ich mir sehr gut vorstellen.“ „Und nach der Meditation gibt’s dann einen Spritz an einer der Bars. Der weckt dann wieder meine Lebensgeister“, sie zwinkerte ihm zu und lachte. „Und was hältst du jetzt davon?“, fragte er. „Von was?“ „Von einem Glas Spritz? Du hast doch immer noch einen gut bei mir. Und die Aussicht hier ist auch wunderschön.“ Er lächelte sie an und schaute ihr dabei tief in die Augen. Lilly spürte ein komisches Gefühl in ihrer Magengegend aufsteigen. War da jetzt gerade sein Blick dran schuld oder warum wurde ihr ganz flau? Doch bevor sie sich noch mehr Gedanken darüber machen konnte, hatte sie eine Idee. „Sehr gerne und ich wüsste auch schon wo.“ Während sie immer weiter den mit unzähligen kleinen Muscheln übersäten Sandstrand entlang gingen, hielt Ben intensiv Ausschau nach einer Bar, auf die sie zusteuern könnte, aber vor ihnen war weit und breit kein Lokal zu erkennen. Im Gegenteil, eine Reihe von Strandkabinen schloss sich an die nächste an und verstellte den Blick auf die dahinterliegenden Gebäude. Plötzlich blieb Lilly stehen und bat ihn, hier kurz auf sie zu warten. Verwundert sah er ihr nach, als sie ihre Schuhe auf den Boden legte und schnell durch den Sand stapfend, zwischen den Häuschen verschwand. Doch dann richtete er seinen Blick wieder auf das Meer, beobachtete die Schiffe, die in der Ferne vor Anker lagen und hing seinen Gedanken nach. Wie viel entspannter kam ihm das Leben hier vor, besonders mit einer Frau wie Lilly an seiner Seite. Er stutze. Machte er sich gerade tatsächlich darüber Gedanken, mit ihr zusammen zu sein? War das nicht eine Spur zu verrückt? Er wandte seinen Blick wieder vom Wasser ab, um nach ihr Ausschau zu halten, als sie auch schon mit zwei Gläsern Spritz in der Hand auf ihn zu kam. Sie reichte ihm eins davon, hob ihre Schuhe auf und bat ihn, mit ihr zu kommen. Auf dieser Höhe des Strandes befand sich einer der Wellenbrecher aus aufgehäuften Steinblöcken, der schnurgerade ins Meer hineinragte und von denen es einige entlang des Lidos gab. Lilly hüpfte auf den darauf befindlichen Weg und folgte diesem bis an die Spitze. Dort angekommen stellte sie erst ihr Glas ab, legte dann die Schuhe und ihre Tasche beiseite, um sich anschließend selbst auf den warmen Steinen niederzulassen. Ben folgte ihrem

Beispiel, setzte sich direkt neben sie und prostete ihr zu. „Cin Cin.“, sagte er und entlockte ihr damit ein breites Grinsen. „Hervorragend akklimatisiert.“ Sie nippte an ihrem Glas, lehnte sich, nachdem sie es abgestellt hatte, etwas zurück, stützte sich mit den Armen hinter ihrem Rücken ab und atmete tief durch. Lächelnd blickte sie versonnen in den Himmel über ihr. „Was denkst du gerade?“, fragte er. Sie drehte ihren Kopf in seine Richtung und stützte das Kinn auf ihre Schulter ab. „Ich habe mich öfters nach unserem Treffen gefragt, ob wir uns tatsächlich irgendwann wiedersehen würden. Und jetzt bist du plötzlich da und ich genieße es einfach. Verstehe mich bitte nicht falsch, es macht mir total viel Spaß mit dir zu schreiben und telefonieren ist noch besser, aber hier mit dir zu sitzen ist für mich gerade unglaublich.“ Verlegen senkte sie den Blick. „Mir geht es genauso. Und …“, er hielt inne und war sich unsicher, wie viel er ihr über die gestrigen Vorkommnisse wirklich preisgeben wollte, entschied sich aber dafür, es besser nicht zu tun. Es war ihm selbst lieber, wenn er es verdrängen konnte und so fuhr er fort: „Als ich gestern gemerkt habe, dass ich raus muss, da fielen mir nur Venedig und du ein. Aber warum hast du daran gezweifelt, dass wir uns wiedersehen, Lilly?“ Sie nippte erneut an ihrem Glas, hockte sich seitlich hin und schaute ihn an. „London ist nicht gerade um die Ecke und ich kann mir vorstellen, dass du gut eingebunden bist in deinem Beruf und mit deinen Freunden.“ Sie zögerte kurz, bevor sie weitersprach. „Außerdem gehe ich davon aus, dass du nicht ewig allein sein wirst und dann wird sich auch unsere Freundschaft ändern. Das ist doch ganz normal.“ Sie versuchte abgeklärt zu wirken, war es aber ganz und gar nicht. Stattdessen verspürte sie allein bei dem Gedanken daran Wehmut in sich aufsteigen. Er sah sie überrascht an und griff spontan nach ihrer Hand. „Wie kommst du darauf? Momentan mag ich rein gar nichts ändern. Im Übrigen wundert es mich eher, dass du keinen Partner hast. Du hast doch keinen, oder?“ Sie musste lachen. „Nein, den gibt es nicht.“ Ben atmete erleichtert auf, auch wenn ihm schleierhaft war, warum diese hübsche und intelligente Frau keinen Mann an ihrer Seite hatte, obwohl es dafür natürlich zig Gründe geben konnte. Als er bemerkte, dass er noch immer ihre Hand hielt, ließ er sie ganz langsam wieder los, griff nach seinem Glas und nahm schnell einen Schluck. „Ich könnte ewig hier sitzen. Das war wirklich eine geniale Idee von dir." Sie grinste, als sie antwortete: „Ich weiß, aber ewig sollten wir hier trotzdem nicht sitzen bleiben, da erstens warmer Spritz überhaupt nicht schmeckt …" Sie deutete auf sein Glas. „… und wir zweitens keinen Sonnenbrand riskieren sollten." Er streckte sich genüsslich, hielt sein Gesicht in die Sonne und schloss die Augen. „Du hast recht, aber du kannst dir gar nicht vorstellen, wie gut mir das gerade tut. Ich hatte eigentlich vor, das Wochenende bei meinen Eltern auf dem Land zu verbringen und werde das auch definitiv so schnell wie möglich nachholen, aber das hier ist genau das, was ich jetzt brauchte", er schaute zu Lilly, die ihm aufmerksam zuhörte und jetzt lächelte. „Na ja, Italien, die Sonne, das Meer - das tut der Seele gut und …" „Das stimmt schon, aber das bist auch du. Du strahlst gleichzeitig Ruhe und Fröhlichkeit aus. Das kenne ich so überhaupt nicht", fiel er ihr ins Wort. Lilly wusste nicht, was sie darauf antworten sollte und war froh, dass sie die Röte, die ihr gerade ins Gesicht stieg, auf die Wirkung der Sonne schieben konnte.

Beide leerten still nebeneinandersitzend ihre Gläser, ließen ihren Gedanken freien Lauf und lauschten dabei den Wellen, die um sie herum leise an die Steine klatschten. Ben stand als Erster auf und reichte Lilly seine Hand, um ihr hochzuhelfen. Während sie sich noch den Rock ihres Kleides glattstrich, fragte sie ihn: „Hast du Hunger? Wollen wir etwas essen gehen?" Er nickte. „Sehr, sehr gerne." Sie sammelten ihre Sachen zusammen, gingen durch den Sand vorbei an den Strandhäuschen zur Bar, wo Lilly die Gläser zurückgab und sich anschließend mit Ben auf eine Bank hockte, um den Sand von den Füßen zu wischen und die Schuhe anzuziehen. „Jetzt sind wir wieder stadtfein", scherzte sie und machte sich mit Ben zusammen auf den Weg. Ihr war ein kleines Lokal eingefallen, in dem sie früher bereits einmal gegessen hatte. Die Küche war hervorragend und es verfügte über einen kleinen von Kletterpflanzen überrankten Garten vor dem Haus. Obwohl Haus es nicht so wirklich traf, vielmehr mutete es wie ein kleiner Palazzo an, dessen weiße verschnörkelten Balkone an den rot gestrichenen Wänden wie Verzierungen eines Zuckerbäckers auf einer Torte aussahen.

Als sie das kleine Restaurant erreichten und ihnen der Kellner einen schattigen Tisch im Garten angeboten hatte, schaute Ben sich begeistert um. Die Pflanzen spendeten eine angenehme Frische und aus der Tür drang schon der aromatische Duft der mediterranen Küche. Er atmete tief ein und sog alles in sich auf: den Duft, die Farben und die warme Sommerluft. Es dauerte nicht lange und ihre Bestellung wurde von einem freundlichen Herrn entgegengenommen. Sie wählten einen Antipasti-Teller, Pasta und Fisch. Zum Trinken empfahl der Kellner einen Pinot Bianco aus der Region und da Lilly sich inzwischen sicher war, Bens Weingeschmack ganz gut einschätzen zu können, bestellte sie davon zwei Gläser und eine Flasche Mineralwasser. Als kurze Zeit später die Getränke an den Tisch gebracht wurden, waren die beiden schon längst wieder in ein lebhaftes Gespräch vertieft. Ben erkundigte sich nach dem Stand ihres Palazzo-Projektes und sie wiederum wollte wissen, ob er die Wandfarbe immer noch mochte und inzwischen weitere Pläne für die Umgestaltung seiner Wohnung hatte. Durch ihre täglich ausgetauschten Nachrichten hatten sie einander am Alltag des anderen so sehr teilhaben lassen, dass es ihnen jetzt nicht schwerfiel, immer neue Fragen zu stellen. So vieles wollten sie voneinander wissen. Zwischendurch musste Ben immer wieder schmunzeln, weil es vermutlich keinen Briten gab, der Lilly noch für eine Landsmännin gehalten hätte. Sie redete so gestenreich, wie es vermutlich nur Italiener in Perfektion beherrschten. Seine Blicke bemerkend, entschuldigte sie sich

bei ihm: „Tut mir leid, dass passiert mir immer, wenn ich besonders emotional oder glücklich bin - und wenn ich mehr als ein Glas Wein getrunken habe leider auch.“ „Das macht doch nichts. Im Gegenteil: Ich finde es sehr charmant.“, entgegnete er und fragte dann leise: „Und? Bist du eben gerade emotional oder glücklich?“ „Vermutlich beides. Ich genieße diesen Tag wirklich sehr.“ Lächelnd stützte sie die Ellenbogen auf dem Tisch, faltete die Hände und legte ihr Kinn darauf ab. „Es ist schön einen Menschen gefunden oder viel mehr wiedergetroffen zu haben, mit dem man sich so versteht, wie wir beide es tun. Ich habe sehr liebe Freunde hier, die – wie du weißt - auch schon eher Familie als Freunde sind, aber du bist für mich zu einer weiteren Verbindung in meine alte Heimat geworden. Das ist einfach schön.“ Mehr traute sie sich nicht über ihre Gefühle preiszugeben.
Dabei fiel Ben die Frage ein, die bereits bei ihrem Wiedersehen unbeantwortet geblieben war. „Lilly, darf ich dich etwas sehr Persönliches fragen?“ „Ja, natürlich darfst du das.“ Sie lächelte sanft und sah ihn dabei mit ihren großen Augen an. „Was ist mit deiner richtigen, deiner leiblichen Familie? Du hast in der ganzen Zeit noch nie ein Wort über sie verloren.“ Sie senkte den Kopf, atmete tief durch fuhr gedankenversunken mit dem Zeigefinger über die geschliffenen Kanten des Wasserglases. „Meine Mutter war ein Jahr vor meinem Aufbruch ins Unbekannte an einem Hirntumor gestorben und einen Vater hat es bei mir nie gegeben. Biologisch natürlich schon, aber er hat uns kurz nach meiner Geburt verlassen. Ich hatte irgendwann auch mal den Versuch unternommen, mit ihm Kontakt aufzunehmen, aber als ich vor dem Haus stand, sah ich eine Frau, die mit zwei Kindern spielte. Da habe ich mich umgedreht und bin weinend weggelaufen. Ich weiß noch nicht einmal mehr, ob aus reinem Selbstschutz oder aus Rücksichtnahme vor seiner neuen Familie. Na ja, und außer meiner Mutter gab es für mich sonst nur meine Großeltern. Als ich noch klein war, haben sie sich um mich gekümmert,

wenn meine Mutter arbeitete. Mein Großvater starb, als ich zwölf war und meiner Großmutter setzte der Tod ihrer Tochter so sehr zu, dass auch sie ab da immer weiter abbaute. Eltern sollten halt nicht ihr eigenes Kind zu Grabe tragen müssen. In der Zeit danach habe ich mich um sie gekümmert, aber sie hatte einen großen Teil ihres Lebenswillens verloren. Sie schlief ein dreiviertel Jahr nach meiner Mutter einfach ein und erwachte nicht mehr", sie seufzte, hielt kurz inne und begann dann aber wieder zu lächeln. „Aber lass und über schönere Dinge sprechen: Was hältst du von einem Kaffee und Nachtisch?" Ben spürte, dass das Thema kein leichtes für sie war und es war ihm unangenehm, dass er überhaupt nachgehakt hatte. „Es tut mir leid, dass ich …" Sie fiel ihm ins Wort: „Es muss dir nicht leidtun. Das ist mein Leben und es ist gut, so wie es ist. Manchmal muss man wohl erst durch ein tiefes Tal gehen, damit man später glücklich werden kann. Sicher habe ich einige Narben davongetragen, aber die haben mich eben auch genau zu dem Menschen gemacht, der ich heute bin." Sie atmete erneut tief durch, seufzte und fragte dann, wieder lächelnd: „Zwei Kaffee und ein Tiramisu? Ich glaube, ein ganzes schaffe ich nicht mehr allein." Er stimmte ihr zu. Mit seinen Gedanken war er immer noch bei ihren Worten und es faszinierte ihn immer mehr, dass aus dem ruhigen und schüchternen Mädchen eine so starke Frau geworden war, die sich scheinbar durch nichts aus der Bahn werfen ließ und ihren ganz eigenen Weg für ein glückliches Leben gefunden hatte.

Leicht stöhnend strich sich Ben etwas später über den Bauch. Sie hatten das Mittagessen ausgiebig genossen und langsam war es Zeit aufzubrechen. „Ich bin so voll, ich glaube nicht, dass ich heute noch irgendwas essen kann. Es war wirklich hervorragend - alles hier. Danke dir, dass du mich hierhergebracht hast." Lilly lächelte. „Sehr gerne und danke dir für die Einladung."

Sie verließen das Restaurant, flanierten entlang eines kleinen Kanals und vorbei an eleganten Häusern zur Anlegestelle, um die Fähre zurück in die Lagunenstadt zu nehmen. Lilly überlegte angestrengt, was sie ihm als Nächstes zeigen konnte und welche Plätze oder Bauwerke er unbedingt gesehen haben sollte, doch ihr fiel partout nichts ein. Außer vielleicht - eine Gondelfahrt? Sie verwarf den Gedanken genauso schnell wieder, wie er ihr in den Sinn gekommen war, denn normalerweise fuhr sie nur mit Andrea, aber da würde sie sich die ganze Zeit beobachtet fühlen - und das vermutlich zu Recht. Wenn sie aber mit einem anderen Gondoliere fuhr, konnte es gut sein, dass Andrea davon Wind bekam und erst recht Fragen stellte. Was das betraf, war Venedig halt doch wie ein Dorf.
Ben bemerkte ihre Grübelei, machte zwei schnelle Schritte vorwärts, drehte sich um und stellte sich vor sie, sodass sie abrupt stehen bleiben musste, um nicht mit ihm zusammenzustoßen. „Was beschäftigt dich gerade so?“ Sie fuhr erschrocken zusammen. „Ich überlege, was wir noch tun können und was ich dir von meiner Stadt zeigen sollte. Es ist ja erst kurz nach vier.“ Sie zuckte etwas ratlos mit den Schultern. „Lilly, ich würde einfach gerne spazieren gehen. Was anderes muss es gar nicht sein. Vielleicht noch irgendwo mit dir ein Glas Wein trinken. Das reicht mir vollkommen. Schließlich bin ich nicht nur wegen Venedig hier, sondern auch wegen dir - und dem Spritz, den ich dir geschuldet habe, beziehungsweise, den ich dir – wenn ich es recht betrachte - immer noch schulde. Du bist mir am Strand zuvorgekommen. Verdammt!“ Er verzog sein Gesicht und gab vor, verärgert darüber zu sein, was Lilly allerdings sofort in ein fröhliches Gelächter ausbrechen ließ. „Na dann haben wir doch schon ein Ziel“, prustete sie los.
Inzwischen hatten sie den Anleger erreicht, an den das Vaporetto gerade langsam heranfuhr. Als sie an Bord gingen, waren dieses Mal keine Sitzplätze mehr frei und so blieben sie in der Nähe des Ein- und Ausstiegs stehen. Dort hatten sie zudem während der Fahrt einen uneingeschränkten Blick

über die Bucht und auf die imposanten Mauern des Klosters San Giorgio Maggiore mit seinem Campanile. Der Fahrtwind sorgte unterdessen für eine willkommene Erfrischung und wirbelte Lilly Haar wild umher. Sie bemühte sich, alle Strähnen zu greifen, hielt sie am Hinterkopf mit einer Hand zusammen und wandte sich dann an Ben: „Du hast noch gar nicht erwähnt, wie lange du dieses Mal hier bist.“ „Ich bleibe nur übers Wochenende. Leider. Übermorgen geht mein Flug zurück. Nur eine sehr kurze Auszeit, ich weiß, aber die war mir wichtig, um Kraft zu schöpfen.“ Er machte eine kurze Pause. „Wenn du also vielleicht morgen noch nichts vor hast, würde ich mich freuen, wenn wir noch mal etwas zusammen unternehmen könnten.“ Sie sah seinen fragenden Blick und ihr Herz machte einen Sprung. „Ja, sehr gerne. In welchem Hotel wohnst du eigentlich?“ Er grinste und kniff ein Auge zu. „Direkt an der Rialtobrücke - nachdem mir einmal eine alte weise Venezianerin prophezeit hatte, dass ich mich sonst möglicherweise in den Gassen verlaufen könnte, dachte ich mir, dass ich besser auf Nummer sicher gehen sollte.“ Sie gab ihm lachend einen Klaps auf den Arm und verteidigt sich: „Hey, ich war nur besorgt um dich. Ich will nicht schuld sein, wenn du im Straßengewirr Venedigs verloren gehst.“
Inzwischen hatten sie die Bucht überquert, und verließen am zweiten Stopp das Schiff. „Von hier aus ist es ein schöner Spaziergang direkt am Wasser entlang und …“, sie hielt kurz inne, um den folgenden Worten mehr Gewicht zu verleihen: „Es gibt auf dem Weg einige Bars, in denen wir einen Spritz trinken könnten.“ Amüsiert sah er sie an. „Perfekt. Ich möchte nicht, dass du nachher behauptest, ich würde meine Versprechen nicht einhalten.“
Während sie die Uferpromenade entlang bummelten, bot sich ihnen ein fantastischer Blick auf den Campanile von San Marco, den Dogenpalast und die eindrucksvolle Kuppel von Santa Maria della Salute – ein Bild wie gemacht für Hochglanz-Reisemagazine und Postkarten. Wenig später tat sich eine parkähnliche Allee zu ihrer Rechten auf. Auf den

Bänken verweilten vereinzelt Menschen und es wirkte alles ruhig und friedlich. Ben war beeindruckt, eine weitere Facette dieser einzigartigen Stadt kennenzulernen, die immer wieder Überraschendes zu bieten hatte.
Der Flaniermeile folgend, erreichten sie schließlich eine Bar, die trotz der hervorragenden Lage, nur einen weiteren Gast zu haben schien. Ungewöhnlich, bei diesem Ausblick, dachte Ben und zögerte einen Moment, doch Lilly erklärte ihm, dass viele Touristen oft gar nicht bis hierher kämen und die Leere nichts über die Qualität des Lokals aussagte. Während Ben also den Gastraum betrat, um seine Bestellung in einigermaßen verständlichem Italienisch aufzugeben, setzte sie sich bereits an einen der davor aufgestellten Tische. Als er wieder herauskam, schob er einen freien Stuhl direkt neben ihren und murmelte leise: „So kann ich die Aussicht besser genießen", obwohl es ihm im Grunde nur darum ging, ihr ganz nahe zu sein.
Diese Stadt, die den Ruf hatte, eine Stadt der Liebe zu sein, zeigte unmissverständlich ihre Wirkung. Ben spürte, wie er sich immer mehr zu Lilly hingezogen fühlte. Ihre Art, die sich so sehr von der anderer Frauen, die er kannte, unterschied, ihr fröhliches Lachen und die kleinen Grübchen, die sich dann jedes Mal zeigten und ihre wunderschönen großen blauen Augen. Je mehr er allerdings über sie nachdachte, desto größer wurde auch seine Unsicherheit. Was, falls sie in ihm wirklich nur den alten Schulfreund sah und es ihn die Freundschaft kostete, wenn er ihr gestand, dass er sie lieb gewonnen hatte und sich inzwischen noch ganz andere Dinge mit ihr vorstellen konnte? Das wollte er auf keinen Fall aufs Spiel setzen, auch wenn es bedeutete, ihr nie wirklich nahe sein zu können. Andererseits war ihm sehr wohl bewusst, dass es ihm zunehmend schwerer fiel, die Gefühle, die er für sie hegte, für sich zu behalten.
Er war so abwesend, dass er gar nicht bemerkt hatte, wie die beiden Gläser Spritz und eine kleine Schüssel mit Kartoffelchips auf den Tisch vor ihnen abgestellt worden

waren und Lilly nach dem Glas gegriffen hatte, um ihm zuzuprosten. Erst ihr fröhliches „Cin Cin!“ riss ihn aus seinen Grübeleien. Sie sah ihn erstaunt an, als er zusammenzuckte. „Habe ich dich gerade erschreckt? Warst du in Gedanken?“, fragte sie. „Nein … ja, ich … dieser Ausblick verleitet einfach zum Träumen“, stammelte er. „Oder bist du müde? Du musst doch schon ewig auf den Beinen sein“, erkundigte sie sich mitfühlend und beinahe etwas besorgt. „Nein, müde bin ich komischerweise gar nicht. Das mag allerdings auch an all den Eindrücken liegen, die das momentan gar nicht zulassen. Ich möchte einfach nur alles in mir aufsaugen. Apropos: Cin Cin“, er hob sein Glas und prostete ihr zu, bevor er einen Schluck trank. Grinsend schüttelte sie den Kopf. „Cin Cin, Ben.“

Als sie ausgetrunken hatten, setzten sie ihren Weg fort und Ben bat sie beim Überqueren des Markusplatzes darum, ein Erinnerungsfoto von ihr vor der Basilika machen zu dürfen. Diesem Wunsch kam sie allzu gerne nach und warf sich lachend in Pose. Anschließend folgte er ihr durch die engen Gassen hinter dem weitläufigen Platz, wobei Lilly keinen direkten Weg zu seinem Hotel einschlug. Vielmehr zog sie ziellos mit ihm durch Castello, die üblichen Touristenrouten meidend und lenkte ihn stets geschickt ab, wenn an einem Gebäude wieder eins der gelben Schilder die Richtung nach Rialto wies. Dann verwickelte sie ihn kurzerhand in ein Gespräch und verhinderte so, dass er mitbekam, wie sie bereits seit geraumer Zeit im Kreis liefen. Sie genoss es so sehr, ihn an ihrer Seite zu haben und wollte den Spaziergang am liebsten gar nicht enden lassen. Ganz allmählich begannen allerdings ihre Füße zu schmerzen, da sie heute Vormittag in der Eile ihre Sneaker im Laden liegen lassen hatte und seitdem auf hohen Absätzen unterwegs gewesen war. Auf einer kleinen Brücke blieb sie daher stehen, stützte sich am Geländer ab, zog einen Schuh aus und rieb sich über die schmerzenden Stellen. Ben schaute sie mit sorgenvoller Miene an, als er ihre geröteten Zehen sah. „Kann ich dir irgendwie helfen? Sollen wir uns irgendwo hinsetzen?“ Sie seufzte, während sie ihren Schuh wieder anzog. „Morgen trage ich definitiv Sneaker.“ Sie überlegte kurz und fragte dann lächelnd: „Magst du vielleicht noch ein Glas Wein bei mir auf der Dachterrasse trinken? Bis dahin sollte ich es noch schaffen und dort stört es dich hoffentlich nicht, wenn ich barfuß gehe.“ „Das stört mich sowieso nicht. Aber ja, sehr gerne. Ich kenne den spektakulären Ausblick bisher ja nur von deinen Bildern, ihn tatsächlich mal genießen zu können, wäre ein Traum.“ Er bemerkte, dass sie ihren Fuß immer noch nicht richtig belastete. „Hilft es dir vielleicht, wenn du dich ein bisschen bei mir abstützt?“, er bot ihr seinen Arm an, in den sie sich bereitwillig einhakte. Es fühlte sich fantastisch an, ihm so nah zu sein und zum ersten Mal nahm sie bewusst den holzigen und zugleich süßlichen Duft seines Aftershaves wahr. Gerne hätte sie jetzt einfach dort, dicht bei ihm, noch einen Moment verweilt, aber sie entschied sich, gleich den direkten Weg zu wählen, um wenige Minuten später die schmale Gasse zu erreichen, in der sich ihre Wohnung befand. Jäh blieb sie vor einer der Türen stehen. „Hier wohne ich.“ Skeptisch sah Ben sich um: Die Fassade machte auf den ersten Blick nicht den allerbesten Eindruck. Der ehemals ockerfarbene Putz war stellenweise abgeplatzt und mit heller Spachtelmasse grob ausgebessert worden und auch die übrige Wandfarbe sah nicht wesentlich besser aus. Die grün lackierten Fensterläden hätten ebenso bereits vor längerer Zeit einen neuen Anstrich gebrauchen können. Einzig die zahlreichen Babarcani, hölzerne Mauervorsprünge zwischen Erdgeschoss und erster Etage, die – wie er inzwischen von ihr gelernt hatte - dazu dienten, die Wohnungen in den oberen Stockwerken zu vergrößern, boten einen netten Blickfang. Lilly angelte in ihrer Tasche nach dem Schlüssel und sperrte die Türe auf. Rasch entledigte sie sich schon im Hausflur ihrer Schuhe und blieb einen Moment auf dem kühlen Steinboden stehen. Das tat so gut! Jetzt fiel es ihr auch nicht mehr schwer, die Stufen in den vierten Stock emporzuspringen. Zügig folgte er ihr und war neugierig, was ihn oben erwartete. Dass der Zustand der Fassade nichts über das Innere der Gebäude aussagte, hatte er bereits bei seinem ersten Besuch hier mitbekommen und oft verbargen sich auf diese Weise wahre Schönheiten vor den öffentlichen Blicken. So war es auch hier: Das Treppenhaus war zwar renoviert, hatte aber trotzdem einen rustikalen Charme, da man augenscheinlich bemüht gewesen war, die alten Gemäuer nicht zu verstecken, sondern sie vielmehr gut in Szene zu setzen. Oben angekommen, öffnete Lilly die Wohnungstür und bat ihn in ihr kleines Reich. Er trat ein und sah sich fasziniert um; alles war liebevoll hergerichtet, die hell gestrichenen Wände betonten die freiliegenden Deckenbalken und der glänzende steinerne Boden war nur von wenigen Teppichen bedeckt, um nicht zu viel davon zu verbergen. Die Einrichtung bestand aus einem bunten Stilmix, der nur auf den ersten Blick etwas chaotisch wirkte und sich bei genauerem Betrachten zu einem harmonischen und fröhlichen Ganzen zusammenfügte. Lilly sammelte schnell ein paar Kleidungsstücken, die über einem Sessel gelegen hatten, zusammen. „Entschuldige, ich habe nicht aufgeräumt. Ich wusste ja nicht …“ Ben beruhigte sie: „Mach dir bitte keinen Kopf. Es ist alles bestens.“ Er war im Eingangsbereich der Wohnung stehen geblieben und wartete ab, bis sie Schuhe und Tasche verstaut und einmal tief durchgeatmet hatte. „Wenn du magst, führe ich dich durch mein kleines, aber feines Zuhause“, bot sie an und ging bereits in Richtung Küche. Diese war nicht wirklich geräumig, aber es schloss sich gleich dahinter das Wohnzimmer an, in dem sich ein großer Esstisch befand. Wie eigens bestellt, fiel die Abendsonne durch die Fenster und tauchte den Raum in ein angenehmes warmes Licht. „Hier sitze ich gerne mit meinen Freunden zusammen. Wir essen, trinken, reden, lachen und weinen hier; wie es gerade so kommt“, erklärte sie und fuhr mit ihrer kleinen Tour durch ihr Domizil fort, zeigte ihm das Gästezimmer, das Bad und kehrte dann mit ihm in das Wohnzimmer zurück. Er war sichtlich beeindruckt, denn sie

hatte diese Wohnung zu etwas ganz Besonderem gemacht und vermutlich ebenso viel Zeit wie Hingabe investiert. Kein Wunder also, dass sie nie mehr von hier wegwollte, wie sie ihm gegenüber schon mehrfach betont hatte.
Lilly legte ihre Hand auf seinen Arm und deutete mit der anderen auf ein paar Stufen an der hinteren Wand des Raumes, die zu einer Tür führten. „Dort geht es zu meinem Paradies über den Dächern der Stadt. Magst du schon vorgehen? Ich kümmere mich inzwischen um den Wein." Kaum hatte sie geendet, verschwand sie auch schon in der Küche. Er durchquerte den Raum, stieg die Stufen hoch und öffnete gespannt die Tür, aber was ihn dort erwartete, übertraf bei Weitem die Vorstellungen, die er von diesem Ort gehabt hatte. Die hölzerne Dachterrasse, die wie ein Adlernetz am Dach thronte und den Blick auf die Ziegeldächer und Kirchtürme der Umgebung freigab, wurde von der Abendsonne angestrahlt und war somit wohl tatsächlich einer der schönsten Plätze, an dem man sich in diesem Moment in Venedig befinden konnte. Ben trat an die Brüstung, legte seine Hände auf das Geländer, schloss die Augen und ließ sich die Sonne direkt ins Gesicht scheinen. In sich nahm er eine tiefe Zufriedenheit wahr, die er so schon lange nicht mehr gespürt hatte.
Plötzlich hörte er das Geräusch von aneinanderstoßenden Gläsern, drehte sich um und sah wie Lilly die Stufen hinaufkam. Sie hatte nicht nur zwei Gläser und eine Flasche Roséwein mitgebracht, sondern sich auch noch in Windeseile umgezogen und stand jetzt in einem wallenden bunten Trägerkleid und mit locker hochgesteckten Haaren wissend lächelnd vor ihm. Nur zu gut kannte sie die Reaktionen von Freunden, wenn sie das erste Mal zu Besuch kamen und von hier oben über die Stadt blickten. Mit dem Kopf deutete sie in Richtung einer kleinen Sitzecke, die Ben noch gar wahrgenommen hatte, so sehr hatte ihn der Ausblick bis jetzt gefesselt. „Wenn du dich fürs Erste sattgesehen hast, darfst du dich gerne setzen." Sie stellte die Gläser auf einem Tisch ab und schenkte Wein ein. „Ich hatte

noch einen Merlot, einen Rosato, aus der Nähe des Gardasees. Ich hoffe, du magst Rosé?“ „Ja … ja, den mag ich bestimmt.“ Ben wusste nicht, was ihn gerade mehr nach Worten ringen ließ. War es die beeindruckende Aussicht oder war es Lilly, die jetzt noch natürlicher und hinreißender wirkte, als sie es in seinen Augen eh schon tat. Langsam kam er zu ihr rüber und setzte sich auf einen Stuhl, während sie die Kissen auf der Sitzbank zurecht schob, um es sich dort bequem zu machen. Sie reichte ihm ein Glas und sofort stieg ihm das fruchtige Bouquet des Weins in die Nase. Sie stießen miteinander an und nachdem er einen Schluck getrunken hatte, nickte er beeindruckt. „Wirklich ein sehr feiner Tropfen.“ Sie freute sich, seinen Geschmack wieder einmal getroffen zu haben. Zufrieden lächelnd stellte sie ihr Glas ab, lehnte sich entspannt gegen die Kissen, während sie die Beine anzog und die Füße auf der Bank absetzte. Versonnen beobachtete er sie dabei und genoss mit ihr die Ruhe hier oben, die nur hin und wieder vom Geschrei einer Möwe unterbrochen wurde, die über den Dächern ihre Kreise zog. Unvermittelt sprang Lilly dann jedoch auf, murmelte vor sich hin, dass sie vergessen hatte, Oliven und Grissini mit herauszubringen und bevor er etwas dagegen einwenden konnte, war sie auch bereits in der Tür zum Wohnzimmer verschwunden. Währenddessen ging allmählich die Sonne unter und tauchte die Stadt in ein ganz besonderes Licht. Ben stand auf und stellte sich wieder an die Brüstung. Er hatte einmal davon gehört, dass hier von der blauen Stunde die Rede war und jetzt verstand er auch, warum. Lilly war wieder zurückgekommen und stellte die Snacks auf dem Tisch ab, bevor sie sich zu ihm gesellte. „Es wundert mich überhaupt nicht mehr, dass du von meinen Fotos mit dem Ausblick aus meinem Fenster nie beeindruckt warst. Ich komme mir hier vor, wie in einer ganz anderen Welt.“ Sie lachte: „Ich dachte mir schon, dass du, falls du mal die Gelegenheit dazu haben würdest, es verstehen kannst. Umso schöner, dass ich dir das heute zeigen kann.“ Sie gingen zur Sitzecke zurück, setzen sich und stießen erneut miteinander an. Bevor Lilly es sich bequem machte, schaltete sie eine kleine Lampe ein, die diesen besonderen Platz noch heimeliger wirken ließ. „Hier oben verbringe ich, wenn es das Wetter zulässt, die meiste Zeit und inzwischen bin ich auch gut vor aufdringlichen Blicken geschützt“, erklärte sie ihm und deutete auf die Bastmatten und Blumenkästen, mit denen sie Teile der Balustrade verkleidet hatte. „Seitdem immer mehr Wohnungen in Ferienappartements umgewandelt werden, da das ertragreicher ist, als sie an Einheimische zu vermieten, ist das leider notwendig geworden. Die brauchen ja keine Rücksicht zu nehmen. Bevor du dich mit ihnen verständigen oder über sie beschweren kannst, sind sie auch schon wieder abgereist“, sie machte ein verärgertes Gesicht, dass sich aber sofort wieder aufhellte. „Aber es gehört wohl dazu, dass man sich nie unterkriegen lassen darf, wenn man hier leben möchte. Egal, ob es die Kreuzfahrtschiffe sind, deren Passagiere scharenweise die Stadt regelrecht überfluten, die Importe aus Fernost, die unsere Handwerkswaren verdrängen oder die Spekulanten, die Venedig vermutlich am liebsten zu einer einzigen großen Ferienanlage machen würden. Wir überstehen auch das.“ Da war sie wieder, diese Leidenschaft, die ihm bereits bei ihrem Wiedersehen aufgefallen war. Er spürte ihren Stolz und ihre Emotionalität, wenn es um diese Themen ging. Sie wäre eine hervorragende Rechtsanwältin, die beeindruckende Plädoyers halten würde, schoss es ihm durch den Kopf. Nachdem er sein Glas geleert und Lilly ihm nachgeschenkt hatte, sprang sie erneut auf und trat an das Geländer der Altana. „Komm, ich zeige dir, was du von hier aus alles sehen kannst.“ Er folgte ihr, stellte sich dicht neben sie und schaute jeweils in die Richtung, in die sie deutete und lauschte ihren Erklärungen dazu. Inständig hoffte er, dass sie ihn nicht gleich danach fragen würde, welcher der Kirchtürme ihm am besten gefiel, da er ihre Stimme zwar klar und deutlich hörte, aber kaum etwas davon wirklich verstand. Momentan spürte er nur die Wärme ihres Körpers

direkt neben seinem, die ihn ganz allmählich wahnsinnig werden ließ.
„Diese Atmosphäre ist einfach atemberaubend“, begann Ben, nachdem sie eine Weile stumm nebeneinandergestanden hatten und fügte dann leise flüsternd hinzu, während er zärtlich eine Haarsträhne aus ihrem Gesicht strich: „Du bist atemberaubend.“ Er schaute ihr dabei tief in die Augen und sie erwiderte seinen Blick. Lilly hatte sich ebenfalls eingestanden, dass ihre Gefühle Ben gegenüber schon lange nicht mehr nur rein freundschaftlicher Natur waren und sie konnte es kaum fassen, dass er ebenso zu empfinden schien. Ganz langsam näherte sich sein Gesicht, dem ihren und ihre Lippen berührten sich zaghaft. Er legte seinen Arm um ihre Taille, um sie noch dichter an sich heranzuziehen und streichelte ihr mit der Hand über ihre Wange, wobei er sanft mit dem Daumen über ihre Unterlippe fuhr. Sie spürte, wie sie von ihren Gefühlen überrannt wurde, glitt zitternd mit den Fingerspitzen über sein Gesicht, schloss ihre Augen und öffnete ganz leicht ihre Lippen, bis sie seine auf den ihren spürte und sich schließlich vorsichtig ihre Zungenspitzen berührten. Von Augenblick zu Augenblick wurden ihre Küsse inniger und ungestümer. Alle Gefühle und Wünsche, die sich in den letzten Wochen unmerklich zwischen ihnen entwickelt und aufgestaut hatten, schienen jetzt aus ihnen hervorzubrechen und alles um sie herum wurde zur Nebensächlichkeit - es gab nur noch sie beide. Wie oft hatten sich beide gewünscht, in der Nähe des jeweils anderen zu sein und hatten ihre Empfindungen füreinander doch nicht wahrhaben wollen.
Als Ben sie jetzt fest in seinen Armen hielt, spürte er das Pochen ihres Herzens an seiner Brust und konnte die in ihm aufsteigende Leidenschaft kaum mehr zügeln. Als sie dann auch noch ihren Kopf in den Nacken legte, übersäte er ihren Hals mit unzähligen kleinen Küssen und wanderte mit seinen Lippen zu ihrem Schlüsselbein, wo er innehielt, den Kopf leicht anhob und ihr dabei tief in die Augen schaute. Ihr

Blick war etwas entrückt und sie atmete schwer, während es ihr so vorkam, als stünde ihre Haut überall dort vor Erregung in Flammen, wo sein Atem sie berührte. Mit seinen Lippen streifte er sanft ihr Ohr: „Lilly, ich bin verrückt nach dir, aber sag mir, wenn es dir zu schnell geht.“ Doch ihre errötete Wange an seine pressend hauchte sie: „Höre bitte nicht auf, das zu tun, was du gerade tust, denn mir geht's genauso.“ Das ließ er sich nicht zweimal sagen und drückte sie noch fester an sich, als sie ihm mit ihren Händen zärtlich durchs Haar fuhr und sein Gesicht näher an das ihre zog. Es folgte abermals ein langer und ungestümer Kuss und in ihnen wuchs das Verlangen, jeden einzelnen Zentimeter des anderen zu erkunden und zu liebkosen. Ganz langsam ließ er seine Hand über ihren Rücken nach unten bis zu ihrem Po gleiten und presste sie an sich, wodurch sie seine Erregung spüren konnte und sich dabei kaum daran erinnerte, wann sie sich das letzte Mal so begehrt gefühlt hatte. Ihre Finger zeichneten sanft die Linien in seinem Gesicht nach, fuhren über seine Lippen, wo sie verharrten und er ihre Fingerspitzen zärtlich küsste, bis sie seinen Hals entlang weiter nach unten bis zum ersten Knopf seines Hemdes glitten. Behände öffnete sie einen nach dem anderen und schob ihre Hand unter sein Hemd, um seine muskulöse Brust zu streicheln. Es fühlte sich unglaublich gut an, ihre warmen Finger auf seiner nackten Haut zu spüren. Schwer atmend erhaschte er ihren Blick, während er mit seiner Hand über ihren Busen strich und sie sich nur noch mit ihren Augen verständigten. Entschlossen griff Lilly plötzlich nach seiner Hand und zog ihn mit sich, als sie sich zur Tür wandte. Er verstand und folgte ihr ins Wohnzimmer, den kleinen Flur entlang und in ihr Schlafzimmer, in dem nur noch wenig Licht durch die Fenster fiel und sie ihm leise und beinahe entschuldigend zuwisperte: „Ich habe kein besonders breites Bett.“ Ben zog sie erneut eng an sich und versicherte ihr unter weiteren unzähligen Küssen: „Ich glaube auch nicht, dass wir viel Platz brauchen werden.“ Langsam öffnete er die Bänder, die ihr Kleid an den

Schultern hielten, bis es zu Boden fiel und er genüsslich ihre weiblichen Kurven im schwachen Licht betrachtete, an denen er sich nicht sattsehen konnte. Immer ungeduldiger entkleideten sie sich gegenseitig, bis schließlich kein Stück Stoff mehr zwischen ihnen war und er voller Verlangen seine Lippen auf ihre presste, bevor er ihr einen leichten Stoß gab, sodass sie rückwärts aufs Bett fiel und er ihr geschwind folgte. Zärtlich ließ er, neben ihr liegend, seine Hände über ihre weiche Haut wandern, spürte die Gänsehaut und ihre Erregung, die sich ins Unermessliche zu steigern schien. Leidenschaftlich und atemlos gab sie sich nun vollends ihrer Lust hin und rekelte sich, während er nicht aufhörte, zusammen mit ihr den Moment mit allen Sinnen auszukosten. Beide ließen sich immer weiter fallen und gaben ihrem Begehren und Verlangen nach, sich hemmungslos zu lieben und schliefen erst spät in der Nacht verschwitzt, erschöpft und unendlich glücklich zusammen ein.

Kapitel 11 – Wolke 7

Als am nächsten Morgen die ersten Sonnenstrahlen durch das Fenster fielen, öffnete Ben langsam seine Augen. Er brauchte einen Moment, um zu realisieren, wo er sich befand und was gestern Abend geschehen war. Dann wandte er langsam seinen Kopf zur Seite und schaute in das Gesicht der noch schlafenden Lilly, die friedlich da lag, sich in ihren Teil der Bettdecke eingerollt und nur ein Bein herausgestreckt hatte. Die braunen Haarsträhnen umrahmten wild ihr Antlitz und waren Zeugnis der Leidenschaft der vergangenen Nacht. Er verspürte ein Gefühl von Glück und Zufriedenheit in sich aufsteigen, auch wenn er noch keinen Plan hatte, wo das alles hinführen sollte. Das interessierte ihn allerdings auch gerade überhaupt nicht, denn was zählte, war allein der Moment. Unwillkürlich musste er lächeln, als er sie beobachtete, wie ihr Mundwinkel zuckte und ihre Wimpern vibrierten. Von was sie wohl gerade träumte? Länger hielt er es allerdings nicht mehr aus, sie nur anzuschauen und beugte sich vorsichtig über sie, strich ihr ein paar Strähnen aus dem Gesicht und küsste sie zärtlich erst auf die Stirn, dann auf die Nasenspitze und schließlich auf den Mund. Zuerst reagierten ihre Lippen und verzogen sich zu einem Lächeln, bevor sie ganz langsam ihre Augenlider öffnete und sich unter der Decke zu rekeln begann. Genüsslich streckte sie ihm ihre Arme entgegen und schlang sie um seinen Hals. „Guten Morgen!“, flüsterte sie und strahlte dabei über das ganze Gesicht. „Guten Morgen, mein Liebling.“ Mit diesen Worten zog er sie dicht zu sich heran und gab ihr einen langen und hingebungsvollen Kuss. Lilly wurde ganz schwindelig von den vielen Glücksgefühlen und hoffte, dass dieser Rausch nie mehr enden möge, so verliebt war sie.

Sie richtete sich etwas im Bett auf, stützte sich auf ihren Unterarmen ab und legte den Kopf leicht auf die Seite. „Hast du Hunger?“ Ben zwinkerte ihr zu: „… nach der

Nacht auf jeden Fall." Sie lachte ihn verschmitzt an, während sie eilig die Decke zurückschlug und aus dem Bett sprang. „Was hast du vor?", fragte er überrascht, während sie aus dem Schlafzimmer verschwand und er sie nur Augenblicke später nebenan telefonieren hörte, wovon er allerdings nicht ein Wort verstand.

Er ließ sich wieder in die Kissen fallen und starrte an die Decke. So viel war klar: Es hatte ihn total erwischt - ihn, den sonst so besonnenen und sachlich abwägenden Anwalt, der immer Herr der Lage gewesen war. Seine Gefühle hatten ihn gestern komplett überrollt und zu seiner Verwunderung war er glücklich darüber, dass er ihnen nachgegeben hatte. Er war glücklich und geradezu stolz auf sich, dass er auf sein Herz gehört, sich getraut und ihr seine Liebe gestanden hatte.

Das Rauschen der Dusche riss ihn aus seinen Gedanken. Die würde ihm jetzt auch guttun, ging es ihm durch den Kopf und er setzte sich auf die Bettkante, wo er Ausschau nach seinem Hemd und seiner Hose hielt, doch als ob Lilly es geahnt hatte, stand sie kurz darauf in der Tür und hielt ihm ihren Morgenmantel entgegen: „Probiere bitte mal, ob er dir passt, er ist ziemlich weit geschnitten, das müsste eigentlich gehen." Sie selbst trug ein weites Shirt, darunter knappe Jeans-Shorts und einen Handtuch-Turban auf dem Kopf. Fasziniert musterte er ihre hübsche Figur und die langen Beine, während er nach dem Mantel griff und musste schmunzeln, als er dabei ihren beinahe etwas besorgten Blick sah. „Weißt du eigentlich, wie süß und sexy du bist?" Sofort strahlte sie über das ganze Gesicht und warf ihm einen Kuss zu, bevor sie rasch wieder in der Tür verschwand. Ben warf sich den Frotteemantel über die Schulter, ging ins Bad und duschte sich rasch ab. Sein Spiegelbild betrachtend fragte er sich, ob es tatsächlich nur Einbildung war, dass er irgendwie glücklicher aussah, was vermutlich an dem Lächeln lag, das er gar nicht mehr aus dem Gesicht bekam. Ein Poltern im Flur ließ ihn allerdings aufhorchen und er warf schnell den Morgenmantel über, um nachzusehen, ob er Lilly bei

irgendwas behilflich sein konnte. Dabei stellte er belustigt fest, dass das gute Stück zwar schon recht klein war, aber trotzdem seinen Zweck im Großen und Ganzen erfüllte und ihn zumindest nicht komplett entblößt dastehen ließ.
Als er die Tür öffnete, sah er, wie sie mit einem Korb in der Hand am offenen Fenster stand und diesen vorsichtig an einer Schnur hinabgleiten ließ. Seinen fragenden Blick bemerkend, erklärte sie verschmitzt: „Frühstück ist gleich da." Diese Antwort trug allerdings nicht im Geringsten zu seiner Aufklärung bei, doch mehr als ein Grinsen und ein Achselzucken erntete er trotzdem nicht. Plötzlich ertönte ein Pfiff aus der Gasse unter ihnen und Lilly zog die Schnur vorsichtig wieder an, um wenig später den Korb am Henkel zu packen und in die Wohnung zu heben, wo sie Ben den Inhalt präsentierte: Cornettos, Cannolis und ein paar andere süße Teilchen, eine Bügelflasche mit frisch gepresstem Orangensaft und Prosecco. „Es hat durchaus Vorteile, wenn man eine kleine Cafébar in der Nachbarschaft hat. Bringst du den Korb schon nach draußen? Ich mache uns noch schnell zwei Tassen Cappuccino." Begeistert nahm er ihr den Korb ab und nutzte die Gelegenheit, ihr einen Kuss auf die Wange zu drücken, bevor er in Richtung der Dachterrasse ging und die Tür aufstieß. Sogleich schien ihm die Sonne direkt ins Gesicht und er musste sich erst an die gleißende Helligkeit gewöhnen, bevor er hinaustrat. Es würde wieder ein wunderschöner Tag werden, da war er sich sicher. Er stellte den Korb neben dem Tisch ab, auf dem noch alles so stand, wie sie es gestern Abend hier zurückgelassen hatten und dachte versonnen lächelnd darüber nach, dass sie definitiv andere Dinge im Sinn gehabt hatten, als aufzuräumen. Kurzerhand deckte er den Tisch mit den frischen Leckereien und verstaute anschließend Gläser, Schalen und Weinflasche im Korb. Bevor er Lilly das Geschirr bringen würde, wollte er nur einen kurzen Blick über die aufwachende Stadt werfen. Hier oben waren die Geräusche aus den Gassen kaum zu hören und die Ruhe wurde nur ab und zu vom Geschrei der Möwen unterbrochen. Fasziniert ließ er seinen

Blick erneut über die Dächer gleiten und entdeckte auf einer Altana einige Häuser weiter, wie eine Frau gerade damit beschäftigt war, Wäsche zum Trocknen aufzuhängen. Nachdenklich schaute er ihr dabei zu und bemerkte gar nicht, wie Lilly auf die Terrasse hinaus gekommen war, die Tassen auf dem Tisch abgestellt hatte und jetzt hinter ihn trat. Erst als er spürte, wie sie ihre Arme um ihn schlang, wurde er aus seinen Gedanken gerissen, drehte zu ihr um und drückte sie fest an sich. „Wahnsinn, wie schön es hier ist und wie ruhig. Ich kann langsam verstehen, warum du damals hiergeblieben bist." Sie lachte. „Na ja, meine ersten Unterkünfte unterschieden sich schon sehr deutlich von dem hier, besonders was den Ausblick angeht, aber irgendwann hat sich mein Durchhaltevermögen ausgezahlt." Sie gab ihm einen Kuss und deute dann mit dem Kopf auf den gedeckten Tisch. „Komm, lass uns frühstücken." Ben folgte ihr, setzte sich auf die Bank und zog sie neben sich, wo sie aneinander gelehnt frühstückten und die noch ungewohnte Nähe genossen. Gestärkt mit Gebäck und Cappuccino, bat Lilly ihn, die Flasche Prosecco zu öffnen und hielt ihm die beiden Gläser entgegen. Ben zwinkerte ihr zu, während er gekonnt die Flasche entkorkte. „Auf was sollten wir beide anstoßen?" Sie überlegte, ob es zu vermessen war, ihn zu fragen, auf ihre Liebe zu trinken? Denn wenn es um Beziehungen ging, war ihr Selbstbewusstsein von je her eher gering, da sie nie wirklich Glück in Liebesdingen gehabt hatte. Und ausgerechnet jetzt, in den Armen des Mannes, für den sie so starke Gefühle entwickelt hatte, spürte sie wieder ihre Unsicherheit in sich aufsteigen. Sie schaute ihm in die Augen und fragte zögerlich: „Auf uns?" Er schenkte ein, stellte die Flasche beiseite und nahm ihr eines der Gläser aus der Hand, während er ihr ebenfalls tief in die Augen sah und ihre Worte lächelnd und voller Überzeugung wiederholte: „Auf uns!" Nachdem sie einen Schluck getrunken hatten, legte er seinen Arm um sie, zog sie noch dichter an sich heran und gab ihr einen Kuss auf ihr Haar. Lilly lehnte sich an seine Brust, schloss die Augen, kuschelte sich an ihn und schickte

ein stummes Stoßgebet gen Himmel, dass dieser Moment niemals enden solle. Ähnlich erging es Ben, der sie gar nicht mehr aus seinen Armen lassen wollte, ihr einen zärtlichen Kuss gab und schließlich flüsterte: „Lilly, ich liebe dich." Sie wandte ihm ihr Gesicht zu und ihre Augen glänzten vor Glück, als sie leise antwortete: „Ich liebe dich auch, Ben." Eng umschlungen blieben sie auf der Bank sitzen, vergaßen die Zeit um sich herum, bis Lillys Rücken irgendwann zu schmerzen begann, sie sich aufrichtete und streckte. „Weißt du eventuell, wie spät es ist? Ich habe – glaube ich – mein Zeitgefühl komplett verloren." Er streckte ihr mit entschuldigender Mine seinen Arm entgegen und deute auf das leeres Handgelenk: „Die Uhr liegt vermutlich noch im Schlafzimmer und ich wäre jetzt auch sehr schlecht im Schätzen. Hast du irgendetwas Bestimmtes vor?" „Vielleicht könnten wir deine Sachen aus dem Hotel holen? Ich fände es schön, wenn du auch die nächste Nacht bei mir bleibst." Er nickte lächelnd und Lilly fuhr fort: „Auf dem Rückweg könnten wir über den Rialtomarkt gehen. Ich habe dir ja schon ein paar Mal mit Fotos den Mund wässrig gemacht. Wir kaufen ein bisschen was ein, ich koche für dich und wir machen es uns hier oben gemütlich. Was hältst du davon?" „Sehr gute Idee. Außerdem könnte ich mir dann auch endlich wieder etwas Richtiges anziehen." Er deutete auf seinen Oberkörper, der vom Morgenmantel nur eingeschränkt bedeckt wurde. Sie schürzte die Lippen, zog eine Augenbraue hoch und entgegnete gewitzt: „An den Anblick könnte ich mich allerdings gewöhnen."
Während Lilly das Frühstücksgeschirr zusammenräumte und in die Küche brachte, ging Ben ins Schlafzimmer, um sich anzuziehen, als sie plötzlich hereinstürzte und wild gestikulierend die Schranktüren aufriss. Ihre hektisch gemurmelten Worte konnte er kaum verstehen, kam aber zu dem Schluss, dass etwas darin vorkam, wie „ich muss mich ja auch noch umziehen und zurechtmachen, bevor wir gehen". Zumindest vermutete er das, da sie kurz darauf mit einem Kleid unter ihrem Arm im Bad verschwand. Er kleidete sich

in Ruhe an und als er sich gerade an den Esstisch setzen wollte, um auf sie zu warten, stand sie auch schon vor ihm: fertig umgezogen, die Haare mit einer Spange hochgesteckt und das Gesicht dezent geschminkt. „Wow“, entfuhr es Ben. Er nahm sie in den Arm, küsste sie und flüsterte ihr ins Ohr: „Und daran würde ich mich sehr gerne gewöhnen!“

Sie verließen Hand in Hand die Wohnung und folgten den engen Gassen bis zur Rialtobrücke, wo ihr Weg sie zuerst zum Hotel führte, das er eigentlich für seinen Aufenthalt gebucht hatte. Er bat Lilly, in der Lobby auf ihn zu warten, fuhr mit dem Lift in den zweiten Stock und holte seine Reisetasche aus dem Zimmer, die dort unangetastet seit seiner Ankunft am gestrigen Vormittag gestanden hatte. Zurück an der Rezeption checkte er aus und war darum bemüht dem freundlichen Mitarbeiter am Empfang verständlich zu mache, dass seine verfrühte Abreise rein gar nichts mit dem Hotel und dem dortigen Service zu tun hatte. Als seine Beteuerungen, dass niemand im Hause dafür verantwortlich war, nicht zu fruchten schienen, bat er Lilly, die etwas abseitsstand, dazuzukommen. „Signore, diese Dame ist der Grund.“ Der Rezeptionist und Lilly schauten gleichermaßen erstaunt von einem zum anderen, wobei der Hotelangestellte schneller verstand und ein wissendes Lächeln aufsetzte. „Das kann ich dann allerdings sehr gut verstehen, mein Herr. In diesem Falle hoffe ich, dass sie uns in Zukunft nicht wieder beehren müssen und wünsche Ihnen viel Glück mit der bezaubernden Signora und noch eine schöne Zeit in Venedig.“ Ben bedankte sich mit einem großzügigen Trinkgeld bei ihm, nahm seine Tasche und verließ mit Lilly das Hotel, um gleich darauf den Canal Grande zu überqueren, von wo aus sie sich ihren Weg durch die Menschenmassen zum Rialtomarkt bahnten. Dort angekommen fragte er: „Ist deine Freundin heute auch auf dem Markt?“ Lilly nickte. „Ja und sie würde mich vermutlich verstoßen, wenn wir jetzt nicht bei ihr einkaufen würden und sie dich dabei nicht prüfend in Augenschein nehmen könnte.“ Lachend fügte sie hinzu: „Italienerinnen neigen bisweilen ganz gerne mal dazu, zu dramatisieren.“ „Na dann los! Ich kann nicht riskieren, dass du wegen mir in Ungnade fällst.“ Er legte seinen Arm um ihre Taille und gab ihr einen Kuss auf die Wange.

Sie erreichten die erste Reihe der Marktstände und Lilly sah Paola schon von Weitem. Sie zeigte Ben an welchem Stand er sich den kritischen Blicken zu unterziehen hatte und ging zielstrebig voran. Nur zu gut kannte sie ihre Freundin und wusste, wie direkt diese sein konnte, wenn sie es für notwendig hielt und hoffte daher inständig, dass sie einen positiven Eindruck von Ben gewinnen würde. Gleichzeitig war sie gespannt darauf zu erfahren, wie gut Paolas Englischkenntnisse noch waren. Vor Jahren hatte Lilly ihr auf ihren Wunsch etwas Unterricht gegeben, aber das war zum einen lange her und zum anderen brauchte sie es fast nie. Es war daher kaum zu erwarten, dass es noch für eine Unterhaltung reichte.

Lilly bog in den Gang zwischen den Reihen der Marktstände ein und winkte Paola zu, während die aus ihrem Stand hervorkam, um sie sogleich mit einer Umarmung herzlich zu begrüßen. In ihrer lebhaften Art begann die Marktfrau sofort, sich nach dem Befinden und den Plänen für den heutigen Tag zu erkunden, doch ihr Redefluss verstummte abrupt, als sie den Mann bemerkte, der dicht hinter ihrer Freundin stand und sie zu begleiten schien. Sie musterte ihn eingehend und ihre Blicke gingen fragend zwischen den beiden hin und her, bis Lilly ihre Hand auf Paolas Arm legte, einen Schritt zur Seite trat und auf den Mann an ihrer Seite deutete. „Darf ich dir Ben vorstellen?“ Die Marktfrau schaute neugierig über ihre Brille hinweg, die sie auf die Nasenspitze vorgeschoben hatte und musterte ihn erneut, während er ihr freundlich zunickte. Schmunzelnd wandte sie sich an ihre Freundin, ohne Ben aus den Augen zu lassen, stieß sie mit dem Ellenbogen in die Seite und neckte sie dann. „DER Ben?“ Lilly nickte. „Der Ben, mit dem du dir schon seit Monaten schreibst, den du aber vermutlich nie

wiedersehen wirst und der dir einfach nur guttut?" Lilly verdrehte die Augen, trat von einem Bein aufs andere und hoffte inständig, dass Ben immer noch kein italienisch verstand und Paola bald zum Ende kommen würde, während sie leicht errötend alle Fragen bejahte. „Der Ben, der nichts weiter ist als ein alter Schulfreund?" Paolas Grinsen wurde immer breiter, als ob sie ihrer Freundin an der Nasenspitze ansehen konnte, was letzte Nacht zwischen ihnen passiert war. Ihre Hände schnell an der Schürze abwischend, trat sie auf ihn zu, wechselte vom Italienisch in ein holpriges Englisch, um ihn zu begrüßen und nahm ihn in den Arm, um ihm rechts und links ein Küsschen auf die Wange zu drücken. Lillys Freunde waren schließlich auch ihre Freunde. Ben war sichtlich überrascht von der unerwarteten Herzlichkeit der Marktfrau, freute sich aber umso mehr darüber, da er wusste, welch enges Verhältnis die beiden Frauen verband. Aus dem gleichen Grund war Paola ebenfalls ganz aus dem Häuschen, denn sie konnte sich kaum daran erinnern, wann Lilly ihr schon mal einen Mann, mit dem sie sich traf, persönlich vorgestellt hatte und dieser hier machte auf sie einen sehr sympathischen und soliden Eindruck. Fürs Erste hatte die beiden daher ihren Segen.
Sie schaute die beiden lächelnd und erwartungsvoll an, doch bevor die Stille zu lange andauern konnte, zählte Lilly rasch auf, was sie heute alles brauchte und Paola begann Tomaten, Auberginen, Paprika, Zucchini und Chilis in Lillys großer Stofftasche zu verstauen. Als sie zahlen wollte, wehrte die Marktfrau lächelnd ab und flüsterte: „Viel Glück und halte mich auf dem Laufenden." Sie zwinkerte ihr mit beiden Augen zu. Lilly wollte gerade die Tasche in Empfang nehmen, als Ben ihr zuvorkam. „Und das ist mein Job." Beide verabschiedeten sich daraufhin von Paola, wünschten ihr noch einen schönen Tag und sie winkte ihnen hinterher. „Den wünsche ich euch beiden auch, aber da brauche ich mir sicherlich keine Gedanken zu machen, dass Ihr den auch haben werdet."

Auf dem benachbarten Fischmarkt kaufte Lilly den Rest für das Essen ein und steuerte dann geradewegs auf die Traghetto-Station zu. Etwas ungläubig schaute Ben auf die Gondel vor ihm im Wasser, auf der er, wie sie ihm gerade erklärte, stehend den Canal Grande überqueren sollte. Einmal tief durchatmen und dann los, dachte er, als er ihr auf den Steg folgte und vorsichtig den schwankenden Kahn betrat. Es kostete ihn etwas Mühe und Konzentration, sein Gewicht auszubalancieren und sich dabei nicht von der Schönheit, der sie hier umgebenden Palazzi ablenken zu lassen und Gefahr zu laufen, ein unfreiwilliges Bad im Kanal zu nehmen, aber bevor er sich versah, hatten sie auch bereits die gegenüberliegende Seite erreicht und stiegen an Land. Lilly klopfte ihm auf die Schulter: „Gut gemacht! Die meisten Nicht-Venezianer setzten sich bei den ersten Fahrten meist auf die Sitzbank.“ Sie lachte, als sie den ungläubigen Ausdruck in seinem Gesicht sah und er war stolz, diesen Test so bravourös bestanden zu haben.

Daheim angekommen, verstaute Lilly die Einkäufe, während Ben sich umzog und ihr anschließend in die Küche folgte, wo sie inzwischen dabei war, Wasser und Kaffeepulver in die kleine Aluminium-Kanne zu füllen und sie auf die bereits rot leuchtende Herdplatte setzte. „Erst mal einen kleinen Kaffee, bevor ich mit dem Kochen beginne.“ Sie drehte sich zu ihm um und lächelte ihn glücklich an, was in ihm den übermächtigen Wunsch auslöste, sie abermals zu küssen. Sie schien seine Gedanken zu erraten, machte einen Schritt auf ihn zu, legte ihre Arme um seinen Hals und presste ihre Lippen auf seine. Ihr Kuss wurde jedoch schon bald durch das Fauchen und Zischen der Kaffeekanne unterbrochen und sie lösten sich widerwillig voneinander. Lilly holte zwei Tassen aus dem Schrank, schenkte ein und schnell erfüllte das Kaffeearoma den ganzen Raum. Nachdem sie einen Schluck getrunken hatten, erkundigte sich Ben: „Kann ich dir beim Kochen helfen?“ Als er allerdings ihren erstaunten Blick sah, fügte er hinzu: „Ich bin sicherlich nicht der

ambitionierteste Koch, aber ich kann dir bestimmt das ein oder andere abnehmen.“ „Ja, gerne. Ich würde mich sehr darüber freuen.“ Sie öffnete eine Schublade und reichte ihm eine Schürze. „Dann lass uns gleich anfangen.“ Sie schob ihm das Gemüse rüber, das er sogleich säuberte und nach ihren Vorgaben in kleine Stücke schnitt. Währenddessen war sie damit beschäftigt, mit Pfannen und Töpfen zu hantieren, Fisch zu filetieren und alles für das Risotto bereitzustellen. Den dafür notwendigen Wein gab sie Ben mit einem verschmitzten Lächeln: „Wir sollten prüfen, ob der Wein in Ordnung ist oder ob er vielleicht korkt.“ Er lachte. „Ist ein Glas Wein nicht sowieso zwingend notwendig für das Gelingen eines Menüs? Also für den Koch, nicht für das Essen - ach, du weißt, was ich meine.“ Sie lachten beide fröhlich und Lilly drückte ihm erst einen Korkenzieher in die Hand und hielt ihm danach zwei Gläser entgegen.
Ben war rundum glücklich. So musste das Leben doch sein. Kein Stress, eine Frau, in die er sich mehr und mehr verliebte und diese italienische Lebensart. Das Wochenende würde ganz offensichtlich seinem Leben eine neue Wendung geben und er konnte sich gerade nur schwer vorstellen, morgen wieder nach Hause in seinen Alltag zu fliegen.
Die Antipasti waren mittlerweile fertig geworden und Lilly richtete das farbenfrohe Gemüse auf einem großen Teller an, bevor sie Ben bat, draußen den Tisch für sie zu decken und ihm glücklich lächelnd hinterher sah. Es fühlte sich so gut an, ihn an ihrer Seite zu haben und obwohl sie in all den Jahren nie etwas vermisst hatte, schien sich das jetzt zu ändern. Obwohl? War dieses Gefühl wirklich so völlig neu oder hatte es sich nicht schon vor einiger Zeit eingestellt? Zugegebenermaßen war ihr die Intensität ihrer Emotionen neu. Sie nahm ein Schluck aus ihrem Glas und genoss das Gefühl des Verliebtseins. So musste und so sollte das Leben sein.

Zusammen ließen sie sich das Essen draußen auf der Altana schmecken und als Lilly angekündigte, schnell noch einen

Espresso zu machen, streckte sich Ben etwas auf der Bank aus, um die Sonne zu genießen. Er war so satt und wollte sich nur kurz ausruhen, doch es dauerte nicht lange, bis ihm die Augen zufielen und er einschlief. Als sie wenig später zu ihm zurückkehrte und ihn so schlafend sah, stellte sie die beiden Tassen leise auf dem Tisch ab, setzte sich auf den Boden und lehnte ihren Rücken an die Bank. Lächelnd beobachtete sie sein Gesicht und traute sich kaum, ein Geräusch zu machen oder ihn gar zu berühren, um ihn nicht aufzuwecken. Wie schön er aussah. Es verging eine ganze Weile bis plötzlich der Schrei einer Möwe die Stille zerriss und Ben erschrocken zusammenfuhr. „Entschuldige, ich muss kurz eingenickt sein." Er rieb sich verschlafen die Augen, stütze seine Arme auf der Bank ab und richtete sich auf. „Dafür brauchst du dich doch nicht entschuldigen.", antwortete sie liebevoll, während sie sich neben ihn setzte und an ihn lehnte. „Ich schaue dir auch gerne beim Schlafen zu." Er legte seinen Arm um sie und küsste sie ganz sanft. Lillys Blick fiel auf die beiden Tassen Espresso vor ihnen auf dem Tisch. „Ich bin mir nicht sicher, ob der noch heiß genug ist. Ich mache uns rasch einen neuen." Doch Ben hielt ihren Arm fest. „Lass gut sein. Ich trinke ihn so wie er ist – bin schließlich selbst schuld, wenn er jetzt kalt geworden ist." Sie probierte einen Schluck, verzog zwar das Gesicht, entschied dann aber, dass er doch noch trinkbar wäre und auch Ben leerte seine Tasse in einem Zug.
„Was magst du heute noch machen?" Sie wischte sich ein paar Strähnen aus dem Gesicht und schaute ihn dabei fragend an. Er seufzte, während er überlegte. „Einen kleinen Spaziergang vielleicht? Es muss auch nichts Spektakuläres zu sehen sein - obwohl, ich korrigiere mich: Hier ist irgendwie alles spektakulär." Dann hielt er kurz inne und nahm ihre Hand bevor er weitersprach. „Und wenn ich ganz ehrlich bin, würde ich den Abend gerne einfach nur daheim mit dir verbringen: ein paar Kerzen vielleicht, ein Glas Wein und du. Mehr möchte ich gar nicht."

Etwas später zeigte sie ihm auf ihrem Spaziergang entlang der verwinkelten Kanäle wunderschöne Ecken Cannaregios, die im Gegensatz zu den wohlbekannten Plätzen fast menschenleer waren. Sie bummelten, die Hände ineinander verschränkt langsam vorbei an Kirchen, über Brücken und durchquerten schmale Durchgänge, bis sie einen kleinen Hafen erreichten. Lilly blieb stehen und deutete zu einer Insel hinüber, die in einiger Entfernung zu sehen war. „Das dort drüben liegt Murano. Dort wird alles produziert, was ich dann verkaufen darf." „Zeigst du mir das bei meinem nächsten Besuch?", fragte er. „Ich hoffe, du glaubst jetzt daran, dass es ein nächstes Mal geben wird." Sie schaute ihm tief in die Augen und antwortet leise: „Ja und ich freue mich jetzt schon darauf." Sie löste sich langsam von ihm, setzte sich auf die unterste Stufe einer Brücke und legte die Arme um ihre angewinkelten Knie, während sie nach Worten suchte. „Weißt du, ich war mir sehr unsicher was das zwischen uns ist. Ich habe in den vergangenen Wochen schon gemerkt, wie viel mir deine Nachrichten bedeuten und wie gerne ich am Telefon deine Stimme höre, aber ich konnte es nie wirklich einordnen oder wollte mir vielleicht auch einfach nicht eingestehen, dass ich mich schon längst in dich verliebt hatte." Er nickte und hockte sich neben sie. Seufzend fuhr sie fort und blickte dabei in die Ferne: „Ich hatte noch nie wirklich Glück in der Liebe. Ich weiß nicht, ob du das mitbekommen hast, aber schon damals in der Schule war ich nicht die, der die Jungs hinterhergelaufen sind, sondern die, der sie erzählt haben, auf welche ihrer Freundinnen sie stehen. Ich glaube, seitdem habe ich so ein Kumpel-Trauma." Sie musste selbst schmunzeln. „Und später ging es mir nicht viel anders. Ich war halt nicht die, die auffiel, ich war eher die brave - uninteressant halt. Erst als ich hier meine Träume verwirklicht habe, ging es mir gut. Ich meine so richtig gut. Und ja, weil ich mit mir im Reinen war, habe ich das bestimmt auch ausgestrahlt. Plötzlich war ich interessant." Sie machte eine Pause und atmete tief durch. „Aber es war nie so wie jetzt. Du hast meine Gefühle und meine Welt komplett auf den Kopf gestellt. Das hat noch keiner so geschafft wie du. Ben, ich liebe dich." Er hatte ihr aufmerksam zugehört und streichelte zärtlich über ihre Wange. „Ich habe die letzten Wochen auch gemerkt, wie wichtig du mir wurdest und habe auch versucht es abzutun, habe gedacht, es ist die Distanz zwischen uns, die es besonders reizvoll macht, denn nach der Scheidung stand mir überhaupt nicht der Sinn danach, eine neue Partnerin zu finden. Ich hatte dir ja erzählt, dass ich meine Ex-Frau im Studium kennengelernt habe und wollte jetzt erst einmal nach so langer Zeit frei und ungebunden sein, endlich wieder wissen, wie sich das anfühlt. Als dann die Nachrichten zwischen uns anfingen, immer wichtiger für mich zu werden, konnte ich mir auch keinen Reim darauf machen, warum ich mir mit einer Frau Nachrichten schreibe, die ich noch nicht mal richtig kenne, aber irgendetwas in mir hat gespürt, dass du der Mensch bist, der mir guttut und mit dem ich Zeit verbringen möchte und spätestens seit gestern weiß ich auch …", er legte seine Wange dicht an ihre um ganz leise flüstern zu können „…, dass du die Frau bist, die ich immer wieder lieben will." Er öffnete gerade die Lippen, um sie zu küssen, als sich einige Passanten von der anderen Seite des kleinen Kanals näherten und auf die Brücke zusteuerten. So abrupt aus diesem innigen Moment gerissen, erhoben sie sich hastig und gingen ein paar Schritte, bis Ben wieder stehen blieb, sie am Arm festhielt und zu sich drehte, um sie zu küssen und ihr dabei tief in die Augen zu sehen. „Und ich liebe dich auch, Lilly."

Während sie ihren Spaziergang fortsetzten, frischte der Wind allmählich auf und eine Wolkendecke schob sich langsam vor die Sonne. Sie waren so abgelenkt gewesen, dass sie gar nicht bemerkt hatten, wie sich in der Ferne der Himmel bereits seit einiger Zeit verdunkelt hatte und die Wolken auf die Stadt zuzogen. Besorgt sah Lilly nach oben: „Wir sollten den kürzesten Weg zurück zu mir nehmen, da das jetzt ganz schnell gehen kann." Nickend stimmte er ihr zu und folgte

ihr entlang der verwinkelten Wege, doch dann, nur noch einige Gassen von ihrem Ziel entfernt, fielen plötzlich die ersten Regentropfen - große, fette Wassertropfen eines typischen Sommerregens. Sie griff nach seiner Hand und begann zu laufen; sich irgendwo unterzustellen würde nichts bringen, da sie es nicht mehr allzu weit hatten. Auf den letzten Metern begann Lilly unterm Laufen bereits in der Tasche nach ihrem Schlüssel zu kramen, zog ihn hervor und öffnete, am Haus angekommen, schnell die Tür. Im Treppenhaus stehend, wischte sie sich die nassen Strähnen aus ihrem Gesicht und schnaufte erst einmal durch, während sie einen Blick auf Ben warf, dessen Hemd fast vollständig durchnässt förmlich an seinem Oberkörper klebte. Sie grinste unwillkürlich, da sie nicht abstreiten konnte, wie sehr ihr dieser Anblick gefiel, bemühte sich aber, sich davon nicht ablenken zu lassen – zumindest nicht jetzt. „Wir sollten uns oben schnell etwas Trockenes anziehen und was hältst du anschließend von einer schönen Tasse heißen englischen Tee?“ Ben nickte. „Sehr gute Idee!“
In der Wohnung angekommen, zogen sie sich um und während Lilly ein Handtuch um ihre Haare schlang und Bens Hemd und Hose aufhängte, prüfte dieser, ob alle Fenster geschlossen waren und holte eilig die durchnässten Kissen von der Dachterrasse herein, um sie ebenfalls ins Bad zum Trocknen zu legen.
Währenddessen setzte sie in der Küche Wasser für den Tee auf und legte jeweils einen Teebeutel in eine Tasse, holte Zuckerdose, Milchkännchen und Löffel heraus und stellte alles auf ein Tablett. Ein Gefühl der Geborgenheit überkam sie dabei, das sie so lange nicht gespürt hatte. Bens fürsorgliche Art, seine Liebe, die er ihr ganz offen zeigte, die Vertrautheit zwischen ihnen, das alles genoss sie und dachte mit Wehmut an seine morgige Abreise, nicht wissend, wann sie ihn wieder nicht nur hören, sondern auch spüren würde. Sie seufzte kurz und rief sich ins Gedächtnis, dass er momentan immer noch da war und sie die verbleibende wertvolle Zeit bestmöglich nutzen konnten.

Vorsichtig goss sie den Tee auf, nahm das Tablett und brachte es ins Wohnzimmer, wo sie es auf einen kleinen Tisch vor ihrem Sofa abstellte.
Ben, der am Fenster gestanden hatte, kam herüber, setzte sich und zog sie dabei blitzschnell auf seinen Schoß. Lächelnd schloss sie die Augen und lehnte sich an ihn, während er sie fest in seinen Armen hielt. So verharrten sie still eine Weile, bis Lilly sich aufrichtete, die Teebeutel aus den Tassen fischte und Ben eine davon reichte, damit er sich Milch und Zucker nehmen konnte. Den heißen Tee schlürfend, hockten sie sich nebeneinander hin und beobachteten den Regen, der gegen das Fenster prasselte. „So mag ich sogar dieses Wetter.", sinnierte er und Lilly nickte zustimmend. „Stimmt, so lässt es sich sehr gut aushalten. Allerdings mag ich gar nicht daran denken, dass du morgen schon wieder fort bist." „Ich werde schauen, dass ich so schnell wie möglich wieder da bin oder …" Er machte eine Pause. „Oder was?", fragte sie. „Oder du kommst für ein paar Tage nach London, wenn es dir möglich ist. Die Stadt hat sich in den letzten Jahrzehnten sehr verändert und ich könnte dir ja vielleicht deine alte Heimatstadt wieder ein bisschen näherbringen. Was meinst du?" Er schaute sie erwartungsvoll an und war gespannt, wie sie auf seinen Vorschlag reagieren würde. Bevor sie antwortete, nippte sie erneut an ihrem Tee und starrte vor sich hin ins Leere, bevor sie sich ihm zuwandte. „Warum eigentlich nicht. Ich bin ja irgendwie auch mitverantwortlich für die Wandfarbe in deinem Wohnzimmer und sollte deine handwerklichen Arbeiten vielleicht vor Ort abnehmen?" Sie sah ihn mit einem verschmitzten Lächeln an. „Es würde mich jedenfalls sehr glücklich machen", erwiderte er, stellte seine Tasse auf dem Tischchen ab, bevor er Lilly ihre aus der Hand nahm und neben der anderen platzierte, um sie dann wieder dichter zu sich heranzuziehen und ihr einen langen zärtlichen Kuss zu geben.
Der Regen wollte gar nicht mehr aufhören und so wurde es früher dunkel als gewohnt. Da Lilly allerdings keine Lampe

einschalten wollte, holte sie aus einer Schublade einige Kerzen hervor und stellte diese im Wohnzimmer verteilt auf. Der Raum war nun in ein wohliges und warmes Licht getaucht und sie bat Ben, eine Flasche Wein zu öffnen, während sie leise Musik spielen ließ. „So muss es sich auf Wolke 7 anfühlen“, flüsterte er lächelnd, als sie es sich wieder auf dem Sofa bequem machten. Und genau so konnte er sich sehr gut sein Leben mit ihr vorstellen, fügte er noch in Gedanken hinzu.
Aneinander gelehnt, oft küssend und die Hand des anderen haltend genossen sie so die kommenden Stunden, bis Ben seine Müdigkeit kaum noch verbergen konnte und auch Lilly von seinem Gähnen angesteckt wurde. Sie löschten die Kerzen und zogen sich ins Schlafzimmer zurück, wo sie innig umschlungen, schon bald einschliefen.

Am nächsten Morgen wurden sie nicht von der Sonne geweckt, da der Regen zwar aufgehört hatte, der Himmel aber immer noch wolkenverhangen war. Er war ein sehr gutes Abbild von Lillys Stimmung, die auch nicht gerade dadurch verbessert wurde, dass der Radiowecker, den sie vorsichtshalber gestellt hatte, heute besonders laut losplärrte. So unsanft geweckt, rieben sie sich müde ihre Augen, streckten sich ausgiebig und doch wollten keiner von beiden das gemütliche Bett verlassen. Einfallsreich fanden sie eine Menge von Gründen, um das Aufstehen hinauszuzögern: noch zu früh, viel zu schlechtes Wetter, die kalten Füße, noch keinen Hunger, zu wenig wach geküsst. Sich eingestehend, dass sie keine weitere Zeit vertrödeln konnten, standen sie daher widerwillig auf und während Lilly in der Küche ein Frühstück herrichtete, packte Ben seine Tasche.

Viel zu schnell rannten die Stunden an diesem Vormittag und eh sie sich versahen, war es Zeit für Ben, sich auf den Weg zum Flughafen zu machen. Schweren Herzens orderte Lilly ein Wassertaxi und begleitete Ben bis zu einer nahe gelegenen Anlegestelle. Während sie auf das Eintreffen des

Bootes warteten, hielt er sie in seinen Armen und kostete jede Minute aus. Er wollte sie einfach nicht mehr loslassen, jetzt noch nicht, doch dann war es so weit: Das Wassertaxi bog in den kleinen Kanal ein und legte direkt vor ihnen an. Liebevoll verabschiedete er sich mit einem letzten zärtlichen Kuss von ihr, bestieg das Boot und hob zum Abschied die Hand, als der Bootsführer den Motor wieder startete und losfuhr. Lilly sah ihm traurig hinterher und winkte so lange, bis er schließlich außer Sichtweite war.

Kapitel 12 – Unsanfte Landung

Daheim in London hatte der Alltag Ben schneller zurück, als ihm lieb war. Es begann damit, dass der Wecker nicht klingelte, er prompt verschlief und erst zufällig durch die Sirene einer Polizeistreife unten auf der Straße geweckt wurde. Der Schreck, den sein noch verschlafener Blick auf die Uhr dann allerdings auslöste, sorgte dafür, dass er blitzschnell hellwach war und sofort aus dem Bett sprang. Er rannte ins Bad, duschte und putzte sich gleichzeitig die Zähne, eilte danach zurück und riss hastig Hemd und Anzug aus dem Schrank im Ankleidezimmer. Während er sich anzog, schimpfte er immer wieder vor sich hin und fragte sich, warum ausgerechnet heute, nach diesem wunderbaren Wochenende, der Wecker seinen Dienst versagen musste. Es war bereits schlimm genug gewesen, den gestrigen Abend ohne Lilly allein verbringen zu müssen und jetzt auch noch das - er hatte es schon immer gehasst, wenn es hektisch wurde. Ein Blick auf die Uhr bestätigte ihm nun auch noch, dass die Zeit für ein Frühstück nicht mehr reichte und er es entweder unterwegs nachholen oder einfach Karen um eine Tasse Tee bitten musste.

Im Laufschritt machte er sich auf den Weg zur U-Bahn und geriet, wie er es befürchtet hatte, in die morgendliche Rush Hour. Konnte ein Montag schlechter beginnen? In der Bahn lehnte er sich an eine der Haltestangen, zog sein Telefon aus der Innentasche seines Jacketts und prüfte seinen Terminkalender: Wenn jetzt alles glatt lief, dann käme er rechtzeitig ins Büro, um sich noch ausreichend auf die Besprechung mit seinem Mandanten vorbereiten zu können. Er seufzte und vertraute hoffnungsvoll darauf, dass an einem Morgen nicht alles auf einmal schieflaufen konnte.

Als er einige Stationen später in Holborn ausstieg, nutzte er den Fußweg entlang des kleinen Parks, um durchzuatmen. In den Bäumen über ihm war Vogelgezwitscher zu hören und auch die Sonne hatte inzwischen die Wolkendecke durchbrochen – es schien also, als sollte es jetzt trotz allem noch ein guter Tag werden.

Am Empfang begrüßte ihn Karen. „Guten Morgen. Alles in Ordnung?“ Sie hatte sich Sorgen gemacht, nachdem er sie gebeten hatte, die Termine vom Freitag zu verschieben. „Ja, alles wieder gut.“, er lächelte sie an und behielt lieber für sich, wie sensationell gut das Wochenende tatsächlich gewesen war. „Ach, bevor ich es vergesse: Der Seniorchef möchte Sie nachher sprechen“, rief sie ihm hinterher, als er sich gerade auf den Weg in sein Büro machen wollte, sich dann aber wieder umdrehte und erstaunt nachhakte: „Okay. Hat er erwähnt, worum es geht?“ Sie zuckte mit den Schultern. „Leider nein, es war ihm aber wohl ziemlich wichtig.“ Die Stirn kratzend überlegte er kurz und schlug dann vor: „Ich habe bald einen Mandantentermin, auf den ich mich gerne noch etwas vorbereiten möchte, aber wenn Mr Brooks danach Zeit hätte, würde ich bei ihm vorbeischauen.“ Karen prüfte die Kalender und nickte, während sie immer noch auf den Bildschirm starrte. „Ja, das müsste passen.“ Dann zwinkerte sie Ben zu. „Sicherheitshalber blocke ich gleich das Zeitfenster, dann sind wir auf der sicheren Seite.“ Er bedankte sich bei ihr und gerade als er sich zum Gehen abwenden wollte, fiel ihm seine ausgefallene Mahlzeit wieder ein. „Karen, könnten Sie mir bitte eine Tasse Tee machen? Ich war heute Morgen etwas spät dran und da musste ich das Frühstück ausfallen lassen und …“ Sie unterbrach ihn: „Natürlich gerne und was möchten Sie dazu essen? Soll ich Ihnen schnell etwas besorgen?“ Er winkte ab. „Vielen lieben Dank, aber das ist nicht notwendig. Wenn noch zwei oder drei Kekse da sind, reicht mir das schon vollkommen.“ „Kommt sofort!“. rief sie ihm lächelnd hinterher, als er sich endlich in sein Büro begab.

Dort angekommen, zog Ben sein Jackett aus, hängte es auf einen Bügel an den Garderobenständer und holte das Telefon aus der Tasche hervor. Bevor er sich an die

Vorbereitung seines Termins machte, wollte er unbedingt noch Lilly eine Nachricht senden und begann zu tippen: „*Guten Morgen mein Liebling. Gut geschlafen? xx*" Er spürte ein Kribbeln im Bauch, als er die Worte „mein Liebling" vor sich sah. Ja, diese Frau hatte Dinge in ihm ausgelöst, die ihm noch vor wenigen Wochen unmöglich erschienen waren und er hatte sofort wieder die Bilder der vergangenen Tage vor Augen. Was sie jetzt wohl gerade tat? Etwas widerwillig rief er sich ins Gedächtnis, dass er keine Zeit hatte, sich weiter in diesen Gedanken zu verlieren und zwang sich stattdessen, die Unterlagen seines Klienten hervorzuholen und durchzugehen. Kurz darauf wurde er allerdings erneut unterbrochen, als es an seiner Tür klopfte und Karen, beladen mit einem Tablett, auf dem sich eine Tasse Tee und ein Becher mit Müsli, Joghurt und Obststückchen befanden, den Raum betrat. Vorsichtig stellte sie alles auf seinem Schreibtisch ab. „So ganz mit leerem Magen können Sie doch nicht arbeiten und das da …", sie deutete grinsend auf den Snack, „Das da krümelt wenigstens nicht." Er musste lachen und bedankte sich bei ihr. Hatte er es doch geahnt, dass der Tag doch besser werden würde und ihm dank Karens Aufmerksamkeit und Hilfsbereitschaft die trockenen Kekse erspart blieben.

Die Unterredung mit seinem Klienten hatte weitaus weniger Zeit in Anspruch genommen, als sie dafür veranschlagt hatten und daher erkundigte Ben sich am Empfang, ob Mr Brooks Senior eventuell jetzt schon frei wäre. Sogleich griff Karen zum Telefon, um sich zu erkundigen, ob etwas dagegenspräche und noch während sie den Hörer am Ohr hatte, deute sie den Gang runter, wo sein Büro lag und nickte ihm zu.

Nachdenklich, um welches Thema es gegen könnte, schritt er den Flur entlang, klopfte an die Tür und wurde umgehend hereingebeten. Mr Brooks saß hinter seinem Schreibtisch, stand aber auf, als er Ben eintreten sah und ging ihm entgegen. „Danke, dass Sie gleich gekommen sind." Er

machte eine flüchtige Handbewegung in Richtung der Sitzecke. „Nehmen Sie bitte Platz."
Irritiert über den sehr bestimmten Tonfall, setzte sich Ben in und wartete gespannt ab. Sein Chef ließ sich ihm gegenüber in den Sessel fallen, nahm seine Brille ab und massierte die Nasenwurzel mit zwei Fingern, bevor er sich räusperte und ohne Umschweife zur Sache kam. „Ich habe Sie um ein Gespräch gebeten, da mir Vorwürfe gegen Sie zu Ohren gekommen sind, die ich nicht akzeptieren kann. Ms Morris hat am vergangenen Freitag das Gespräch mit mir gesucht." Er machte eine Pause und beobachtete genau, wie Ben auf diesen Namen reagierte. Dieser spürte Zorn in sich aufsteigen. Ja, er hatte mit einer Reaktion von Jill gerechnet, aber er war nicht darauf vorbereitet gewesen, dass diese so schnell erfolgen würde. Konzentriert versuchte er Ruhe zu bewahren und sich seine Anspannung nicht anmerken zu lassen. Wäre es eventuell besser, er würde gleich darlegen, wie die Dinge aus seiner Sicht aussahen und was in ihrem Büro passiert war? Doch bevor er zu Ende gedacht hatte, fuhr Mr Brooks bereits fort: „Ms Morris teilte mir mit, dass Sie sie nach einem Termin am Donnerstag in ihrem Büro bedrängt und unsittlich berührt haben. Ich kann so etwas in keiner Weise dulden, denn wir reden hier über einem schweren Vorwurf von sexueller Belästigung, der, wenn ich jetzt nicht handle, sowohl unserer Kanzlei als auch meinem Sohn und mir persönlich massiv schaden kann. Ich hoffe, die volle Tragweite ist Ihnen bewusst." Er schaute ihn mit einem eindringlichen Blick an.
Ben atmete tief ein und wieder aus. Wie konnte er richtigstellen, was tatsächlich passiert war? Die Gedanken ratterten durch seinen Kopf. Es konnte doch nicht sein, dass sie mit ihren infamen Lügen einfach so durchkam, aber sie war eine angesehene Juristin, der man Glauben schenken würde, wenn es zum Äußersten kam, denn schließlich gab es keinerlei Zeugen, die ihn hätten entlasten können. In sich spürte er nur noch einen Mix aus Wut und Verzweiflung und genau dieser trieb ihn jetzt an, sich vehement gegen diese

Anschuldigungen zur Wehr zu setzen. Er schlug mit der flachen Hand fest auf den Tisch vor sich und zischte mit bebender Stimme: „Hat Ms Morris genau geschildert, wie der Termin abgelaufen ist? Oder was ich angeblich getan hätte? Hat sie Beweise für ihre Beschuldigungen?“ Mr Brooks sah ihn erschrocken an. Er hatte mit allem gerechnet, aber mit einer so heftigen Reaktion definitiv nicht. Ben fuhr währenddessen in unverminderter Schärfe fort: „Wenn Ms Morris glaubt, sie kommt damit durch, hat sie sich getäuscht. Ich lasse mich nicht diffamieren, von niemandem und schon gar nicht von ihr.“ Sein Atmen war jetzt eher ein Schnauben und seine Hände umklammerten die Sessellehne, als müsste er sich selbst davon abhalten, aufzuspringen. Der Seniorchef hob beschwichtigend die Hand. So heftig und emotional reagierte nur jemand, den man zu Unrecht beschuldigt hatte. „Beruhigen Sie sich bitte.“ Er machte eine Pause und fuhr erst fort, als er bemerkte, dass Ben sich im Sessel zurücklehnte und zumindest äußerlich wieder etwas gefasster wirkte. „Ms Morris sagte – und bitte hören Sie mir jetzt erst einmal zu, bevor sie sich dazu äußern – sie sagte, dass Sie nach Beendigung des Termins bei der Verabschiedung die freundschaftliche Situation ausgenutzt und sie unsittlich an bestimmten Körperstellen, also an Brust und Po, berührt und versucht hätten, sie zu küssen.“ Dabei schaute er ihm direkt ins Gesicht. „So etwas muss ich natürlich ernst nehmen.“ Ben nickte zustimmend mit starrem Blick, der ins Leere gerichtet war und erwiderte tonlos: „Ja, wenn es der Wahrheit entsprechen würde, müssten Sie das sehr ernst nehmen. Und ich verstehe auch, dass ich nun die Beweislast trage und nachweisen muss, dass dem nicht so war. Im Gegenteil …“ Er stützte die Ellenbogen auf seine Oberschenkel, faltete die Hände und stütze sein Kinn darauf, bevor er mit leiser, aber bestimmter Stimme fortfuhr: „Ich werde dem Handeln von Ms Morris ein für alle Mal Einhalt gebieten und daher eine Verleumdungsklage gegen sie anstreben. Sie war es nämlich, die mir im Übrigen am Donnerstag nicht zum ersten Mal zu Nahe getreten ist und ich lasse es nicht weiter zu, dass sie – in welcher Form auch immer – mich, meinen Ruf oder meine Position mit ihren dreisten Lügen in Misskredit bringt.“ Er beruhigte sich nur langsam und schaute jetzt wieder seinen Chef an. „Wenn es tatsächlich so gewesen wäre, wie Ms Morris es Ihnen geschildert hat, hat sie ja sicherlich auch Beweise für ihre Behauptungen. Auf die bin ich gespannt.“ Der Vorfall lief wie ein Film vor seinem inneren Auge ab und akribisch versuchte er sich an alle Details zu erinnern, die ihn vielleicht doch entlasten konnten. Würde sie möglicherweise ernsthaft dazu im Stande sein und ihre zerrissene Bluse als Beweis präsentieren und falls dem so wäre, welche Spuren wären darauf zu finden? Seine oder doch nur ihre? Mr Brooks starrte ihn irritiert an und Ben begann endlich seine Version der Geschehnisse darzulegen. Er schloss seinen Bericht mit den Worten: „Und aus diesem Grund werden Sie sicher verstehen, dass ich jetzt gegen Ms Morris vorgehen muss.“ Er wirkte zu allem entschlossen, während seinem Chef die ganze Angelegenheit zunehmend unangenehmer wurde und er in seinem Sessel hin und her rutschte. „Ich weiß nicht so recht – also wenn ich Ihnen versichere …“ Er räusperte sich erneut und beugte sich etwas nach vorne. „Also, wenn wir die Sache einfach auf sich beruhen lassen würden? Momentan gibt es ja nicht mehr als den Vorwurf, von dem vermutlich nur Sie und ich wissen.“ Er druckste weiter rum. „Sie ist halt sehr angesehen in ihrer Funktion bei der Anwaltskammer und ich würde diesen wichtigen Kontakt ungern …“, er suchte nach den richtigen Worten. „Sie wollen den Kontakt nicht aufs Spiel setzen.“, vervollständigte Ben resignierend den Satz für ihn. Mr Brooks machte hilflos kreisende Bewegungen mit seinen Händen: „Ich glaube Ihnen ja, aber ich muss auch an unsere Kanzlei denken. Ich wäre Ihnen sehr verbunden, wenn Sie den Vorfall einfach ad acta legen könnten.“ Ben schloss die Augen und senkte den Kopf. Würde er vielleicht sogar noch mehr Öl ins Feuer gießen, wenn er seinen gerade gefassten Plan in die Tat umsetzte? Oder würde sie nur auf die nächste

Gelegenheit warten, ihm zu schaden? Er wusste es einfach nicht. Seufzend hob er den Kopf und nickte langsam. „In Ordnung. Ich werde nichts unternehmen. Jetzt zumindest nicht. Sollte ich allerdings auch nur den kleinsten Hinweis bekommen, dass Ms Morris weiterhin versucht, mich zu denunzieren, leite ich umgehend rechtliche Schritte ein."
Er stand auf und ging zur Tür, die Klinke schon in der Hand haltend, drehte er sich noch mal zu seinem Chef um. „Ich würde mich freuen, wenn diese Lüge damit aus der Welt geschafft und das Arbeitsverhältnis nicht nachhaltig belastet ist." Mr Brooks nickte. „Selbstverständlich!"
Kaum war die Tür ins Schloss gefallen, stand er ebenfalls auf, trat an sein Sideboard, holte eine Flasche des guten irischen Whiskeys hervor und schenkte sich großzügig ein Glas ein. Von diesem Schreck musste er sich erst einmal erholen.

Zügig über den Flur stapfend, zog sich Ben sofort in seinem Büro zurück, schloss die Tür hinter sich und ließ sich ausgelaugt und erschöpft in seinen Schreibtischstuhl fallen. Konnte diese Frau nicht einfach wieder aus seinem Leben verschwinden? Zu was war sie eigentlich noch alles in der Lage? Er stütze die Ellenbogen auf dem Tisch auf, vergrub sein Gesicht in seinen Händen und versuchte, wieder zur Ruhe zu kommen. Dabei fiel sein Blick auf sein Handy. Er entsperrte es und sah, dass er eine neue Nachricht erhalten hatte - von Lilly. „*Dir auch einen guten Morgen. Gut geschlafen habe ich schon, aber mit dir zusammen war das Aufwachen viel schöner. xx*" Ihre Nachricht war wie ein Lichtblick und endlich hatte er wieder einen Grund zum Lächeln. Was würde er dafür geben, jetzt ihre Nähe spüren zu können, aber allein der Gedanke an sie tat ihm gut und half ihm über die unsanfte Landung auf dem Boden der Realität hinweg. Er freute sich bereits darauf, heute Abend am Telefon ihre Stimme zu hören. Von den Vorkommnissen würde er ihr allerdings nichts erzählen, das hielt er für besser, denn

generell wollte er darüber kein weiteres Wort mehr verlieren, gegenüber niemandem.
Plötzlich hörte er ein leises Klopfen und Karen steckte vorsichtig ihren Kopf zur Tür herein. „Alles in Ordnung?"
„Ja - ja, soweit ist alles in Ordnung. Warum?" Ben schaute sie erstaunt an. Sie betrat sein Büro und deutete hinaus auf den Gang. „Es klang vorhin, nachdem Sie das Büro von Mr Brooks verlassen hatten, als ob sie ...", sie überlegte, während er sie fragend ansah, wie sie sich am besten ausdrücken sollte. „Sie sind so geräuschvoll über den Flur gestampft und die Tür schließen Sie für gewöhnlich auch erheblich leiser." Sie zuckte entschuldigend mit den Schultern, was ihm sofort ein schlechtes Gewissen einbrachte, da ihm gar nicht klar gewesen war, dass er vorhin ganz offensichtlich seinen Emotionen freien Lauf gelassen hatte. Er bemühte sich um ein Lächeln und überlegte, wie er ihr möglichst wahrheitsgetreu antworten konnte, ohne die Hintergründe auch nur am Rande zu erwähnen, denn wenn er eins jetzt gar nicht wollte, dann war es der Umstand, dass noch weitere Personen davon erfuhren. „Ich war vermutlich einfach nur in Gedanken. Es gab bei einem Fall eine ärgerliche Wendung. Entschuldigen Sie bitte, wenn ich zu laut war." Karen machte eine beschwichtigende Handbewegung. „Alles Gut. Dafür müssen Sie sich doch nicht entschuldigen, ich war nur irritiert, da das sonst überhaupt nicht ihre Art ist." Sie verließ sein Büro und Ben machte sich wieder an die Arbeit. Damit, so hoffte er, würde er am einfachsten auf andere Gedanken kommen, als plötzlich das Läuten seines Telefons seinen Eifer erneut unterbrach. Es war Sam, der ihn fragte, wie es mit einer gemeinsamen Mittagspause im Pub aussah und das war in seinen Augen bei Weitem die allerbeste Option, um sich von den Geschehnissen des heutigen Vormittags abzulenken.

Sie trafen sich wie vereinbart direkt im Pub. Ihr letztes Treffen lag schon etwas zurück und so gab es einiges zu berichten, um sich gegenseitig wieder auf den neuesten Stand zu bringen: über die Arbeit, gemeinsame Freunde und Sams kürzlichen Sommerurlaub. Er berichtete von seiner Reise an die Algarve, von seinen Versuchen seine Surf-Kenntnisse aus der Jugend wieder aufzufrischen und von langen warmen Sommernächten in den Strandbars. Als er geendet hatte, sah er Ben auffordernd an. „Und du? Hast du wenigstens ein paar Tage rausschlagen können, um auch endlich mal wieder auszuspannen?" Dieser zog die Augenbrauen hoch. „Na ja, da kann ich jetzt nicht so recht mit dir mithalten. Gerade in den ersten Monaten im neuen Job wollte ich nicht gleich mal zwei Wochen Urlaub einreichen, das hole ich dann lieber im Herbst nach." Es fiel ihm schwer, seine Gesichtszüge zu kontrollieren und sein Grinsen zu unterdrücken. „Aber du hast recht, ich habe mir zumindest eine kurze Auszeit gegönnt und war jetzt das Wochenende noch mal in Venedig." Sein Freund sah ihn erstaunt an. „Wirklich?" Ben nickte und versuchte sein Pokerface zu bewahren. „Ich habe mich halt in Venedig verliebt." Sam verstand nicht, was Ben ihm eigentlich damit sagen wollte und fuhr daher ahnungslos fort: „Wow, gleich so beeindruckt von der Stadt? Dann sollte ich der wohl auch unbedingt mal einen Besuch abstatten." Ben senkte amüsiert den Blick, was wiederum sein Gegenüber irritierte. „Was? Habe ich irgendwas nicht mitbekommen?" „Doch - wie ich sagte, ich habe mich in Venedig verliebt." Langsam dämmerte es Sam und er begann zu verstehen. „Nee, oder?" „Ich weiß, du hattest mich gewarnt, dass ich mir von keiner schönen Venezianerin den Kopf verdrehen lassen sollte. Aber was sollte ich tun?", er zuckte lächelnd mit den Schultern. „Und schließlich ist sie ja eher Wahl-Venezianerin." Sam zählte eins und eins zusammen. „Ah, deine Schulfreundin, richtig?" Ben nickte. „Ja. Sie hat es geschafft, dass ich all meine Prinzipien über Bord werfe und wieder bereit für eine Beziehung bin." Sam legte seine Hand auf Bens Oberarm. „Oh Mann, ich wünsche euch beiden ganz viel Glück und mir, dass ich diese Teufelsfrau hoffentlich bald kennenlerne." Er zwinkerte Ben zu. „Versprochen, sobald ich sie überreden kann, mich in ihrer alten Heimat zu besuchen, stelle ich dir Lilly vor", antwortete er und konnte es selbst kaum erwarten.

Kapitel 13 – Freunde

Lilly verbrachte ihre Mittagspause heute, wie so oft, in einem Bacaro, in der Nähe des Geschäfts. Touristen verirrten sich in diese kleinen einfachen Lokale, gerade wenn sie etwas abseits lagen, eher selten, es sei denn, sie wurden in den Reiseführern ausdrücklich hervorgehoben, aber das traf auf diese Bar nicht zu. Hier verkehrten fast ausschließlich die Einheimischen, was an sich schon als Gütesiegel galt. Morgens traf man sich dort auf einen Cappuccino oder Espresso, um die Schlagzeilen in den Gazetten oder die Fußballspiele vom Vortag zu diskutieren, mittags genoss man die Küche der Nonna des Chefs, die hier immer noch am Herd stand und abends gönnte man sich mit Freunden einen Spritz.

Ganz anders die Bars, die auf den Touristenrouten lagen: Diese boten überwiegend Panini, Tramezzini und Piadina zum Mitnehmen an, da der Zeitplan der Reisenden meist eng gesteckt war und das Essen lieber beim Gehen eingenommen wurde. Unvorstellbar für einen Venezianer, sich nicht eine ausreichende Pause einzuräumen, um sich für die zweite Hälfte des Tages mit einer guten Mahlzeit zu stärken.

Lilly hatte sich gerade einen Teller Pasta bestellt und blätterte gedankenversunken in einer Illustrierten, die dort auslag, als sie das leise Summen ihres Telefons vernahm. Sie zog es aus ihrer Tasche hervor und fand eine Nachricht von Robert. Er fragte nach, wie es ihr ginge und ob alles okay sei. Sofort stellte sich bei ihr ihr schlechtes Gewissen ein, da sie sich in den letzten Tagen kein einziges Mal bei ihm gemeldet hatte, was ganz und gar untypisch für sie war.

In den vergangenen Wochen hatte sie oft Zeit im Palazzo und auch mit Robert verbracht und wenn nicht persönlich, dann hatten sie miteinander telefoniert. Sie hatten zusammen Stoffe ausgesucht, Farben ausprobiert und Lilly hatte Ausschau nach den passenden Handwerkern gehalten, die

dem Palazzo den letzten Schliff verleihen sollten. Nach den Treffen hatte Robert sie meist noch zum Essen oder auf ein Glas Wein eingeladen und auch sie, die manchmal doch erst recht spät verstand, wenn jemand mit ihr flirtete, bemerkte, dass er sehr um sie bemüht war und das ganz offensichtlich nicht nur wegen ihrer Zusammenarbeit im Palazzo.
Leise fluchte sie vor sich hin, denn obwohl es ihr bereits einige Male etwas Mühe bereitet hatte, seine manchmal doch recht offensichtlichen Avancen freundlich abzuwehren, mochte sie ihn dennoch sehr. Er war ohne Frage ein interessanter Mann, eloquent und gebildet, der darüber hinaus auch noch ausgesprochen gut aussah und über die gleichen Interessen wie sie verfügte. Aber er war eben nicht Ben. Sie hoffte stets, dass Robert ihr nicht übel nahm, wenn sie sich seinen Umarmungen entzogen und auch darauf bestanden hatte, nicht bis zur Tür nach Hause gebracht zu werden, zumal sie ihm bis jetzt eine Erklärung für ihr Verhalten schuldig geblieben war. Nicht, dass sie dazu notwendigerweise ihm gegenüber verpflichtet gewesen wäre, aber ihr Umgang miteinander hatte inzwischen einen gewissen Grad an Vertrautheit erreicht und legte daher eine entsprechende Offenheit zwischen ihnen nahe. Aber wie hätte sie ihm erklären sollen, was in ihr vorging, wo sie doch selbst ihrer Gefühle nicht sicher gewesen war und sich ihre Empfindungen für Ben nicht hatte eingestehen wollen - bis jetzt. Das vergangene Wochenende hatte alles geändert und so schwer es ihr auch fiel, sie wollte Robert nicht weiter im Unklaren darüber lassen.
Der Kellner brachte die Pasta und stellte den Teller vor Lilly auf den Tisch. Er fragte nach, ob sie noch etwas benötigte, aber sie schüttelte nur den Kopf, bedankte sich und legte das Telefon beiseite. Dann widmete sich ihrem Mittagessen. Wie gut doch die einfache Hausmannskost in diesen für Venedig so typischen kleinen Lokalen war. Der würzige Duft der Salsa stieg ihr in die Nase, als sie einige Bigoli aufgabelte, mehrmals drehte und die Pasta in ihrem Mund verschwinden ließ. Es gab doch wahrlich nichts Besseres als den

kulinarischen Genuss der scheinbar so einfachen Küche. Sie schloss die Augen und genoss den Geschmack, die Aromen und die Ruhe, die nur ab und zu vom Klappern des Geschirrs und dem Zischen der Kaffeemaschine unterbrochen wurde.
Nach dem Essen bestellte sie noch einen Espresso und während sie darauf wartete, holte sie ihr Handy wieder hervor, um Robert zu antworten: *„Alles in Ordnung und mir geht es sehr gut. Bist du heute im Palazzo? Dann komme ich später vorbei.“* Auf die Antwort musste sie nicht lange warten. *„Ja, ich bin heute dort. Soll ich dich am Geschäft abholen?“* Lilly überlegte kurz. Warum eigentlich nicht. Möglicherweise konnten sie auf dem Weg irgendwo einen Kaffee trinken und sie könnte die Gelegenheit nutzen, offen mit ihm zu reden. Offen darüber, dass sie sich sehr darüber freuen würde, wenn sie Freunde - ja vielleicht sogar sehr enge Freunde sein könnten und auch offen darüber, dass sie seit dem Wochenende nicht mehr Single war. Ihre Gedanken stockten. War sie jetzt eigentlich mit Ben in einer Beziehung? Hatten sie darüber geredet? Musste man über so etwas überhaupt reden? Sie versuchte, die Geschehnisse einzuordnen. Fest stand, dass sie beide starke Gefühle füreinander hatten, was das anbelangte gab es keinen Zweifel und die hatten sie einander auch mehr als deutlich spüren lassen. Ein Lächeln huschte über ihr Gesicht, als sie daran dachte und sie errötete sogar etwas, so kam es ihr jedenfalls vor. Zudem hatte Ben ihr seine Liebe mehr als einmal gestanden. Warum machte sie sich also Gedanken und verkomplizierte die Dinge schon wieder?
Lilly atmete tief durch und schaute auf ihre Uhr: Es war Zeit aufzubrechen und wieder ins Geschäft zurückzugehen. Also stand sie auf, zahlte am Tresen, verabschiedete sich und trat in die Gasse hinaus. Auf dem Rückweg fiel ihr Blick immer wieder auf Paare, die händchenhaltend an ihr vorübergingen, die sich umarmten und küssten. Konnte es sein, dass ihr das jetzt besonders ins Auge stach? Verträumt dachte sie an Ben und daran, wie schön es wäre, wenn er jetzt hier wäre, den

Arm um sie legte und sie dabei ihren Kopf an seine Schulter lehnen könnte. Eine Mischung aus Sehnsucht und Glück durchströmte sie und sie genoss dieses Kribbeln in der Magengegend, das jedes Mal in ihr aufstieg, wenn sie an ihn dachte und auch wenn der Abend fern war, so freute sie sich schon darauf, dann seine Stimme und seine lieben Worte zu hören. Noch vollkommen in Gedanken, erreichte sie schließlich das Geschäft, betrat den Verkaufsraum und rief ihrer Kollegin zu, die beim Ton der Türglocke schnell aus dem hinteren Teil hervoreilte: „Ich bin's nur. Ich bin von meiner Mittagspause zurück."
Sie ging ins Büro, um ihre Tasche abzustellen und in den Schrank zu räumen, als ihr einfiel, dass sie Robert noch immer nicht auf seine letzte Nachricht geantwortet hatte. So viel war klar: Konzentration war heute nicht wirklich ihre Stärke. Schnell holte sie daher ihr Telefon nochmals hervor und tippte: *„Gute Idee. Kannst du gegen fünf Uhr vorbeikommen?"* Bei dem Gedanken an das Gespräch, das sie nicht länger aufschieben wollte, war ihr bereits jetzt etwas unwohl, aber es musste sein, das war sie ihm schuldig. Sie hoffte inständig, dass er auf ihre Erklärung nicht sauer reagieren und nichts mehr mit ihr zu tun haben wollte und bevor sie das Telefon wieder in ihrer Tasche verstaut hatte, kam auch schon seine Antwort: Ein „Daumen hoch"-Smiley.

Außergewöhnlich viele Kunden besuchten heute Nachmittag das Geschäft und auch der Umsatz war höher als sonst. Das lag sicherlich an dem elitären Kreuzfahrtschiff, das drüben im Hafen am Festland vor Anker lag, schlussfolgerte Lilly. Wer sich eine Reise mit so einem noblen Schiff leisten konnte, wollte auch keine billigen oder gar gefälschten Souvenirs für sich oder die Lieben daheim erstehen. Ein wahrer Segen für das Geschäft, obwohl sich bei dem Gedanken an die Ozeanriesen zu der Freude auch immer noch etwas Missmut mischte. Sicherlich war es Sieg für Venedig, seine Kultur und vor allem auch seine Bewohner gewesen, als diese Schiffe nicht mehr direkt in die

Lagunenstadt, am Markusplatz vorbei und durch den Giudecca-Kanal fahren durften, sondern seit geraumer Zeit nur noch im Industriehafen ankerten, aber das änderte nichts an den abertausenden Passagieren, die sich dann jedes Mal über die Stadt ergossen und dafür sorgten, dass ein normales Leben für die Venezianer nur noch mit sehr viel Einschränkungen und Geduld möglich war. Auf der anderen Seite war auch Lilly bewusst, dass Venedig ein ganz anderes Problem hätte, wenn diese Reisenden nicht mehr kämen. Die Stadt hatte im Grunde einen Pakt mit dem Teufel geschlossen und sich über die Jahre von den Touristen immer abhängiger gemacht, die morgens wie Heuschrecken einfielen und abends, wenn sie zurück an Bord gingen, nicht selten eine Mülllawine zurückließen. Leider kauften sie auch noch viel zu oft typisch venezianisches Kunsthandwerk, das dann doch nur fernöstliche Importware war, aber auch daran, wie an den Hotels und Restaurants, hingen viele der noch vorhandenen Jobs. Immer wieder hoffte sie, dass die Vertreter der jungen Venezianer, die sich wieder mehr mit ihrer Stadt identifizierten und sich dafür stark machten, zu retten, was zu retten war, den notwendigen Einfluss erlangten, um einen Umschwung vorantreiben zu können.
So mit dem Schicksal der Stadt hadernd, bemerkte sie gar nicht, dass Robert das Geschäft bereits betreten hatte und nach ihr schaute. „Und? Bin ich zu früh?“ Er begrüßte sie und gab ihr einen Kuss auf die Wange. „Nein. Nein, du bist nicht zu früh. Ich hole nur noch schnell meine Tasche und dann können wir gehen“, antwortete sie lächelnd.
Sie verabschiedete sich von ihrer Kollegin und machte sich mit Robert zusammen auf den Weg zum Palazzo. Kaum hatten sie das Geschäft verlassen, blieb sie zögerlich stehen. Robert, der gerade sein Telefon auf neue Nachrichten kontrolliert hatte, drehte sich nach ihr um und schaute sie erwartungsvoll an. Ihm in die Augen sehend, wurde sie unsicher und sie überlegte, ob sie ihren Vorsatz, mit ihm zu reden, wirklich in die Tat umsetzten sollte, riss sich dann aber doch zusammen. „Robert, können wir noch irgendwo

einen Kaffee trinken gehen, bevor wir zum Palazzo fahren?" Sie sah seine erstaunte Mine, aber dann nickte er. „Natürlich gerne, wenn du das möchtest. Drüben am Campo ist eine nette kleine Bar, da können wir uns hinsetzen."
Dort angekommen rückte er für sie einen Stuhl zurecht und während Lilly bereits Platz nahm und ihre Tasche neben sich abstellte, ging Robert in die Bar hinein, um zwei Tassen Kaffee zu bestellen. Als er wieder nach draußen kam, setzte er sich ihr gegenüber und lehnte sich entspannt zurück. Er bemerkte ihr verlegenes Lächeln und vermutete, dass ihr etwas auf dem Herzen lag, sie aber nicht wusste, wie sie beginnen sollte. Langsam beugte er sich daher nach vorne und stütze seine Unterarme verschränkt vor sich auf den Tisch. „Du möchtest mit mir doch über irgendetwas reden, Lilly." „Ja." Sie wollte gerade beginnen, als der Kaffee gebracht und vor sie auf den Tisch gestellt wurde. Nachdem der Kellner gegangen war, griff sie nervös nach einem Zuckertütchen, riss es auf, schüttete den Inhalt in die Tasse und suchte dann, während sie umrührte, nach den richtigen Worten. „Robert, ich weiß deine Aufmerksamkeit mir gegenüber sehr zu schätzen und ich mag dich auch sehr, aber ich kann dir nicht mehr geben, als …", sie befürchtete sich gleich um Kopf und Kragen zu reden und senkte den Blick. Robert rutsche auf seinem Stuhl noch ein Stück weiter nach vorne, beugte sich über den Tisch und griff nach ihrer Hand. „Alles gut, Lilly." Er hielt ihre Hand fest und streichelte mit dem Daumen beruhigend über ihren Handrücken. Er hatte sie von Anfang an gemocht, genoss ihre Gegenwart und hatte insgeheim gehofft, dass sich mit der Zeit etwas hätte zwischen ihnen entwickeln können, aber er spürte auch, dass er die Melancholie, die gerade in ihm aufstieg, ihr besser nicht zeigen durfte. Trotzdem wollte er ihr gegenüber ehrlich bleiben. „Ja, ich muss zugeben, dass ich dich sehr gerne habe und mir vielleicht auch mehr erhofft hatte, aber die Tatsache, dass du hier mit mir sitzt und mir offen und ehrlich sagst, was du empfindest, macht mich trotzdem stolz. Das mag merkwürdig klingen, ich weiß, aber es bedeutet, dass dir auch

etwas an mir liegt und ich glaube, das ist die beste Basis für eine wunderbare Freundschaft, oder?" Lilly fiel ein Stein vom Herzen und sie lächelte erleichtert, als er ihr dabei zuzwinkerte. „Und es spricht ja sicherlich nichts dagegen, dass dich ein guter Freund ab und zu zum Essen einlädt und dieser dich dann vielleicht danach auch endlich mal bis zur Tür begleiten darf?" Er grinste sie spitzbübisch an, auch wenn ihm momentan gar nicht danach war und es ihn etwas Kraft kostete. Lilly nickte: „Dagegen ist rein gar nichts einzuwenden und ich würde mich sogar sehr darüber freuen."

Nachdem sie ihre Tassen geleert hatten, zahlte Robert und sie gingen Richtung Anleger, wo sie das Wassertaxi bestiegen, das bereits die ganze Zeit dort auf sie gewartet hatte und nahmen auf der Rückbank Platz. Als das Boot ablegte, griff sie nach seiner Hand und drückte sie. „Danke dir." Er lächelte sie an. „Nichts zu danken. Und wer weiß, vielleicht ist es ja auch besser so, denn Beziehungen können auseinandergehen, Freundschaften halten dagegen oft ein Leben lang", antwortete er leise und gab ihr einen Kuss auf ihr Haar.

Am Palazzo angekommen, sprang Robert auf den Anleger und reichte Lilly die Hand, um ihr beim Aussteigen behilflich zu sein. Sie durchschritten den kleinen Hof und betraten das alte Gebäude. Es hatte sich schon einiges getan, seitdem sie mit den Arbeiten begonnen hatten und heute begutachteten sie die Wandbespannungen in den Räumen, die als Gästezimmern vorgesehen waren. Lilly fuhr mit der Hand über das edle Material, das aus einer alteingesessenen Weberei der Stadt stammte. Es handelte sich um exzellente Handarbeit und sie war froh, dass es noch Investoren wie Robert gab, die auf diese Details Wert legten, wenn sie einen alten Palazzo zu neuem Leben erweckten. Und genau diesen Mann durfte sie jetzt zu einem ihrer engsten Freunde zählen – was für ein Glück.

Nachdem die beiden auch die übrigen Arbeiten kontrolliert hatten, zeigte Robert ihr ein paar Entwürfe für die

Gestaltung der Dachterrasse. „Lass uns kurz nach oben schauen. Dann kann ich dir besser erklären, wie ich mir das alles vorgestellt habe." Sie folgte ihm und freute sich, wie jedes Mal, wenn sie hier war, über den Ausblick, der sie dort oben erwartete. Auf der Terrasse angekommen, breitete er die Skizzen und Pläne aus. Euphorisch begann er zu erzählen, deute erst nach rechts und dann nach links, erklärte, was wo platziert werden sollte und Lilly hörte aufmerksam zu. Er steckte sie mit seiner Begeisterung an und sie steuerte noch einige eigene Ideen bei, die Robert skizzenhaft auf den Blättern vermerkte.

Als sie fertig waren, trat sie an den Rand der Terrasse und beobachtete den Bootsverkehr auf dem Canal Grande. Sie konnte diesem stundenlang zuschauen, ohne dass ihr langweilig wurde. „Kann es sein, dass du vorhin das Gespräch mit mir gesucht hast, weil sich etwas in deinem Leben gerade ändert?" Sie hatte gar nicht bemerkt, dass Robert sich neben sie gestellt hatte und schaute ihn etwas verdattert an. „Warum?", fragte sie. „Weil deine Augen strahlen, auch wenn du nicht lachst oder lächelst." Und nach einer kurzen Pause fügte er hinzu: „Ich hab' mal gehört, das sei so, wenn man verliebt ist." Er grinste sie herausfordernd an, während ihr die Röte ins Gesicht stieg und sie den Blick senkte. „Ja, es gibt da jemanden, den ich theoretisch schon ewig kenne und den ich in den letzten Monaten ganz neu kennenlernen durfte. Es ist noch ganz frisch, aber ich hoffe, dass wir eine Zukunft haben", antwortete sie leise. Robert nahm sie in den Arm, gab ihr einen Kuss auf die Stirn und erwiderte dann ebenso leise: „Das wünsche ich dir – Nein das wünsche ich euch - von ganzem Herzen. Und das meine ich genauso, wie ich es sage." Dankbar schaute sie zu ihm auf und war glücklich, dass er bereit war, ihr seine Freundschaft zu schenken, die ihr bereits jetzt sehr viel bedeutete.

Kapitel 14 – Wieder vereint

Der Sommer neigte sich langsam, aber unaufhaltsam seinem Ende entgegen, daran gab es keinen Zweifel und obwohl es erst Mitte September war, musste Ben heute zum ersten Mal in diesem Jahr wieder einen Wollmantel über seinem Anzug tragen.
Eine kühle Windböe wirbelte gerade das Laub von der Straße auf und ließ es in der Luft tanzen, als er die Kanzlei verließ, um sich auf den Heimweg zu machen. Ben hatte geplant, seine Einkäufe zu erledigen und die Hemden aus der Reinigung abzuholen, war sich aber unsicher, ob das Wetter halten würde. Prüfend schaute er gen Himmel und beschloss, nur bei der Wäscherei vorbeizugehen. Die Lebensmittel würde er sich einfach liefern lassen; ein Service des Supermarktes, den er bereits seit einer Weile nutze und sehr zu schätzen gelernt hatte, ersparte er ihm doch jede Menge Zeit und entband ihn von dieser für ihn doch eher lästigen Tätigkeit. Zudem war er dann auch rechtzeitig mit allem fertig, um später in Ruhe mit Lilly telefonieren zu können, worauf er sich heute besonders freute, hatte er doch eine Überraschung für sie.
Die abendlichen Telefonate waren für beide schon seit Längerem zu einem lieb gewonnenen Ritual geworden und hatten, seitdem sie sich ihre Gefühle gestanden hatten, noch an Bedeutung hinzugewonnen. Täglich berichteten sie sich gegenseitig von ihrem Tag, fragten den anderen um Rat und schmiedeten Pläne, was sie alles tun wollten, wenn sie sich endlich wiedersahen - und nicht jedes dieser Vorhaben war jugendfrei. Er hatte ihr versprochen, sobald es möglich war, wieder nach Venedig zu kommen, aber er konnte und durfte wegen seiner Liebe zu ihr auch nicht alles hier vernachlässigen. Zudem hatte er seinen Eltern die Bitte nicht abschlagen wollen, seinen versprochenen Besuch endlich nachzuholen. Lilly hingegen konnte nicht aus der Stadt fort,

da sie ihre Kollegin einige Zeit vertreten musste und momentan auch an den Wochenenden arbeitete.

Daheim angekommen, hängte er als erstes die Hemden auf die Stange im Ankleidezimmer, um sich umzuziehen und anschließend eine Kleinigkeit zum Essen zu machen. Während er zu Abend aß, überflog er die Post und schaute dann auf die Uhr: Perfekt! Gleich würde er wieder ihre Stimme hören. Er schenkte sich noch ein Glas Wein ein, setzte sich auf die Couch und wählte ihre Nummer. Kaum hatte es zwei Mal geläutet, hob sie auch schon ab: „Buona sera, tesoro. Wie geht es dir?“ „Hallo mein Liebling, jetzt geht es mir richtig gut“, antwortete Ben mit sanfter Stimme. Er fragte sie, wie ihr Tag gewesen war und was es Neues gab. Daraufhin berichtete sie ihm, dass sich Paola heute nach ihm erkundet hatte. „Du scheinst einen bleibenden Eindruck bei ihr hinterlassen zu haben“, lachte Lilly. „Auch Andrea scheint schon bestens über dich informiert zu sein. Ich weiß nicht, was Paola ihm alles über dich erzählt hat, aber er sagte mir heute, dass er uns sehr gerne mit seiner Gondel ganz romantisch durch die kleinen Kanäle fahren würde, wenn du das nächste Mal da bist. Und ich befürchte, mehr Romantik geht dann kaum.“ „Das Angebot würde ich sehr gerne in Anspruch nehmen“, erwiderte Ben und hatte sofort wieder die Bilder im Kopf, als er von einer der unzähligen Brücken die Gondeln beobachtet hatte, in denen sich Pärchen verliebt in die Augen sahen. Ein bisschen kitschig hatte er es gefunden, aber es war auch irgendwie schöner Kitsch und zusammen mit Lilly konnte er sich ohnehin alles vorstellen.
„Aber wie war dein Tag?“, unterbrach sie seine Gedanken. Auf diesen Moment hatte er gewartet. „Nichts Besonderes, außer …“, er machte eine Pause, um die Spannung zu erhöhen. „Außer?“, fragte sie neugierig, wie erwartet. „Außer, dass ich eine Einladung zu einem Empfang einer renommierten juristischen Gesellschaft erhalten habe. Und diese Einladung gilt ausdrücklich für mich und meine Begleitung. Würdest du mich begleiten, Lilly?“ „Wann findet

der Empfang statt?", fragte sie und Ben nahm die Karte, die er vorsorglich vorhin bereitgelegt hatte, in die Hand. „Freitag, übernächster Woche." Sie überlegte kurz. „Da ist Maria aus dem Urlaub zurück, das sollte ich hinbekommen und ja, dann würde ich dich sehr gerne begleiten." Sie schickte einen Kuss durchs Telefon. „Wenn du magst, lass ich dir gleich morgen einen Flug buchen. Du musst mir nur noch sagen, wie lange du hierbleiben kannst." Lilly war sprachlos und wusste gar nicht, was sie zu dem Angebot sagen sollte. Dankbar nahm sie an und war schon jetzt aufgeregt und überglücklich, Ben so bald wiederzusehen. Er berichtete ihr, was sie bei der Veranstaltung erwarten würde und was er außerdem noch plante, während sie ihn in London besuchte. An diesem Abend telefonieren sie länger als sonst, bis sie sich schließlich gähnend voneinander verabschiedeten und eine gute Nacht wünschten.
Wobei – an Einschlafen war bei Lilly nun noch lange nicht zu denken. Allein der Gedanke, demnächst ihre alte Heimat nach so langer Zeit wiederzusehen, war unbeschreiblich aufregend. Sicherlich hatte sie in den vergangenen Wochen darüber nachgedacht, aber dass dies so schnell Realität und sie schon bald nach London fliegen würde, konnte sie kaum fassen. Wie würden die Straßen heute aussehen, die sie früher beinahe täglich entlang gegangen war? Würde sie ihr London noch wiedererkennen? Am meisten freute sie sich aber natürlich auf Ben. Darauf, wieder Zeit mit ihm verbringen und ihre noch junge Liebe genießen zu können.

Am nächsten Morgen ging sie noch vor der Arbeit zum Markt. Sie musste Paola unbedingt von den großartigen Neuigkeiten berichten, so aufgeregt war sie. Die Marktfrau hatte ihre Freundin selten so aus dem Häuschen erlebt und freute sich mit ihr. Ben hatte ganz offensichtlich einen erstaunlichen Einfluss auf Lilly, das spürte sie und es war gerade so, als ob sie aufblühte seitdem sie ihn getroffen hatte - sowohl innerlich als auch äußerlich.

Doch plötzlich stockte Lilly in ihrer Euphorie: „Was trägt man eigentlich zu so einem Empfang?" „Ich habe keine Ahnung, aber du hast so schöne Kleider, da wird doch sicherlich das passende dabei sein oder meinst du nicht?", versuchte Paola ihre Freundin zu beruhigen. Lilly zuckte mit den Schultern und antwortete mit besorgter Stimme: „Ich habe keine Ahnung, wie man sich zu so einem Anlass kleidet. Hier trage ich tagein tagaus einfach das, was mir gefällt und es ist gut, aber dort? Ich möchte auf keinen Fall unpassend gekleidet sein oder aus der Masse herausstechen, dafür fühle ich mich zu unsicher auf einem solchen Parkett." Ihre Freundin legte ihr ermutigend beide Hände auf die Schultern und schaute ihr direkt in die Augen. „Lilly, mach dich doch jetzt wegen so etwas nicht verrückt und lass dir dadurch auf gar keinen Fall die Vorfreude trüben. Du fragst einfach deinen Ben nach der Kleiderordnung und dann wirst du schon das richtige Outfit finden." Ihr war es immer schon schleierhaft gewesen, warum Lilly so viele Kleider im Schrank hatte und trotzdem immer wieder der Meinung war, nicht das passende zu besitzen.
Kaum hatte sie sich von ihrer Freundin abgewendet, beobachtete sie, wie Andrea seine Gondel in der Nähe des Marktes festgemacht hatte und auf den Stand zusteuerte. Ob er jetzt eine große Hilfe sein würde, wagte die Händlerin zu bezweifeln. Andrea und Mode, das passte nur bedingt zusammen. Kannte sie ihn doch fast ausschließlich in schwarzer Hose und geringeltem Shirt. „Ciao, meine Lieben", begrüßte der Gondoliere die beiden Frauen herzlich, umarmte sie und verteilte Wangenküsschen. „Was gibt es Neues? Ich habe euch beide schon von Weitem mit Händen und Füßen reden gesehen", grinste er und schaute von einer zur anderen. „Ben hat Lilly eingeladen, ihn in London zu besuchen und unsere Signora …", sie deutete mit dem Daumen auf Lilly, „Anstatt sich einfach nur zu freuen, hat sie Angst, nichts Passendes zum Anziehen zu haben." Die so gescholtene runzelte die Stirn und verteidigte sich: „Ich freue mich unendlich und bin jetzt schon aufgeregt,

aber …“, sie wandte sich an Andrea: „Ben hat mich gebeten, ihn zu einem Empfang zu begleiten. Ich weiß einfach nicht, wie man sich zu so einem Anlass kleidet.“ Der Gondoliere schaute sie milde lächelnd an. Er spürte, wie wichtig es ihr war und wollte daher nicht auch noch in die gleiche Kerbe schlagen, wie Paola es tat, obwohl es auch ihm rätselhaft erschien, warum sich Frau von so etwas banalem verunsichern ließ. „Wenn du da so unsicher bist, dann lass uns doch gemeinsam bei dir schauen und solltest du nichts finden, dann gehen wir zusammen auf die Suche. Abgemacht?“ Lilly lächelte erleichtert. Sein Vorschlag beruhigte sie zusehends und während sie sich Paola zuwandte, um deren Meinung dazu zu hören, zwinkerte Andrea dieser kurz zu und machte eine Handbewegung, mit der er ihr zu verstehen geben wollte, dass sie das schon hinbekämen.

Und sie bekamen es hin. Als der Abreisetag anbrach, kontrollierte Lilly gleich morgens ein letztes Mal, ob sie alles Notwendige in ihren Koffer gepackt hatte, machte sich zurecht und genoss eine Tasse Kaffee auf ihrer Dachterrasse, um dann pünktlich aufzubrechen. Aufgeregt und beinahe etwas ungeduldig bestieg sie das Boot, das sie quer durch die Lagune zum Flughafen brachte. Dort angekommen, setzte sie sich nach dem Einchecken in den Wartebereich. Sie war eine halbe Ewigkeit nicht mehr geflogen und wollte den Moment jetzt bewusst genießen. Diese ganz besondere Atmosphäre hier, die geprägt war von Vorfreude, Abenteuerlust, Abschied, Wiedersehensfreude, Hektik und manchmal auch Langeweile, wenn ein Flieger wieder einmal unpünktlich war. Dies alles sog sie in sich auf und beobachtete interessiert die übrigen Reisenden, die gemeinsam mit ihr dort warteten. Einige Zeit später begann das Boarding und Lilly, die erst vorhin am Schalter erfahren hatte, dass sie in der ersten Klasse sitzen würde, durfte als eine der ersten Passagiere einsteigen. Was für ein schönes Gefühl, dieses Mal nicht im Gang stehen zu müssen und

darauf zu warten, dass der Fluggast vor ihr gemächlich alle seine Taschen im Fach über den Sitzplätzen verstaute, während von hinten bereits die nächsten Reisenden drängelten, wie sie es nur zu gut von früher kannte.
Sie nahm ihren Platz ein und legte den Gurt an. Aus ihrer Handtasche fischte sie einen Seidenschal hervor, den sie zur Vorsicht eingesteckt hatte, um keinen Zug von der Lüftung zu bekommen. Sie legte ihn sich um den Hals und schaute zum Fenster hinaus. In knappen drei Stunden würde sie wieder bei ihm sein. Bei Ben, der sich in diesem Sommer heimlich, still und leise in ihr Herz geschlichen und dort jetzt einen ganz festen Platz eingenommen hatte. Seit dem Treffen, das alles verändert hatte, war ungefähr ein Monat vergangen und auch die Distanz konnte ihren Gefühlen nichts anhaben; im Gegenteil, die Sehnsucht, einander nah zu sein, schien bei beiden von Tag zu Tag größer zu werden.
Pünktlich hob der Flieger vom Flughafen Marco Polo ab und Lilly lehnte sich entspannt zurück, um die Annehmlichkeiten der ersten Klasse genießen zu können. Erst trank sie genüsslich ein Glas Champagner und aß dann einen kleinen Snack, der ihr von der Flugbegleiterin gereicht wurde. Neugierig schaute sie immer wieder zum Fenster hinaus und versuchte irgendetwas an der unter ihr vorbeigleitenden Landschaft auszumachen, aber außer den Alpen konnte sie nichts erkennen. Die Zeit verstrich und endlich war Wasser zu sehen. Sie mussten also gerade den Ärmelkanal überqueren und das bedeutete, dass ihr Ziel nun bald zum Greifen nahe war. Ihr schlug das Herz sofort bis zum Hals und sie biss sich vor Aufregung immer wieder auf die Unterlippe. Nicht mehr lang, dann würde sie wieder in seinen Armen liegen. Wann war sie das letzte Mal so verliebt gewesen? Sie wusste es nicht. Lächeln schüttelte sie den Kopf: Da musste sie so alt werden, um einen Menschen zu treffen, für den sie solch starke Gefühle hatte.
Beim Landeanflug überquerten sie London und drehten eine Runde über der Stadt, da es in Heathrow, wie der Kapitän über die Lautsprecher verkündete, zu Verzögerungen kam.

Was für ein Ausblick auf diese riesige Stadt, die keine Grenzen zu haben schien, sich ihr dabei bot. Es war überwältigend. Gegen diese Metropole war ihr kleines Venedig wahrhaftig ein Dorf. Aufgeregt bückte sie sich nach ihrer Handtasche, die unter dem Vordersitz verstaut war und suchte nach dem Puderdöschen, um die glänzenden Partien im Gesicht zu mattieren. Kaum hatte sie dieses wieder verstaut, hörte sie das Geräusch des Fahrwerks, das ausgefahren wurde und wenig später setzten sie auf der Landebahn auf.

Angespannt verließ sie als eine der ersten die Maschine, machte sich geschwind auf den Weg zur Passkontrolle und anschließend zur Gepäckausgabe. Während sie wartete strich sie nervös immer wieder ihr Kleid glatt und hoffte inständig, dass ihr Koffer nicht erst als letzter auf das Band gelangte oder gar verloren gegangen war. Immer mehr Passagiere fanden sich dort ein und Lilly hatte Mühe, ihre strategisch günstige Position zu verteidigen: Von hier aus, konnte sie die Luke, aus der die Gepäckstücke auf das Band gespuckt wurden, perfekt einsehen und so in Ruhe nach ihrem Koffer Ausschau halten. Die Minuten verstrichen quälend langsam bis sie endlich das alte rote Halstuch erblickte, das sie um den Griff gebunden hatte, um ihr Gepäckstück sofort wiederzuentdecken. Sie trat einen Schritt an das Laufband heran, schnappte ihn sich, zog ihn vom Band und rollte damit Richtung Ankunftshalle, wo sie sogleich nach Ben Ausschau hielt. Ihre Blicke schweiften über die Männer und Frauen, die mit Schildern dort standen, auf denen in großen Lettern die Namen der Passagiere standen, die sie in Empfang nehmen sollten, über die indische Familie, die farbenfroh und traditionell gekleidet dort möglicherweise auf die Ankunft eines weiteren Familienmitgliedes wartete, über das alte Paar, das mit einem riesigen Teddy bewaffnet, vermutlich ihr Enkelkind willkommen heißen wollte, bis hin zu dem Mann, der sich nun vom Rest der Menge löste und direkt auf sie zukam. Sie musste zweimal hinschauen, um in ihm Ben zu erkennen, den sie bisher nie im Business-Look gesehen hatte. Wie charismatisch und souverän er aussah, mit dem schmal geschnittenen nachtblauen Anzug, der perfekt an seinem sportlichen Körper anlag, dem weißen Hemd, das unter dem Jackett hervorschaute und der farblich abgestimmte Krawatte, die dem Outfit das I-Tüpfelchen aufsetzte. Er wirkte so ganz anders, als sie ihn in Venedig kennengelernt hatte, musste aber unumwunden zugeben, dass er auch so – oder vielleicht gerade deshalb - unwiderstehlich aussah. Was für ein Bild von einem Mann, schoss es ihr durch den Kopf, als er sie fast erreicht hatte und sie seine Stimme hörte. „Lilly, schön, dass du endlich da bist." Sie ging ihm einige Schritte entgegen, ließ den Griff ihres Koffers los und schlang ihre Arme um seinen Hals. Kurz kamen in ihr Zweifel auf, ob sie in ihrem Alter ihre Zuneigung so öffentlich zeigen durfte, aber als Ben sie ganz fest mit seinen Armen umschloss und seine Lippen auf ihre presste, waren diese auch schon wieder verflogen. Sie spürte mit einem Mal, wie weich ihre Knie wurden und wollte am liebsten einfach nur in dieser Umarmung verharren. Ganz allmählich drangen all die Stimmen und Geräusche um sie herum wieder zu ihr durch, als sie langsam ihre Augen öffnete und direkt in die seinen sah. Er drückte sie immer noch fest an sich und lächelte sie an. „Willkommen in deiner alten Heimat". So blieben sie noch einen Moment lang stehen, bis er sie - fast widerwillig – losließ, um sich dann mit einer Hand ihr Gepäck zu schnappen und mit der anderen ihre Hand zu greifen und seine Finger mit ihren zu verschränken. „Hattest du einen guten Flug?", fragte er, während sie sich auf den Weg durch das Gebäude machten. „Ja und du hattest vorher unerwähnt gelassen, dass ich in der ersten Klasse sitzen würde. Das war schon ein Unterschied zu meinen bisherigen Flügen", sie lächelte etwas verlegen, was er mit einem Grinsen quittierte. „Das hatte ich mir fast gedacht. Du sollst halt von Anfang an die perfekte Reise und unvergessliche Tage hier haben, damit du von jetzt an möglichst häufig zu mir kommst." Eng

aneinandergeschmiegt, setzten sie ihren Weg Richtung Parkhaus fort.
Dort angekommen, fischte Ben das Parkticket aus der Tasche des Jacketts. Er hatte die Nummer des Stellplatzes darauf vermerkt und orientierte sich immer wieder an der Beschilderung, um keine unnötige Zeit hier verbringen zu müssen und schnell zu seinem Wagen zu gelangen. Als sie ihn erreicht hatten, verstaute er erst vorsichtig ihr Gepäck im Kofferraum, bevor er zur Beifahrertür ging, diese öffnete und Lilly einsteigen ließ. Er spürte, wie sein Herz klopfte. Wie sehr hatte er in den vergangenen Wochen diesen Moment herbeigesehnt. Vier wundervolle Tage würden vor ihnen liegen und er konnte nicht verhehlen, dass er sich nicht nur auf diese, sondern auch besonders auf die Nächte, die dazwischen lagen, freute.
Zügig verließen sie das Parkhaus und Ben wählte die schnellste Route in die Innenstadt. Es fiel ihm schwer, sie nicht ständig zu berühren und zu spüren, doch wann immer es die Lage des Straßenverkehrs zuließ, konnte er der Versuchung nicht widerstehen, nahm ihre Hand und streichelte sie zärtlich. Endlich waren sie wieder zusammen.
Etwas amüsiert beobachtete er sie allerdings dabei, wie sie ihre alte Heimatstadt mit großen Augen neu zu entdecken schien. Lilly schaute sich aufmerksam um. Merkwürdig fremd und doch heimisch fühlten sich die Gebäude und Straßen an und vollkommen unerwartet stieg ein Anflug von Wehmut in ihr auf, weil sie so lange nicht hierher zurückgekommen war. Vielleicht war es ja Schicksal, dass sie ihr Herz ausgerechnet an einen Londoner verloren hatte, überlegte sie und atmete tief durch.

Ben bog ein letztes Mal um die Ecke, fand einen freien Parkplatz und parkte den Wagen dort ein. Er stieg aus, griff nach seinen Aktenkoffer, der auf der Rückbank gelegen hatte und wollte gerade um das Auto herumgehen, um ihr die Tür zu öffnen, als Lilly bereits vor ihm stand, konnte sie es doch kaum abwarten, endlich sein Zuhause zu sehen. Nachdem er

auch ihren Koffer ausgeladen hatte, deutete er mit dem Kopf in Richtung des Hauses, in dem er wohnte. „Da vorne ist es.“ Sie folgte ihm und musterte die Umgebung. Notting Hill hatte schon früher zu ihren Lieblings-Vierteln gezählt und sie konnte sich noch an unzählige Besuche in den kleinen Läden der benachbarten Portobello Road erinnern, bei denen sie zusammen mit ihren Freundinnen durch allerlei kurioses Zeug gestöbert hatte.
Ben schloss die Haustür auf, ging in den ersten Stock, blieb vor der Wohnungstür stehen, bis auch sie den Treppenabsatz erreicht hatte und öffnete dann die Tür. Mit einer einladenden Geste bat er sie herein. „Willkommen zu Hause, Lilly.“ Sie trat ein und schaute sich gespannt um. Der Stil war typisch britisch und doch modern. So ganz anders als bei ihr Daheim, aber sie fühlte sich sofort wohl und geborgen. Nachdem er die Taschen beiseitegestellt und ihre Jacken auf Bügel an die Garderobe gehängt hatte, führte er sie durch sein Heim und zeigte ihr nacheinander das Gästezimmer, die Küche und dann das Wohnzimmer. „Endlich kannst du in Augenschein nehmen, zu welcher Wandfarbe du mich verleitet hast“, schmunzelte er. Sie setzte einen prüfenden Blick auf und musterte sowohl die Farbe als auch die Qualität des Anstrichs, war sie doch inzwischen auf diesem Gebiet schon nahezu zum Profi geworden. Sie nickte anerkennend. „Ich finde, es ist wirklich schön geworden und was die handwerklichen Fähigkeiten betrifft - da gibt es auch nichts zu meckern.“ Er lachte zufrieden, legte einen Arm um sie und zog sie dicht an sich heran. „Du darfst dich übrigens gerne öfters hier austoben. Mir gefällt es nämlich – ehrlich gesagt wider Erwarten – richtig gut.“ Dann löste er die Umarmung, fasste sie an der Hand und setzte den Rundgang durch die übrigen Räume fort. Zuerst zeigte er ihr sein Arbeitszimmer und zum Schluss das Schlafzimmer. „Ich hoffe, es ist okay für dich, wenn du nicht im Gästezimmer, sondern hier schläfst?!“, er sah sie herausfordernd an. Lilly legte die Stirn in Falten und den Zeigefinger an die Lippen, als ob sie erst darüber nachdenken musste, bevor sie ihm

blitzschnell und unerwartet einen kleinen Schubs gab, er das Gleichgewicht verlor und rücklings auf das Bett fiel. Sie lachte, ließ sich neben ihm nieder und stützte sich dabei seitlich mit dem Ellenbogen ab, während sie ihn mit einem spitzbübischen Grinsen ansah, dem er einfach nicht widerstehen konnte. Er drehte sich zu ihr, stütze sich ebenso mit dem Arm ab, damit sein Mund ganz dicht vor den ihren waren und strich ihr eine Strähne aus dem Gesicht. Sanft legte er Daumen und Zeigefinger an ihr Kinn, um ihren Kopf etwas anzuheben, bis sich ihre Lippen berührten und er zärtlich begann sie mit seiner Zungenspitze zu necken. Lilly durchfuhr ein wohliger Schauer und sie schloss die Augen, doch ungeachtet der Tatsache, dass sie gerade nichts Besseres vorhatten, widerstanden beide der Versuchung, liegen zu bleiben. Nachdem Ben ihr noch einen Kuss auf die Nasenspitze gegeben hatte, stand er auf und reichte ihr die Hand, um ihr ebenfalls aufzuhelfen.

„Magst du einen Tee? Oder ich kann auch versuchen, einen Cappuccino zu machen", er ging ihr voraus in die Küche, doch als er sich nach ihr umdrehte und ihren gespielt strafenden Blick erhaschte, fiel es ihm wieder ein. „Okay, okay. Ich weiß, Cappuccino nur morgens. Irgendwann werde ich es mir auch merken." Sie lächelte, setzte sich an den Küchentisch und schaute sich um, während er Wasser für den Tee aufkochte, zwei Tassen aus dem Schrank hervorholte und die Teebeutel hineinlegte. „Deine Wohnung ist wunderschön", sagte sie mit echter Bewunderung in der Stimme. Er wandte ihr den Kopf zu, als er die Tassen füllte. „Es freut mich, wenn es dir hier gefällt. Schließlich sollst du dich hier wohlfühlen." Zwinkernd stellte er eine der Tassen vor sie auf den Tisch, reichte ihr Zucker und ein Milchkännchen und setzte sich dann dazu. „Es klingt vielleicht komisch, aber ich merke erst jetzt, dass ich dieses typisch Britische schon ziemlich vermisst habe. Ich weiß nicht, wie ich es beschreiben soll, aber irgendwie beruhigt mich hier alles angenehm." Sie rührte gedankenverloren den Tee um. „Ist das denn notwendig?", fragte Ben lächelnd. Sie sah auf. „Was?“ „Ist es notwendig, dass du dich beruhigst?“ Er griff nach ihrer Hand, während sie verlegen den Blick senkte. „Ein wenig schon.“ Sie hob ihren Kopf wieder an und blickte ihm in die Augen. „Es ist zwar meine Heimatstadt hier, aber es ist auch alles so neu. Keine Ahnung, was ich mir vorgestellt hatte, aber ich bin ein bisschen nervös.“ Sie nahm den Teebeutel aus ihrer Tasse und legte ihn auf einen kleinen Teller, bevor sie fortfuhr: „Und du siehst heute halt auch so anders aus. Ich habe dich noch nie in einem Anzug gesehen.“ Er sah sie fragend an. „Und? Ist es gut anders oder eher schlecht anders?“ Ihr Gesicht errötete leicht, als sie leise antwortete. „Sehr gut anders.“ Erleichtert atmete er auf. „Puh, Gott sei Dank. Ich hatte heute Vormittag noch in der Kanzlei gearbeitet und da ist so etwas dann tatsächlich immer noch Pflicht. Ich kann mich aber auch umziehen, wenn es dir lieber ist. Ich würde nämlich gerne mit dir noch ein bisschen spazieren gehen.“ Lilly schüttelte energisch den Kopf. „Mach dir bitte keine Umstände, ich werde nur schauen, dass ich etwas passendes in meinem Koffer finde …“, sie kaute auf ihrer Unterlippe herum und überlegte bereits, doch Ben hob ihre Hand, die er die ganze Zeit gehalten hatte zu seinen Lippen, küsste sie und entgegnete: „Lilly, du bist für mich immer passend gekleidet. Genauso, wie du bist.“

Bevor sie aufbrachen, verschwand Lilly noch schnell im Bad, um ihr Make-up etwas aufzufrischen, während Ben die Zeit nutze, um ihr Gepäck im Schlafzimmer zu verstauen. Danach bummelten sie Hand in Hand zur U-Bahn-Station und nahmen den nächsten Zug Richtung Stadtmitte. Dort angekommen, zeigte Ben ihr Gebäude und Straßen, die sie ewig nicht gesehen und fast schon vergessen hatte oder noch gar nicht kannte. London schien auf sie wieder diesen unvergleichlichen Zauber auszuüben, den sie schon früher hier immer verspürt hatte; diese wunderbare Kombination aus historischen Gebäuden und moderner Architektur. Nirgends auf der Welt hatte sie einen Ort gesehen, wo dies

so harmonisch nebeneinander gelungen war, wie hier. Sie konnte sich nicht sattsehen und verbunden mit Bens Erklärungen, verliebte sie sich sogar wieder ein wenig in ihre alte Heimatstadt. Wobei sie allerdings nicht einschätzen konnte, ob das nicht auch daran lag, dass Ben immer wieder wie selbstverständlich seinen Arm um sie legte und an seinen zärtlichen Küssen, die er ihr jedes Mal gab, wenn sich ihre Blicke trafen. Nirgends wollte sie jetzt lieber sein als genau hier.
Kurz darauf kehrten sie in einem Pub ein und während Ben zwei Bier am Tresen bestellte, nahm Lilly bereits an einem kleinen Tisch am Fenster Platz. Wie oft hatte sie früher mit ihren Freundinnen im Pub gefeiert oder an den samstäglichen Quizrunden teilgenommen. Ein Ritual, das wohl auch nur Briten verstehen konnten. Wunderbare Erinnerungen stiegen in ihr hoch und sie fragte sich, wie sie das alles damals so leichtfertig hatte hinter sich lassen können. Ihr Stöbern in den Gedanken an frühere Zeiten wurde von Ben unterbrochen, der mit zwei randvoll gefüllten Gläsern an den Tisch herantrat und sie dort abstellte. Er setzte sich ihr gegenüber auf einen Hocker, prostete ihr zu und beide nahmen einen großen Schluck. Als er das eigenartig glucksende Geräusch vernahm, mit dem ihr das Bier die Kehle hinunter rann, musste er schmunzeln. Seinen amüsierten Blick bemerkend, entschuldigte sie sich lächelnd bei ihm. „Das ist bei mir immer so, wenn ich hastig trinke, aber ich hatte gerade so einen Durst.“ „Alles gut!“, grinste er, beugte sich zu ihr rüber und raunte ihr leise zu: „Ich liebe eh alles an dir.“ Er stütze seinen Ellenbogen auf dem Tisch ab und ließ sein Kinn auf seiner abgeknickten Hand ruhen, während er sie betrachtete. Ihre Unsicherheit, die er bei ihr vorhin noch wahrgenommen hatte, schien inzwischen verflogen zu sein und sie blühte merklich auf. Das war ihm wichtig, vor allem, weil er besonders in den letzten Wochen gespürt hatte, wie gerne er sie am liebsten immer an seiner Seite hätte. Aber war das überhaupt möglich? Und würde ihre Beziehung trotz oder gerade

wegen der Distanz funktionieren? Hatten sie eigentlich schon eine Beziehung oder musste er sie noch fragen? Wie war das damals gewesen, als er mit Catherine zusammengekommen war? Hatten sie darüber geredet oder war das dann einfach irgendwann so gewesen? Versunken in diese Fragen, starrte er auf sein Glas, nahm erneut einen großen Schluck und schaute erneut zu Lilly, die sich neugierig umsah, um all die kleinen mehr oder weniger kuriosen Details des Lokals zu entdecken, dabei aber trotzdem ihn aus den Augenwinkeln beobachtete und jetzt lächelte. „Ich wollte dich nicht in deinen Gedanken stören." Er formte mit seinen Lippen einen Kuss, schickte ihn ihr durch die Luft zu und warf dann einen Blick auf seine Uhr. Für heute Abend hatte er einen Tisch in einem der höchstgelegenen Restaurants Londons reserviert. Von dort oben würde ihr die Stadt zu Füßen liegen und er hoffte, sie damit endgültig davon überzeugen zu können, dass ihre alte Heimat es verdient hatte, wenn sie zukünftig wieder mehr Zeit hier verbrachte. „Magst du Sushi?" Allein bei dem Wort lief ihr bereits das Wasser im Mund zusammen und sie benetzte unwillkürlich ihre Lippen mit ihrer Zunge. „Ja, sehr gerne", sie strahlte ihn an. „Sehr gut. Dann passt meine Reservierung ja. Bis dahin haben wir noch etwas Zeit, daher schlage ich vor, wir gehen noch etwas an der Themse spazieren. Nicht dass du das Wasser noch vermisst, wenn du hier bei mir bist." Allein bei dem Gedanken, sich gleich wieder an ihn schmiegen zu können, durchlief sie erneut ein wohliger Schauer und sie leerte zügig ihr Glas.

Die Dämmerung setzte langsam ein, als sie Arm in Arm am Flussufer spazieren gingen und bunte Lichter auf den Wellen zu tanzen schienen. Was für ein wunderschöner Anblick, der sie ein wenig an Daheim erinnerte und doch so ganz anders war. Sich dabei in seinem Arm kuschelnd, fühlte sich Lilly glücklich und geborgen. Sie genoss es, seine Wärme zu spüren und ihn mit all ihren Sinnen wahrnehmen zu können. Das war es wohl gewesen, was sie in ihrem Leben bisher vermisst hatte, ohne es zu wissen, weil sie es in dieser Form nicht kannte. Dieses unvergleichliche Gefühl, das sich nur dann einstellte, wenn man den Menschen gefunden hatte, der einen vervollständigte, bei dem man nicht sagen konnte, aus welchem Grund genau man ihn so mochte, sondern den man um seiner selbst willen liebte.

Nachdem Lilly einen letzten bewundernden Blick auf die beleuchteten Mauern der Tower Bridge geworfen hatte, ließen sie die Uferpromenade hinter sich und steuerten einen der zahlreichen Wolkenkratzer an, die sich unweit der Themse nebeneinander auftürmten. An einem Turm aus Stahl und Glas angekommen, wies ihnen ein freundlicher Herr den Weg zu einem gläsernen Aufzug, der die beiden in die 39. Etage brachte und Lilly bereits einen Eindruck von dem spektakulären Ausblick vermittelte, der sich ihnen von dort oben auf das Lichtermeer der Stadt bot.

Von der Empfangsdame auf die offene Terrasse des Restaurants geleitet, setzten sie sich an den von Ben zuvor reservierten Tisch und orderte einen Aperitif. Er hatte den Platz bewusst ausgewählt, um ihr diesen Ausblick zeigen zu können, bevor sie in den im Inneren gelegenen Essbereich des Restaurants wechseln würden und der Plan, Lilly damit zu beeindrucken, war offensichtlich aufgegangen. „Das hast du absichtlich gemacht", flüsterte sie begeistert und ihre Augen strahlten. Ben schaute sie mit einer Unschuldsmiene an. „Was meinst du?" „Das hier natürlich. Das ist einfach nur wunderbar. Der Blick auf das abendliche London, dies Restaurant …", sie fand keine Worte für das, was sie gerne zum Ausdruck gebracht hätte. Zufrieden lächelnd, nahm er ihre Hand, zog sie an seine Lippen und flüsterte dann: „Für dich nur das Beste.".

Als sie ihre Gläser geleert und Lilly sich von der Aussicht wieder gelöst hatte, standen sie auf und wurden von einem herbeieilenden Mitarbeiter zu ihrem Platz im Speiseraum geleitet. Lilly war beeindruckt von den Speisen, die sie dabei auf den Tischen der anderen Gäste verstohlen begutachtete.

Die Wahl würde hier nicht leichtfallen, aber sie beschloss, sich dabei voll und ganz auf Bens Empfehlung zu verlassen.

Das Essen hielt, was der erste Eindruck versprochen hatte: exzellente und kreative Gerichte in einem eindrucksvollen Ambiente. Neidlos musste Lilly anerkennen, dass es etwas Vergleichbares bei ihr Daheim nicht gab und so genoss sie jeden einzelnen Gang, der durch einen jeweils korrespondierenden Wein ergänzt wurde. Zweifelsohne hatte Ben mit der Wahl dieses Restaurants ins Schwarze getroffen und war darüber sichtlich erleichtert – es konnte gar nicht besser laufen. Aber auch dieser Abend neigte sich langsam dem Ende entgegen. Ein letztes Mal genossen sie Arm in Arm die Aussicht durch die deckenhohen Fenster, bevor sie der Fahrstuhl wieder nach unten brachte und das zuvor georderte Taxi bereits auf sie wartete. Sie machten es sich im Fond des Wagens bequem und während Ben seinen Arm um Lilly legte, schmiegte diese sich eng an ihn und schloss die Augen. Mehr Eindrücke dieser Stadt konnte sie gerade gar nicht mehr in sich aufnehmen und verkraften. Was für ein perfekter Start in diese gemeinsamen Tage, schoss es auch ihm durch den Kopf.
Einige Zeit später erreichten sie sein Zuhause und als er die Wohnungstür hinter ihnen geschlossen hatten, lehnte er sich mit dem Rücken an diese, zog sie zu sich in den Arm und küsste sie zärtlich. „Was hältst du davon, wenn wir es uns noch mit einem Glas Wein in der Küche gemütlich machen, bevor wir schlafen gehen.“ Sie nickte. „Das ist eine sehr gute Idee. Ich ziehe mir nur schnell etwas Bequemes an und dann bin ich sofort zurück.“ Sie löste sich aus seiner Umarmung und verschwand ins Schlafzimmer. Währenddessen ging Ben in die Küche, schaltete die Deckenlampe ein, welche ihm jetzt allerdings viel zu hell erschien und holte stattdessen eine Kerze aus dem Sideboard im Wohnzimmer. Kaum hatte er den Docht entzündet, erfüllte der flackernde Kerzenschein den Raum und tauchte alles in ein mildes warmes Licht. Er stellte zwei Weingläser bereit und suchte im Wein-

Kühlschrank nach dem passenden Tropfen. Immer wieder zog er Flaschen hervor, studierte das Etikett und schob sie zurück, bis er sich für einen Weißwein aus Kalifornien entschied. Doch dann fiel ihm etwas ein, was ihm bereits nachmittags in den Sinn gekommen war. Eilig ging er hinüber in sein Arbeitszimmer, notierte mit einem Stift etwas auf einem kleinen Zettel, den er grinsend zusammengefaltet und in seine Hosentasche schob. Zurück in der Küche entkorkte er die zuvor ausgewählte Flasche Wein und prüfte das Aroma mit geschlossenen Augen – ja, damit würde er sicherlich Lillys Geschmack treffen. Als er sie wieder öffnete, stand sie bereits im Türrahmen und beobachtete ihn dabei. Wie hübsch und verführerisch sie aussah. Sie trug ein weit geschnittenes Sweatshirt, unter dem ein hellrotes Seidenhemdchen hervorschaute, dass ihr nicht ganz bis zu den Knien reichte. Die dunklen Haare hatte sie zu einem lockeren Knoten hochgebunden, aus dem ihr ein paar Strähnen ins Gesicht fielen. Lächelnd rückte er ihr den Stuhl zurecht, schenkte den Wein in die Gläser ein und suchte im Radio nach entspannter Musik, die er leise spielen ließ. Nachdem sie miteinander angestoßen und einen Schluck gekostet hatten, schaute er ihr tief in die Augen. „Ich kann dir gar nicht sagen, wie glücklich ich bin, dass du hier bist." Sie schaute ihn aus ihren großen blauen Augen an, griff nach seiner Hand und lächelte. „Ich auch. Ich habe dich so sehr vermisst, trotz unserer Telefonate." Ben zog Lillys Hand an seine Lippen, küsste ihre Handinnenfläche, legte sie anschließend an seine Wange und hielt sie dort fest. Sie redeten nur noch ganz leise, rückten eng zusammen und tauschten verliebte Blicke.

Dann fiel ihm plötzlich der Zettel ein, den er vorhin vorbereitet hatte. Er ließ ihre Hand los, zog ihn aus seiner Hosentasche hervor, legte ihn vor sich auf den Tisch und schob ihn zu ihr rüber: „Für dich." Neugierig schaute sie erst auf das Stück Papier, dann zu Ben und danach wieder zurück und faltete das kleine Blatt auseinander, bevor sie las, was dort geschrieben stand: *Willst Du mit mir gehen?* Darunter befanden sich drei Kästchen mit den Antwortmöglichkeiten *ja, nein* und *vielleicht*. Sie hob den Kopf und schaute ihn freudestrahlend an, während ihre Augen vor Rührung feucht glänzten. Ben zuckte mit den Schultern und sein Blick war voller Liebe, als er sie ansah. „Ich hatte dich noch gar nicht gefragt und so hätten wir das doch damals gemacht, oder?" Sie presste ihre Lippen aufeinander, während sich eine kleine Freudenträne ihren Weg über ihre Wange bahnte und sie nickte. „Ja, ich möchte mit dir gehen", schniefte sie glücklich, beugte sich zu ihm rüber, schlang ihre Arme um seinen Hals und küsste ihn. Dann blickte sie sich suchend um. „Hast du einen Stift für mich? Wenn, dann sollte ich schließlich jetzt auch das Kreuz an der richtigen Stelle setzen, oder?" Sie erspähte einen Kugelschreiber auf der Küchenanrichte, sprang auf, griff nach dem Stift, doch als sie an Ben vorbei zurück zu ihrem Stuhl wollte, fasste der sie blitzschnell an den Hüften und zog sie zu sich auf seinen Schoß. Es folgte ein nicht enden wollender Kuss und erst Minuten später lösten sie sich voneinander. Lilly setzte sich wieder auf ihren Stuhl und er griff erneut nach ihren Händen. „Du hast es echt geschafft, mir den Kopf total zu verdrehen, Lilly. Du bist einfach so … anders." Lilly trank einen Schluck Wein bevor sie fragte: „Gut anders?" Er grinste sie an: „Die bestmögliche Art anders." Er beugte sich vor und lehnte seine Stirn an die ihre. Es fühlte sich gut und richtig an, mit Lilly wieder vereint und als Paar zusammen zu sein und er freute sich bereits auf die Tage die vor Ihnen lagen aber auch vor allem, auf die Zukunft mit ihr - wie auch immer die aussehen mochte. Es würde nicht leicht werden, ihr Leben zwischen London und Venedig unter einen Hut zu bekommen, aber darüber wollte er sich heute Abend keine Gedanken mehr machen. Das würde die Zeit zeigen. In einem Punkt war er sich allerdings sicher: Er hatte den einen Menschen gefunden, den er nie wieder loslassen wollte.

Nachdem beide ihre Gläser geleert hatten, stand Ben auf, nahm ihre Hand und zog sie an sich. „Wir sollten langsam zu

Bett gehen.“, wisperte er und gab ihr einen Kuss auf ihre Stirn. Sie hob ihren Kopf, sah ihm tief in die Augen und strich ihm dann sanft mit ihren Fingern durchs Haar, bevor sie ihm ins Ohr flüsterte: „Schlafen mag ich jetzt aber noch nicht.“ Ihr verheißungsvolles Lächeln beantwortete Ben, indem er mit seinen Händen unter ihr Sweatshirt griff, es immer weiter nach oben schob, ihr über den Kopf zog und es zu Boden fallen ließ. Mit seinen Fingerspitzen streichelte er ganz langsam zuerst über ihre Wange, den Hals entlang über ihre Schultern und schließlich die Arme hinab. Lilly war wie elektrisiert und blieb regungslos stehen, während ihr ein prickelnder Schauer über den Rücken lief und Ben mit dem Träger ihres seidenen Hemdes zu spielen begann. Der kühle Stoff und ihre warme weiche Haut vernebelten ihm ganz allmählich die Sinne. Als ihre Lippen sanft die seinen berührten, streichelte er ihr übers Haar, löste den Knoten und vergrub sein Gesicht in den langen Strähnen, die auf ihre Schultern fielen, während er sie immer fester an sich presste. Ihr Atem ging schwer und sie biss sich auf die Unterlippe, als sie zärtlich seine Wange streichelte, mit den Fingerspitzen über seine leicht geöffneten Lippen, über das Kinn und den Hals entlangfuhr, wo sie, am Hemdkragen angekommen, sich daran machte, mit viel Fingerfertigkeit rasch einen Knopf nach dem anderen zu öffnen. Er hielt inne und löste sich etwas von ihr. „Lass uns rüber gehen.“ Geschwind löschte er die Kerze auf dem Tisch, nahm sie bei der Hand und führte sie ins Schlafzimmer. Dort angekommen zögerten sie nicht lange und entledigten sich hastig ihrer Kleidung, während sich ihre Lippen nicht mehr voneinander zu lösen schienen. Auf dem Bett liegend, glitten seine Hände über ihre weiche Haut, von der er jeden Zentimeter ergründen wollte. Als seine Hand schließlich auf ihrer Brust angelangt war und er sie mit der anderen zu sich heranzog, vernahm er ein wohliges leises Stöhnen aus ihrem Mund. Beide brannten vor Verlangen und Leidenschaft und nichts konnte sie jetzt noch aufhalten. Lilly war sich gar nicht bewusst gewesen, wie leidenschaftlich und hingebungsvoll sie einen Mann lieben konnte, aber Ben löste in ihr all diese Gefühle, diese Lust und diesen Hunger danach aus. Sie ließ sich fallen und gab sich ihm bedingungslos hin. Er wiederum bekam nicht genug von ihr und davon, sie immer wieder aufs Neue zu liebkosen und zu verwöhnen. Sie war so verdammt sexy und ließ ihm keine andere Wahl, als selbst loszulassen und sich seinen Wünschen und seinem Verlangen hinzugeben.

Am nächsten Morgen erwachte Ben als erster, drehte sich zu der noch tief und fest schlafenden Lilly und stahl sich dann leise und auf Zehenspitzen aus dem Schlafzimmer, um ein Frühstück vorzubereiten. Er kochte Tee und stellte zwei Tassen davon zusammen mit Toast mit Orangenmarmelade und Orangensaft auf ein Tablett und kehrte zu Lilly zurück. Kaum hatte er die Tür vorsichtig aufgeschoben, schien der Duft sie geweckt zu haben und sie blinzelte ihn verschlafen, aber glücklich lächelnd an. „Guten Morgen, mein Liebling", begrüßte er sie. „Hast du gut geschlafen?" Lilly reckte sich, gähnte. „Guten Morgen. Ja, ich habe geschlafen wie ein Bär. Irgendwas oder irgendwer muss mich gestern Abend sehr müde gemacht haben." Sie lachte ihn an, als sie sich im Bett aufsetzte und die Knie anzog. „Deswegen ...", Ben deutete auf das Tablett, „… habe ich für uns beide auch schon eine kleine Stärkung vorbereitet." Er reichte ihr eine Tasse Tee, an der sie sofort nippte. Ja, dieser Tee mit einem Schuss Milch und etwas Zucker konnte es tatsächlich mit ihrem Cappuccino aufnehmen. Hungrig griff sie nach der Scheibe Toast und der Geschmack der bitteren Orangenmarmelade weckte in ihr Erinnerungen an früher. Sie war damit groß geworden und obwohl der Geschmack für manch einen Gaumen gewöhnungsbedürftig oder gar ungenießbar erschien, so bereitete Ben ihr damit gerade den wunderbarsten Start in den Tag, den es für sie geben konnte.

Kapitel 15 – Dunkle Schatten

Lilly kam aus der Dusche, ihre nassen Haare unter einem Handtuch-Turban verborgen und in einen Bademantel gehüllt. Ben hingegen suchte derweil bereits in seinem Ankleidezimmer nach einem Anzug für den Empfang und wählte ein passendes Hemd dazu aus. Gerade als er durch die Krawatten stöberte, bemerkte er Lilly, die mit großen Augen in der Tür stand und sich erstaunt umsah. Sie hatte diesen Raum bis jetzt gar nicht wahrgenommen und war von seinem Inhalt sprachlos. Zwar war ihr schon gestern bei ihrer Ankunft sofort seine perfekte und stilvolle Kleidung aufgefallen, aber im Traum hätte sie nie erwartet, etwas Derartiges vorzufinden. Unwillkürlich musste sie an ihren Kleiderschrank daheim denken, der noch nicht mal zwei Meter in der Breite maß und sehr gut gefüllt war, aber sie war schließlich eine Frau, die sich gerne modisch kleidete. Das hier war dagegen etwas komplett anderes. Das hier erschien wie die Miniaturausgabe eines Showrooms bei einem noblen Herrenausstatter. Dutzende Anzüge sah sie dort in verschiedenen Blau- und Grautönen sowie in Schwarz. Noch ausufernder erschien die Sammlung von Hemden, die ordentlich nebeneinander aufgereiht und farblich sortiert an der Stange hingen. Eine Ablage gegenüber bot Platz für Pullis und Pullover und die Kleiderstange darunter war gefüllt mit Jeans und anderen legeren Hosen. Unter den Hemden boten zwei breite Schubladen Raum für ordentlich aufgerollte Gürtel und akkurat nebeneinander drapierte Krawatten nebst einer Auswahl von Manschettenknöpfen. Sie kannte niemanden, der über eine ähnliche Zusammenstellung verfügte. „Wow …“, entfuhr es ihr, als sie endlich ihre Sprache wiederfand. „Das hätte ich nicht erwartet.“ Er drehte sich zu ihr um, präsentierte ihr dabei die Auswahl, die er für heute Abend getroffen hatte und antwortete lächelnd: „Na ja, in den Jahren hat sich so einiges angesammelt, außerdem werde ich in meinem Job halt erst einmal nach dem Äußeren beurteilt, danach erst nach Wissen, Können und Erfahrung." Lilly ließ ihren Blick immer noch über all die Kleidungsstücke schweifen und entgegnete dann augenzwinkernd: „Ist es nicht überall so, dass erst das Äußere wichtig ist?" Sie drehte sich um und wandte sich ihrem Outfit für heute Abend zu, das sie auf einem Bügel an die Tür gehängt hatte: ein schlichter, eleganter, schwarzer Jumpsuit ohne Ärmel, der ihre schlanke, aber doch weibliche Figur betonte und ihr Dekolleté hübsch in Szene setzte. Daheim war sie sich noch vollkommen sicher gewesen, dass dies die richtige Wahl sei und sie so eine gute Figur an Bens Seite machen würde. Jetzt aber begann sie daran zu zweifeln und sah den Einteiler prüfend an. Ben trat von hinten an sie heran und schien ihre Unsicherheit zu spüren. Er legte seine Hände auf ihre Hüften und gab ihr einen Kuss in den Nacken. „Lilly, du wirst perfekt aussehen. Ich weiß das." Seufzend zog sie die Augenbrauen hoch und drehte sich zu ihm um. Ihr blieb jetzt eh keine andere Wahl.

Nachdem sie sich angezogen, die Haare geföhnt und geschminkt hatte, ging sie ins Wohnzimmer, wo Ben bereits auf sie wartete. Er hatte es sich auf der Couch bequem gemacht und las in einem Magazin, doch als Lilly den Raum betrat, blickte er von seinem Fachblatt hoch und ihm blieb der Mund offenstehen. Sie sah atemberaubend aus, zumal er sie noch nie in einer Hose gesehen hatte. Der Einteiler stand ihr ausgesprochen gut, ihre Haare hatte sie locker nach oben gesteckt und das Make-up betonte ihre wunderschönen blauen Augen. Dazu trug sie eine Kette aus gläsernen Kugeln in Grün und Gold sowie das passende Armband dazu. Ihre schwarzen High Heels in der Hand tragend, sah sie ihn unsicher an. „Passt das so?" Ben stand auf und machte ein paar Schritte auf sie zu, während sie sich um sich selbst drehte, damit er sie von allen Seiten begutachten konnte. „Lilly, du siehst umwerfend aus", antwortete er, legte den Arm um ihre Taille und zog sie zu sich heran. „Für mich

wird es heute Abend – und auch sonst - keine schönere Frau geben." Er gab ihr einen Kuss. Grinsend blickte sie ihn an. „Jetzt trägst du auch ein wenig Lippenstift. Ich befürchte, das könnte zu Irritationen führen." „Nicht, wenn man die wunderbare Frau an meiner Seite sieht. Da kann das dann jeder verstehen." Er zwinkerte ihr zu, wischte sich aber trotzdem mit einem Taschentuch kurz über die Lippen, während er einen Blick auf seine Uhr warf. Es war noch genügend Zeit, allerdings war es ungewiss, wie verstopft die Londoner Straßen waren und so bestellte er ein Taxi.
Auf der Fahrt drückte er immer wieder ihre vor Aufregung kalte Hand. Es fühlte sich so gut an, sie an seiner Seite zu haben und er dachte darüber nach, was für ein verrücktes Jahr es doch war. Erst der monatelange Rosenkrieg mit seiner Ex-Frau, der Schwur an sich selbst, keine Beziehung mehr einzugehen und dann das Aufeinandertreffen mit Lilly. Lilly, die ihn bei ihrem Wiedersehen vom Fleck weg begeistert hatte, egal ob es um ihr Wesen oder ihr Aussehen ging. Insgeheim ärgerte er sich, dass er nicht schon in der Schule erkannt hatte, wie wohltuend anders sie war. Wie viel Ärger hätte er sich ersparen können, wie wäre sein Leben verlaufen und was hätten sie zusammen wohl alles erreicht? Doch dann hörte er auf, sich in den Gedanken zum Thema „was wäre gewesen, wenn" zu verlieren und genoss es, von nun an mit ihr liiert zu sein.

Als sie das Hotel, in dem der Empfang stattfand, erreichten, stieg Ben als erster aus und half Lilly aus dem Taxi. Aufgeregt schaute sie sich um, denn das hier war vollkommen fremdes Terrain für sie. Ohne Ben an ihrer Seite, da war sie sich sicher, würde sie einen solchen Abend nicht genießen können. Während sie ein letztes Mal nervös über das Tuch strich, das sie sich über die Schulter gelegt hatte, bot Ben ihr auch schon seinen Arm an, in den sie sich dankbar einhakte. Bevor sie gemeinsam auf die Stufen vor dem Eingang zusteuerten, atmete sie noch mal tief durch und stellte erleichtert fest, dass sie sich mit jedem Schritt,

den sie tat, etwas sicherer fühlte und die Anspannung der Vorfreude, auf das was sie dort erwartete, wich. Was sollte schon passieren? Sie musste weder eine Rede halten, noch sollte sie sich an fachlichen Diskussionen beteiligen. Sie war die Freundin von Ben Harris und begleitete ihn. Allein das machte sie zu einer der glücklichsten Frauen und sie war gespannt, wieder etwas mehr von seinem Leben und den Menschen, mit denen er zu tun hatte, zu erfahren.
Nachdem sie die gediegen gestaltete Lobby des Hotels durchquert hatten, steuerten sie auf die großen Türen zu, die in den Ballsaal führten. Dort wurden sie von einer jungen Dame begrüßt, die freundlich nickend auf die Einladungskarte schaute, die Ben ihr entgegenhielt und dann einen Vermerk in ihrer Liste machte. Sanft legte er Lilly, die etwas zögerte, den Raum zu betreten, seine Hand auf ihren unteren Rücken und schob sie sachte hinein. Etwas aufgeregt griff sie nach seiner Hand und hielt sich eng an seiner Seite, als Ben auf einige der Anwesenden zuging, man sich begrüßte, gegenseitig vorstellte und dann den üblichen Small Talk austauschte. Langsam entspannte sie sich und als ein Kellner mit einem Tablett, auf dem mehrere Gläser Champagner standen, vorbeikam, schnappte sich Ben zwei davon und reichte eins an Lilly weiter. Er prostete ihr zu. „Cin Cin, mein Liebling." Lilly strahlte. „Cin Cin, Tesoro." Sie schauten sich tief in die Augen und tranken einen Schluck. So liebevoll sein Gesichtsausdruck gerade noch gewesen war, so schnell erstarb dieser jetzt allerdings, als er kurz den Kopf zur Seite wandte und in einiger Entfernung eine auffällige Blondine stehen sah: Jill.
Er atmete tief ein, schloss die Augen und versuchte, Ruhe zu bewahren und sich vor Lilly nichts anmerken zu lassen. Seit dem Vorfall waren er und Jill sich nicht mehr begegnet und das war auch gut so. Eigentlich hätte er ahnen können, dass sie ebenso hier sein würde, musste sich aber eingestehen, dass er erfolgreich jeden Gedanken an sie verdrängt hatte – bis jetzt. Auf keinen Fall wollte er, dass sie ihm seinen Abend mit Lilly verdarb. Doch die hatte den Regungen in

seinem Gesicht bereits angesehen, dass etwas nicht stimmte, nur konnte sie nicht ausmachen, was es war. Sie drehte sich um und blickte in die Richtung, in die er zuvor geschaut hatte. Jill stand immer noch dort und unterhielt sich angeregt. „Alles okay?", fragte sie Ben, der sich zu einem Lächeln zwang, als er sie anschaute. „Alles in Ordnung. Es gibt nur manchmal Zufälle, die – sagen wir – unschön sind." Er legte den Arm um ihre Taille und zog sie zügig mit sich in die entgegengesetzte Richtung. Leider jedoch nicht schnell genug, um Jills Blicken zu entgehen, die nun ihrerseits das Paar aus der Entfernung fixierte, augenblicklich ihre Augen zu Schlitzen verengte und die Lippen aufeinanderpresste.
Ben hoffte, inzwischen genug Abstand und jede Menge der anwesenden Gäste zwischen sich und Jill gebracht zu haben und stieß zufällig auf einen Kollegen aus der Kanzlei, der ebenfalls von seiner Partnerin begleitet wurde. Ben stellte ihnen Lilly vor und schnell vertieften sich die vier in anregende Gespräche: die Männer über die Juristerei und ihre Begleiterinnen in Themen rund um Reisen und Mode. Lilly war froh und erleichtert, in der Frau, die etwas jünger war als sie selbst, eine Gesprächspartnerin gefunden zu haben, die nicht nur äußerst sympathisch war, sondern sich obendrein wie sie darüber zu freuen schien, endlich andere Gesprächsthemen ansprechen zu können.
Unbemerkt von beiden Paaren war Jill derweil an ihnen vorbei stolziert und musterte eingehend die Frau, die händchenhaltend bei Ben stand. Für die hatte er sie weggestoßen? Diese Frau musste eindeutig älter als sie selbst sein, überlegte Jill und fand, dass Lilly ihr auch optisch überhaupt nicht das Wasser reichen konnte. „Unfassbar. Was für ein Trottel", zischte sie leise vor sich hin, bevor sie kopfschüttelnd ihren Weg Richtung Bar fortsetzte.

Die Zeit verging und mittlerweile genoss Lilly den Abend sogar, vor allem, weil sie – immer, wenn sie einen Blick auf Ben warf – stolz war, die Frau an seiner Seite sein zu dürfen. Seine stattliche Erscheinung, sein gewinnendes Lächeln, das

ihr von Anfang an gefallen hatte und dass nicht im Geringsten an Reiz verlor, egal wie oft sie es auch sah. Es durchfuhr sie jedes Mal ein wohliger Schauer, wenn sich ihre Blicke trafen. Himmel, war sie in diesen Mann verliebt.
Inzwischen hatte sie sich auch an die doch oft recht oberflächlichen Gespräche gewöhnt, die erst eine unerwartete Wendung nahmen, wenn sie eher beiläufig gefragt wurde, woher sie kam. Die meisten stellten ihr daraufhin Fragen und machten einen durchaus interessierten Eindruck, was Lilly freute, denn wenn es um ihr Venedig ging, war ihre Unsicherheit wie verflogen, was ihr selbst am meisten dadurch bewusst wurde, da sie dann den kaum unterdrückbaren Drang verspürte, gestenreich mit den Händen zu reden. In dieser Gesellschaft schien es ihr allerdings nicht angebracht, so viel Leidenschaft zu zeigen und so ermahnte sie sich stumm immer wieder selbst, die Hände ruhig zu halten und war dankbar, als Ben ihr zwinkernd ein Glas reichte, an dem sie sich festhalten konnte.

Gerade als sie sich gemeinsam auf den Weg zum Buffet machen wollten, trat ein Mann an Ben heran. Es war einer seiner Mandanten, der sich vielmals entschuldigte, ihn aber um eine kurze Unterredung in einer dringenden Angelegenheit bat. Ben hob die Augenbrauen und sah Lilly fragend an, die ihm mit einer kleinen Geste lächelnd zu verstehen gab, dass sie etwas abseits auf ihn warten würde. Ben bedachte sie mit einem angedeuteten Kuss, drehte sich um und ging ein paar Schritte, um ungestört das Gespräch führen zu können, während Lilly, an einer Marmorsäule lehnend, sich die Zeit damit vertrieb, die anderen Gäste möglichst unauffällig zu beobachten. Eine Angewohnheit, der sie auch Daheim gerne hin und wieder nachging, wenn sie in einer er zahlreichen Cafébars saß.
Sie hatte noch nicht lange ihre Augen über die Menge schweifen lassen, als plötzlich die Blondine auf sie zukam, die ihr anfangs bereits aufgefallen war. Lilly taxierte sie

blitzschnell: Sie schätzte sie auf Mitte dreißig, ihre Figur erinnerte an die der Supermodels der Neunziger und das Kleid schien ihr wie auf den Leib geschneidert zu sein. Diese Frau musste ein außerordentliches Selbstbewusstsein besitzen, denn ihre Erscheinung stach sofort hervor und nicht wenige drehten sich nach ihr um, als sie an ihnen vorüber schritt. Lilly hatte erwartet, dass sie auch an ihr vorbeigehen würde und ihren Blick schon wieder abgewandt, als diese direkt vor ihr stehen blieb und ihr zu ihrem großen Erstaunen die Hand entgegenstreckte. „Hallo! Unser gemeinsamer Bekannter hat es leider wohl bisher verpasst uns einander vorzustellen. Das möchte ich hiermit nachholen. Jill Morris." Sie funkelte Lilly erwartungsvoll an und rang sich ein flüchtiges Lächeln ab, das vielmehr nur ein Zucken ihres Mundwinkels war. Lilly nickte freundlich. „Angenehm. Lilly Moore." Dann senkte Jill den Kopf und beugte sich etwas näher ihrer Kontrahentin entgegen: „Hören Sie … ich möchte nicht, dass das Ganze hier für uns unangenehm wird und ich hatte nicht erwartet, dass Ben wirklich zu so etwas fähig wäre, aber …", sie unterbrach ihren Satz, griff nach Lillys Arm, um sie ein Stück um die Säule herumzuziehen, damit sie ungestört mit ihr reden konnte. War Lilly erst unsicher gewesen, ob diese Frau sie vielleicht verwechselte, so horchte sie jetzt doch auf, als Jill Bens Namen erwähnte. Was wollte diese Frau nur von ihr? Und war sie nicht vorhin der Grund gewesen, warum er verärgert reagiert hatte? „Ich weiß, wie sehr Ben im Stress ist und da ist es sicherlich nur recht und billig, sich auch mal etwas Abwechslung zu gönnen. Ich bin ihm deswegen auch gar nicht böse, auch wenn ich so einen Urlaubsflirt nicht ein zweites Mal akzeptieren werde." Jill schaute ihr Gegenüber mit einem stechenden Blick an und fuhr dann fort: „Um es auf den Punkt zu bringen: Lassen Sie die Finger von meinem Lebensgefährten, wenn er schon nicht seine Finger von Ihnen lassen kann." „Da muss ein Irrtum vorliegen", lächelte Lilly den Angriff weg. „Nein, ich befürchte, da irren Sie sich. Ben und ich sind seit Monaten liiert", wurde Jill deutlicher und beschloss noch dicker aufzutragen, indem sie alle Informationen nutze, die sie entweder aus den Gesprächen mit Ben selbst oder heimlich beim Blick auf sein Telefon ergattert hatte. „Ich weiß natürlich, wie ihn seine Scheidung mitgenommen hat - war ja ein richtiger Rosenkrieg. Dass er danach ein paar Tage wegwollte, war für mich vollkommen in Ordnung. Und Sie als Urlaubsflirt: Es gibt wahrlich schlimmeres." Während sie diese Worte aussprach, glitten ihre Blicke an Lilly herunter. „Was ist auch schon gegen so einen Zeitvertreib einzuwenden, das haben wir doch alle schon mal gesucht oder etwa nicht?", sie zwinkerte ihr vielsagend zu. „Sein wir doch mal ehrlich, Lilly, für mehr würde es auch unter anderen Umständen nicht zwischen Ihnen beiden reichen. Sie kommen aus verschiedenen Welten und würden ihn eher bei der Weiterentwicklung seiner Karriere behindern. Schauen Sie, ich bin bei der Rechtsanwaltskammer und unterstütze Ben, wo es nur geht. Das war wichtig nach seinem Ausscheiden aus der Kanzlei seines Schwiegervaters. Glauben Sie, er hätte heute schon wieder so ein Renommee, wenn ich ihn dabei nicht unterstützt hätte? Sie als seine italienische Affäre hätten vermutlich eher das Gegenteil bewirkt." Genüsslich ließ Jill jedes ihrer Worte wirken, erzielte aber scheinbar immer noch nicht die erwünschte Wirkung. Lilly war sich weiterhin sicher, dass das Geschilderte nicht der Wahrheit entsprechen konnte. Ben war nicht der Typ, der ein Doppelleben führte. Doch Jill hatte nur eine kleine Pause gemacht, um jetzt weiter nachzulegen: „Ich wären Ihnen auch sehr dankbar, wenn die ständigen Nachrichten, die Sie Ben schreiben - zugegeben sehr zuckersüß teilweise - unterbleiben könnten. Ich muss bei allem Langmut gestehen, dass es inzwischen etwas nervt, wenn ständig das Telefon summt, während wir zusammen auf der Couch liegen." Hatte ihre Stimme jetzt tatsächlich einen leicht lasziven Klang oder bildete sich Lilly das nur ein? Das alles konnte nicht stimmen und durfte es auch nicht. Endlich wandte sich Jill zum Gehen, hielt aber noch einmal inne und zischte ihr zu: „Und über eins bin ich

wirklich richtig sauer: Diese Wandfarbe, zu der Sie Ben überredet haben, ist grauenvoll. Gut – es ist nicht meine Wohnung, aber sobald es geht, werde ich Maler beauftragen, um dem Raum wieder ein stilvolles Ambiente zu verleihen." Dann sah sie Lilly ein letztes Mal direkt in die Augen. „Ich hoffe, wir haben uns verstanden. Sie verschwinden aus Bens und meinem Leben, denn für Sie, als seine Geliebte, haben wir da keinen Platz." Mit diesen Worten drehte sie sich endgültig um, straffte ihre Schultern und schritt quer durch den Raum davon.
Lilly blieb verwirrt und aufgewühlt zurück. Was war das gewesen? Das konnte doch alles gar nicht wahr sein. Wie auch! Schließlich war sie spätestens seit gestern die Frau an seiner Seite. Trotzdem fühlte sie sich unwohl. Der Satz mit den verschiedenen Welten war nicht ganz so abwegig, wenn sie sich hier umsah und das waren nun mal die Menschen, mit denen sich Ben tagtäglich umgab. Lillys Umfeld waren dagegen Marktfrauen, Gondolieri und Glasbläser. Na und? Sie liebten sich und da spielte es keine Rolle, aus welcher Welt man kam. Oder etwa doch? Nein, nicht bei Ben. Er hatte sie so kennengelernt, wie sie lebte und hatte sich dann in sie verliebt. Basta!
Sie blieb dort, an die Säule gelehnt, noch eine Weile stehen und atmete tief durch. Alles, was sie jetzt wollte, war den restlichen Abend wieder an Bens Seite zu verbringen. Egal, was diese Frau ihr versucht hatte, weiß zu machen, sie wusste es schließlich besser. Sehnlich suchte sie mit ihren Augen den Raum nach Ben ab und sah ihn immer noch bei seinem Mandanten stehen, schien sich aber gerade von diesem zu verabschieden und wandte sich zum Gehen, als plötzlich Jill neben ihm auftauchte. Seinem Gesichtsausdruck konnte Lilly auch über die Distanz entnehmen, dass sie keine Unbekannte für ihn war. Er griff nach Jills Arm, zog sie zur Seite und stand jetzt mit dem Rücken zu Lilly, die zusehen musste, wie er ihr etwas ins Ohr flüsterte. Beunruhigt versuchte sie Jills Mimik zu deuten und zu ihrem Erschrecken stellte sie fest, dass diese lächelte und mit ihren

Lippen einen Kuss andeutete, während sie ihre Hand auf seinen Oberarm legte. Die beiden wirkten vertraut und Lilly wusste nicht, was gerade schwerer wog, die Übelkeit, die in ihr aufstieg oder ihre Knie, die sich wie Pudding anfühlten und nachzugeben drohten. Sie biss sich auf die Lippen und schloss für einen Moment die Augen, in der Hoffnung, dass alles wieder gut sein würde, wenn sie sie wieder öffnete. Dem war aber nicht so. Die beiden standen immer noch abseits der anderen Gäste eng beieinander und Lilly begann darüber nachzudenken, was diese Frau ihr gerade gesagt hatte. Hatte sie etwa doch nicht gelogen?

Ben war außer sich vor Wut und konnte seinen Zorn kaum kontrollieren. Die Art und Weise wie Jill ihn herausfordernd angesehen hatte, war einfach zu viel gewesen. Er griff sie am Arm, zog sie zur Seite und zischte ihr leise ins Ohr: „Wage es ja nicht noch einmal, Lügen über mich zu verbreiten. Ich habe dich nie berührt und ich werde es auch in Zukunft nie tun. Hast du das verstanden? Solltest du es noch einmal wagen, mir in irgendeiner Weise zu nahe zu treten, mich oder meinen Ruf in Misskredit zu bringen, dann werde ich dich zur Rechenschaft ziehen und das meine ich verdammt ernst.“ Sie senkte den Kopf und sah ihn durch ihre langen Wimpern hindurch an. „Wie du willst. Ich habe es nur gut mit dir gemeint.“ Sie hauchte ihm einen angedeuteten Kuss zu und sah aus den Augenwinkeln, dass Lilly in ihre Richtung schaute. Sie war sich der Wirkung, die diese Szene auf diese Frau haben musste vollends bewusst und konnte ihr triumphierendes Lächeln nur schwer verbergen, als er sie losließ und zum Gehen wandte.

Als er zu Lilly zurückgekehrt war, legte den Arm um sie, zog sie sanft an sich heran und gab ihr einen zärtlichen Kuss auf die Wange. Sie hatte Mühe, die Tränen zu unterdrücken, die in ihr aufstiegen, schloss die Augen, atmete tief durch und war bemüht, dass Ben ihr nicht ins Gesicht sah. Was sollte sie nur tun? Ihr Herz sagte ihr, dass sie gerade wieder im

Arm des Mannes lag, den sie liebte, aber in ihrem Kopf arbeiteten die Worte von Jill. Hatte sie nicht recht damit, dass dies eine ganz andere Welt war, in die sie gar nicht rein passte und vermutlich auch nicht reingehören wollte? Würde sie nicht tatsächlich Ben im Wege stehen, wenn er häufiger bei ihr in Venedig wäre, anstatt seinen Verpflichtungen hier in London nachzukommen. Und Jill? Ben hatte gerade ihren Arm gehalten und ihr etwas zugeflüstert. Bei ihr hatte er noch nie ein Wort über Jill fallen lassen. War das Zufall? Wollte er sie vor ihr verheimlichen? Wie viel wusste Lilly wirklich über ihn und sein Leben? Würde er ihr jetzt die Wahrheit sagen, wenn sie nachfragen würde, obwohl er diesen Teil seines Lebens bisher ausgespart hatte? Ihr Kopf begann zu dröhnen. Alles was sich noch vorhin perfekt angefühlt hatte, geriet ins Wanken. Sie wollte am liebsten nur noch weg. Nach Hause. Nach Venedig.
Doch sie konnte ihn schließlich nicht hier vor allen Leuten einfach so stehen lassen und wegrennen und hakte sich wieder bei ihm ein. Ben steuerte jetzt endgültig das Buffet an und erkundigte sich, was sie gerne essen wollte. Noch ganz in Gedanken, schreckte Lilly bei der Frage zusammen und schaute sich um. „Alles in Ordnung, mein Liebling?", fragte er. „Ja - ja, alles in Ordnung. Die Auswahl erschlägt mich nur gerade etwas", antwortete sie und versuchte dabei zu lächeln. Es schien ihr auch zu gelingen, denn Ben bohrte nicht weiter nach. Schnell deutete sie daher auf einige der Häppchen, die vor ihnen ausgebreitet waren und er legte diese für sie auf einen Teller. Nachdem er ebenfalls seine Wahl getroffen hatte, setzten sie sich an einen Tisch, an dem auch Bens Kollege mit seiner Frau Platz genommen hatte. Zu ihrer eigenen Überraschung ging es ihr nach den ersten Bissen schon etwas besser und auch die Gesellschaft des Paares, das sie bereits kennengelernt hatte, trug dazu bei, dass sie sich weiter beruhigte und auf andere Gedanken kam. Trotzdem wanderte ihr Blick immer wieder umher, aber von Jill Morris war weit und breit nichts mehr zu sehen. Vielleicht war alles nur ein böser Traum gewesen und alles wieder gut?

Sie wollten gerade den Tisch verlassen, als Matthew zu ihnen stieß. Er klopfte Ben auf die Schulter, schien aber von Lilly keine Notiz zu nehmen. Die beiden Männer begrüßten sich und noch bevor Ben Lilly vorstellen konnte, fragte der Juniorchef: „Was ich dich die ganze Zeit schon fragen wollte: Ist mit Jill wieder alles okay? Ich hörte, es gab da gewisse - nennen wir es Irritationen.“ Ben zuckte kurz zusammen. Nahm das denn niemals ein Ende? Wie kam er darauf, ihn ausgerechnet jetzt auf dieses Thema anzusprechen? Lilly hingegen nahm gar nichts mehr wahr. Das Rauschen in ihren Ohren wurde so laut, dass sie für einen Moment nichts hörte und der Kloß in ihrem Hals ihr jegliche Luft zum Atmen zu nehmen schien. Es stimmte also. Sie war nur die italienische Affäre oder wie war es gerade ausgedrückt worden: eine Irritation. Warum Ben sie hierher mitgenommen hatte, konnte sie sich zwar nicht erklären. Sie brauchte allerdings auch keine Begründungen mehr. Das Bild fügte sich Puzzlestück für Puzzlestück zusammen.
Wie durch einen Nebel vernahm sie, dass Ben sie Matthew vorstellte und wie ein kleines Mädchen, dem man Gehorsam gepredigt hatte, gab sie ihm die Hand und versuchte zu lächeln. Ob es ihr tatsächlich gelang, wusste sie allerdings selbst nicht.

Den Rest des Abends war Lilly sehr still, Ben bemerkte dies zwar, aber als er sich bei ihr nach dem Grund dafür erkundigte, gab sie vor, einfach nur müde zu sein. Zärtlich nahm er sie in den Arm, gab ihr einen Kuss auf die Wange und raunte ihr zu: „Dann lass uns nach Hause fahren. Ich bin ehrlich gesagt auch froh, wenn wir den Abend hier jetzt beenden. Wir waren lange genug da und haben unsere Pflicht erfüllt.“ Sie schritten durch die Lobby und traten vor das Hotel in die kühle Nacht hinaus. Sofort zog Lilly das Tuch um ihre Schultern etwas fester zusammen, da der Wind sie frösteln ließ. Der Portier winkte ein Taxi herbei, in das sie sogleich einstiegen und auf den Heimweg machten. Auf der

Rückbank des Wagens hielt Ben die ganze Zeit ihre Hand, streichelte sie und schmiedete bereits Pläne für den morgigen Tag. Sie hatte einmal erwähnt, dass sie in Islington groß geworden war. Möglicherweise war es ja eine schöne Idee, dort spazieren zu gehen, aber das würde er sie beim Frühstück fragen. Jetzt sollte sie sich erst einmal ausschlafen. Lilly saß die ganze Zeit still neben ihm und schaute gedankenverloren auf die vorbeigleitenden Lichter der Stadt. Sich damit abzulenken war gerade der beste Weg, nicht in Tränen auszubrechen. Sollte sie ihn darauf ansprechen, wenn sie in seiner Wohnung angekommen waren? Würde er ihr dann die Wahrheit sagen, wenn er sie doch monatelang erfolgreich vor ihr verheimlicht hatte?
Als der Wagen plötzlich stoppte, erkannte sie erst, dass sie bereits bei ihm daheim angekommen waren. Ben öffnete die Wagentür, reichte ihr die Hand, um ihr beim Aussteigen behilflich zu sein und seine liebevolle und fürsorgliche Art ließ ihre Augen erneut feucht werden. Wie gerne hätte sie einen Mann wie ihn an ihrer Seite.
Er schloss die Haustür auf und sie stiegen die Treppe in den ersten Stock empor. Noch an der Wohnungstür fragte er leise: „Trinken wir noch ein Glas Wein, bevor wir zu Bett gehen?“
Wie gerne hätte sie ihm zugestimmt, aber jeder Moment, den sie mit ihm allein war, vielleicht sogar in romantischer Atmosphäre, vergrößerte ihren Schmerz nur noch mehr. „Bist du mir böse, wenn ich lieber gleich schlafen gehen möchte. Es war ein langer Tag – und sehr viele Eindrücke.“
Sie betraten die Wohnung und sofort nahm Ben sie wieder in den Arm. Er drückte sie an sich und gab ihr einen Kuss auf ihren Scheitel. „Nein, überhaupt nicht, dann sind wir morgen umso ausgeschlafener.“
Lilly nickte stumm, schlüpfte aus ihren Schuhen und ging ins Bad. Hier, ganz allein, konnte sie ihre Tränen nicht mehr zurückhalten und suchte hastig nach den Abschminktüchern, um eine Erklärung für ihre geröteten Augen zu haben, falls Ben zur Tür reinkommen sollte. Um sich zu beruhigen,

atmete sie einige Male tief durch - mit mäßigem Erfolg. Währenddessen hörte sie Geräusche aus der Küche, wo Ben noch aufzuräumen schien. Erleichtert darüber, dass er beschäftigt war, zog sie sich aus, stahl sie sich rüber ins Schlafzimmer und kroch sofort unter die Decke.
Als Ben wenig später nach ihr sah, fand er sie bereits schlafend. Lächelnd betrachtete er sie, bevor er auf Zehenspitzen nach nebenan ins Ankleidezimmer ging, wo er sich leise umzog und dann zu ihr zurückkehrte, sich neben sie legte und ihr sanft einen Kuss auf die Stirn gab. Es tat gut, sie in seiner Nähe zu wissen. Sie tat ihm gut und er wollte sie am liebsten nie wieder gehen lassen, das wurde ihm gerade wieder bewusst und so schlief er mit einem Lächeln auf den Lippen zufrieden neben ihr ein.

Einige Stunden später schreckte Lilly hoch. Sie hatte schlecht geträumt. Da war diese Frau gewesen, die ihr erklärt hatte, dass sie nicht mit Ben zusammen sein konnte, weil er schon mit ihr liiert war. Doch dann fiel ihr ein, dass das Ganze kein Traum gewesen war. Diese Frau gab es tatsächlich, Lilly hatte Ben mit ihr zusammen gesehen. Er wurde sogar nach ihr gefragt. Was sollte es also an dieser Situation nicht zu verstehen geben?
Während sie sich im Bett aufrichtete, spürte sie erst, wie verschwitzt sie war und ihr Herz raste. Sie hoffte, einen klaren Gedanken fassen zu können, kannte sich allerdings, was das betraf nur zu gut: Wälzte sie nachts Sorgen und Probleme, so ergab sich nie eine Lösung, jedoch bei Hellem betrachtet lichteten sich die dunklen Schatten dann wie von selbst und sie fand einen Weg. Aber in diesem Fall waren die Schatten sehr real gewesen – zu real. Diese würden sich auch morgen früh nicht aufgelöst haben. Lilly merkte, wie ihr Tränen über die Wangen liefen und sie schaute zu Ben hinüber. Er schlief ruhig neben ihr und ihr Herz wurde bei seinem Anblick noch schwerer. War es nicht an der Zeit, eine Entscheidung zu treffen? Wenn er es nicht tat, dann musste sie es wohl tun. Leise schlüpfte sie unter der Decke

hervor und stand auf. Vorsichtig schlich sie zu der Kommode, auf der einige Ihre Kleidungsstücke lagen, klaubte sie zusammen und griff auch nach ihrem Koffer. Der Boden knarzte unter ihren Füßen und erschrocken drehte sie sich zu Ben um, der sich unter der Bettdecke bewegte, aber scheinbar nicht von dem Geräusch aufgewacht war.
Den Griff des Koffers fest umklammernd, öffnete sie die Tür und verließ leise das Schlafzimmer. Im Flur angekommen, zog sie sie sachte hinter sich zu, stellte ihr Gepäck ab und suchte eilig nach ein paar Kleidungsstücken, die sie im Bad überzog. Ihr ungekämmtes Haar band sie zusammen und warf einen Blick in den Spiegel. Immer noch oder schon wieder waren ihre Augen vom Weinen gerötet und geschwollen, aber das spielte jetzt keine Rolle. Geschwind schmiss sie ihre Utensilien aus dem Bad in einen kleinen Beutel und verstaute anschließend alles in ihrer Tasche. Mit einem letzten prüfenden Blick überzeugte sie sich davon, dass sie auch nichts vergessen hatte. Jetzt fehlten nur noch ihre Schuhe und ihre Jacke. Immer noch auf Zehenspitzen schlich sie zur Garderobe und packte auch den Rest zusammen. Die Tränen begannen wieder zu laufen und sie konnte rein gar nichts dagegen tun.
Dann hielt sie einen Moment inne, ging in die Küche, griff nach Papier und Stift, um Ben eine letzte Nachricht zu hinterlassen:

> „*Ben, ich befürchte, es war von Beginn an ein Irrtum, dass ich in deine Welt und dein Leben passen würde. Zudem möchte ich dir auch in keiner Weise weiter im Wege stehen und wünsche dir alles Gute.*
> *Lebe wohl! Lilly*“

Mit dem Handrücken wischte sie sich immer wieder die Tränen aus ihrem Gesicht. Plötzlich fiel ihr Blick auf den kleinen Zettel, den Ben ihr am ersten Abend gegeben hatte. Er lag noch immer auf dem Küchentisch. Sie nahm ihn,

faltete ihn auseinander, strich das angekreuzte *Ja* durch und umrandete energisch mehrmals das *Nein*.
Noch immer schluchzend zog sie ihre Jacke über, die sie jetzt unbedingt brauchen würde, denn ein Blick auf die Uhr verriet ihr, dass es erst kurz vor vier Uhr und draußen vermutlich noch sehr kühl war. Sie würde sich ein Taxi rufen, nach Heathrow fahren und ihr Ticket umbuchen, um auf schnellstem Wege wieder heimzukommen. Vielleicht hatte ja am Flughafen auch schon ein Café geöffnet und sie konnte etwas Warmes trinken, überlegte sie.
Insgeheim hoffte Lilly, dass jetzt die Schlafzimmertür aufgehen und Ben sie fragen würde, was passiert sei und was sie vorhatte, sie in den Arm nehmen und davon abhalten würde, zu gehen, aber nichts dergleichen geschah. Die Tür blieb geschlossen und Ben schlief vermutlich tief und fest.
Sie nahm ihren Koffer in die eine und die Handtasche in die andere Hand, öffnete die Wohnungstür und atmete noch einmal tief durch. So wird es das Beste sein, redete sie sich immer wieder ein, zog die Tür ins Schloss und ging die Stufen hinab.
Draußen war es noch dunkel und ein unangenehmer Wind wehte ihr entgegen. Kurz sehnte sich Lilly nach der Wärme des Bettes, in dem sie noch vor weniges als einer halben Stunde gelegen hatte und wie gerne sie sich jetzt in eine Decke eingekuschelt hätte, aber das war nun keine Option mehr. Sie ging die Straße entlang, ohne genau zu wissen, wo sie hinmusste, um ein Taxi zu erwischen. An der nächsten Straßenecke blieb sie daher stehen, zog ihr Telefon aus der Tasche und schaute nach, wo sich die nächste U-Bahn-Station befand. Wenn sie Glück hatte, würde sie dort auch ein Taxi finden.
Und tatsächlich dauerte es nicht lange, bis sie fündig wurde. Sie stieg ein, bat den Fahrer, sie zum Flughafen zu bringen und versuchte, es sich im Fond des Wagens so bequem wie nur irgendwie möglich zu machen. Dabei fiel ihr Blick fiel auf ihr Telefon, das sie noch immer fest umklammert hielt. Entschlossen öffnete sie die Liste ihrer Kontakte, suchte

nach Ben und blockierte seine Nummer. Anschließend löschte sie den Nachrichtenverlauf mit ihm. Sofort krampfte sich ihr Magen zusammen und ihre Augen füllten sich erneut mit Tränen, aber es musste sein. Anders würde sie ihn nicht vergessen können und das war jetzt das Allerwichtigste. Irgendwann würde sie darüber hinweg kommen und dann würde auch der Schmerz in ihrem Herzen vergehen …

Kapitel 16 – Einsames Erwachen

Ein paar vereinzelte Sonnenstrahlen bahnten sich ihren Weg durch die Wolkendecke und fielen durch das Schlafzimmerfenster hinein. Ben gähnte, öffnete mühsam seine Augen und streckte sich. Wie spät war es wohl schon? Als er das Sonnenlicht bemerkte, das sich im Bilderrahmen an der Wand spiegelte, war er sich sicher, dass dies ein ganz fantastischer Tag werden würde, wobei das Wetter dabei nur eine untergeordnete Rolle spielte, vielmehr war seine Lilly der Hauptgrund dafür. Er drehte sich zu ihr, um ihr einen Kuss zu geben, aber ihre Seite des Bettes war leer. Vermutlich ist sie gerade im Bad, kommt gleich zurück und strahlt mich wieder mit ihren wundervollen blauen Augen an, schoss es ihm durch den Kopf und ein Lächeln huschte über sein Gesicht. Noch etwas schlaftrunken schloss er wieder die Augen, um auf sie zu warten und verbrachte die Zeit damit, über die Geschehnisse des gestrigen Abends nachzudenken: Wie aufgeregt Lilly vorher gewesen war und dass sich all ihre Bedenken als vollkommen unnötig herausgestellt hatten. Wie stolz er gewesen war, diese tolle Frau an seiner Seite, ganz offiziell als seine Freundin vorstellen zu können. Er spürte das Kribbeln in seinem Bauch, wenn er nur an das Lächeln dachte, das sie ihm immer wieder schenkte. Sie hatte es tatsächlich fertig gebracht, dass er sich in so kurzer Zeit bis über beide Ohren in sie verliebt hatte. Rundum zufrieden und glücklich, zog er ihr Kissen zu sich rüber, um ihren Duft einzuatmen, ungeduldig wartend, bis er ihn wieder direkt an ihr wahrnehmen konnte.

Unterdessen überlegte er, was sie heute als erstes machen würden. Ob sie vielleicht auch Lust hatte, ein bisschen zu shoppen? Egal, er würde versuchen, ihr jeden Wunsch von den Augen abzulesen. Wenn das Wetter hielt und darauf hoffte er inständig, dann würde er am späten Nachmittag mit ihr zu einer dieser angesagten Rooftop-Bars gehen, damit sie

erneut den Ausblick über ihre alte Heimatstadt genießen konnte. Schließlich lag ihm – nicht ganz uneigennützig - sehr daran, dass sie sich neu in diese Stadt verliebte und in Zukunft öfters hier sein würde.
Während er gedankenversunken plante, fiel ihm plötzlich auf, dass es komplett still in der Wohnung war. Müsste nicht wenigstens das Wasser rauschen oder irgendein anderes Geräusch zu hören sein? Eine Tür zuklappen oder Schritte im Flur? War alles in Ordnung mit Lilly? Er rief nach ihr, aber es kam keine Antwort. Beunruhigt sprang Ben aus dem Bett und schaute erst im Bad und dann in der Küche nach ihr. Sein Herz begann schneller zu schlagen und er machte sich ernsthaft Sorgen. Wo konnte sie nur sein? Hektisch öffnete er die Türen zu jedem Zimmer und hörte nicht auf, ihren Namen zu rufen. Sie konnte unmöglich weg sein. Doch als er ein weiteres Mal in der Küche nach ihr schaute, fiel sein Blick auf das Blatt Papier, das sie dort für ihn auf dem Tisch zurückgelassen hatte. Er überflog die Zeilen, wurde blass und musste sich setzten. Aufgelöst fuhr er sich mit den Fingern durch sein Haar und las erneut, was auf dem Zettel stand, ohne es zu verstehen. Was war passiert? Hatte er irgendetwas nicht mitbekommen? Er stütze die Ellenbogen auf dem Tisch und vergrub sein Gesicht in seinen Händen, dabei fiel ihm der kleine Zettel auf: Auch hier hatte sie die Antwort geändert. Das konnte, nein, das durfte nicht wahr sein. Er fühlte sich kraftlos und ihm wurde schlecht. Hastig stand er auf und suchte er nach seinem Telefon. Lilly konnte doch hoffentlich noch nicht weit sein. Zittrig suchte er nach ihrem Kontakt und wählte die Nummer. Es ertönte ein Freizeichen und er hoffte inständig, dass er sie erreichte, sie irgendwo abholen und alles klären konnte, doch bevor er den Gedanken beendet hatte, erklang das Besetztzeichen. Was hatte das zu bedeuten? Er versuchte es erneut, aber wieder folgte nach kurzer Zeit das gleiche Signal. Ihre Sachen! - schoss es ihm durch den Kopf. Sie konnte unmöglich alles gepackt haben, ohne dass er etwas davon mitbekommen hatte. Aber als er zuerst ins

Schlafzimmer und dann ins Bad stürmte, fand er – nichts. Es sah alles aus, als ob sie niemals da gewesen wäre. Hilflos ging er zurück ins Schlafzimmer und ließ sich aufs Bett fallen. Lilly war wie vom Erdboden verschwunden. War sie auf dem Weg zum Flughafen oder vielleicht sogar schon dort? Erneut rannte er in die Küche, holte sein Telefon und durchforstete seine E-Mails nach ihren Ticketdaten. Eilig rief er die Seite der Airline auf, suchte nach dem Online-Check-in und gab ihre Daten ein: Lilly hatte tatsächlich ihren Flug umgebucht und die Maschine hatte bereits Richtung Venedig abgehoben.
Ben war verzweifelt. Er konnte sich nicht erklären, was zwischen gestern Abend und heute Nacht passiert sein musste, aber er begriff langsam, dass sie weg war.
Er holte ein Glas aus dem Schrank, füllte es mit Wasser und nahm einen Schluck, bevor er wieder Lillys Zeilen durchlas. Sie passte doch perfekt zu ihm und seine Welt hätte sich schon von ganz allein auch an sie angepasst. Und wobei wollte sie ihm nicht im Wege stehen? Er zermarterte sich den Kopf und versuchte sich an die Gespräche des gestrigen Abends zu erinnern. Frustriert und niedergeschlagen saß er zusammengesunken in der Küche. Am besten flog er ihr sofort hinterher. Er musste mit ihr reden. Aber würde sie ihn überhaupt anhören oder war es nicht vielleicht besser, ihr ein paar Tage Zeit zu geben? Fest stand für ihn im Grunde nur, dass er sie nicht kampflos aufgeben würde und er war bereit, alles in seiner Macht stehende zu tun, um gut zu machen, was vorgefallen sein musste.
Im Moment fiel es ihm allerdings schwer, überhaupt einen klaren Gedanken zu fassen, stattdessen quälten ihn die Sorgen um Lilly, seine Lilly: Wo war sie gerade, was tat sie und wie ging es ihr? Vermutlich ging es ihr schlecht, denn sonst wäre sie nicht Hals über Kopf weggelaufen. Zugegeben mochte sie impulsiv sein, aber das sah überhaupt nicht nach ihr aus.
Entmutigt beschloss er, etwas Sport zu treiben; das würde zwar seine Probleme nicht lösen, aber es würde ihm

möglicherweise dabei helfen, sich abzulenken und den Kopf etwas freier zu bekommen.
Er holte seine Tasche aus dem Ankleidezimmer, warf frische Sportkleidung hinein und zog sich an, bevor er einen weiteren Versuch unternahm und traurig eine Nachricht an sie in das Telefon tippte.

Eine halbe Stunde später fuhr er auf den Parkplatz des Fitnessstudios, stellte den Wagen ab und verharrte noch eine Weile dort. Seine Pläne für diesen Samstag waren so ganz anders gewesen und Wut und Verzweiflung stieg in ihm auf. „Verdammt!", entfuhr es ihm und er schlug mit der flachen Hand auf das Lenkrad, wobei er nur um Haaresbreite die Hupe verpasste.
Ernüchtert atmete er ein paar Mal tief durch, bevor er ausstieg und nach wenigen Schritten das Gym betrat, wo er beim Erreichen der Rezeption versuchte, ein Lächeln aufzusetzen. Keiner sollte mitbekommen, wie es tatsächlich in ihm aussah, weil es auch keinen etwas anging und er selbst die Geschehnisse seines einsamen Erwachens erst einmal verarbeiten musste.
Er verschwand in der Umkleidekabine, wechselte in sein Trainings-Outfit und begann mit dem Workout. Heute wollte er sich komplett verausgaben und wenn ihm morgen alle Glieder schmerzen würden, war das auch in Ordnung – Hauptsache es überdeckte den Schmerz in seinem Herzen.
Er stemmte verbissen die Gewichte und nahm seine Umgebung gar nicht mehr wahr. So bekam er auch nicht mit, wie Sam auftauchte und neben ihm an der Hantelbank stehen blieb. Verwundert, ihn hier überhaupt anzutreffen, sprach er ihn an, aber Ben reagierte nicht. Auch Sams zweiter Versuch blieb erfolglos und so trat sein Freund hinter die Hantelbank und nahm Ben das Gewicht aus der Hand, als dieser es gerade hochstemmte. „Sag mal, willst du in deinem Alter noch Mister Universum werden? Ich stehe schon eine ganze Weile hier und du reagierst noch nicht einmal, wenn ich dich anspreche. Alles klar bei Dir?" Ben

der erschrocken zusammengefahren war, richtete sich auf der Bank auf und wischte sich mit dem Handtuch den Schweiß von der Stirn. Erschöpft verneinte er, nahm einen langen Schluck aus seiner Trinkflasche und ließ traurig den Kopf hängen. „Nichts ist okay, Pal."
Er stand auf, deute schweigend auf eine Sitzbank an der gegenüberliegenden Wand und ging voraus. Sam folgte seinem Freund und setzte sich neben ihn. Ben lehnte seinen Hinterkopf an die Wand und dann brach es aus ihm heraus. „Sie ist weg. Sie war heute Morgen einfach nicht mehr da." Er starrte an die Decke über sich und wischte sich mit den Händen immer wieder über sein Gesicht. Sam verstand erst nicht, bis ihm einfiel, dass Ben ihm vor Kurzem freudestrahlend von Lillys bevorstehendem Besuch berichtet hatte und jetzt das. Er konnte sich nicht daran erinnern, seinen Freund jemals so aufgewühlt und deprimiert gesehen zu haben. Sicherlich war er auch in der Zeit seiner Scheidung niedergeschlagen gewesen, aber das hier war etwas anderes. Ben wirkte vollkommen am Boden zerstört und auch wenn Sam klar war, um wen es hier ging, fragte er nach: „Wer ist weg?" „Lilly …", Ben machte eine Pause bevor er fortfuhr. „Ich hatte sie gebeten, mich zu einem Empfang gestern zu begleiten und das hat sie auch gerne getan. Wir wollten dann noch das Wochenende zusammen verbringen …", er stockte. „Bis gestern Abend war noch alles in bester Ordnung und letzte Nacht muss sie gegangen sein. Ich habe keine Ahnung, warum und wieso. Es ist nichts zwischen uns vorgefallen, dass ihr Weggehen in irgendeiner Weise erklären könnte." „Du hast wahrscheinlich auch schon versucht, sie anzurufen, oder?", fragte Sam mit ehrlichem Mitgefühl in der Stimme. „Ja, mehrmals schon. Erst frei dann besetzt", murmelte Ben. „Shit!", entfuhr es Sam. „Klingt, als ob sie dich blockiert hätte." Im gleichen Moment biss er sich auf die Zunge und machte sich Vorwürfe, dass er es ausgesprochen hatte. Tröstend legte er Ben die Hand auf die Schulter, der wie abwesend nickte und leise antwortet, während er ins Leere starrte. „Dann werden auch meine

Nachrichten an sie ins Nichts laufen." Er beugte sich nach vorne und vergrub sein Gesicht in den Händen.
Sam war ratlos. „Oh Mann, wie kann ich dir nur helfen? Was hältst du von einem Bier im Pub unter Freunden und dann Indian Curry bei mir? Ich bestelle auch und koche nicht selbst, versprochen."
Ben richtete sich wieder auf und tätschelte Sams Oberschenkel. „Danke Pal, ich weiß das wirklich zu schätzen. Ich komme die Tage auch gerne darauf zurück, aber heute muss ich das erst einmal allein verdauen und ich muss einfach auch weiter versuchen, Lilly zu erreichen. Ich habe immer noch die Hoffnung, dass sie das Telefon ausgeschaltet hat, weil sie im Flieger war oder dass der Akku leer ist." Er sah Sams mitleidigen Blick. „Ich weiß, ich klammere mich an Kleinigkeiten, aber ich will die Hoffnung nicht aufgeben, dass ich schnellstmöglich mit Lilly reden kann und wir alles aus der Welt räumen, was – warum auch immer - zwischen uns steht." Zögernd stand er auf und legte sein Handtuch um den Hals. Sam betrachtete seinen Freund, wie er so da stand. Trotz seiner sportlichen und großen Statur wirkte er verloren. Er erhob sich ebenfalls, klopfte ihm ein letztes Mal auf die Schulter und bat ihn, sich die nächsten Tage zu melden und ihn auf dem Laufenden zu halten. Mehr konnte er momentan nicht für seinen Freund tun.

Wenig später saß Ben in seinen Wagen und holte das Telefon hervor. Fahrig wählte er zum wiederholten Male Lillys Nummer, aber auch dieses Mal ohne Erfolg. Verzweifelt warf er das Telefon auf den Beifahrersitz, von wo aus es auf den Boden sprang. Als er sich rüber beugte, um es aufzuheben, fiel sein Blick auf ein Seidentuch. Lillys Seidentuch, das sie bei ihrer Ankunft in London um den Hals geschlungen und im Auto abgelegt hatte. Vermutlich war es ihr dann aus der Handtasche gerutscht. Vorsichtig hob er es auf, streichelte beinahe zärtlich über den Stoff und hielt es an seine Wange, wobei er den Duft von Lillys

Parfum wahrnahm. Traurig schloss er die Augen und spürte, wie sie sich mit Tränen füllten. Er schluckte, rieb sie sich rasch weg und legte das Tuch behutsam zusammen, um es anschließend in seine Jackentasche zu schieben. Momentan war es das Einzige, was ihm von ihr geblieben war.

Kapitel 17 – Gute Freunde sind kostbar

Lilly sah sich vorsichtig nach allen Seiten um. Sie wollte von niemandem bei ihrer vorzeitigen Rückkehr gesehen werden. Sie wollte keine Fragen beantworten, warum und weshalb sie jetzt schon wieder zurück in Venedig war und vor allem wollte sie keine Fragen über Ben beantworten müssen. Später vielleicht einmal, aber nicht heute. Mit dem Bus war sie vom Flughafen in die Stadt gefahren und machte sich von der Piazzale Roma zu Fuß auf den Weg zu ihrer Wohnung. Dafür nahm sie nicht die direkte Strecke, denn da befürchtete sie, auf Bekannte zu treffen. Vielmehr wählte sie Umwege über verwinkelte Gassen und verschlungene Durchgänge und alles, nur um nicht Rede und Antwort stehen zu müssen, warum sie so viel früher aus London zurückgekehrt war. Unterwegs stellte sie sich immer wieder die gleichen Fragen: Wie lange würde es wohl dauern, bis sie die Erlebnisse und Gefühle dieses Sommers verdaut und vergessen haben würde? Wie lange dauerte es generell, bis ihr gebrochenes Herz heilen würde? Wie schnell konnte man jemanden vergessen, den man so tief in sein Herz geschlossen hatte. Gerade begannen sich ihre Augen wieder mit Tränen zu füllen und über ihre Wange zu laufen, als sie erleichtert um die letzte Ecke zu der Gasse bog, in der sich ihr Apartment befand. Nur noch eine Brücke und wenige Schritte trennten sie von dem einzigen Ort, an dem sie sich jetzt sicher fühlte. Schniefend blieb sie vor dem Eingang stehen, kramte in ihrer Tasche nach dem Schlüssel und schloss die Tür mit zittrigen Fingern auf. Sie beeilte sich, die Stufen hinaufzusteigen, öffnete ihre Wohnungstür, trat ein und sperrte gleich hinter sich wieder ab, als ob sie Angst hatte, jemand könnte ihr gefolgt sein. Den Koffer schob sie in eine Ecke des Flurs und ließ ihn dort stehen, ihre Jacke hingegen, die sie hastig abgestreift und in Richtung der Garderobe geworfen hatte, verfehlte den Haken nur um Haaresbreite. Sie würde später genug Zeit haben, alles aufzuräumen, jetzt wollte sie sich erst einmal verbarrikadieren und schloss an den meisten Fenstern die hölzernen Läden und an den übrigen zog sie die Gardinen fest zu. Es fiel jetzt gerade noch so viel Licht in die Wohnung, dass sie nicht schon mitten am Tag gezwungen war, die Lampen einzuschalten. Traurig schlich Lilly in ihr Schlafzimmer, ließ sich entkräftet auf ihr Bett fallen und vergrub ihr Gesicht in den Kissen. In der Stille waren die Erinnerungen und Gefühle übermächtig und ließen sie leise schluchzen, bis sie sich erschöpft in den Schlaf geweint hatte.

Wie lange sie geschlafen hatte, wusste sie nicht, als sie von einem Geräusch, dessen Herkunft sie nicht ausmachen konnte, aufgeweckt wurde und dann begann, ihre Gedanken zu sammeln. Müde richtete sie sich etwas auf, rieb ihre Augen und setzte sich auf die Bettkante. Nachdem sie sich gestreckt hatte, erhob sie sich, ging zum Fenster hinüber und schob die Gardinen ein klein wenig zur Seite, um den Himmel sehen zu können. Den langen Schatten nach zu urteilen, die die Schornsteine auf den Dächern der benachbarten Häuser warfen, musste es inzwischen später Nachmittag sein. Nur langsam gewöhnten sich ihre Augen an die Helligkeit und plötzlich bemerkte sie auch das flaue Gefühl in ihrer Magengegend, dass von einem Knurren begleitet wurde. Kein Wunder: Sie hatte zuletzt am Londoner Flughafen etwas gegessen, ein kleines Frühstück in einem Coffee-Shop, während sie auf ihren Flieger gewartet hatte. Hungrig schlurfte sie in die Küche, öffnete den Kühlschrank und fand dort nur wenig, was ihren Appetit ansprach. Ihre frischen Lebensmittel hatte sie vor ihrer Abreise alle verbraucht und sich vorgenommen, nach ihrer Rückkehr die Vorräte wieder aufzufüllen. Enttäuscht ließ sie die Schultern hängen und wandte sich hoffnungsvoll ihrem Vorratsschrank zu, in dem aber ebenfalls, abgesehen von einem Glas Oliven und ein paar Packungen Grissini gähnende Leere herrschte. Mürrisch seufzend holte sie alles

hervor und war froh, wenigstens damit ihren Hunger stillen zu können, ohne nochmals einen Fuß vor die Tür setzen zu müssen. Nachdem sie Wasser für einen Tee aufgesetzt hatte, ging sie zurück ins Schlafzimmer und zog aus dem Kleiderschrank eine Jogginghose und ein Sweatshirt heraus, um es sich so gemütlich wie möglich zu machen, schließlich beabsichtigte sie, in ihrer derzeitigen Gemütsverfassung noch eine ganze Weile hier auszuharren.
Als der Tee fertig war, stellte sie die Tasse, ein Schälchen mit Oliven und die Gebäckstangen auf ein Tablett und brachte alles in ihr Schlafzimmer. Heute würde sie selbst diesen Raum nur noch für Gänge ins Badezimmer verlassen, denn wenigstens hier fühlte sie sich sicher und ein klein wenig geborgen. Nachdem sie ihre Verpflegung abgestellt hatte, begann sie die Kissen am Kopfende aufzutürmen, setzte sich dann aufs Bett, lehnte sich dagegen und zog die Beine an, während sie einen Schluck heißen Tee trank.
Sie ließ ihre Gedanken schweifen und fragte sich, wie sie überhaupt in so eine Situation hatte kommen können. War sie einfach zu verliebt gewesen, um die Zeichen nicht zu sehen, die es doch sicherlich gegeben hatte? Oder war Ben tatsächlich so durchtrieben gewesen und hatte ihr etwas vorgemacht? Augenblicklich spürte sie einen Stich in der Brust und wollte es immer noch nicht wahrhaben, dass sie scheinbar zu gutgläubig gewesen war.
Und war sie es bisher nicht stets gewesen, die mit dem Brustton der Überzeugung ihren Freundinnen erklärte, dass doch das Schöne am Alter gerade sei, dass man sich aufgrund seiner Lebenserfahrung eben nicht mehr so schnell etwas vormachen ließe?
Sie umklammerte die Tasse und ob sie es wollte oder nicht, ihre Gedanken wanderten schon wieder zu Ben und wie es sich wie in einem Märchen angefühlt hatte, als sie sich nach all den Nachrichten und Telefonaten getroffen und schließlich auf ihrer Dachterrasse in einer Atmosphäre, die jedem vor Kitsch-triefenden Film Paroli hätte bieten können, ihre Liebe gestanden hatten. Sie spürte einen dicken

Kloß in ihrem Hals, denn so sehr sie jetzt auch versuchte, alles schlecht zu reden, hatte sie doch noch Gefühle für Ben - sehr starke Gefühle sogar. Sie seufzte und ihre Augen füllten sich erneut mit Tränen, als ihr klar wurde, dass es nie wieder Nachrichten von ihm geben würde, die ihr Herz schneller schlagen ließen und er sich auch nicht mehr bei ihr melden würde, einfach nur um ihre Stimme zu hören und zu fragen, wie es ihr ginge, ganz zu schweigen von einem Wiedersehen.
Traurig stellte sie die Tasse beiseite und zog die Decke bis zum Kinn hoch. Es half alles nichts. Sie würde daran arbeiten müssen, ihn zu vergessen und hoffte, dass ihr das irgendwann gelang. Morgen würde sie sich darüber Gedanken machen, wie das am besten funktionieren konnte - heute nicht mehr. Für heute hatte sie genug geweint.

Am darauffolgenden Morgen war Andrea früh auf den Beinen. Es war zwar Sonntag, aber er hatte sich mit einem befreundeten Handwerker getroffen, der ihm eine neue Forcola, eine Rudergabel für seine Gondel, anfertigen sollte. Es gab nur noch wenige, die sich auf die Kunst der Schnitzerei dieser kunstvollen Meisterwerke verstanden, mit denen die Gondel in Schwung gebracht, gelenkt und auch wieder angehalten wurde. Angepasst auf Größe und Gewicht des Gondoliere, stellte jede dieser Gabeln ein handgefertigtes Einzelstück dar.
Andrea vertraute dabei schon seit Jahrzehnten auf Marco und pflegte eine Freundschaft zu dem Meister seines Fachs, der sich auf die Herstellung besonders kunstvoller Exemplare spezialisiert hatte.
Nachdem die beiden Männer zusammen in einer Cafébar gefrühstückt und Marco anschließend in seiner Werkstatt Maß genommen hatte, machte Andrea sich auf dem Heimweg und passierte dabei auch die Gasse, in der sich Lillys Wohnung befand. Als er an ihrer Tür vorbei ging, dachte er an sie. Was sie wohl gerade tat und ob er das überhaupt im Detail wissen wollte, so verliebt wie sie gerade

war? Er schmunzelte in sich hinein, doch als er dabei zufällig seinen Blick nach oben richtete, stockte er irritiert. Über der Brüstung von Lillys Dachterrasse lag eine Decke. Wie kam die dorthin? Einbrecher waren es sicherlich nicht, da die eher selten die Angewohnheit hatten, Decken zum Lüften nach draußen zu hängen. Lilly hatte auch mit keinem Ton erwähnt, dass sie die Wohnung Freunden für die Dauer ihrer Abwesenheit überlassen wollte. Wer war also da oben? Er drehte sich um, trat an die Tür und drückte auf den Klingelknopf neben ihrem Namen. Nichts passierte. Besorgt holte er sein Telefon hervor, schaute auf die Uhr und überlegte, wie spät es jetzt gerade in London war, bevor er ihr eine Nachricht tippte. „*Ciao Lilly, ist jemand in deiner Wohnung?*" Er lehnte sich an die Hauswand und wartete ab, ob sie vielleicht schon wach war und ihm gleich schreiben würde. Kurz darauf sah er, dass sie seine Frage gelesen hatte, trotzdem dauerte es recht lang, bis ihn ihre kurze Antwort erreichte. „*Ja*" Und wieder eine Weile später folgte: „*Ich*" Erstaunt blickte Andrea erst auf sein Handy, dann hoch zum Altana und wieder auf sein Handy. Was zum Teufel machte sie hier? „*Magst du mir vielleicht aufmachen?*", schrieb er und drückte fest gegen die Tür, die wenig später mit einem Summen aufsprang. Immer zwei Stufen auf einmal nehmend rannte er nach oben und erreichte Lillys Wohnungstür, die nur einen kleinen Spalt weit offenstand. Vorsichtig betrat Andrea die finster erscheinende Wohnung und schloss die Tür hinter sich. Er hörte ein leises Klappern, das aus der Küche kam und folgte dem Geräusch. Lilly hatte ihm den Rücken zugewandt und stellte gerade die kleine Kaffeekanne auf die Herdplatte. Nur zögerlich drehte sie sich zu ihm um und Andrea erschrak, als er ihre verquollenen Augen sah. So hatte er sie noch nie gesehen. Als sich ihre Blicke trafen, begann ihre Unterlippe erneut zu zittern und eine Träne kullerte ihr über die Wange. Zwar hatte sie sich fest vorgenommen, sich zusammenzureißen, aber jetzt, da ihr bester Freund vor ihr stand, übermannten sie ihre Gefühle mit so einer Wucht, dass sie ihnen hilflos ausgeliefert war.

Schnell machte er zwei große Schritte auf sie zu und schloss sie fest in seine Arme, um sie zu trösten. Irgendwas musste komplett schiefgelaufen sein, dass er seine Freundin so aufgelöst hier vorfand. Er streichelte ihr beruhigend über den Rücken und drückte sie fest an sich, bis ihr Schluchzen ganz allmählich nachließ und sie sich von ihm löste, um ein Taschentuch aus ihrer Hosentasche hervorzuziehen und sich die Nase zu putzen. Mit einem zweiten trocknete sie ihre Augen. Andrea wartete währenddessen ruhig ab, bis sie sich gefangen hatte und stellte auch keine Fragen. „Magst du auch einen Kaffee?", fragte Lilly schließlich mit leiser Stimme. Er nickte nur und ging ins Wohnzimmer, um sich dort an den großen Tisch zu setzen. Doch als er bemerkte, dass es auch hier immer noch stockdunkel war, öffnete er erst einmal die Fenster und stieß die Läden auf, um Luft und Licht in die Räume hereinzulassen, während Lilly den Kaffee einschenkte. Sie blinzelte und kniff ihre Augen zusammen, als sie kurz darauf mit den beiden Tassen aus der Küche kam und diese vorsichtig auf dem Tisch abstellte. Niedergeschlagen ließ sie sich auf einen der Stühle fallen, zog ihre Knie an und stütze sich mit der Ferse auf dem Sitz ab. Andrea setzte sich ihr gegenüber und wartete stumm. Er wollte sie nicht bedrängen, trank ruhig einen Schluck und betrachtete sie geduldig und voller Anteilnahme. Sie schniefte noch mal, senkte den Kopf und begann dann leise zu erzählen: „Es ist alles vorbei. Er hatte bereits eine Partnerin und ich bin nur eine Ablenkung gewesen, eine Affäre." Andrea konnte nicht glauben, was er hörte, rutsche auf seinen Stuhl etwas nach vorne, beugte sich zu ihr rüber und griff nach ihrer Hand. „Moment, langsam. Eins nach dem anderen." Sie begann zu berichten, wie wohl sie sich mit ihm gefühlt hatte und wie dann doch alles bei dem Empfang ganz anders kam, von Jills Worten, dass sie diesen erst keinen Glauben geschenkt, dann aber Jill und Ben zusammen beobachtet hatte und schließlich von den Kommentaren seines Chefs. Zwischendurch machte sie immer wieder Pausen und holte tief Luft. Danach schilderte sie ihm, wie sie nachts ganz leise ihre Sachen zusammengepackt hatte und regelrecht geflohen war. Andrea hatte ihr die ganze Zeit aufmerksam zugehört, konnte das Gehörte aber immer noch kaum fassen. Er schnaufte nachdenklich. „Aber warum hast du nicht Bescheid gegeben? Ich hätte dich doch am Flughafen abgeholt.“, warf er ein. „Ich konnte nicht. Ich wollte einfach nur allein sein und keine Fragen beantworten müssen. Es ist so schon schwer genug“, antwortete ihm Lilly traurig und wischte erneut eine Träne aus ihrem Gesicht. Seufzend stand sie auf, um eine neue Packung Taschentücher zu holen und Andrea nutzte die Gelegenheit, Paola unbemerkt einen Hilferuf zu senden. Er fühlte sich überfordert mit der niedergeschlagenen Lilly und brauchte dringend Unterstützung, denn er konnte mit vielem umgehen, aber seine Freundin dermaßen aufgelöst zu sehen, brach auch ihm fast das Herz.

Lange musste er nicht warten, bis die ersehnte Unterstützung herbeigeeilt war und die Klingel läutete. Lilly zuckte zusammen und sah angespannt zur Tür, aber Andrea war bereits aufgesprungen, um den Türöffner zu betätigen. Schnell war ihr klar, wer gleich hereinstürmen würde und sie machte sich auf unzählige Fragen gefasst. Genau darum hatte sie allein bleiben wollen – wenigstens heute noch. Sie liebte ihre Freunde sehr, doch gerade jetzt schien der liebevolle Beistand der beiden sie zu überfordern. Da ihr stiller Protest jedoch ungehört blieb, stellte sie sich Paolas erschütterten Blicken, als diese neben Andrea im Türrahmen der Wohnungstür aufgetaucht war. Schnell eilte sie auf Lilly zu, bedachte sie mit einer tröstenden Miene und schloss ihre Freundin dann fest in ihre Arme. Diese wehrte sich nicht im Geringsten - im Gegenteil: Sie ließ sich fallen und gestand sich augenblicklich ein, wie froh sie jetzt wider Erwarten war, Geborgenheit im Kreise ihrer beiden besten Freunde zu finden. Sie waren über die Jahre zu ihrer wahren Familie geworden und gerade in diesem Moment spürte sie auch, warum dies so war. Ganz langsam ließ Paola Lilly wieder los

und diese sank erschöpft auf ihren Stuhl. Eigentlich hatte sie Andrea vorhin noch einen strafenden Blick zuwerfen wollen, aber davon war inzwischen nur noch der gequälte Versuch eines Lächelns übrig geblieben und Lippen, die ein stummes „Danke!“ formten.
Erwartungsvoll sah die Marktfrau ihre Freundin an und griff nach ihren Händen, aber als sie das Häufchen Elend, das vor ihr saß, betrachtete, beschloss sie zu handeln. „Liebes, geh duschen, zieh dir was über und wir gehen essen. Dann kannst du mir immer noch alles erzählen.“ Lilly schüttelte den Kopf und presste die Lippen aufeinander, doch Paola ließ nicht locker: „Ich weiß, Essen wird deine Probleme auch nicht lösen, aber Hunger und Probleme - das ist noch schlimmer. Außerdem gehe ich jede Wette ein, dass du seit deiner Rückkehr noch nichts Richtiges gegessen hast.“ „Ich habe weder Hunger noch Appetit“, fiel Lilly ihr ins Wort, aber genau in diesem Moment protestierte ihr Magen lautstark mit einem gedehnten Knurren. Paola konnte sich trotz der gedrückten Stimmung ein Grinsen nicht verkneifen. „Siehst du, selbst dein Magen ist klüger als du.“ Lilly zog genervt einen Mundwinkel nach oben, starrte vor sich hin und sah ein, dass ihre Freundin vermutlich recht hatte. Sie schlich rüber ins Bad, legte ihre Kleidung ab und stieg in die Dusche. Das Wasser war angenehm warm und sie hatte das Gefühl, auch etwas von dem Ballast, der auf ihrer Seele lag, wegwaschen zu können.
Derweil berichtete Andrea, was ihm Lilly vorhin bereits erzählt hatte, damit sie später nicht alles ein weiteres Mal schildern musste. Paola lauschte angespannt seinen Worten, während sie die Ellenbogen auf dem Tisch abstützte und ihr Kinn auf ihrem Handrücken ruhte. Sie konnte ebenfalls nicht glauben, was passiert sein sollte, aber Lillys Anblick war der beste Beweis dafür, dass es wohl der Wahrheit entsprechen musste und ihr das Herz gebrochen worden war.

Geduldig warteten beide ab, bis ihre von Liebeskummer geplagte Freundin sich fertiggemacht hatte und überlegten angestrengt, wie sie Lilly wieder zu einem Lächeln verhelfen konnten.
Kaum hatte sich Lilly angezogen, brachen sie zu dritt auf. Andrea hatte ein Lokal in Castello vorgeschlagen, dass schön gelegen war und an dem er regelmäßig mit seiner Gondel vorbei fuhr. Lilly war es ganz recht, etwas aus ihrer gewohnten Gegend herauszukommen und stellte fest, dass ihr auch der Spaziergang sehr gut tat. Kein Zweifel, ihre beiden Freunde wusste anscheinend tatsächlich besser als sie, was sie jetzt brauchte und es gelang ihr endlich auf andere Gedanken zu kommen, denn daheim, da war sie sich ganz sicher, würden sie zweifelsohne immer wieder an Ben denken.
Das von außen unscheinbar wirkende Restaurant lag am breiten Uferweg eines kleinen Kanals und die Lichter an der unverputzten Mauer verströmten Gemütlichkeit. Einige Tische waren vor dem Gebäude aufgereiht, aber Andrea steuerte direkt auf den Eingang zu und ging hinein. Die beiden Frauen folgten ihm. Innen waren die Wände ebenfalls nicht verputzt und die sichtbare Balken an der Decke sowie die gerahmte Fotos vom traditionellen Venedig zwischen den großen Fenstern sorgten für eine heimelige Atmosphäre. Neben der blank geputzten Bar befand sich eine stattliche Sammlung von Weinflaschen, die Lilly kurz darüber nachdenken ließ, ob ein anständiger Rausch nicht vielleicht auch eine Option sei. Schnell verwarf sie den Gedanken allerdings wieder und ließ ihren Blick über den Tresen gleiten. Wie viele Generationen hatten hier wohl schon gesessen, gegessen, gefeiert, lamentiert und kommentiert? Der Wirt grüßte den Gondoliere freundlich und dieser sah ihn fragend an, als er mit dem Kopf in Richtung eines kleinen Tisches in der hinteren Ecke deutete. Hier würden sie ungestört sein. „Ja, den könnt ihr nehmen. Der ist frei“, rief ihm der Wirt zu und kümmerte sich dann wieder um die eingegangenen Bestellungen.

Sie setzten sich und erst nachdem sie alle Speisen und Getränke ausgewählt hatten, nahm Paola Lillys Hand und bedachte sie mit einem tröstenden Blick. Sie wollte nicht zu sehr bohren und hoffte, dass sie von sich aus beginnen würde, über das, was in London vorgefallen war, zu reden, aber die Marktfrau musste sich noch eine Weile und zwei Weingläser lang gedulden, bis Lilly ihr Herz erneut öffnete. Paola hörte ihr aufmerksam zu und verkniff sich jegliche Nachfrage, auch wenn ihr die eine oder andere auf der Zunge lag. Erst nachdem Lilly geendet hatte, fragte sie nachdenklich: „Und ihn selbst wolltest du nicht dazu befragen?“ „Nein - glaubst du ernsthaft, ich hätte die Wahrheit zu hören bekommen, wenn er mir doch vorher nicht ein einziges Mal von dieser Frau erzählt hat? Sie wusste von mir, ich nicht von ihr. Ist doch merkwürdig, oder? Außerdem wollte ich auch nicht mit ihm streiten.“ Sie senkte den Blick. „Streiten konnte ich noch nie. Da unterliege ich immer, weil mir meine Emotionen und die Tatsache, dass ich viel zu nah am Wasser gebaut bin, in die Quere kommen.“ Wie bestellt, kullerte erneut eine Träne über ihre Wange. „Ich muss mich einfach zusammenreißen und irgendwann wird es mir auch wieder besser gehen.“ Dieses Mal war es Lilly, die Paolas Hand drückte, sich zu ihr rüber beugte und ihr einen Kuss auf die Wange gab. „Danke dir.“ Sie versuchte ein zaghaftes Lächeln und wandte sich anschließend an Andrea: „Danke auch dir, dass du manchmal einfach nicht den Mund halten kannst.“ Seinen erstaunten Blick bemerkend, fügte sie schnell hinzu: „Sonst würden wir doch jetzt nicht zu dritt hier sitzen. Ich bin so dankbar dafür, dass ihr für mich da seid.“ Andrea lächelte sanft, als er seine Hand ausstreckte und ihr über die Wange streichelte. „Du bist halt wie eine kleine Schwester für mich. Auf die muss ich doch aufpassen.“

Auch wenn ihre Welt nach dem Treffen mit ihren Freunden noch nicht wieder in Ordnung war, hatte sie sich doch zumindest nicht mehr ganz so verlassen gefühlt. Allein das

war ihr schon eine große Hilfe, auch wenn die Erinnerung an Ben spätestens beim Betreten ihrer Wohnung erneut sehr präsent war. Kein Wunder, hatte ihre Liebe doch quasi hier begonnen. Sie wusste, dass es dauern würde, bis sie davon nicht mehr verfolgt wurde, aber so viele vor ihr hatten solche Situationen schon gemeistert und sie würde das ebenfalls schaffen. Morgen, so beschloss sie, würde sie sich mit Arbeit ablenken. Sie hatte zwar noch einen Tag Urlaub, aber bei Robert im Palazzo gab es immer etwas zu tun und eine bessere Beschäftigung konnte sie sich auch gerade gar nicht vorstellen.
Später, im Bett liegend, fand sie trotz bester Vorsätze einfach keinen Schlaf und wälzte sich hin und her. Die Stille erschien ihr erdrückend und nichts lenkte sie von den Bildern ab, die immer wieder vor ihren inneren Augen auftauchten. Frustriert stand sie auf, holte sich das kleine Radio aus ihrer Küche, stellte es auf ihren Nachttisch und lauschte den Gesprächen und der leisen Musik, bis sie schließlich so müde wurde, dass sie endlich einschlief.

Am nächsten Tag brach sie zeitig auf, frühstückte unterwegs in einer kleinen Bar und genoss die Ruhe in den Gassen. Sie musste sich jetzt daran erinnern, wie schön ihr Leben gewesen war, bevor sie Ben getroffen hatte. Da war sie schließlich glücklich gewesen und genau da wollte, nein da musste sie auch wieder hinkommen. In der Nähe der Rialtobrücke bestieg sie ein Wassertaxi und fuhr den Canal Grande entlang zum Palazzo. Dort angekommen, fand sie in der Eingangshalle ein Paket mit einen großen Ballen Stoff, der für die Wandbespannungen geliefert worden war. Vorsichtig riss sie die Umverpackung auf und strich mit ihren Fingerspitzen über das feine Gewebe. Die typisch venezianischen Ornamente glänzten im Licht - ein wahrer Traum. Ja, so etwas hätte sie sich auch gut für ihre eigene Wohnung vorstellen können, aber dazu fehlten ihr die notwendigen Mittel. Neugierig schaute sie sich danach in den übrigen Räumen um, um herauszufinden, was während ihrer

Abwesenheit erledigt worden war und freute sich dabei, wie die Planungen immer weiter Gestalt annahmen und dieses alte Gebäude langsam, aber sicher zu einem wahren Juwel wurde.
Nachdem sie ihren Rundgang beendet hatte, schnappte sie sich einen Pinsel und machte sich daran, Lasur auf ein neues Holzgeländer aufzubringen, dass an den Stufen zur Dachterrasse angebracht worden war. Es bereitete ihr Spaß, nicht nur zu planen, sondern auch selbst mit Hand anzulegen. Versunken in ihre Arbeit bemerkte sie gar nicht, dass Robert inzwischen eingetroffen war und jetzt hinter ihr stand. Erschrocken zuckte sie daher zusammen, als er sie begrüßte: „Guten Morgen Lilly, so früh schon hier? Bist du aus dem Bett gefallen?“ Sie blies sich eine Strähne aus dem Gesicht bevor sie lächelnd antwortete. „Nein, aber ich hatte solche Lust, endlich mal wieder mit anzupacken, dass ich gleich nach dem Frühstück hierhergekommen bin.“ Wollte sie nicht erst morgen wieder zurück sein, ging es ihm durch den Kopf, aber er tat den Gedanken damit ab, dass er ihr vermutlich wieder einmal nicht richtig zugehört hatte.
Er berichtete ihr, dass heute die Heizungen im ganzen Gebäude überprüft werden würden und er daher mit den Handwerkern unterwegs wäre. Lilly nickte nur kurz und vertiefte sich dann erneut in ihre Arbeit.
Ab und zu schaute er bei ihr vorbei, wobei ihm nicht verborgen blieb, wie ernst und still sie heute wirkte. Zudem bildete er sich ein, Traurigkeit in ihren Augen zu erkennen, wenn sie sich unbeobachtet fühlte. Zu seinem Bedauern waren seine Versuche, sie etwas aufzuheitern, nur mäßig erfolgreich und er beschloss, nicht weiter in sie einzudringen. Das stand ihm nicht zu, denn so vertraut waren sie noch nicht miteinander und wenn sie nicht erzählen wollte, was mit ihr los war, dann ging es ihn auch nichts an, obwohl es ihm zusehends schwerer fiel, sich nicht einzumischen.
Als Lilly ihre Arbeit an dem Geländer beendet hatte, suchte sie nach einer weiteren Aufgabe und fand diese, als sie die beiden Bäder sah, die in der vergangenen Woche

fertiggestellt worden waren und nun von Grund auf gereinigt werden mussten. Flink holte sie einen Eimer Wasser, Putzmittel und Lappen, um die beiden Räume zum Glänzen zu bringen. Die Arbeit war perfekt, konnte sie sich hier doch so richtig verausgaben und ihrer Traurigkeit und Wut freien Lauf lassen. Stunde um Stunde verstrich und erst als sie auf den Flur hinaustrat und sich den schmerzenden Rücken rieb, registrierte sie, dass es bereits Nachmittag sein musste. Aufmerksam lauschte sie, konnte aber keine Geräusche mehr aus den anderen Räumen hören. Die Handwerker waren bereits vor einiger Zeit gegangen und von Robert war weit und breit auch keine Spur. Sie streckte sich und trat an eins der großen Fenster, die zum Canal Grande hinausgingen. Dabei fiel ihr auf, wie Regenwolken am Himmel aufgezogen waren und sich bedrohlich immer weiter über die Stadt schoben. Eilig lief sie durch die Räume und prüfte, ob alle Türen und Fenster verschlossen waren, als sie plötzlich aus dem Erdgeschoss das Klappen der Eingangstür hörte und als ob Robert ahnte, dass er Lilly damit aufgeschreckt hatte, rief er durchs Treppenhaus zu ihr hoch: „Ich bin's nur." Immer mehrere Stufen auf einmal nehmend, sprang er die Stufen empor und blieb vor Lilly stehen, die ihn am Treppenabsatz bereits erwartete. Sofort fiel ihr Blick auf den Korb in seiner Hand und ihr begann das Wasser im Mund zusammenzulaufen. Robert mochte noch nicht lange in Venedig leben, aber er kannte bereits jetzt die besten Patisserien und Restaurants und wusste auch immer genau, wann es an der Zeit war, ihrem Arbeitseifer mit leckeren Snacks ein Ende zu setzen. Er schmunzelte, als er bemerkte, wie sie sich intuitiv mit der Zunge über die Lippen fuhr, ging an ihr vorbei in den Raum, der einmal das Wohnzimmer werden sollte und stellte den Proviant in die Fensterbank. Anschließend hockte er sich selbst dorthin und deutete auf den Platz neben sich. „Komm, setzt dich zu mir und iss erst einmal was. Du hast heute bestimmt gar keine Pause gemacht, oder?" Dankend nahm Lilly die

Aufforderung an und schwang sich neben ihn auf den steinernen Fenstersims.
Er holte eine Flasche Wein und zwei Gläser hervor und reichte den Rest weiter. „Hier, bedien‘ dich. Es ist genug von allem da.“ Lilly warf einen Blick in den Korb: Erwartete Robert etwa noch Gäste? Wie viele sollten davon satt werden? Neben einer reichhaltigen Auswahl an Cicchetti und Tramezzini, entdeckte sie darin noch eine Packung gegrilltes und eingelegtes Gemüse, einen Beutel Grissini sowie eine ordentliche Portion Hartkäse, der bereits in kleine Würfel geschnitten war. Sie schaute ihn erstaunt an. „Was?“, fragte er grinsend. „Wenn du mit mir schon nicht essen gehst, muss ich halt hier auftischen.“ Sie gab ihm einen Klaps auf den Arm, konzentrierte sich dann aber wieder auf die Leckereien vor sich und entschied sich für ein Tramezzini mit Schinken, von dem sie sofort ein großes Stück abbiss. Ladylike war das vermutlich nicht, aber das war ihr auch egal. Hier durfte sie so sein, wie sie wollte und woanders würde sie sowieso nie wieder hinkommen. Unwillkürlich musste sie dabei erneut an den Empfang denken und starrte eine Weile vor sich hin. Robert hatte in der Zwischenzeit die beiden Gläser mit Wein gefüllt und reichte ihr eins davon. Unterm Kauen lächelnd nahm sie es entgegen und prostete ihm zu.
So saßen sie eine ganze Weile nebeneinander, aßen und tranken, redeten aber kein Wort, bis endlich Lilly das Schweigen brach: „Du und dein Palazzo – Ihr tut mir wirklich gut.“
Sanft legte Robert seine Hand auf ihren Arm. „Du musst nicht darüber reden, wenn du nicht willst, aber vielleicht könnte ich dir ja helfen.“ Lilly warf ihm einen überraschten Blick zu, da sie gehofft hatte, ihre momentane Gemütsverfassung vor ihm geheim halten zu können. „Danke dir, aber irgendwie muss ich erst selbst mit mir klarkommen“, erwiderte sie und schaute auf den Boden, bevor es schließlich doch aus ihr herausbrach. „Man sollte wirklich meinen, ich wäre alt genug, um mich nicht Hals

über Kopf in ein Liebesabenteuer zu stürzen. Und das auch ausgerechnet mit einem Schulfreund, den ich seit mehr als dreißig Jahren nicht gesehen habe. Wie kann ich nur so dumm sein und plötzlich an die große Liebe glauben. Ich komme mir so dumm vor, verhalte mich wie ein Teenie, der verträumt Herzchen überall hinmalt." Robert legte den Arm um sie, zog sie dichter zu sich heran und fragte mit gespielter Sorge: „Sollte ich besser die Wände oben noch mall kontrollieren?" Lilly lachte. Das erste Mal wieder. „Da konnte ich mich dann doch gerade noch zügeln." Robert wurde wieder etwas ernster. „Lilly, egal wie alt wir sind, keiner von uns ist vor der Liebe sicher - glücklicherweise. Manchmal passt es, manchmal nicht und manchmal geht sie sehr merkwürdige Wege, aber ich befürchte, das wird sich auch in tausend Jahren nicht ändern. Und egal wie alt du bist, wenn du jemanden triffst, der dein Herz berührt, kannst du dich nicht wirklich dagegen wehren und fühlst dich, wie wenn du auf Wolken schwebst." Lilly nickte stumm, bevor sie leise seufzend hinzufügte: „Bis der Hagelschauer einsetzt und du unsanft zu Boden fällst."
Robert schenkte noch mal Wein nach. „Falls du dich noch mehr ablenken willst – ich könnte deine Hilfe auch bei einem anderen Projekt gut gebrauchen. Ich habe mir in den Kopf gesetzt, in der Region ein kleines Haus am Meer zu kaufen. Am liebsten so richtig alt und renovierungsbedürftig, aber in bester Lage. Keine Ahnung, ob ich so etwas überhaupt finde. Na ja, der Weg ist das Ziel, wie man so schön sagt. Jedenfalls lässt mich diese Idee momentan nicht mehr los und ich würde mich freuen, wenn du mit deinen Ideen und deinem Enthusiasmus auch wieder an Bord wärst und ich auf deinen Stil und deinen Geschmack zählen kann, quasi als Partnerin." „Partnerin? Klingt gut … und ich habe neben der Arbeit im Geschäft rein zufällig gerade sehr viel Zeit." Er lächelte und prostete ihr zu. „Dann ist es abgemacht, auch wenn wir vermutlich damit erst im kommenden Frühjahr starten werden. Bis dahin hält uns

dieses Baby bestimmt noch auf Trab." Er tätschelte die Fensterbank und schaute sich in dem großen Raum um.
Nach einer kurzen Weile des Schweigens flüsterte Lilly: „Danke dir!" Robert schaut sie erstaunt an. „Es ist nicht selbstverständlich, dass du dir Gedanken um mich machst." Sie senkte den Blick, während er den Arm um sie legte, ihren Oberarm streichelte und mit sanfter Stimme erklärte: „Du bist ein so toller Mensch, Lilly - solche Menschen gibt es nicht so oft. Und solche Menschen müssen beschützt werden - manchmal sogar vor sich selbst." Er zwinkerte Lilly zu. Verlegen räusperte sie sich und stellte ihm die Frage, die sie schon so lange interessierte. „Warum hast du eigentlich keine Frau an deiner Seite?" Sein Blick verfinsterte sich und er starrte auf einen imaginären Punkt an der gegenüberliegenden Wand. „Die hatte ich gehabt. Sie war perfekt – in jeder Hinsicht. Aber sie starb schon vor Jahren bei einem Autounfall. Ich war nahe dran zu verzweifeln und das Einzige was mich am Leben gehalten hat, war der Gedanke, dass sie es so gewollt hätte und um mich abzulenken, habe mich in die Arbeit und immer neue Projekte gestürzt. Tja und was soll ich sagen: Irgendwann ist die Arbeit zu meiner Partnerin geworden." „Das tut mir leid.", wisperte Lilly und machte sich Vorwürfe, die Frage überhaupt gestellt zu haben. „Das muss dir nicht leidtun. Ich bin zufrieden mit meinem Leben und genieße es bestmöglich. Und wenn ich gerade Zeit habe, rette ich sogar noch andere und bin glücklich, wenn es mir gelingt." Er beugte sich zu Lilly rüber und sah ihr tief in die Augen. „Ist es nicht das, was eine Freundschaft ausmacht?" Sie schluckte und ihr wurde bewusst, was für ein großes Glück sie hatte, mit solchen Freunden gesegnet zu sein, die sie gerade jetzt, da sie es am nötigsten hatte, auffingen und für sie da waren. Gute Freunde sind kostbar, kostbarer als alles Geld und Gold dieser Welt, ging es ihr durch den Kopf und sie begann, neuen Mut zu schöpfen, dass es ihr schon bald gelingen würde, wieder optimistisch nach vorne zu blicken.

Kapitel 18 – Nichts mehr wie bisher

Das warme Wasser lief Ben schon minutenlang über seinen Körper. Mit ausgestreckten Armen an den Fliesen der Dusche abgestützt, stand er regungslos, mit gesenktem Kopf da und hoffte darauf, dass sich bei ihm so etwas wie Entspannung einstellen würde. Er hatte schlecht geschlafen, sich hin und her gewälzt und war schweißgebadet in der Früh aufgewacht, nachdem er sich gestern wieder und wieder den Kopf darüber zerbrochen hatte, was eigentlich vorgefallen war. Aber egal, wie er sich auch anstrengte, er konnte sich einfach keinen Reim darauf machen und Lilly blieb weiterhin für ihn nicht erreichbar. Irgendwann am Nachmittag hatte er zu seinem vermeintlichen Allheilmittel gegriffen, hatte die Laufschuhe angezogen und war durch den Hyde Park gerannt. In der Regel lief er sich so den Kopf frei - aber Fehlanzeige. Dieses Mal ließen sich seine Probleme auf diese Art nicht lösen.
Und jetzt stand er also unter dem Wasserstrahl, der ihn auf einen Tag in der Kanzlei vorbereiten sollte und ging in Gedanken seinen Terminkalender durch. Er hatte sich bewusst den Tag etwas freigehalten, denn normalerweise wäre Lilly heute wieder heimgeflogen. Aber was war gerade schon normal?
Mit zusammengekniffenen Augen riss er den Hebel der Armatur von warm auf kalt und biss die Zähne zusammen, als der eisige Strahl über seinen Rücken lief. Zumindest wach war er jetzt. Fröstelnd stellte er das Wasser wieder ab, stieg aus der Dusche und hüllte sich schnell in das große Handtuch ein. Nachdem er sich abgetrocknet hatte, ging er ins Ankleidezimmer und zog sich an, wobei sein Blick auf den Seidenschal, den Lilly in seinem Wagen verloren hatte, fiel und wehmütig daran hängen blieb. Er hatte ihn auf die kleine Kommode gelegt, in der stillen Hoffnung, dass er ihn ihr irgendwann zurückgeben konnte.

Heute ist definitiv nicht mein Tag, dachte er, als ihm zuerst der Toast verbrannte und er dann auch noch den Tee viel zu lange ziehen ließ. Musste ihm das Schicksal so derart in den Rücken fallen? Niedergeschlagen senkte er den Kopf. Er würde also im Büro frühstücken. Karen war sicherlich so hilfsbereit, ihm einen Tee zu kochen und ein paar Kekse dazu würden heute ausreichen müssen. Lange hatte sich ein Montag nicht so furchtbar angefühlt wie dieser.

In der Kanzlei angekommen, wandte er sich gleich an Karen und bat sie um einen Tee sowie ein wenig Gebäck. Freundlich lächelnd sah sie von den Papieren auf, mit denen sie gerade beschäftigt war und zog sogleich die Augenbrauen überrascht hoch. Da sie allerdings nichts weiter sagte und nur kurz nickte, ging Ben schnurstracks in sein Büro, schloss die Tür hinter sich und setzte sich an den Schreibtisch. An jeden anderen Tag in den vergangenen Wochen hätte er jetzt erst einmal eine Nachricht geschrieben oder überprüft, ob er nicht bereits eine erhalten hatte. Heute war es anders. Starr blickte er auf den Monitor vor sich, obwohl dieser noch nicht einmal eingeschaltet war und holte tief Luft. Es half nichts, weiter in einer Art Schockstarre zu verharren, er musste sich jetzt auf seine Arbeit konzentrieren und vielleicht war das auch gut so, um endlich auf andere Gedanken zu kommen. Er holte sein Notebook hervor, ließ es in der Dockingstation einrasten, schaltete es ein und machte sich an die Arbeit. Kurz darauf klopfte es an der Tür und Karen steckte den Kopf herein. Als sie bemerkte, dass er nicht telefonierte, schob sie die Tür ein Stück weiter auf, trat ein und stellte ein Tablett, auf dem sich Tee und ein Teller mit Keksen befanden, auf seinem Schreibtisch ab. Dabei sah sie ihn prüfend an. „Alles in Ordnung bei Ihnen?“, erkundigte sie sich. Die Frage erstaunte ihn, hatte er sich doch bemüht, seine Gemütslage nicht nach außen zur Schau zu tragen. Angesichts ihrer besorgten Mine setzte er sogleich ein Lächeln auf, um weitere Nachfragen zu vermeiden. „Ja, schon. Warum fragen Sie?“ Er konnte ihr förmlich ansehen, dass sie überlegte, wie sie ihre Worte am besten formulieren sollte. „Nun, sie sind noch nie unrasiert ins Büro gekommen und ehrlich gesagt sahen sie auch schon mal besser aus.“ Sie biss sich auf die Lippen, als ob sie bereute, was sie gerade ausgesprochen hatte. Ben fasste sich bei ihren Worten ins Gesicht und fuhr mit seinen Fingern über die rauen Konturen auf Wangen und Kinn. Aus Erfahrung wusste er, dass ihm ein Drei-Tage-Bart nicht stand und ihn keineswegs wie einen verwegenen Frauenhelden aussehen ließen. Diese Jahre waren lange vorbei und bei ihm betonten die Bartstoppeln eher die Spuren des Alters in seinem Gesicht. Er überlegte, was er entschuldigend entgegnen konnte, aber außer ein paar unverständlich gemurmelten Worten, wie „Lange Nacht – Party – ähm, nicht dran gedacht“, brachte er nichts wirklich ehrenrettendes hervor. Die Assistentin zog die Brauen hoch und sah ihn mit großen Augen an. Es fiel ihm schwer, ihrem skeptischen Blick standzuhalten, aber die Wahrheit wäre in diesem Falle auch nicht besser gewesen. Dann wurde ihre Miene sanfter. „Ich glaube Matthew hat einen Rasierer in seinem Schrank - für Notfälle.“ Sie wandte sich um zum Gehen, drehte sich aber blitzschnell noch mal zu ihm um, um hinzuzufügen: „Und das hier ist definitiv einer.“

Frisch rasiert saß Ben einige Zeit später im Konferenzraum der Kanzlei. Mr Brooks Senior hatte dieses Meeting kurzfristig einberufen. Neben ihm nahmen noch drei weitere Kollegen teil, die – wie Ben – gespannt darauf warteten, aus welchem Grund sie gebeten worden waren, alles stehen und liegen zu lassen, um an dieser Unterredung teilzunehmen.
Lange wurden die vier Männer nicht auf die Folter gespannt, denn die Tür flog auf und Vater und Sohn Brooks betraten den Raum. Die Anwesenden setzten sich in ihren Stühlen aufrecht hin, da das Auftreten der beiden Inhaber etwas sehr Förmliches hatte. Ohne große Umschweife kamen sie dann auch sofort auf den Punkt. Einer der wichtigsten und größten Mandanten der Kanzlei Brooks & Brooks, ein

metallverarbeitendes Unternehmen, war von einem Umweltverband aufgrund der Nichteinhaltung von Grenzwerten verklagt worden. Dies kam in den letzten Jahrzehnten immer häufiger vor, aber in diesem Fall ging es zudem darum, dass es zu einer nicht erklärbaren Häufung von Erkrankungen der Atemwege in der Region, in der das Unternehmen ansässig war, gekommen war. Der Fall würde ein enormes mediales Echo hervorrufen und es ging daher nicht nur darum, den eigenen Mandanten zu vertreten, sondern auch vollumfänglich zur Aufklärung der Vorwürfe beizutragen, um ein schlechtes Image abzuwenden – sowohl vom Klienten selbst als auch von der Kanzlei, die nicht bestrebt war, als Verteidiger von Umweltsündern abgestempelt zu werden. Es würde ein Tanz auf der Rasierklinge werden, der den vollen Einsatz aller verfügbaren Kräfte erforderte. Und trotz dem es hier nicht um Bens Spezialgebiete ging, die eher im Bereich Vertrags- und Wettbewerbsrecht lagen, so wurde auch er darum gebeten, sich hier mit einzubringen. Einerseits war er froh darum, dass er auf diese Weise weniger Gelegenheit zum Grübeln haben würde, andererseits gab es da dieses kleine Detail, das in der Schilderung der beiden beinahe beiläufig erwähnt worden war und ihn hatte aufhorchen lassen. Sie hatten in einem Halbsatz erwähnt, dass Vertreter der Rechtsanwaltskammer ein besonderes Augenmerk auf diesen Prozess legen würden, da es sich hier um einen Präzedenzfall für weitere Unternehmen handelte. Dieser Umstand ließ vermuten, dass er es eventuell wieder mit Jill zu tun bekommen würde und in diesem Fall die beruflichen Belange eindeutig über seine privaten zu stellen hatte. Und obwohl noch nicht einmal feststand, dass sie hier tatsächlich involviert sein würde, ließ ihn der bloße Gedanke daran einen Schauer über den Rücken laufen.

Nachdem das Meeting beendet worden war, stand Ben auf und wollte gerade den Raum verlassen, als Mr Brooks Senior ihn bat, noch einen Moment zu bleiben. Er wartete, bis sie allein waren. „Ich weiß, dass ich viel von Ihnen verlange, aber wären Sie in der Lage, den Kontakt zur Kammer zu halten, auch wenn das eventuell bedeuten würde, dass Sie mit Ms Morris kooperieren müssten?“ Ben runzelte seine Stirn und kniff die Augen zusammen. War das jetzt so etwas wie eine sich selbst erfüllende Prophezeiung? Und was konnte er darauf schon entgegnen? Er entschied sich für eine diplomatische Antwort. „Das hängt ganz davon ab, ob ich direkt mit ihr zu tun habe und falls ja, wie sie sich in diesem Fall verhält. Ich werde jedenfalls professionell genug sein, die Kanzlei in bestmöglicher Art und Weise zu unterstützen.“ Mr Brooks atmete hörbar auf und ihm schien ein Stein vom Herzen zu fallen, während er sich wortreich bei Ben für seine Loyalität bedankte und ihn anschließend zur Tür begleitete.

Zurück an seinem Schreibtisch, fiel es Ben schwer, sich auf seine eigentliche Arbeit zu konzentrieren. Alles war anders und nichts mehr wie bisher. Vor wenigen Tagen noch, war die tollste und liebenswürdigste Frau seine Freundin gewesen und jetzt war er allein und würde noch nicht einmal eine Chance haben, sie daheim aufzusuchen, um sie für sich zurückzugewinnen. Jill dagegen war sein erklärtes Feindbild und nun musste er vermutlich ausgerechnet mit ihr Hand in Hand arbeiten. Die Chancen, dass sie sich diese öffentlichkeitswirksame Aufgabe entgehen ließ, war in seinen Augen verschwindend gering. Er hatte momentan einfach kein Glück und fragte sich ernsthaft, was er in einem früheren Leben wohl verbrochen haben musste, dass ihn das Schicksal jetzt so prüfte.

Und bereits am nächsten Tag zeigte sich, dass er mit seinen Befürchtungen recht behalten sollte. Karen stellte einen Anruf der Rechtsanwaltskammer zu ihm durch und natürlich war es Jill, die ihn vom anderen Ende der Leitung aus begrüßte. Er schloss seine Augen und atmete tief durch, um Ruhe zu bewahren. Auf keinen Fall wollte er sich die Blöße geben, ihr gegenüber emotional oder unprofessionell zu

wirken. Entgegen seinen Bedenken verlief das Gespräch jedoch sehr sachlich und mit einer gewissen Genugtuung vermutete er, dass seine Drohungen auf dem Empfang tatsächlich nicht ungehört verhallt zu sein schienen. Jill konzentrierte sich jedenfalls voll und ganz auf den anstehenden Prozess und sparte sich jegliche Spitzen. Trotzdem bestand Ben darauf, dass sie ihre Zusammenarbeit weitestgehend auf Telefonate, E-Mails und Videokonferenzen beschränkten, was sie mit einem lapidaren „Wenn du das für das beste hältst“, quittierte. Ja, er hielt es für das Beste, denn ein persönliches Treffen kam für ihn vorerst überhaupt nicht infrage. Er traute dieser Frau einfach nicht über den Weg, egal, wie professionell sie sich jetzt gerade gab, denn wie hinterhältig sie sein konnte, hatte er schließlich am eigenen Leib erfahren müssen und einer vergleichbaren Situation wollte er sich keinesfalls ein zweites Mal aussetzen.
Gerade als er damit beschäftigt war, seinen Schreibtisch aufzuräumen und Feierabend zu machen, klingelte sein Telefon. Es war Sam, der ihn fragte, wie es heute mit einem Bier im Pub und einem gemeinsamen Abendessen aussah. Nachdem Ben sein Angebot vor zwei Tagen noch abgelehnt hatte, war er heute dafür mehr als dankbar und sagte sofort zu. Sein Freund schien tatsächlich das Talent zu besitzen, sich bei ihm zu melden, wenn es am nötigsten war, denn wenn er jetzt eines gut gebrauchen konnte, dann war es ein echter Freund, bei dem er sich weder verstellen musste noch taktieren brauchte. Einfach jemand, der ein offenes Ohr für ihn hatte, der sich aber ebenso wenig davor scheute, ihm auch mal die Meinung ins Gesicht zu sagen und den Kopf zu waschen, wenn er es für angebracht hielt. Hinzu kam, dass gerade in diesem Moment ein lang gezogenes Knurren seines Magens ihm deutlich machte, wie lange er bereits keine richtige Mahlzeit mehr zu sich genommen hatte.

„Wollen sie nicht auch für heute Feierabend machen?“, fragte er Karen, als er den Empfang passierte. Die treue

Seele saß immer noch an ihrem Platz, sortierte Dokumente und scannte sie ein. Sie schreckte hoch, da sie ihn nicht hatte kommen hören und zuckte dann lächelnd mit den Schultern. „Eigentlich schon, aber der Wust an Unterlagen scannt sich leider nicht von allein und ich möchte ehrlich gesagt nicht wieder gezwungen sein, das Wochenende durchzuarbeiten.“ Er blieb stehen, verschränkte die Arme und legte dann seinen Zeigefinger an seine Lippen. „Sind das nicht eigentlich sowieso Arbeiten, die eine studentische Aushilfe oder ein Praktikant übernehmen könnte? Wenn es für Sie in Ordnung ist, spreche ich morgen mit Matthew. Sie sind doch auch sonst schon mehr als genug ausgelastet.“ Sie sah ihn überrascht an. Dass es einem der Anwälte überhaupt auffiel, wie viel Arbeit an ihr hängen blieb und wie sie es meistens ohne Komplikationen schaffte, ihnen den Rücken freizuhalten, war ihr neu. Den größten Teil der Aufgaben im Sekretariat sah man nicht oder eben erst dann, wenn sie nicht erledigt worden wären. Sie lächelte und fügte leise hinzu: „Danke Ihnen, Ben.“ Er hob die Hand. „In Ordnung, ich kümmere mich morgen darum.“ Dann verließ er schnellen Schrittes die Kanzlei und schlug den Weg Richtung Pub ein. Jetzt war es endgültig Zeit für ein Bier mit seinem besten Kumpel.

Kapitel 19 – Geständnis

Die Tage und Wochen vergingen und Lilly gewöhnte sich ganz langsam wieder an ihren Alltag ohne Ben, seine Nachrichten, Anrufe und Liebesbekundungen. Stieg dennoch hin und wieder die Traurigkeit in ihr auf und sie befürchtete, dass der Liebeskummer ihr zu sehr aufs Gemüt schlagen könnte, dann tat sie sich selbst etwas Gutes: ein Essen mit Freunden, ein Vollbad mit ihrem Lieblingsduft, ein neues Kleid oder eine Gondelfahrt mit Andrea. Meist wirkte das wahre Wunder und doch kam es für ihren Geschmack noch viel zu häufig vor, dass er ihr fehlte, gerade, wenn sie abends allein daheim saß und sich dann in den Gedanken darüber verlor, was alles hätte sein können. In diesen Augenblicken hielt sie sich bewusst von ihrer Dachterrasse fern. Nicht, weil sie befürchtete, sich aus Kummer hinabzustürzen, sondern vielmehr, weil die Erinnerungen an seine Küsse und die Geborgenheit, die er ihr gegeben hatte, hier oben noch allzu präsent waren. Aber das würde mit der Zeit vergehen, da war sie sich vollkommen sicher und beinahe schon trotzig suchte sie in diesen Momenten nach Erklärungen, warum sie ohne Partner eh viel besser dran war und niemanden für ihr persönliches Glück benötigte. Auch wenn sie wusste, dass sie ihre Ungebundenheit nur allzu gerne für diesen einen Mann aufgegeben hätte, waren diese Gedanken nur wenig hilfreich, um ihren Seelenfrieden wiederherzustellen. Ihre oberste Priorität bestand jetzt darin, rasch wieder zu der lebensfrohen und ausgeglichenen Frau zu werden, die sie vor alledem gewesen war und wie sie eigentlich jeder kannte.

Wie angenehm und hilfreich war es da, dass Charles gerade seinen nächsten Besuch angekündigt hatte. Sein Anruf kam völlig überraschend und Lilly war ganz aus dem Häuschen, als er sich erkundigte, ob es bei ihr und Signore Constantini in den kommenden Tagen passen würde. Natürlich würde es das, versicherte sie ihm schnell und freute sich besonders, als er ihr erzählte, dass er dieses Mal etwas länger bleiben konnte. Kaum hatte sie aufgelegt, holte sie ihren Kalender aus ihrer Tasche, um sich entsprechende Notizen zu machen. Neugierig blätterte sie dabei einige Seiten zurück und stellte fest, dass fast schon unglaubliche acht Wochen seit seinem letzten Besuch vergangen waren. Plötzlich liefen da aber auch wieder ganz andere Bilder vor ihrem inneren Auge ab, vom Lido, einem nicht enden wollenden Spaziergang, ihrer Dachterrasse sowie der Erinnerung daran, dass die erste gemeinsame Nacht mit Ben somit genauso lange her war. Ärgerlich fuchtelte sie mit den Händen umher, als ob sie hoffte, die Gedanken daran damit schneller vertreiben zu können.

Viel lieber widmete sie sich jetzt Charles bevorstehenden Aufenthalt und was sie zusammen unternehmen konnten. Sofort fiel ihr das kleine Restaurant ein, in dem sie vor einigen Wochen mit Paola und Andrea gegessen hatte. Es wäre perfekt für ein Abendessen, überlegte sie und wenn sie Andrea rechtzeitig Bescheid gab, könnte er sie sicherlich mit der Gondel direkt dorthin bringen.

Aber auch Charles blieb nicht untätig und schmiedete seinerseits Pläne für seine Tage in der Lagunenstadt - und mit Lilly. Er hatte sich fest vorgenommen, endlich ausgiebig Zeit mit ihr zu verbringen, da sie sich zwar schon eine halbe Ewigkeit kannten, es aber nie über ein Frühstück im Geschäft, ein Mittagessen in der Nähe der Rialtobrücke oder ein Abendessen an einem der kleinen Kanäle hinausgegangen war.

Als er einige Tage später nachmittags auf dem Flughafen von Venedig landete, brachte ihn ein Wassertaxi direkt zu seinem Hotel. Er wollte keine Zeit verlieren und machte sich daher gleich nach dem Einchecken auf den Weg zu Signore Constantinis Laden. Lilly erspähte ihn sofort und winkte ihm zu, als er im Türrahmen auftauchte und sie noch damit beschäftigt war, ein junges Pärchen zu beraten, die etwas

typisches und authentisches als Erinnerung an den gerade erfolgten Heiratsantrag mit nach Hause nehmen wollten. Charles verhielt sich still und beobachtete sie dabei, wie sie die beiden mit ihrer herzlichen Art bediente und die sich schließlich für eine aufwendig verzierte Vase entschieden. „Da haben wir dann endlich ein perfektes Gefäß für die Blumen, die ich dir immer schenken werde", wisperte der junge Mann seiner Verlobten zu, während sie verliebte Blicke tauschten. Lilly presste die Lippen aufeinander und atmete tief durch. Genau das waren die Momente, in denen sie sich noch besser unter Kontrolle bekommen musste. Sie verpackte das gläserne Behältnis sorgfältig, legte es in eine Tasche, die sie, nachdem er gezahlt hatte, der Kundin reichte und den beiden damit viele schöne Erinnerungen an diesen wunderbaren Tag wünschte.
Nachdem die beiden Turteltauben das Geschäft verlassen hatten, flog Lilly förmlich auf Charles zu und begrüßte ihn herzlich, als er sie in die Arme schloss. „Schön, dass du endlich wieder da bist. Magst du erst einmal einen Kaffee?"
„Eigentlich sehr gerne, aber noch lieber würde ich zuerst das Geschäftliche erledigen, um dich dann – dein Einverständnis vorausgesetzt - zum Essen auszuführen." Sie strahlte ihn an. „Vielen lieben Dank, dem Vorschlag stimme ich sehr gerne zu. Ich gebe nur noch schnell meinem Chef Bescheid, dass wir schon beginnen." Sie verschwand im Büro, kam wenig später wieder heraus und zog die Tür leise hinter sich zu. „Er telefoniert noch, aber wir brauchen auch nicht auf ihn zu warten. Es ist ja eh alles schon vorbereitet", erklärte sie und begann Charles die heutige Auswahl zu präsentieren. Zügig traf er seine Entscheidung und Lilly fertigte eine Liste der Skulpturen, Lüster und Spiegel an, die dieses Mal nach London versandt werden würden, nachdem sie all die gläsernen Kostbarkeiten mit einem kleinen „Verkauft"-Schild versehen hatte. Selten waren sie damit und den übrigen Formalitäten so schnell fertig geworden wie dieses Mal. „Macht es Sinn, hier auf dich zu warten? Oder ist es dir lieber, ich komme später zurück und hole dich zum Essen

ab?“ Lilly bat ihn mit einer kleinen Geste um einen Moment Geduld und schaute nach ihrer Kollegin. „Maria, kommst du die letzte Stunde ohne mich klar?“ Die Verkäuferin lächelte und warf einen Blick auf Charles, der im Verkaufsraum stand und die Ware in den Regalen betrachtete. „Geh nur. Signore Constantini ist ja auch noch da. Das ist schon in Ordnung.“ Wie auf Kommando kam der gerade Erwähnte aus seinem Büro heraus, ging auf Charles zu, um seinem treuen Kunden noch mal dankend die Hand zu schütteln und nickte dann in Lillys Richtung. „Ich bin jetzt auch fertig, da kannst du Feierabend machen. Ich wünsche einen schönen Abend!“
Lilly bedankte sich bei ihrem Chef. Sie wusste es sehr zu schätzen, dass sie solche Freiheiten genoss. Für ihn war es allerdings eine Selbstverständlichkeit, da er sich sicher war, dass er im Gegenzug ebenfalls ausnahmslos auf seine Angestellte zählen konnte.

Ausgelassen und voller Vorfreude auf den gemeinsamen Abend verließen sie das Geschäft und Charles schlug zielstrebig den Weg zu einem Restaurant ein, in dem er bereits von London aus einen Tisch reserviert hatte. Der Rezeptionist seines Hotels hatte es ihm bei der Buchung als Geheimtipp empfohlen. Nicht, dass Charles annahm, Lilly damit überraschen zu können, aber er wollte auf Nummer sicher gehen, dass sie beide einen perfekten Abend an einem ruhigen Platz in einem wunderbaren Restaurant haben würden.
Sie bummelten entlang der Gassen, die sich allmählich etwas leerten und als Charles ihr unterwegs verriet, wo er für sie bereits einen Tisch reserviert hatte, musste sie schmunzeln. Schließlich war das doch hier ihre Stadt. Sollte sie da nicht die Gastgeberin sein? Aber natürlich freute sie sich sehr darüber, dass er so aufmerksam und zuvorkommend war. Das tat gerade jetzt einfach gut und Zeit mit Charles genoss sie schon deshalb besonders, weil dies für sie etwas durch und durch Vertrautes hatte - da war die gemeinsame Herkunft, dieselbe Muttersprache, ein übereinstimmendes

Verständnis für typisch britische Traditionen und mit wem sonst hätte sie herrlich lange Gespräche über das britische Königshaus oder neue Shows im Londoner West End führen sollen. Letztere hatte sie gerade in den ersten Jahren besonders vermisst, da sie diese früher regelmäßig mit ihren Freundinnen besucht hatte.

Das Restaurant entsprach vollkommen seinen Erwartungen und das Essen war vorzüglich gewesen. Er nahm sich vor, dem Empfangsmitarbeiter ein großzügiges Trinkgeld für diese Empfehlung zukommen zu lassen. Jetzt ging es ihm allerdings erst einmal darum, den letzten Schluck Wein und damit den Aufbruch möglichst lange hinauszuzögern, so sehr genoss er ihre Gesellschaft. Schließlich fasst er sich ein Herz und fragte sie beinahe etwas zaghaft: „Lilly, würdest du morgen mit mir zusammen einen Ausflug machen? Ich wollte ein Boot mieten und die Lagune etwas erkunden. Ich würde mich …“, er zögerte und überlegte noch, wie er sie überzeugen konnte, ihn zu begleiten, doch das war gar nicht notwendig. „Sehr, sehr gerne, Charles“, unterbrach sie seine Wortfindungsversuche und brachte ihn so zum Strahlen. Mit ihrer Zusage hatte er gar nicht so schnell gerechnet, denn auch wenn sie sich schon so lange kannten, hatte er ein Ja ihrerseits nicht als selbstverständlich angesehen.
Doch damit hatte er jetzt ein ganz anderes Problem: Den Wunsch, den Tag mit ihr zu verbringen, hegte er schon eine ganze Weile. Die Idee mit dem Boot war ihm allerdings ganz spontan in den Sinn gekommen. Vermutlich etwas zu spontan und unüberlegt, wie er sich jetzt eingestand. Er hoffte inständig, dass der Concierge ihm behilflich sein konnte, diesen zugegebenermaßen sehr mutigen Plan in die Tat umzusetzen. Schließlich hatte er weder einen Bootsführerschein noch irgendwelche Erfahrungen im Führen von Wasserfahrzeugen, außer einigen lange zurückliegenden Rudererfahrungen während seines Studiums in Oxford, aber die halfen ihm hier auch nicht weiter. War es überhaupt erlaubt, einfach durch die Lagune zu schippern?

Schweißperlen traten ihm auf die Stirn, doch er wollte sich keine Blöße geben und hielt an seinen Absichten fest.
Nachdem die beiden ihre Gläser endgültig geleert hatten, verließen sie das Restaurant und gingen noch ein Stück gemeinsam, bis Lilly sich schließlich verabschieden wollte, um den Rest des Heimwegs allein fortzusetzen. „Das kommt gar nicht infrage. Es ist schon viel zu spät, um dich allein gehen zu lassen. Ich bestehe darauf, dich begleiten zu dürfen.“, protestierte Charles. Er sagte dies mit so einer Vehemenz, dass Lilly keinen Versuch unternahm, ihn davon abzubringen und sich lächelnd bei ihm einhakte, als er ihr seinen Arm anbot.
Vor ihrem Haus blieb sie stehen, bedankte sich bei ihm für den schönen Abend und verabschiedete sie sich mit einem Kuss auf die Wange. Erst als die Tür hinter ihr ins Schloss gefallen war, machte Charles kehrt und sich endlich auf den Weg zu seinem Hotel, wo er heute noch einiges zu erledigen hatte.

Ein wunderbar sonniger Tag war angebrochen. Nicht selbstverständlich für die letzte Oktoberwoche, aber umso besser geeignet für den bevorstehenden Ausflug. Aufgeregt wartete Charles an der Rezeption auf Lilly und ging in Gedanken noch einmal alles durch, was er mit dem Concierge vereinbart hatte: Das kleine Motorboot, für das weder eine Lizenz noch besondere Vorkenntnisse notwendig waren, lag bereits an einem Steg auf der Rückseite des Hotels und die Route hinaus in die Bucht hatte er sich gebetsmühlenartig eingebläut. Gestern Abend hatte er dabei noch Zuversicht gespürt, doch heute sah das schon wieder ganz anders aus. Trotzdem riss er sich zusammen, denn einen Tag gemeinsam mit Lilly verbringen zu können, darauf hatte er sich schon sehr lange gefreut.
Sie war ihm von Anfang an sympathisch gewesen und über die Zeit hatte er bemerkt, dass aus dem freundschaftlichen Miteinander bei ihm mehr geworden war. Das war ihm spätestens da klar geworden, als ihre Küsse, die sie ihm jedes

Mal zur Begrüßung auf die Wangen hauchte, seine Knie weich werden ließen und es ihm immer einen Stich versetzte, wenn er sich wieder von ihr verabschieden musste. Er war froh um jedes Treffen und jede Verabredung zum Essen mit ihr, egal wie kurz sie teilweise ausfielen und einzig seine britische Zurückhaltung und zugegebenermaßen auch eine gewisse Schüchternheit hielten ihn davon ab, ihr offen seine Gefühle zu gestehen. Vielleicht – so hoffte er - würde sich ihm heute dazu die Gelegenheit bieten.

Lilly überquerte gerade die letzte Brücke vor dem Hotel, in dem Charles logierte, als sie nach oben sah und in die Sonne blinzelte. Was für ein wundervoller Tag. Sie hatte ihren Chef kurzfristig um einen Urlaubstag gebeten und der hatte gerne zugestimmt. Ihr Kummer der vergangenen Wochen war ihm nicht verborgen geblieben. Wenn es ihr jetzt also wieder besser ging und sie mit einem Freund des Hauses etwas unternehmen wollte, dann war das auch in seinem Sinne, denn auch er wollte sie endlich wieder glücklich sehen. Schnellen Schrittes ging sie weiter und freute sich auf den Ausflug mit einem Freund, den sie für ihren Geschmack viel zu selten sah.
Charles erblickte sie sofort, als sie in ihrem knielangen Kleid und farblich abgestimmten Strumpfhosen, Schuhen und Schultertuch die Lobby betrat. Stilsicher und hübsch wie immer, dachte er sich und ging ihr entgegen. Als sie ihn entdeckte, strahlte sie und begrüßte ihn herzlich: „Buon giorno, wie geht es dir? „Guten Morgen! Sehr gut geht es mir. Wollen wir gleich los?“ Sie nickte, hakte sich ganz selbstverständlich bei ihm ein und folgte ihm zum hinteren Ausgang des Hotels, wo an einem kleinen Steg das gemietete Boot bereit lag. Vorsichtig ging er als erster an Bord und reichte Lilly die Hand, um ihr beim Einsteigen behilflich zu sein. Sie lebte bereits lange genug in dieser Stadt und mit dem Wasser, um mit wenigen Blicken festzustellen, dass er nicht geübt war in dem was er gerade zu tun versuchte. Er wirkte nervös und etwas fahrig, als er gedanklich eine

imaginäre Checkliste durchzugehen schien und dabei überlegte, wie er das Boot starten und möglichst fachkundig vom Anleger ablegen konnte. Je länger Lilly ihn dabei beobachtete, desto mehr musste sie über sein Verhalten schmunzeln, nicht ahnend, wie unangenehm ihm die ganze Situation war. Mit jedem Handgriff jedoch, der ihm gelang, gewann er allmählich seine Souveränität und Ruhe zurück und schien wieder Herr der Lage zu sein.
Nach dem Ablegen konzentrierte sich Charles auf die Route, die ihm empfohlen worden war und Lilly, die es sich derweil auf dem Platz neben ihm bequem gemacht hatte, beobachtete ihn aus den Augenwinkeln dabei, vermied es aber ihn anzusprechen und damit möglicherweise wieder aus dem Konzept zu bringen. Mit der Zeit machte es ihm allerdings sogar Spaß, das Boot zu führen und als sie sich schließlich langsam dem vor ihnen liegenden Sankt Markus Becken näherten, handhabte er es mit einer gewissen Sicherheit, die ihn nicht ohne Grund stolz machte. „Gibt es ein spezielles Ziel, das wir ansteuern könnten?", erkundigte er sich. Spontan fiel ihr dabei der Lido ein, doch diesen Gedanken verwarf sie hastig wieder, war dieser Ort doch mit zu vielen schmerzlichen Erinnerungen verbunden, die sie lieber ruhen lassen wollte. Stattdessen schlug sie vor: „Wir könnten nach Sant' Erasmo fahren. Warst Du schon mal dort?" Er schüttelte den Kopf. „Bei mir ist es auch schon eine ganze Weile her. Die Insel ist der Gemüsegarten Venedigs und berühmt für seine violetten Artischocken und dem feinen grünen Spargel. Meine Freundin Paola hat mich schon ein paar Mal mitgenommen, wenn sie ihre Lieferanten besucht hat." Ihr fielen die langen Spaziergänge durch die grüne Landschaft ein. Das war bestimmt auch ein guter Plan für den heutigen Tag, denn so solide, wie Charles zwar inzwischen mit dem Boot umging, täuschte es sie doch nicht darüber hinweg, dass er sich vermutlich zum ersten Mal auf offenes Wasser hinaus traute und die nicht allzu weite Fahrt hinüber zu dem Eiland sicherlich auch bei ihm auf Gegenliebe stieß. Kurzerhand wies sie ihm den Weg und

während sich Charles darauf konzentrierte, den anderen Wasserfahrzeugen auszuweichen, passte sie auf, dass er auf Kurs blieb.
Als die Insel in Sichtweite kam, steuerten sie noch eine Weile den Kahn die Küste entlang, bis sie auf einen Anleger stießen, an dem sie das Boot festmachen konnten. Lilly erhaschte dabei einen kurzen Blick auf Charles Gesicht und konnte sich nicht des Eindrucks erwehren, darin etwas wie Erlösung zu erkennen. Was Männer nicht alles so anstellen, um Frauen zu beeindrucken, sinnierte sie, während sie mit zwei flotten Schritten auf den Steg sprang und er ihr rasch folgte.
Interessiert blickte er sich um, als er neben sie trat. Es war kaum vorstellbar, dass sie nur wenige Kilometer vom Trubel Venedigs entfernt waren und hier ein ländliches Idyll und wunderbare Stille genießen konnten.
Lilly wählte sodann einen Weg, der sie bei einem gemütlichen Spaziergang vorbei an Obstplantagen und Weinstöcken führte und erklärte ihm, was hier jeweils angebaut wurde. Doch auch darüber hinaus mangelte es den beiden wie immer nicht an Themen, über die sie sich beinahe endlos unterhalten konnten. Als sie schließlich an einer Trattoria vorbei kamen, beschlossen sie, dort einzukehren und ließen sich die gute italienische Landhausküche schmecken. Von Kürbis-Risotto, über Kalbsschnitzel mit Steinpilzen, bis zu gefüllten Tintenfischen an Polenta. Es war einfach himmlisch. Zum Abschluss gönnten sich beide noch jeweils eine Kugel vom hausgemachten Feigeneis und dazu einen Espresso. Zufrieden starrte Charles vor sich hin und sann darüber nach, ob es nicht vielleicht doch eine Möglichkeit für ihn gäbe, hierher überzusiedeln und sein Geschäft von hier aus zu führen oder sich gar ganz in dieser Gegend zur Ruhe zu setzen. Dies und die Vorstellung, dann noch mehr Zeit mit Lilly verbringen zu können, ließ ihn lächeln.
„An was denkst du gerade?“, fragte Lilly, der sein Mienenspiel nicht verborgen geblieben war. Charles

überlegte, ob er ihr tatsächlich offenbaren sollte, was ihm durch den Kopf gegangen war oder ob er sie damit verschrecken würde – zumal es eh nur ein Hirngespinst gewesen war. „Ich habe mich gerade gefragt, wann ich mich das letzte Mal so rundum zufrieden gefühlt habe. Danke Dir!“, flunkerte er. „Nichts zu danken. Ich finde es wirklich schön, dass wir zwei bei einem Treffen endlich mal nicht auf die Uhr schauen müssen und dass ich dir ganz nebenbei auch noch dieses schöne Fleckchen Erde zeigen konnte“, entgegnete sie.

Nachdem er die Rechnung beglichen hatte, machten sie sich wieder auf den Weg zurück zu ihrem Ausgangspunkt. Beide gingen stumm und in Gedanken versunken nebeneinanderher und genossen merklich die Gegenwart des jeweils anderen.

Beim Anleger angekommen, machte er dann einen etwas zu forschen Schritt auf das Boot, verlor dabei fast die Balance und wedelte wild mit den Armen, um sein Gleichgewicht wiederzufinden, während das Boot begann, kräftig hin und her zu schaukeln. Der sonst so souveräne Brite gab ein urkomisches Bild ab und Lilly konnte nicht anders, als sich vor Lachen zu schütteln. Er, der eigentlich ein Meister in Fragen des Stils und der Etikette war, hatte sich mit dem Führen des Bootes ganz offensichtlich zu sehr aufs Glatteis gewagt. Immer noch lachend, riet sie ihm, sich vorsichtig hinzusetzen und stieg dann selbst an Bord. Wie ein begossener Pudel schaute Charles sie an. So hatte er sich ihr nicht präsentieren wollen, doch Lilly streichelte über seinen Oberarm und beruhigte ihn. „Alles gut.“ „Es tut mir so leid …“, begann er, aber sie fiel ihm ins Wort. „Es gibt absolut nichts, was dir leidtun müsste. Ich habe dank dir einen wunderbaren Tag und es ging mir lange schon nicht so gut, wie heute. Na ja, und was deine Fähigkeiten, ein Boot zu führen betrifft, die bezeichnen wir mal als ausbaufähig.“ Sie lächelte ihn an und gab ihm dann einen Kuss auf die Wange.

Ein Stein fiel ihm vom Herzen, dass sie ihm sein Missgeschick nicht übel genommen hatte und als er sich dieses Mal erhob, um das Seil zu lösen, tat er das sehr behutsam, um kein zweites Mal die Kontrolle zu verlieren. Bestärkt durch ihre Nachsicht und ihr Vertrauen, legte sich seine Nervosität vollends und sie kehrten ohne Probleme nach Venedig zurück, wo ihm jetzt selbst die kleineren Kanäle nichts mehr anhaben konnten und er gerne noch ein paar weitere Runden gedreht hätte.

Nachdem sie am Hotelanleger angehalten hatten und ein Angestellter das Boot flink vertäute, entstiegen sie dem Boot und Charles wandte sich an sie: „Darf ich dich noch auf ein Glas Wein einladen?“ „Ja, sehr gerne sogar“, antwortete sie, während sie den Rock ihres Kleides glatt strich und das breite Tuch fester um ihren Oberkörper schlang, da es inzwischen etwas kühler geworden war. Gemeinsam durchquerten die daraufhin das Hotel und traten in die davorliegende Gasse hinaus, von wo sie sich mit dem Strom der Passanten treiben ließen und auf einem benachbarten Campo in einem heimelig anmutenden Lokal einkehrten. Als sich die Augen an die etwas düstere Atmosphäre gewöhnt hatten, fielen die zahlreichen liebevollen Details an den Wänden auf: Schwarz-weiß-Fotos von Venedig, Hängeregale mit Weinflaschen, schmiedeeiserne Wandhalterungen auf denen halb abgebrannte Stumpenkerzen saßen und kleine Fensteröffnungen mit Butzenscheiben. Charles wählte einen Tisch im hinteren Bereich an der Wand aus. Hier, so hoffte er, wäre es ruhig genug, um bei einem Glas Wein, alles auf eine Karte zu setzen und Lilly seine Gefühle zu gestehen. Nachdem der vom Kellner empfohlene Wein gebracht worden war, sie sich zugeprostet und einen Schluck getrunken hatten, wollte er gerade nach ihrer Hand greifen, als plötzlich eine Frauenstimme erklang: „Lilly, was machst du denn hier?“ Charles, der mit dem Rücken zum Eingang saß, drehte sich um und sah Paola in der Tür stehen. Er kannte sie von einem früheren Besuch und hätte sich über das Wiedersehen auch sehr gefreut, aber eben nicht ausgerechnet jetzt. Er seufzte leise: Wie viele Weinlokale und

Restaurants mochte es in dieser Stadt geben und ausgerechnet hier musste Lillys Freundin jetzt einkehren? Sie ihrerseits hatte Charles auch sofort erkannt und kam zu ihnen an den Tisch. „Ciao Charles, schön Sie hier zu sehen? Wie geht es Ihnen?“ Anstandshalber bot er ihr einen Platz am Tisch an, was sie allerdings freundlich ablehnte. „Tut mir leid, ich muss heute noch einiges erledigen. Ich bin nur schnell vorbei gekommen, weil ich bei Giovanni einige Flaschen Wein bestellt hatte.“ Es fiel ihm schwer, seine Erleichterung zu verbergen und geduldig wartete er ab, bis sie ihren gemeinsamen Plausch beendeten, Paola sich dem Wirt zuwandte, ihre Bestellung entgegennahm und sich dann endgültig bei Lilly und Charles verabschiedete, um sogleich das Lokal mit einem zufriedenen Lächeln auf den Lippen zu verlassen. Lilly stand ihr so nahe und sie in den vergangenen Wochen so traurig zu sehen, zerbrach ihr jedes Mal das Herz. Sie jetzt in Charles Gesellschaft und glücklich zu erleben, ließ sie innerlich aufatmen. Er war ein guter Mann und wer konnte schon wissen, was sich aus der Freundschaft der beiden noch ergab. Bei ihm – so war sie sich sicher - befand sie sich jedenfalls in den allerbesten Händen.

Endlich wieder in trauter Zweisamkeit mit Lilly wollte er gerade erneut zu einem Geständnis ansetzen, als plötzlich sein Telefon klingelte. Er schloss kurz die Augen und atmete hörbar. Warum hatte er das verdammte Ding nicht auf lautlos gestellt? Etwas genervt griff er in die Tasche seines Jacketts, zog das Handy hervor und sah die Nummer seines Bruders. Was konnte der so Wichtiges von ihm wollen? Er meldete sich nie aus belanglosen Gründen, überlegte er. „Entschuldige bitte, diesen Anruf muss ich leider annehmen.“ Sie lächelte, machte eine beschwichtigende Handbewegung und flüsterte: „Ist doch in Ordnung.“ Er stand auf und ging schnellen Schrittes vor die Tür, um das Telefonat entgegenzunehmen, kam aber bereits nach wenigen Augenblicken an den Tisch zurück.

Sie hatte gerade an ihrem Glas genippt und fragte halb besorgt, halb neugierig: „Ist alles in Ordnung?“ Charles überlegte kurz, ob er jetzt nicht endlich zum Punkt kommen sollte, entschied sich dann aber doch dafür, erst einmal ihre Frage zu beantworten. „Das war mein Bruder. Er bat mich darum, meinen Eltern nach meiner Rückkehr bei einigen Terminen behilflich zu sein. Sie leben nicht in London und er muss geschäftlich ins Ausland ...“, er hielt inne, denn was tat das eigentlich jetzt gerade alles zur Sache. Doch prompt hakte Lilly nach: „Ich wusste gar nicht, dass du einen Bruder hast. Und wo leben deine Eltern?“ Bevor er sich versah, steckten sie mitten in einem Gespräch über Familie, Zusammenhalt und den Vor- und Nachteilen des Landlebens in England. Sie schien dabei alten Erinnerungen nachzuhängen und er beschloss seinen Wunsch nach Offenbarung seiner eigenen Gefühle wieder einmal zu vertagen.

Als Charles am nächsten Morgen erwachte, war er voller Tatendrang. Zwar stand erst ein gemeinsamer Besuch mit Signore Constantini bei zwei Glasbläsereien auf Murano an, die dieser kurzerhand exklusiv für ihn – natürlich nicht ohne Hintergedanken - vereinbart hatte, aber für heute Abend war er wieder mit Lilly verabredet. Sie hatte ihm gestern erzählt, dass sie sich nachmittags mit einigen Freundinnen treffen würde, die sie schon eine gefühlte Ewigkeit nicht mehr gesehen hatte, danach aber liebend gerne mit ihm zu Abend aß, bevor er am darauffolgenden Tag abreisen musste.
Schwungvoll und pfeifend machte er sich zurecht und nahm sich fest vor, dieses Mal nichts dazwischen kommen zu lassen. Egal was passierte. Heute würde er ihr seine Gefühle gestehen und nichts auf dieser Welt würde ihn davon abbringen.

Lilly ging es ähnlich. Nach dem wunderbaren und entspannten Tag mit Charles war sie gestern Abend erschöpft, aber glücklich ins Bett gefallen und sofort eingeschlafen. Lange hatte sie darauf warten müssen, nicht mehr grübelnd nach Schlaf zu ringen. Es ging also endlich wieder aufwärts und die kleinen Erinnerungen an Ben, die sich noch ab und zu einschlichen, wurden von Woche zu Woche weniger schmerzhaft, auch wenn sie es nicht schaffte, sie komplett auszublenden. Da kam ihr das seltene Treffen mit Freundinnen heute gerade recht. Was konnte es schließlich Besseres geben, als zusammen zu lachen, zugegeben auch ein bisschen zu lästern und über den neuesten Klatsch und Tratsch zu reden, bevor sie dann noch mal mit Charles verabredet war. Ein absoluter Wohlfühl-Tag stand ihr also bevor.

Vorher würde sie allerdings noch ihre Einkäufe auf dem Markt bei Paola erledigen. Als die sie um die Ecke biegen sah, begrüßte sie ihre Freundin und erkundigte sich anschließend mit einem Zwinkern in den Augen nach Charles. „Wir saßen noch ewig zusammen und es war ein richtig schöner Tag.“, beantwortet Lilly ihre Frage knapp. „Und?“, hakte die Händlerin nach. „Und was?“ „Seht ihr euch heute wieder, kochst du vielleicht sogar für ihn?“, sie konnte sich ihr Grinsen nicht verkneifen. Lilly verdrehte die Augen. „Ja, ich treffe mich mit Charles zum Abendessen und nein, ich koche nicht für ihn.“ „Schade …“, mit dieser Antwort hatte Lilly nicht gerechnet und schob deswegen schnell hinterher: „Hey, er ist inzwischen ein richtig guter Freund, aber doch nicht mehr. Was Du immer gleich für Hintergedanken hast. Kann ich nicht mit einem Mann einfach nur befreundet sein?“ Paola zog einen Mundwinkel nach oben und zuckte mit den Schultern. „Ich freue mich einfach, dass es dir in seiner Gegenwart so gut geht. Und er scheint ein toller Mann zu sein. Das ist es nur.“ Sie kam hinter ihrem Stand hervor und nahm Lilly in den Arm. „Ich mache mir halt immer Sorgen um dich, tut mir leid.“ Lilly schlang ihre Arme um sie und gab ihr einen Kuss auf die Wange. Sie wusste schließlich sehr gut, wie viel Zeit die Marktfrau damit verbracht hatte, sie wieder aufzubauen. „Danke dir. Ich habe inzwischen – glaube ich - das

Schlimmste überwunden und den Rest schaffe ich mit Eurer Hilfe auch noch. Es geht eben nichts über *La Famiglia*.“ Paola drückte sie fest an sich und schickte dabei ein Stoßgebet zum Himmel.

Mittags bereitete sie sich rasch eine Portion Pasta zu, die sie gleich im Stehen in der Küche aß, um sich anschließend für die Verabredung mit ihren Mädels fertigzumachen, wie sie die vier anderen Frauen liebevoll nannte, die genau wie sie, alle um die fünfzig waren. Sie waren ein bunter Haufen, sowohl, was ihre Herkunft anging, als auch ihre Charaktere und Berufe. Vielleicht war gerade dies der Grund dafür, dass sie sich zwar nur selten sahen, aber diese Zeit umso mehr genossen. Heute würde es nicht anders sein, da war sich Lilly vollkommen sicher.
Etwas ratlos stand sie wenig später vor ihrem Kleiderschrank. Sie wollte sich noch immer nicht damit abfinden, dass es langsam zu kalt für ihre geliebten Kleider wurde. Schließlich war es ein wunderschöner sonniger Tag und gestern sogar noch mal außergewöhnlich warm für die Jahreszeit gewesen, aber heute sorgte ein kühler Wind dafür, dass die Temperaturen nicht mehr, wie von ihr erhofft, anstiegen. Beinahe sehnsüchtig ging sie ihre Kleider im Schrank durch, musste sich aber bei einem erneuten Gang auf ihre Altana eingestehen, dass es heute endgültig Zeit war, Rock gegen Hose einzutauschen. Etwas missmutig griff sie daher nach einer schicken, aber doch bequemen Hose und ergänzte diese mit Bluse und Sweatshirt. Sie hängte sich ihre kleine Handtasche über die Schulter, prüfte, ob sie alles dabei hatte und verließ ihre Wohnung in Richtung des vereinbarten Treffpunkts.
Ihre Mädels waren bis auf eine Ausnahme schon da und bereits von Weitem am lebhaften Gelächter zu erkennen. Als Lilly zu ihnen stieß, wurde sie mit lautem Hallo, herzlichen Umarmungen und jeder Menge Wangenküsschen begrüßt. Ein wildes Durcheinandergeplapper begann, als sie alle vollständig waren. „Wo hast du denn das tolle Teil her?“,

„Hast du eine neue Haarfarbe?", „Wie geht es deinen Kindern?", „Hast du abgenommen?", „Wart ihr dieses Jahr im Urlaub?", „Wusstest Ihr, dass sie sich scheiden lassen?". Jeder Außenstehende hätte bei diesem verbalen Chaos kapituliert, aber die fünf Frauen schienen jeden Wortwechsel untereinander mitzubekommen und wenn nötig auch kommentieren zu können. Das viele Reden machte die Münder trocken und so gab eine Runde Wein, Spritz und Prosecco die nächste und mit steigendem Alkoholpegel wurden die Themen und Gespräche emotionaler. Eine brach schließlich in Tränen aus und gestand, dass sie ihren Mann dabei erwischt hatte, wie er der Nachbarin nachgestellt hatte und diese augenscheinlich ebenfalls nicht abgeneigt gewesen war. Sie hatte zwar für den Betrug keinen Beweis, aber im Grunde war ihr das egal. Und das war es auch den übrigen Frauen in der Runde, die alkoholgeschwängert begannen, sich über untreue Ehemänner, feige Freunde, Mistkerle im Allgemeinen und den Mangel an Alternativen zu beklagen. Zur Überraschung der anderen, stimmte auch Lilly dieses Mal in das Wehklagen mit ein. Gestenreich teilte sie den anderen mit, dass sie sich nie und nimmer mehr verlieben wolle, weil es doch eh nur auf ein gebrochenes Herz hinausliefe. Die anderen nickten zustimmend und als Lilly ergänzte, dass das beste Leben, das eines Singles mit lieben Freundinnen sei, fielen sich alle in die Arme, schworen sich ewige Freundschaft und stießen nochmals darauf an.
Bei jedem ihrer Treffen, ließen es sich die Frauen zwar ohnehin schon gut gehen und verschmähten keinen Tropfen, aber heute war es anders gewesen. Heute hatte scheinbar nicht nur Lilly den Drang verspürt, als sie auf das Thema Liebe zu sprechen kamen, ihre Sorgen gründlich zu ertränken. Als sich der Nachmittag schließlich dem Ende zuneigte und sich die Runde anschickte aufzubrechen, musste sich Lilly eingestehen, dass es bei ihr mehr als ein Glas zu viel gewesen war. Kichernd strengte sie sich an, möglichst unfallfrei die Tür zu erreichen, was ihr noch einigermaßen gelang, aber kaum war sie hinaus an die frische

Luft getreten, begann sich alles langsam zu drehen und ihre Knie fühlten sich wie Pudding an. Die Freundinnen verabschiedeten sich schließlich voneinander und konzentrierten sich darauf, dass jede die richtige Richtung einschlug und auch Lilly hätte ihren Weg vermutlich selbst im Schlaf gefunden, aber der Alkohol ließ jeden ihrer Schritte schwer erscheinen. Tapfer bemühte sie sich, ihren Zustand vor den Passanten, die an ihr vorüber gingen, zu verbergen und glitt mit den Fingerspitzen über die Häuserwände, an denen sie entlang ging, in der Hoffnung, dann nicht allzu sehr zu schwanken. Als sie eine Brücke überquerte, wurde ihr schwindelig und sie stoppte, um sich eine Weile auf den Stufen auszuruhen. Dabei atmete sie tief ein und aus, aber der Nebel in ihrem Kopf schien immer dichter zu werden. Himmel! Wie hatte sie nur so viel trinken können. Sie wollte einfach nur noch nach Hause und sehnte sich nach nichts mehr als ihrem Bett. Mühsam versuchte sie aufzustehen und sich dabei am Brückengeländer abzustützen. Vergeblich. Sie verlor das Gleichgewicht, rutschte weg und landete mit dem Po wieder auf den Stufen. Lilly ließ den Kopf hängen, versuchte es dann aber erneut, als sie plötzlich jemand am Arm packte und hochzog. Erschrocken sah sie auf und blickte direkt in Charles besorgtes Gesicht. Er war eher zufällig hier vorbei gekommen und traute seinen Augen nicht, als er sie in dieser Verfassung auf der Brücke hocken sah. Schnell legte er den Arm um sie. „Geht es dir gut?“ Was für eine Frage, natürlich sah er, dass es ihr keineswegs gut ging. Sie schüttelte den Kopf und bemühte sich trotzdem um ein Lächeln, was ihr allerdings nur mäßig gelang. Im nächsten Moment warf er ihren Arm über seine Schulter und legte seinen um sie, damit sie ihm nicht wegrutschen konnte. „Wo geht’s zu dir nach Hause?“, fragte er sie, ohne wirklich eine Antwort zu erwarten. Doch Lilly riss ihre Augen weit auf, als wenn sie dadurch nüchterner werden würde und deutete die Gasse entlang. Langsam setzte er sich mit ihr in Gang und hoffte, dass sie ihm auch weiter den Weg weisen würde oder er etwas erkannte, was ihn an gestern Abend erinnerte, als er sie heimgebracht hatte. Lilly hingegen war erleichtert, da sie sich an seiner Seite sicherer fühlte, auch wenn dies nicht darüber hinwegtäuschen konnte, dass die Wirkung des Alkohols zunahm und ihr hundeelend war. An der nächsten Ecke deutete sie nach links und etwas später nach rechts. Endlich erreichten sie die Gasse, in der sie wohnte und er erkannte die Haustür sofort, vor der er sich noch gestern von ihr verabschiedet hatte. Heute würde er sie in ihre Wohnung begleiten, ob sie wollte oder nicht und obwohl es ihm unter anderen Umständen wesentlich lieber gewesen wäre. Er bat sie, sich gegen die Hauswand zu lehnen, was sie ohne jeglichen Widerspruch tat. Dann griff er in ihre Handtasche und kramte nach den Schlüsseln. „Was haben Frauen nur immer alles dabei?“, flüsterte er, während er ungeduldig kleinen Beutel durchsuchte, bis er schließlich ihr Schlüsselbund in den Händen hielt. Eilig probierte er einen nach dem anderen durch, bis sich die Tür endlich öffnete. Lilly hatte ihm öfters von ihrer Dachterrasse erzählt und so sah er jetzt ehrfurchtsvoll die Treppe hinauf. Da würde er sie wohl hochtragen müssen. Zuerst zog er sie in den Hausflur und ließ die Tür hinter ihr ins Schloss fallen, damit keiner ihrer Nachbarn sie in diesem Zustand sah. Er hob sie vorsichtig hoch und sah in ihr lächelndes Gesicht. „Halt dich an mir fest“, sagte er leise und sie schlang ihre Arme um seinen Hals. Ein wohliger Schauer lief ihm über den Rücken, als er ihre Haut auf seiner spürte. Ein etwas unverständliches „Du bist so lieb“, kam über ihre Lippen und er setzte sich mit ihr langsam in Bewegung. Stufe für Stufe erklomm er das Treppenhaus. Jetzt zahlte es sich aus, dass er hin und wieder bei wichtigen Lieferungen selbst Hand angelegt hatte und ihm das Bewegen von größeren Gewichten nicht vollkommen fremd war. Trotzdem dauerte es eine halbe Ewigkeit, bis er mit ihr das oberste Stockwerk erreicht hatte. Er setzte Lilly vorsichtig ab, die sich immer noch an ihm festhielt, holte die Schlüssel erneut hervor und öffnete ihre Wohnungstür. Interessiert ließ er seinen Blick schweifen. So

lebte sie also. Gemütlich sah es hier aus und sehr geschmackvoll. Nach der kurzen Verschnaufpause wandte er sich wieder Lilly zu, hakte sie unter und betrat mit ihr die Wohnung. Vorsichtig ging er mit ihr den Flur entlang, bemühte sich, sie aufrecht zu halten und öffnete jede Tür einen Spalt weit, um nach ihrem Schlafzimmer Ausschau zu halten, bis er endlich ihr Bett erspähte, die Tür weiter aufstieß und sie hineinbugsierte. Immer noch lächelnd schaute sie ihn mit ihren großen blauen Augen an. „Ach Lilly, wären wir doch nur unter anderen Umständen hier", murmelte er kaum hörbar und hob sie hoch, um sie aufs Bett zu legen. Noch bevor er sie absetzen konnte, presste sie plötzlich ihre Lippen fest auf seine. Er schloss die Augen, nicht im Stande, sich von ihr zu lösen. Es fühlte sich einfach so gut an und doch war es so falsch, ihre Situation jetzt auszunutzen. Er öffnete für einen Moment die Augen und überlegte noch, ob er ihren Kuss erwidern sollte, als er ihre weiche Zungenspitze auf seinen Lippen spürte. Da sie ihn mit ihrem ganzen Gewicht zu sich hinunterzog, gab er schließlich nach, beugte sich weiter zu ihr runter und beide versanken in einem leidenschaftlichen Kuss. Zärtlich streichelte er ihr über die Wange und über ihr braunes Haar, das sich wie ein Wasserfall über das Kissen ergoss. Er wollte nicht damit aufhören, aber er musste es tun. Zögerlich löste er sich aus ihrer Umarmung und als sie ihm einen flehenden Blick zuwarf, streichelte er ihr erneut über ihr Gesicht und flüsterte: „Schlaf dich erst einmal aus. Morgen sehen wir dann weiter." Sie nickte lächelnd, schloss die Augen und schlief sofort ein.
Auf Zehenspitzen verließ Charles ihr Schlafzimmer, schloss die Tür nicht ganz und lehnte sich mit dem Rücken an die Wand im Flur. Sein Herz schlug ihm noch immer bis zum Hals und er atmete tief durch, während er mit geschlossenen Augen noch eine Weile so dort stehen blieb. So fühlten sich ihre Küsse also an. Schließlich suchte und fand er das Bad und beruhigte sich damit, dass er eiskaltes Wasser erst über seine Unterarme laufen ließ, bevor er es in den Handflächen

sammelte, um sein Gesicht damit abzukühlen. Er überlegte, was jetzt tun sollte und entschied, den Abend und die Nacht hier zu verbringen, um immer mal wieder nach ihr sehen zu können und sich zu vergewissern, dass es ihr den Umständen entsprechend gut ging. Er schaute sich in den übrigen Räumen nach einer Schlafgelegenheit um: Es bot sich ihm die Wahl zwischen dem Bett im Gästezimmer und dem Sofa im Wohnzimmer. Doch noch war nicht an Ausruhen zu denken. Er war immer noch aufgewühlt von dem Kuss, dem sie ihm gegeben hatte. Kinder und Betrunkene sagen die Wahrheit, hieß es – aber traf das auch hier zu. Konnte er annehmen, dass sie tatsächlich ihn gemeint hatte? Nachdenklich hockte sich auf die Stufen, die zur Dachterrasse führten. Er hatte sich diesen Moment so herbeigesehnt, trotzdem fühlte es sich nicht gut an. Was würde Lilly morgen früh sagen, wenn sie erwachte? Es blieb ihm nichts anderes übrig, als abzuwarten.

Am nächsten Morgen erwachte Lilly von einem dumpfen Geräusch. Es dauerte einige Zeit, bis sie realisierte, dass es ihr Kopf war, der pochend schmerzte. Sie versuchte sich im Bett aufzurichten, ließ sich aber sofort wieder in ihr Kissen fallen, als sie spürte, dass die Schmerzen dadurch nur noch stärker wurden. Ihr Mund war trocken und sie hatte ein pelziges Gefühl auf der Zunge. Was war gestern bloß passiert? Sie kniff die Augen zusammen und legte die Hand auf ihre Stirn. Das Treffen mit den Mädels musste schuld gewesen sein. Sie erschrak bei der Erkenntnis, dass sie einen Filmriss hatte und keinen blassen Schimmer besaß, wie sie eigentlich nach Hause und in ihr Bett gekommen war.
Plötzlich hörte sie ein Geräusch, dass aus der Küche zu kommen schien. War da jemand? Oder spielte ihr Kopf ihr einen Streich. Sie versuchte erneut, sich aufzurichten, doch dieses Mal deutlich langsamer als zuvor. Als nächstes schwang sie bedächtig die Beine aus dem Bett, blieb aber eine Weile auf der Bettkante hocken und rieb sich frustriert die Stirn. An sich hinab sehend, stellte sie erstaunt fest, dass

sie ganz offensichtlich in Jeans und Bluse geschlafen hatte. „Oh Mann, was habe ich da gestern nur angestellt.“, flüsterte sie leise vor sich hin und horchte wieder auf, als sie erneut ein Geräusch vernahm. Dieses Mal war sie sich auch ganz sicher, dass es aus der Küche kommen musste. Schwerfällig erhob sie sich vom Bett, durchquerte das Schlafzimmer und öffnete die angelehnte Tür, wobei ihr sogleich der aromatische Duft von frischem Kaffee in die Nase stieg. Eindringlinge kochen selten Kaffee, überlegte sie bei sich und schlurfte barfuß den Flur entlang. Sie wollte gerade die ebenfalls nur angelehnte Küchentür aufdrücken, als sie von innen geöffnet wurde und Charles lächelnd vor ihr stand. „Guten Morgen! Hast du ausgeschlafen? Wie geht es dir?“ Lilly, die mit offenem Mund und weit aufgerissenen Augen vor ihm stand, blieben vor Schreck fast die Worte im Halse stecken. „Guten Morgen … ich weiß nicht … was machst du hier? Ich …“ Dann fiel ihr Blick auf das Frühstück, das er bereits für sie vorbereitet hatte. Er war heute Morgen schon bei der benachbarten Cafébar gewesen und hatte ein paar Teile Gebäck, frisch gepressten Orangensaft und etwas Obst besorgt. Zusätzlich stand auf dem Tablett ein Glas Wasser und eine Packung Kopfschmerztabletten. Auf dem Herd dampfte die kleine Kanne und zeigte damit an, dass auch der Kaffee bereits fertig war. In ihrem Blick wechselten sich Erstaunen und Ratlosigkeit ab. Die Augen zusammenkneifend, stützte sie sich auf der Anrichte ab, massierte sich mit zwei Fingern die schmerzende Schläfe und versuchte zu begreifen, was das alles zu bedeuten hatte. Mühsam bemühte sie sich darum, die Puzzleteile ihrer Erinnerungen an den gestrigen Tag zusammenzusetzen, aber nichts davon erklärte die jetzige Situation. Charles stand immer noch lächelnd vor ihr. „Magst du dich nicht vielleicht schon mal an den Tisch setzen? Ich bringe dir gleich dein Katerfrühstück.“ Sie nickte kurz, ging zögerlich ins Wohnzimmer rüber und sank auf einen der Stühle. Ihre Ellenbogen auf dem Tisch abstützend, vergrub sie ihr Gesicht in den Handflächen und versuchte erneut zu ergründen, was passiert war und warum Charles in ihrer Küche stand? Es war ihr peinlich, dass ausgerechnet er sie in diesem Zustand sah und schlagartig war ihr einfach nur noch zum Heulen zu Mute, als sie plötzlich seine Hand auf ihrer Schulter spürte. „Komm, trink einen Schluck. Danach geht es dir bestimmt bald besser." Er sah sie voller Mitgefühl an. Seine liebevolle Art brachte Lilly schließlich dazu, zaghaft zu lächeln und während sie ihre Hand auf die seine legte, bat sie ihn leise: „Ja, aber kannst du dich bitte zu mir setzen und mir sagen, was gestern passiert ist. Ich kann mich an nichts erinnern." Ihr Blick war hilfesuchend und als er ihr gegenüber Platz nahm, ihr eine Tasse Kaffee einschenkte und diese zu ihr rüber schob, zerbrach der letzte winzige Hoffnungsschimmer in ihm, dass sie sich an ihren Kuss würde erinnern können. Trotzdem hakte er noch mal nach: „Weißt du noch irgendetwas?" Sie schüttelte niedergeschlagen den Kopf und sah ihn beinahe ängstlich an, bevor sie stammelnd hervorbrachte: „Ich weiß nur, dass ich mich mit meinen Freundinnen getroffenen hatte. Wie viel ich getrunken habe, weiß ich gar nicht mehr …" Charles sah sie mitfühlend an. „Es muss einiges gewesen sein. Ich war gerade von Murano zurückgekommen und auf dem Weg ins Hotel, als ich dich auf den Stufen einer Brücke hocken sah. Du hattest Mühe, aufzustehen und habe ich dich nach Hause gebracht." Lilly runzelte die Stirn. „Charles, ich kann mich an nichts davon mehr erinnern. Ist irgendwas … ich meine … habe ich …", sie sucht nach den richtigen Worten. Charles griff nach ihrer Hand und fuhr fort: „Mach dir keine Sorgen. Es ist nichts passiert." Nach einer kurzen Pause fügt er hinzu: „Nichts, außer einem Kuss - was ich ehrlich gesagt außerordentlich bedaure." Lilly sah ihn erstaunt an, während Charles mit gesenktem Blick leise hinzufügte: „Wobei ich gestehen muss, dass er mir noch lieber gewesen wäre, wenn du in einer anderen Verfassung gewesen wärst, dich jetzt an unseren Kuss hättest erinnern können und ihn genauso genossen hättest wie ich."

Er sah sie liebevoll mit seinen warmen Augen an. „Ich hatte dir eigentlich längst meine Gefühle gestehen wollen, aber irgendwie war vermeintlich nie der richtige Zeitpunkt gewesen.“ Er stockte und schaute Lilly an, die verlegen den Blick senkte, nach dem Wasserglas griff und daran nippte. Sein Geständnis kam für sie vollkommen unerwartet. Wie hatte sie nicht mitbekommen können, dass Charles nicht nur ihr Freund sein wollte. Sonst war sie doch so feinfühlig und nahm solche Schwingungen wahr, aber in diesem Fall war es ihr nie in den Sinn gekommen. Und jetzt war einfach ein vollkommen falscher Zeitpunkt. Sie schluckte. „Wow, das kommt überraschend. Ich bin immer davon ausgegangen, dass daheim in England eine Frau und Kinder auf dich warten. Wir haben nie über das Thema geredet, ich weiß, aber irgendwie war es für mich völlig abwegig, dass dem nicht so sei. Du bist gut aussehend, gebildet und zuvorkommend … solche Männer sind nicht alleinstehend.“ Sie presste die Lippen aufeinander und überlegte, bevor sie ihn schließlich fragte: „Warum hast du mir nicht schon viel früher etwas gesagt?“ Charles sah ihr tief in die Augen. „Hätte es etwas an deinen Gefühlen für mich geändert?“ Lilly starrte auf die Tasse, die vor ihr stand. „Vielleicht … ja … ich weiß nicht.“ Langsam füllten sich ihre Augen mit Tränen, Tränen darüber, dass sie Charles sagen musste, dass sie ihn sehr, sehr gerne hatte, aber nicht liebte. Noch nicht jedenfalls, vielleicht irgendwann, aber jetzt war ihr Herz noch nicht wieder frei und bereit. Die Trennung von Ben war erst wenige Wochen her und sie wusste, dass sie sich noch Zeit geben musste, um überhaupt darüber nachzudenken, ob sie jemals wieder eine Beziehung wollte.

Charles bemerkte ihre traurigen und feuchten Augen, wechselte auf einen Stuhl direkt neben ihrem und legte seinen Arm tröstend um ihre Schultern, obwohl er selbst gerade Beistand hätte gebrauchen können.

Sie berichtete ihm in möglichst knappen Worten von Ben, ohne zu sehr ins Detail zu gehen und erzählte ihm auch von der Trennung und dass sie momentan immer noch nicht darüber hinweg wäre. Charles streichelte ihr sanft über den Rücken. „Dann ist das wohl auch die Erklärung für gestern?“ Lilly nickte nur. „Ich mag dich, ich mag dich sogar sehr - ich habe mir nur nie Gedanken darüber gemacht, ob da mehr sein könnte und ich will dich auf gar keinen Fall als meinen Freund verlieren.“ Er zog sie näher zu sich heran und gab ihr einen Kuss auf die Stirn. „Liebes, das bin ich und das werde ich auch bleiben. Versprochen.“ Sie schlang ihre Arme um seinen Hals und bevor er sich versah, gab sie ihm einen kurzen, aber liebevollen Kuss auf die Lippen. Erstaunt sah er sie an. „Wenigstens an diesen Kuss werde ich mich erinnern können“, erklärte sie zaghaft lächelnd, bevor sie sich endlich dem Katerfrühstück widmete und froh war, einen Freund wie Charles in ihrem Leben zu haben.

Kapitel 20 – Jeder braucht einen Engel

Die intensiven Vorarbeiten für den Prozess zogen sich inzwischen über Wochen hin und Ben wusste bald gar nicht mehr, wo ihm überhaupt der Kopf stand und warum er eigentlich die volle Miete für seine Wohnung bezahlte, obwohl er doch selbst die Wochenenden mittlerweile größtenteils in der Kanzlei verbrachte. War er anfangs nur am Rande beteiligt gewesen, so wurden ihm im Laufe der Zeit immer mehr Aufgaben übertragen, die er zusätzlich erledigen sollte, was dazu führte, dass Freizeit nahezu ein Fremdwort geworden war.

An diesem wieder einmal durchgearbeiteten Sonntagvormittag saß er in seinem Büro und schaute aus dem Fenster, um sich für ein paar Minuten von den Dokumenten auf seinem Schreibtisch abzulenken. Er nippte an seiner Tasse Kaffee, die er sich vorhin aus der Küche geholt hatte und verzog sofort angewidert das Gesicht. Das Gebräu musste schon stundenlang in der Kanne der Kaffeemaschine warm gehalten worden sein und war inzwischen ungenießbar. Ungefähr so ungenießbar, wie der November selbst. Ben mochte diese Zeit des Jahres mit dem grauen und nasskalten Wetter überhaupt nicht. Wenn er morgens ins Büro fuhr, war es noch nicht hell und wenn er es abends verließ, war es schon wieder dunkel. Wie sollte einem das nicht aufs Gemüt schlagen? Und dann war da auch immer noch die nicht enden wollende Leere wegen Lilly. Sicherlich hatte ihre Beziehung nur kurz gedauert, aber seine Gefühle für sie waren so intensiv, die konnte er nicht einfach abstellen. Und wollte er das überhaupt? Tief in sich drin hoffte er immer noch, dass es für dieses Problem doch eine Lösung gab. Aber welche? Wie oft wäre er in den vergangenen Wochen am liebsten für ein paar Tage nach Venedig geflogen, um sie zu bitten, ihm zu erklären, was vorgefallen war, aber der eng getaktete Zeitplan im Büro ließ das einfach nicht zu. Und war es inzwischen dafür vielleicht nicht längst zu spät? Er fuhr sich mit der Hand durch seine Haare und wurde erst von einem Klopfen an der Tür aus seinen trüben Gedanken gerissen. Ohne auf eine Antwort zu warten, trat Matthew ein. „Wie weit bist du mit …“, er machte eine Pause und stieß besorgt hervor: „Mann siehst du schlecht aus. Alles okay?“ Ihm waren Bens tiefe Augenringe noch nie so sehr aufgefallen, wie gerade jetzt. Der so angesprochene rieb sich die Augen und begann, mit jeweils zwei Fingern die Schläfen zu massieren. „Fällt es dir auch schon auf?“, erwiderte Ben mit einem Anflug von Sarkasmus in seiner Stimme. „Ich tue wirklich was ich kann, aber langsam komme auch in an meine Grenzen.“ Matthew sah ihn mitfühlend an: „Ich weiß. Geht es dir wenigstens privat wieder besser?“ Ben winkte ab. Er wollte nicht mit dem Juniorchef über diese Thema sprechen, denn auch wenn die beiden mittlerweile freundschaftlich verbunden waren, ging ihn dies nichts an. Da er ihn aber so direkt darauf angesprochen hatte, sah er sich gezwungen, Matthew zumindest eine kurze Erklärung zu liefern. „Ich finde mich gerade damit ab“, antwortete er lapidar und sein Magen krampfte sich augenblicklich bei dieser Lüge zusammen. Ausweichend und um weitere Nachfragen zu vermeiden, schaltete er daher rasch wieder auf berufliche Inhalte um. „Was brauchst du von mir? Geht es um die Auflistung der getroffenen Maßnahmen? Die habe ich gestern Abend fertiggestellt und Karen bringt jetzt noch alles in Form. Die Daten sollten dir also heute Nachmittag zur Verfügung stehen.“ Matthew nickte stumm. Der Prozess war eine ziemlich große Nummer für die Kanzlei. Noch größer, als sie anfangs vermutet hatten und deshalb waren er und sein Vater bereits seit Wochen auf jeden ihrer Juristen angewiesen gewesen und das stellte sie zunehmend vor weitere Herausforderungen, denn sie fühlten sich verantwortlich – sowohl für ihre Mitarbeiter als auch für den erfolgreichen Fortbestand der Kanzlei. Sie waren mittlerweile an einem Punkt angekommen, an dem die Mehrbelastung allen anzumerken war und die Gefahr bestand, dass das

Verhältnis zu den übrigen Klienten darunter litt. Unter diesen Umständen und gerade, wenn er sich Ben so ansah, wusste er, dass es Zeit war zu handeln. „Ich weiß, wir haben euch verdammt viel abverlangt und tun es auch immer noch, aber das hier darf einfach nicht schief gehen. Pass bitte trotzdem unbedingt auf dich auf." Grübelnd wandte er sich zum Gehen, stockte dann aber und drehte sich noch einmal zu ihm um. „Ich werde veranlassen, dass du ab sofort nur im äußersten Notfall hinzugezogen wirst und dich wieder ausschließlich auf deine Mandanten konzentrieren kannst. Ich will nicht riskieren, dass du – dass deine Gesundheit Schaden nimmt." Mit diesen Worten zog er die Tür hinter sich ins Schloss und Ben sah ihm mit einer Mischung aus Erstaunen, Ungläubigkeit und Erschöpfung hinterher, bevor er sich wieder seinen Akten widmete. Es fiel ihm allerdings schwer, sich zu konzentrieren und so schob er die Dokumente auf seinem Schreibtisch mehr oder weniger nur von rechts nach links. Konstruktives Arbeiten sah beileibe anders aus. Vielleicht war es tatsächlich besser, für heute Schluss zu machen oder wenn überhaupt, dann nur noch ein paar E-Mails von daheim aus zu beantworten.
Er gab Matthew und Karen Bescheid und verließ kurz darauf das Büro. Als er vor die Tür trat, setzte gerade ein unangenehmer Nieselregen ein. Er schlug den Kragen seines Mantels noch etwas höher und beeilte sich, zur U-Bahn-Station zu gelangen.
Der Bahnsteig dort war auffallend leer. Kein Wunder, denn an einem Sonntag im November noch dazu bei diesem Wetter – wer ging da schon freiwillig vor die Tür, dachte sich Ben und musste glücklicherweise nicht lange auf den nächsten einfahrenden Zug warten. Er stieg ein und ließ sich auf einen der bunt gepolsterten Sitze fallen und beobachtete dann gedankenversunken die übrigen Fahrgäste. Etwas entfernt steckten gerade vier Asiatinnen ihre Köpfe zusammen, die versuchten, sich auf dem ausgefalteten Streckenplan zu orientieren, den eine von ihnen in den Händen hielt. Daneben stand ein junger Typ mit

Kopfhörern auf den Ohren, der dem Takt der Musik nicht widerstehen konnte und fingerschnippend dem Rhythmus folgte. An der nächsten Station stieg eine ältere Dame zu, die einen Dackel an der Leine mit sich führte. Der kleine Kerl trug einen Pullover mit einem rotnasigen Rentierkopf auf dem Rücken. Stimmt, rechnete Ben nach, in ungefähr sieben Wochen war Weihnachten und musste beim Anblick des Hunde-Weihnachts-Pullis schmunzeln. Das war wahrscheinlich typisch London: jedem sein eigener Weihnachtspullover! Dabei spielte es auch keine Rolle, ob es dafür noch ein wenig früh schien, denn schließlich dauerte es auch nicht mehr lang, bis überall in der Stadt wieder die wunderbaren und kunstvollen Weihnachtsbeleuchtungen eingeschaltet und ihren ganz eigenen Zauber verbreiten würden. Mit dem Unterschied, dass ihm in diesem Jahr ganz und gar nicht festlich zu Mute war.
Ein paar Stationen später stieg Ben aus und hastet durch den Regen nach Hause. Bis er dort ankam, war er komplett durchnässt und fluchte vor sich hin. Das war – mal wieder – nicht sein Tag. Nachdem er seinen Mantel zum Abtropfen in der Dusche aufgehängt und seine Haare getrocknet hatte, zog er sich um. Für einen Moment nur wollte er jetzt durchschnaufen, bevor er sich an die Abarbeitung einiger E-Mails machen würde. Es dauerte jedoch nicht lange, nachdem er sich auf die Couch gesetzt, den Kopf in den Nacken gelegt und die Augen geschlossen hatte, bis er vor Erschöpfung eingeschlafen war.
Erst Stunden später wachte er wieder auf. Draußen war es inzwischen stockdunkel und er tastete noch etwas benommen nach dem Lichtschalter. Ein Blick auf die Uhr verriet ihm, dass er beinahe sechs Stunden geschlafen haben musste. Immer noch müde, rieb er sich die Augen, stand auf und suchte in der Küche nach etwas essbarem. Der Stress im Büro hatte allerdings auch dazu geführt, dass er nur noch selten dazu kam, einzukaufen und so der Inhalt seines Kühlschranks recht übersichtlich ausfiel. Als auch das Stöbern im Vorratsschrank keine wirklichen

Überraschungsfunde zu Tage förderte, entschied er sich schließlich für eine Schüssel Cornflakes mit Milch.
Mit dieser in der Hand ging er rüber in sein Arbeitszimmer, schaltete das Notebook an und warf einen Blick auf die E-Mails. Nebenbei essend, beantwortete er einige von ihnen und trug Besprechungen in den Kalender ein. Seufzend schob er sich gerade einen Löffel Cerealien in den Mund, als er noch einen letzten Blick auf die Termine des morgigen Tages warf. „Verdammt!", entfuhr es ihm. Morgen Abend fand das alljährliche Dinner des Anwaltsvereins statt, dass er noch nie verpasst oder geschwänzt hatte. Die Veranstalter waren stets darum bemüht, den Teilnehmern ein interessantes Programm mit inspirierenden Beiträgen von Gastrednern der unterschiedlichsten Themengebiete, verbunden mit einem vorzüglichen Essen in einem ansprechenden Ambiente zu bieten. Ben hatte sich bereits vor Wochen dazu angemeldet, das Event aber durch die Situation in der Kanzlei komplett vergessen. Er war zwar erleichtert, dass er den Eintrag noch rechtzeitig gesehen hatte, aber ein anderer Aspekt bereitete ihm Kopfzerbrechen. Auch wenn es nicht explizit auf der Einladung vermerkt gewesen war, so war es doch üblich, zu dieser Veranstaltung in Begleitung zu erscheinen. Wen sollte er so kurzfristig noch bitten, mitzukommen? Die Alternativen hielten sich in Grenzen. Im vergangenen Jahr hatte er Sams Schwester June gebeten, ihn zu begleiten. Sie hatte das auch gerne getan, befand sich aber gerade, wie er von seinem Freund wusste, für einige Monate im Ausland. Nachdenklich ging er die Kontaktliste in seinem Handy durch und überlegte, auf wessen Unterstützung er so spontan überhaupt hoffen konnte. Zwei kamen eventuell in Frage und nachdem er sich davon überzeugt hatte, dass es noch nicht zu spät zum Telefonieren war, wählte er als erstes Helens Nummer. Sie war die Maklerin, die ihm seine Wohnung vermittelt hatte und sicherlich immer daran interessiert, neue Kontakte zu knüpfen, doch unglücklicherweise erreichte er nur ihren Anrufbeantworter.

Er ersparte es sich, eine Nachricht darauf zu hinterlassen und versuchte sein Glück lieber bei Marcy, der Managerin des Fitnessstudios, in dem er Mitglied war. Als sie sich meldete, hörte er ihrer Stimme jedoch an, dass sie stark erkältet war und so fragte er sie gar nicht erst, ob sie ihn begleiten wollte, tauschte stattdessen ein paar Worte mit ihr aus, wünschte ihr dann gute Besserung und legte auf. Irgendwie meinte es das Schicksal gerade überhaupt nicht gut mit ihm, zumindest erschien es ihm so, bis ihm der vielleicht rettende Gedanke kam: Karen! Ob sie Zeit und Lust hätte, ihn zu begleiten? Sie war stets hilfsbereit und eventuell würde es ihr sogar gefallen, eine dieser Veranstaltungen zu besuchen, für die sie sonst höchstens die Zu- oder Absagen versandte. Er würde sie gleich morgen in der Früh fragen und hoffte inständig, dass sie ihn nicht abwies.

Am folgenden Morgen war Ben besonders früh auf den Beinen. Die ungewöhnlich zahlreichen Stunden Schlaf, die er seit gestern Mittag bekommen hatte, hatten ihm merklich gutgetan, auch wenn er immer noch Nachholbedarf verspürte. Auf seinem Weg ins Büro überlegte er, ob eine kleine Bestechung möglicherweise Karens Entscheidung positiv beeinflussen konnte und kaufte zwei Cupcakes in der Bäckerei, die vor Kurzem direkt um die Ecke eröffnet hatte. Er hoffte, mit seiner Auswahl ihren Geschmack getroffen zu haben und legte sich im Geiste schon die Worte zurecht, mit denen er sie um den Gefallen bitten wollte.
Als er die Kanzlei betrat, sah er, wie sie gerade am Drucker stand und verzweifelt auf diesen einredete. Er blieb an dem Tresen stehen, an dem sie sonst Besucher in Empfang nahm und räusperte sich leise. Da sie ihn nicht hatte kommen hören, drehte sie sich erschrocken um, begrüßte ihn dann aber sofort mit einem freundlichen Lächeln. „Guten Morgen Ben, wie geht es Ihnen heute? Sie sehen schon etwas besser aus.“ „Guten Morgen Karen, was so ein bisschen Schlaf doch gleich ausmacht“, er zwinkerte ihr zu und stellte die

Box mit den beiden Cupcakes vor ihr ab. „Für mich?" Karens Augen glänzten und sie sah ihn freudestrahlend an. „Ja", erwiderte Ben und fügte hinzu: „Ich habe da eine vielleicht etwas ungewöhnliche Frage an Sie." Er stockte. Durfte er überhaupt von ihr erwarten, dass sie ihren wohlverdienten Feierabend für ihn opferte? Ihr fragender Blick verunsicherte ihn zusätzlich. „Karen, ich wollte Sie fragen, ob sie sich vorstellen könnten, mich heute Abend zu dem Dinner des Anwaltsvereins zu begleiten. Es ist unüblich, dort allein zu erscheinen und ich weiß, es ist freilich sehr kurzfristig, aber ..." Weiter kam er nicht. „Natürlich begleite ich Sie. Sehr gerne sogar." Spitzbübisch grinsend fügte sie hinzu: „Schließlich wollte ich immer schon mal wissen, was da – entschuldigen Sie den Ausdruck – so abgeht. Und die kleine Bestechung hier hätte es gar nicht gebraucht, obwohl ich sie natürlich sehr gerne annehme." Ben musste lachen und das nicht nur aus Erleichterung über ihre Zusage. Er schätze ihre Bodenständigkeit und war sich sicher, dass er zwar aus der Not heraus, aber trotzdem genau die richtige Wahl getroffen hatte. „Sie sind ein Engel, Karen. Die Veranstaltung fängt um sieben Uhr an. Ich kann Sie gerne mit dem Taxi daheim abholen und wir fahren dann gemeinsam dorthin", schlug er vor. „Oh, ich wohne etwas außerhalb in Acton. Ich befürchte, das ist daher eher keine gute Idee", gab Karen zu bedenken. Ben kniff die Augen zusammen während er überlegte. „Dann machen wir es so: Sie nehmen sich ein Taxi und holen mich dann an dieser Adresse ab", er griff nach Papier und Stift und notierte ihr seine Adresse. „Von da aus fahren wir gemeinsam." Karen bedankte sich lächelnd und ging in Gedanken bereits voller Vorfreude ihren Kleiderschrank durch: Wäre das nicht die perfekte Anlass, endlich das sündhaft teure Kleid zu tragen, das sie unbedingt hatte haben wollen, obwohl es in ihrem Alltag keine angemessene Gelegenheit gab, es zu tragen? Zufrieden starrte sie vor sich hin. Sie hatte es schließlich immer gewusst, dass es kein Fehlkauf war, wie ihre Mutter ihr schon mehrmals vorgehalten hatte. Beschwingt von der

Vorstellung, wie sie es heute Abend ausführen würde, machte sie sich daran, ihre Arbeit heute noch etwas schneller zu erledigen.

Zusätzlich bat sie Matthew, heute früher gehen zu dürfen und so war sie rechtzeitig daheim angekommen, um sich ohne Hast auf den Abend vorbereiten zu können. Sie sprang unter die Dusche, wusch ihr Haar, föhnte es und trug anschließend ein dezentes Make-up auf. Dann schlüpfte sie in das Kleid. Dieses hatte ihr zwar beim Kauf besser gepasst, aber - so überlegte sie - mit einem etwas eingezogenen Bauch würde sie darin trotzdem eine gute Figur machen. Nur beim Essen musste sie aufpassen, allerdings gab es bei diesen Veranstaltungen vermutlich sowieso eher kleinere Portionen erlesener Speisen und kein All you can eat. Sie musterte sich zufrieden im Spiegel und befand das Ergebnis als „Anwaltsdinner-tauglich".
Etwas nervös war sie trotzdem, schließlich hatte sie keine Ahnung, was für Gespräche bei Tisch geführt werden würden und ob sie da mithalten konnte. Aber hätte Ben sie gefragt, wenn er der Ansicht gewesen wäre, dass sie der Situation nicht gewachsen gewesen wäre - sicherlich nicht. Sie holte ihr Telefon hervor und öffnete den Routenplaner. Nachdem sie die Adresse des Hotels, in dem das Dinner stattfand, eingegeben hatte, prüfte sie, wie lange die Fahrzeit bei der momentanen Verkehrslage inklusive einem Zwischenstopp bei Ben dauern würde, gab ein paar Toleranzminuten dazu und bestellte sich kurz darauf ein Taxi. Eilig kontrollierte sie zum dritten Mal den Inhalt ihrer kleinen Handtasche, ob sie auch nichts vergessen hatte, zog dann ihren Mantel über und ging nach draußen vor die Tür.
Der Wagen war pünktlich und Karen reichte dem Fahrer Bens Adresse. Ganz in ihrem Element als Assistentin, schrieb sie einige Minuten bevor sie dort eintrafen an ihn eine Nachricht, dass das Taxi in vier Minuten einträfe. Ben stand bereits auf dem Gehweg vor seinem Haus, als er ihre Mitteilung erhielt und musste über ihre Fürsorglichkeit

schmunzeln, bis ihm genau dieser Gedanke einen Stich versetzte. Das letzte Mal, als es ihm so ergangen war, war es Lilly gewesen, die den Treffpunkt so gewählt hatte, dass er sich nicht in den Gassen Venedigs verlaufen konnte. Er schloss kurz die Augen und atmete tief durch, während er versuchte, sich auf andere Dinge zu konzentrieren; zum Beispiel darauf, dafür zu sorgen, dass Karen einen wunderbaren Abend haben würde.
Er trat ein paar Schritte vor und sah bereits die Scheinwerfer des herannahenden Wagens, der wendete und dann neben ihm hielt. Er öffnete die Tür, stieg ein und begrüßte Karen, die ihn freundlich anlächelte. „Guten Abend Karen, danke noch mal, dass Sie mich begleiten. Ich stehe tief in ihrer Schuld." „Keine Ursache. Ich freue mich schon sehr, auch wenn ich zugeben muss, dass ich etwas aufgeregt bin. Uns Assistentinnen wird es normalerweise nicht zu Teil, an derartigen Veranstaltungen teilzunehmen." Ben bedachte sie mit einem vertrauensvollen Blick. „Es ist nur ein Dinner Karen und ich weiß, dass Sie die beste Begleitung für mich sind, die ich mir vorstellen kann. Ganz nebenbei hoffe ich natürlich, dass es Ihnen dort gefällt."

Am Hotel angekommen, konnte Ben gar nicht so schnell zahlen, wie Karen aus dem Taxi ausstieg. Gerne hätte er ihr die Tür geöffnet, die Hand gereicht und ihr geholfen, aber augenscheinlich war sie dies entweder nicht gewohnt oder schlichtweg zu selbstbewusst, um auf eine solche Geste eines Begleiters zu warten. Sie war vor dem Gebäude stehen geblieben und musterte ehrfurchtsvoll die noble Fassade. Als Ben sich zu ihr gesellte und ihr seinen Arm anbot, schaute sie erst ein wenig überrascht, hakte sich dann aber doch bei ihm ein und fühlte sich so schon ein wenig sicherer.
Nachdem sie sich an der Garderobe ihrer Mäntel entledigt hatten, begaben sie sich in dem Veranstaltungssaal, in dem runde Tische elegant eingedeckt waren und jeweils zehn Personen Platz boten. Eine gewisse Beklommenheit machte sich in ihr breit. Würde man sie möglicherweise

geringschätzig behandeln, wenn einer der Anwesenden sie doch als die Assistentin von Brooks & Brooks erkannte? Sie schaute sich aufgeregt um und Ben schien das zu spüren. „Alles in Ordnung?“ Sie zuckte mit den Schultern „Was ist, wenn mich jemand erkennt?“ Er warf ihre einen fragenden Blick zu. „Was meinen Sie damit?“ „Na ja, ich bin nur eine Assistentin und ..“ Bevor sie weiterreden konnte, fiel er ihr ins Wort. „Erstens störe ich mich an dem ‚nur‘. Was wären wir Juristen hier denn alle, wenn es ihren Berufsstand nicht gäbe und Sie und ihre Kolleginnen uns nicht tagein, tagaus den Rücken freihalten würden und zweitens sind sie als meine ganz persönliche Begleitung hier, was mich im Übrigen wirklich sehr freut.“ Sie straffte ihre Schultern und lächelte ihn an. „Danke, Ben!“ „Keine Ursache, lassen Sie uns den Abend genießen, Karen.“
Nachdem das geklärt war, steuerte er zielstrebig auf einige beieinanderstehende Gäste zu, die ihn, als sie ihn sahen, freundlich begrüßten. Ben schüttelte Hände und stellte dann umgehend auch Karen vor. Dies wiederholte sich noch einige Male, bevor er auf einen der Tische deutete und ihr mit einer Geste zu verstehen gab, ihm zu folgen. „Sie kennen die fast alle hier, oder?“, fragte Karen schließlich und Ben grinste. „Na ja, sagen wir es so: kennen wäre jetzt übertrieben, aber man läuft sich immer mal wieder über den Weg. Teilweise entstehen so auch sehr nützliche Kontakte. Nicht anders habe ich übrigens den Job bei Brooks & Brooks bekommen.“ Sie zog die Augenbrauen hoch und sah ihn erstaunt an. „Ich kenne Matthew schon ein paar Jahre durch Veranstaltungen wie diese und als ich ihm zu Beginn des Jahres erzählte, dass ich vor einer Art beruflichen Neuorientierung stünde, bot er mir den Job an“, ergänzte er, als er ihr den Stuhl zurückzog, damit sie sich setzen konnte. Er nahm neben ihr Platz, beugte sich dann aber noch einmal ein Stück zu ihr rüber. „Karen, sie sehen heute Abend übrigens zauberhaft aus.“ Die Röte stieg ihr ins Gesicht und sie knete verlegen die Hände in ihrem Schoß. Nicht wissend, ob und was sie darauf entgegnen sollte, ließ sie ihren Blick

über die übrigen Teilnehmer des Dinners wandern und bemerkte, dass am Eingang des Saals gerade etwas Bewegung in die dort stehende Gruppe kam, da alle ihren Hals in eine Richtung wandten oder sich gleich ganz umdrehten. Neugierig versuchte Karen den Grund dafür herauszufinden und erblickte im selben Moment dort … Jill Morris. Sie war, wie jedes Mal, nicht zu übersehen und genoss ihren Auftritt sichtlich. Ihr schimmerndes schwarzes Kleid betonte ihren scheinbar makellosen Körper und das wahrlich nicht zu klein geratene Dekolleté ließ wenig Spielraum für Vermutungen. Trotzdem schaffte sie es immer wieder, die Grenze zur Geschmacklosigkeit nicht zu überschreiten. Das musste selbst Karen anerkennen, die ansonsten keine sonderlich gute Meinung von ihr hatte. Andere hätten dies vermutlich unter Anbetracht der Unterschiede in den Körperproportionen als Stutenbissigkeit abgetan, aber für Karen spielte Jills Aussehen keine Rolle. Sie hatte lediglich ein Problem mit Menschen, die im Verdacht standen, es mit der Wahrheit nicht so genau zu nehmen und mit solchen, die unverhohlen danach trachteten, immer und überall im Mittelpunkt stehen zu wollen, koste es was es wolle. Zu beiden Kategorien zählte sie ihrer Erfahrung nach Jill. Sie verzog das Gesicht, als diese am Arm ihres Begleiters ausgerechnet in ihre Richtung kam. „Der Abend hätte so schön werden können …“, murmelte sie vor sich hin, als diese plötzlich zu Ben und ihr herübersah, eine Augenbraue anhob und dann in Sekundenbruchteilen die Richtung zu ändern schien, um einen Tisch in der anderen Ecke des Raums anzusteuern. Ihr Begleiter wirkte irritiert, ergab sich aber den Weisungen, die Jill ihm kaum hörbar, dafür umso energischer zuzischte.

Es war keineswegs so, dass Jill Angst davor hatte, Ben gegenüberzutreten, allerdings war ihr, als sie ihn entdeckt hatte, sofort seine Begleitung aufgefallen. Das da war definitiv nicht Lilly! Ihr Plan war also tatsächlich aufgegangen - viel schneller als sie es vermutet hatte. Sie war eigentlich davon ausgegangen, dass sie beizeiten noch mal nachlegen musste, um sich erfolgreich an Ben für seine Abfuhr zu rächen. Einerseits machte sie diese Entdeckung zwar sehr zufrieden, andererseits fragte sie sich, wie er auf sie persönlich reagieren würde, hatte er doch darauf bestanden, die momentane Zusammenarbeit ausschließlich auf Telefonate und E-Mails zu beschränkten und jeden direkten Kontakt zu vermeiden. Ein mögliches Aufeinandertreffen jetzt war ihr daher im Augenblick etwas zu heikel und sie genoss ihren Triumph über ihren Punktsieg lieber erst einmal still für sich.

Als alle Gäste saßen, begann das Programm wie üblich mit einer Rede. Es folgte ein Vortrag, den selbst Karen, obwohl sie keine Juristin war, sehr interessant und motivierend fand. Das im Anschluss servierte Dinner bestand, wie sie schon vermutet hatte, aus übersichtlichen Portionen, die dafür aber geschmacklich und handwerklich auf höchstem Niveau waren. Sie genoss jeden einzelnen Bissen, in dem Bewusstsein, sich solche kulinarischen Genüsse nicht so schnell wieder schmecken lassen zu können.
Nachdem irgendwann aber auch der letzte Gang abgeräumt und Ben sich noch mit seinem Sitznachbarn unterhielt, ließ Karen den Abend Revue passieren, der wie eine Offenbarung für sie gewesen war, stellten diese Events doch eine Art Mysterium für sie und ihre Kolleginnen im Sekretariat dar. Die Texte in den Einladungen klangen aus ihrer Sicht meist recht unspektakulär, um nicht zu sagen langweilig und kaum jemand erstattete danach Bericht, wie es gewesen war, fast so, als ob sie Gäste einer Geheimloge gewesen waren. Jetzt konnte sie also mitreden und bezeugen: Es war ein rundum gelungener Abend gewesen und sie hatte sich wirklich gut unterhalten gefühlt.
Langsam begannen sich die Reihen zu lichten und immer mehr Gäste verließen den Saal, um den Heimweg anzutreten. Auch Ben warf einen Blick auf seine Uhr und wandte sich dann an Karen. „Danke, dass Sie mich begleitet haben und ich hoffe, der Abend war nicht furchtbar langweilig für Sie."

„Nein, Ben. Im Gegenteil, jetzt weiß ich wenigstens was bei diesen konspirativen Treffen abgeht.“, lachte sie ihn an, als sie sich von ihren Plätzen erhoben, sich von ihren Tischnachbarn verabschiedeten und langsam zum Ausgang gingen. „Darf ich sie als kleines Dankeschön noch auf ein Glas Wein an der Bar einladen“, fragte Ben, während er ihr die Tür aufhielt. „Sehr gerne“, entgegnete sie, als sie sich lächelnd zu ihm umdrehte.
Die Bar befand sich im hinteren Teil der Lobby und nur wenige Gäste saßen in den Loungesesseln, genossen ihre Drinks und lauschten den Klängen eines Pianospielers. Karen blickte sich um und ging dann direkt auf die Bar zu, wo sie sich bemühte, mit ihrem eng geschnittenen Kleid möglichst elegant auf den Barhocker zu kommen. Dabei war es nicht so, dass der Versuch vollkommen scheiterte, aber Ben fühlte sich trotzdem verpflichtet, ihr vorzuschlagen: „Wir können uns auch an den kleinen Tisch da vorne setzen, da ist es vielleicht etwas bequemer.“ Karen schürzte die Lippen, überlegte kurz und pflichtete ihm bei. „Ich befürchte, da haben sie recht.“ Er reichte ihr seine Hand und sie ließ sich vom Hocker gleiten. Anschließend gab er dem Barmann ein Zeichen und bestellte zwei Gläser Weißwein, während sich Karen bereits in einen der gemütlichen Sessel fallen ließ und erleichtert durchschnaufte. Ben folgte ihr, setzte sich ihr gegenüber, lockerte seine Krawatte ein wenig und öffnete den ersten Knopf seines Hemdes. Einige Zeit saßen sie so still beieinander, doch als der Kellner ihnen die beiden Gläser gebracht und Karen sich in ihrem Sitz aufgerichtet hatte, brach es aus ihr heraus: „Ben, es geht mich zwar wirklich nichts an, was Sie privat machen, aber …“ Sie stockte und überlegte, ob es ihr überhaupt zustand, so mit ihm zu reden. Dennoch schätzte sie ihn inzwischen viel zu sehr, um die Sache auf sich beruhen zu lassen und nicht nachzufragen. „Wie um Himmels Willen kommt ein Mann wie Sie dazu, sich mit einer Bestie wie Jill einzulassen?“, sie zog die Augenbrauen nach oben, um ihren Worten noch mehr Gewicht zu verleihen. Ben sah sie irritiert

an. „Ich habe was?“ Karen hatte den Eindruck, dass sie deutlicher werden musste: „Sie wissen schon; Jill ‚ich nehme mir die Männer, die mir gefallen, ob sie es wollen oder nicht‘ Morris.“ „Ja, ich weiß, von wem sie sprechen, aber ich habe zu ihr nur einen rein geschäftlichen Kontakt.“ „Na ja, ihr eilt ein gewisser Ruf voraus und seit sie enger mit ihr zusammenarbeiten …“ Sie hielt erneut inne. „Sie waren vorher so glücklich mit ihrer Freundin, als sie bei uns angefangen haben und eigentlich auch den ganzen Sommer. Und kaum spielt sich diese Jill auf, haben Sie …“. Ben unterbrach sie: „Ich habe gar nicht - was auch immer. Woher wissen Sie überhaupt, dass ich eine Freundin habe?“ „Hatte!“, sie zuckte mit ihrem Mundwinkel, nippte schnell an ihrem Glas und fuhr dann unbeirrt fort: „Ich bin Assistentin. Ob Sie es glauben oder nicht, aber wir bekommen auch Dinge mit, die nicht ausgesprochen werden. Und glauben Sie mir, ich bin ganz gut darin.“ Sie lächelte ihn verschmitzt an. „Ich merk's“, seufzte Ben und fuhr dann fort: „Aber noch einmal, ich habe nichts mit Jill und ich habe auch nicht vor, dies zu ändern. Das weiß sie im Übrigen auch selbst sehr genau. Was meine Freundin betrifft … da haben sie leider recht. Sie hat mich verlassen.“ Er wandte den Blick ab, presste die Lippen aufeinander und starrte ins Leere. So direkt darauf angesprochen zu werden, damit hatte er nicht gerechnet und es fiel ihm immer noch schwer, seine Traurigkeit unter Kontrolle zu bringen. Schließlich sah er wieder zu Karen und prostete ihr zu. Sie bemerkte dabei den Wehmut in seinen Augen. „Entschuldigung, ich weiß, dass mich das auch wirklich nichts angeht und dass ich mich nicht einmischen sollte, weil ich auch gar nicht die Hintergründe kenne, aber meine romantische Ader fragt gerade, warum Sie dann nicht versuchen, Ihre Freundin zurückzugewinnen. Mag sein, dass ich durchaus den ein oder anderen Liebesfilm zu viel geschaut habe, aber sie können doch nicht einfach aufgeben und nichts versuchen, damit sie beide wieder zusammenkommen“, sie schaute Ben fragend an, bevor sie leise hinzufügte: „Sie sieht übrigens hübsch aus.“ Ben schaute von seinem Glas hoch, auf dass er eine Weile gestarrt hatte. „Ja, das tut sie. Moment, woher wissen Sie …? Ach, vergessen Sie's. Sie bekommen ja schließlich Dinge mit, über die nicht gesprochen wird." Er warf ihr einen Blick zu und versuchte zu lächeln. Karen senkte verlegen den Blick, als sie antwortete: „Na ja, in dem Fall war ich in Ihrem Büro, als Ihr Handy klingelte und da war ihr Bild zu sehen - sorry." „Schon gut.", beruhigte sie Ben und trank einen weiteren Schluck Wein. Karen spürte, dass dieses Thema vermutlich das denkbar schlechteste gewesen war, das sie hatte wählen können. „Ich wollte eigentlich auch gar nichts dazu sagen, aber …" Ben unterbrach sie milde lächelnd: „Ist Ihnen definitiv nicht gelungen." Sie ließ sich allerdings in ihrem Redeschwall nicht unterbrechen. „Sie sind so nett und sie waren immer so gut gelaunt und jetzt - London im Januar kann nicht schlimmer aussehen." „Vielen Dank für diese doch sehr ehrliche Meinung. In diesem Fall scheint es nur – trotz ihrem Faible für Liebesfilme – eben kein Happy End zu geben", antwortete Ben, während er den Blick senkte. Karen sah ein, dass sie mit dem Thema wohl seinen wundesten Punkt getroffen hatte und beschloss, nicht weiter nachzuhaken. Beide saßen stumm beieinander und hingen ihren Gedanken nach, bis Ben nach einer Weile tief durchatmete und sein Glas hob. „Auf ihr Wohl, Karen. Sie sind ein wahrer Engel", sagte er, lächelte ihr zu und erklärte, als er den fragenden Ausdruck in ihren Augen sah: „Vielleicht ist es manchmal notwendig, einen Anstoß von außen zu bekommen, um sein Ziel nicht aus den Augen zu verlieren." Ihr fiel sein entschlossener Blick auf, auch wenn sie immer noch nicht genau wusste, was er damit meinte, doch scheinbar hatten ihre Worte tatsächlich etwas in ihm bewirkt. So hoffte sie es zumindest und leerte ihr Glas. Ben warf einen Blick auf seine Uhr, erhob sich und bot ihr seinen Arm an. „Jetzt ist es doch ganz schön spät geworden. Kommen Sie, Karen. Ich bringe Sie noch heim."

Sie riefen ein Taxi und Ben bestand darauf, bis Acton mitzufahren und sie vor ihrer Tür abzusetzen, bevor er sich selbst heimfahren ließ. Beim Abschied bedankte er sich ein weiteres Mal bei Karen für ihre Begleitung und auch für ihre offenen Worte, die ihr im Nachhinein beinahe etwas unangenehm waren.
Später daheim dachte er immer noch über ihren Appell nach. Sie hatte recht mit allem, was sie ihm gut gemeint an den Kopf geworfen hatte. Grübelnd im Wohnzimmer auf und ab laufend, holte er sein Telefon hervor und wählte, wie so oft in den vergangenen Wochen, noch einmal Lillys Nummer. Und genau wie jedes einzelne Mal zuvor, auch jetzt wieder erfolglos. Erschöpft ging er zu Bett, doch so sehr er sich auch bemühte, er fand einfach keinen Schlaf und wälzte sich im Bett hin und her. Karens Worte hörten nicht auf, in ihm zu arbeiten, da er wusste, wie richtig sie lag. Er rieb sich die Augen, schlug entschlossen die Bettdecke zurück, um aufzustehen und ins Arbeitszimmer zu gehen. Nachdem er das Licht eingeschaltet hatte, sah er, dass es inzwischen kurz vor zwei Uhr morgens war. Er gähnte, setzte sich an den Schreibtisch, schaltete das Notebook ein und öffnete das E-Mail-Programm, um eine Nachricht zu schreiben:

> *„Liebe Karen, vielen Dank, dass sie gestern Abend so eindringlich auf mich eingeredet und in mir die Hoffnung geschürt haben, dass in so manch einem Liebesfilm vielleicht ja doch ein Quäntchen Wahrheit liegen könnte. Bitte geben Sie daher Matthew Bescheid, dass ich mir zwei Tage Auszeit nehmen werde, damit ich um mein ganz persönliches Happy End kämpfen kann.*
> *Liebe Grüße, Ben – P.S.: Jeder braucht einen Engel und vermutlich sind sie gerade meiner. Danke dafür!“*

Er drückte auf Senden, suchte anschließend nach dem nächsten verfügbaren Flug nach Venedig und buchte sich sein Ticket. Vom Eifer gepackt, schnappte er sich seine Reisetasche, packte hastig alles Notwendige ein, bevor er sich wieder ins Bett legte und versuchte, noch etwas Schlaf zu bekommen. Nicht auszudenken, was passierte, wenn er durch seine Erschöpfung nicht die richtigen Worte fand, nun, da er endlich den Plan gefasst hatte, seiner Ratlosigkeit ein Ende zu setzen und Lilly aufzusuchen. Er musste einfach Gewissheit haben, ob sie tatsächlich nichts mehr mit ihm zu tun haben wollte. Aber wenn es auch nur den geringsten Funken Hoffnung gab, dann wollte er nichts aber auch gar nichts unversucht lassen, um sie zurückzugewinnen. Mit diesem Gedanken schlief er wenig später endlich ein.

Kapitel 21 – Ein letzter Versuch

Ausgeschlafen ist definitiv etwas anderes, sinnierte Ben, als er gähnend im Zug Richtung Flughafen saß. Er war angespannt und seine Hände bearbeiteten nervös die Griffe seiner Reisetasche, als er darüber nachgrübelte, ob es tatsächlich eine gute Idee sei, Hals über Kopf zu Lilly zu fliegen. Andererseits – hatte er irgendeine andere Wahl, wenn er mit ihr reden wollte? Und vorbereiten konnte er sich auf dieses Wiedersehen ohnehin nicht, da er noch immer nicht die leiseste Ahnung hatte, was eigentlich vorgefallen war und vor allem, wie sie nach all den Wochen, die inzwischen vergangen waren, auf ihn reagieren würde. War er zu optimistisch, wenn er hoffte, dass sie ihm wenigstens zuhören würde? Er schloss die Augen und lehnte sich in seinem Sitz zurück. Das leichte und gleichmäßige Ruckeln der Bahn ließ ihn einnicken und er wurde erst wieder von den Durchsagen wach, die das Erreichen von London-Heathrow verkündeten.

Den Schal fester um seinen Hals schlingend, stand er auf und stellte sich mit seiner Reisetasche in der Hand an die Tür, als der Zug langsam in die Station am Flughafen einfuhr. Er wollte möglichst vor den übrigen Fahrgästen den Waggon verlassen, um nicht vom Getümmel auf dem Bahnsteig aufgehalten zu werden, denn für einen Dienstagvormittag waren überraschend viele Reisende unterwegs.

Nach dem Aussteigen bahnte er sich eilig seinen Weg zur Sicherheitskontrolle und anschließend zum Gate. Sein Blick fiel dabei auf die große Anzeigentafel mit den Daten der Abflüge: Es schien, als würde sein Flug pünktlich um kurz nach ein Uhr starten, aber noch war genügend Zeit vor dem Boarding, um einen Kaffee zu trinken und eine Kleinigkeit zu essen. Darauf hatte er heute Morgen aus Zeitgründen und vor Nervosität verzichten müssen und während er jetzt für seine Bestellung anstand, gingen ihm erneut tausend Dinge

durch den Kopf. Wann hatte er das letzte Mal derartig neben sich gestanden? Normalerweise brachte ihn so schnell nichts aus der Ruhe und er war unter seinen Freunden und Kollegen bekannt für seine Souveränität und Besonnenheit in jeder nur denkbaren Situation, aber dies hier war eben etwas anderes. Lilly war etwas anderes. Sie hatte es mit ihrer wunderbaren, liebevollen und teilweise etwas unkonventionellen Art geschafft, dass er mit einem Mal Dinge anders sah und ihnen einen anderen Wert beimaß. Er hatte es genossen, Zeit mit ihr zu verbringen, egal wie nah oder weit voneinander entfernt sie waren. Und er wollte das wunderbare Gefühl wieder spüren, wenn sie ganz dicht bei ihm war, sich ihre Lippen berührten und sie sich zärtlich an ihn schmiegte. Das alles schien allerdings momentan in ganz weiter Ferne. Doch was war eigentlich, wenn er zu spät kam, wenn jemand sie getröstet und den Weg in ihr Herz gefunden hatte, sie vielleicht gar nicht mehr allein war. Dieser Gedanke war ihm bisher nie in den Sinn gekommen, womöglich weil er ihn nicht zulassen wollte, aber jetzt ließ er ihn innerlich erbeben.
Endlich war er an der Reihe, orderte er einen Kaffee und einen Muffin, zahlte und setzte sich dann an einen Tisch mit Blick auf das Gate, damit er sah, wenn das Boarding begann. Kaum hatte er ein paar Bissen gegessen, wurde er allmählich wieder etwas ruhiger und beschloss, sich einen Plan zurechtzulegen. War es besser, sie daheim oder im Geschäft aufzusuchen? Wie lautete überhaupt ihre Adresse? Die war nie wichtig gewesen, doch er war zuversichtlich, dass er den Weg dorthin trotzdem wiederfinden würde. Oder war es besser, Lilly an ihrem Arbeitsplatz zu treffen? Ihre Höflichkeit und ihr Anstand würde es ihr dort verbieten, ihn gleich wieder hinauszuschmeißen, wenn sie ihn nicht mehr sehen wollte; andererseits ging es um etwas sehr Privates und dies in der Öffentlichkeit auszudiskutieren zu wollen, schaffte gewiss nicht die beste Ausgangssituation für dieses so wichtige Gespräch. Also entschied er sich dafür, es doch gleich bei ihr Daheim zu versuchen.

Gerade als er aufgegessen und seinen Kaffeebecher geleert hatte, erfolgte der Hinweis über die Lautsprecher, dass die Maschine für den Flug nach Venedig zum Einsteigen bereitstünde. Ben griff nach seiner Tasche, begab sich an den Schalter und befand sich kurz darauf an Bord des Flugzeugs. Nachdem er sein Gepäck und seinen Mantel in dem Fach über seinem Sitz verstaut hatte, setzte er sich, nahm das Bordmagazin aus der Halterung und blätterte es durch, ohne wirklich auf dessen Inhalt zu achten. Mit den Gedanken war er ganz woanders. Der Flieger hob pünktlich ab und das monotone Summen der Turbinen ließ ihn so schläfrig werden, dass ihm die Augen zufielen und er einnickte. Sein Schlaf war dabei so tief, dass er gar nicht mitbekam, als ein Unwettergebiet über Frankreich die Piloten zwang, auszuweichen und sie ihr Zielgebiet erst mit einiger Verspätung erreichten. Eine Flugbegleiterin weckte ihn schließlich, als sie sich bereits im Landeanflug befanden. Dann ging alles recht schnell und kaum waren sie gelandet und hatten ihre Parkposition erreicht, schnappte er sich seine Tasche, eilte von Bord und machte sich auf den Weg zur Passkontrolle, die er ohne langes Warten passieren konnte. Beim Verstauen seiner Ausweisdokumente warf er einen Blick auf seine Uhr. Rasch passte er sie an die lokale Zeit an und stellte sie um eine Stunde vor. Es war inzwischen schon fast fünf Uhr und die Dämmerung hatte längst eingesetzt. Eine frische Brise wehte ihm ums Gesicht, als er vor das Flughafengebäude trat. Ein Wassertaxi war bei diesen Wetter nicht unbedingt das Mittel seiner Wahl, um in die Lagunenstadt zu gelangen. Das wollte er seinem sowieso schon flauen Magen nicht auch noch zumuten. Hilfesuchend schaute er sich nach Alternativen um und erblickte die Anzeigentafel für die Abfahrten der Busse. „Perfekt!“, flüsterte er leise vor sich hin, besorgte sich ein Ticket und stieg in den bereits wartenden Bus ein.

Er hatte es sich auf einem der hinteren Plätze bequem gemacht und zog sein Telefon hervor. Mit einigen Klicks öffnete er den Routenplaner und schaute auf das

Straßengewirr von Venedig. Würde er sich dort auf Anhieb wieder zurechtfinden?
Er beschloss, mit dem Vaporetto so lange den Canal Grande entlangzufahren, bis er etwas Vertrautes erblickte; von da aus, so hoffte er, würde er mit etwas Glück seinen Weg zu ihr schon finden. Ungeduldig warf er einen erneuten Blick auf seine Uhr – wenn Lilly pünktlich Feierabend machte, sollte sie dann auch bereits daheim angekommen sein. Seinem Ziel jetzt so nah, verspürte er ein Kribbeln in sich aufsteigen. Es hatte etwas Wohliges und Warmes, aber nicht nur: Es schwang auch eine gehörige Portion Angst und Ungewissheit darin mit.

Als er den Wasserbus bestiegen hatte, blieb er am Einstieg stehen und beobachtete die vorbeigleitenden Palazzi, aus deren Fenstern der Lichterschein auf die Wasseroberfläche fiel und dort unzählige kleine tanzende und leuchtende Punkte bildete, deren Anblick eine beruhigende, ja beinahe hypnotische Wirkung auf ihn zu haben schien. Rasch wandte er seinen Blick davon ab und konzentrierte sich erneut auf die Bauten, die vor ihnen lagen. Nach einer Weile konnte er so das imposante Gebäude am Ufer ausmachen, das tagsüber den Fischmarkt beherbergte. Dort hatte er mit Lilly zusammen eingekauft und dann mit dem Traghetto übergesetzt. Ihre Wohnung konnte also nicht mehr allzu weit von hier entfernt sein und so stieg er am folgenden Stopp aus. Dem schmalen Weg folgend erreichte er kurz darauf die geschäftige Strada Nova, wo um diese Zeit noch reges Treiben herrschte. Er musste eine Weile suchen, aber dann erkannte er schließlich die Gasse wieder, in der sich Lillys Wohnung befand.
Es war etwas nebelig geworden und die Straßenbeleuchtung reichte gerade noch aus, um die ganze Szenerie nicht gruselig erscheinen zu lassen. Seinen Blick nach oben richtend, hegte er die Hoffnung, ihr Haus an der Dachterrasse erkennen zu können, die zwar bei Tage von hier unten gut zu erkennen war, sich jetzt aber nicht vom Abendhimmel abhob. Daher

holte er sein Telefon hervor, um mit der Taschenlampe die Namensschilder an den Türen zu studieren. Endlich erblickte er das Messingschild mit dem verschnörkelt eingravierten Namen „Moore“ und wollte gerade den Klingelknopf daneben betätigen, als ihm auffiel, dass die Haustür nicht verschlossen, sondern nur angelehnt war und er sie ohne Mühe aufdrücken konnte. Mit seiner Reisetasche in der Hand trat er ein und erklomm ungeduldig die Stufen. Ungefähr auf halber Strecke konnte er Musik hören, die von oben ins Treppenhaus drang. Zu seiner Anspannung gesellte sich jetzt eine gewisse Neugier, denn ganz offensichtlich kamen die Töne tatsächlich aus Lillys Wohnung und als er vor ihrer Tür angekommen war, sah er den Grund dafür: auch diese stand einen Spalt weit offen. Ben schob sie vorsichtig etwas weiter auf, um einen Blick hinein werfen zu können und erspähte neben einem Karton mit Weinflaschen, der vor der Küche im Flur abgestellt worden war, noch zwei reichlich gefüllte Einkaufstaschen gleich daneben. Dann plötzlich ertönte ihre Stimme. Zum ersten Mal seit sie still und heimlich verschwunden war, konnte er sie wieder hören und ihm blieb fast sein Herz stehen. Zögerlich schob er die Tür weiter auf, trat ein und stellte seine Reisetasche neben der Garderobe ab. Langsam und bedächtig durchquerte er den Flur in Richtung Küche, wo er sich an den Türrahmen lehnte und sie erblickte. Sie sang zu der Musik, die aus ihrem kleinen Radio dröhnte und tanzte, ihm den Rücken zukehrend, vor dem Herd hin und her. Das war seine Lilly, wie er sie lieb gewonnen hatte! Wie hatte er sie vermisst! Und wie gut sah sie erst in den engen Jeans und dem eher figurbetonenden als verhüllenden Pulli aus. So hatte er sie noch nie gesehen. Ihre Haare hatte sie - wie so oft - zu einem lockeren Knoten verschlungen, aus dem einzelne Strähnen herausrutschten.

Nach den Töpfen und Pfannen zu urteilen, die sie auf und neben den Kochfeldern abgestellt hatte, schien sie allerdings nicht für sich allein zu kochen. Versunken in ihre Vorbereitungen und abgelenkt durch die Musik, nahm sie

keine Notiz von Ben, der immer noch in der Küchentür stand und sie versonnen beobachtete.
Plötzlich – beflügelt von dem gerade laufenden Song - machte sie eine schnelle Drehung, stolperte über ihren Mülleimer und wurde von Ben aufgefangen, der geistesgegenwärtig einen schnellen Schritt auf sie zugemacht hatte. Erschrocken und ungläubig starrte sie ihn mit weit aufgerissenen Augen an. Als sich ihre Blicke trafen, versuchte Ben zu ergründen, welche Emotionen er Lillys Gesichtsausdruck entnehmen konnte und war sich dabei nicht ganz sicher, ob Überraschung, Wut oder doch vielleicht Sehnsucht überwog.
Nachdem sie sich von ihrem ersten Schrecken erholt hatte, befreite sie sich ruckartig aus seiner Umarmung, verschränkte schützend die Arme vor ihrer Brust und funkelte ihn mit zusammengekniffenen Augen an: „Was tust du hier?“ „Entschuldige, dass ich hier so reinplatze, aber anders kann ich dich ja nicht mehr erreichen, weil …“, er hielt inne, als er Stimmen und Schritte aus Richtung des Treppenhauses hörte. Fragend sah er zu Lilly, die widerwillig erklärte: „Ich habe heute Abend Freunde zum Essen eingeladen.“ Sie machte eine ausladende Handbewegung und deutete dabei auf die Töpfe, Pfannen, Einkaufsbeutel und den Weinkarton. „Kann ich dir irgendwie helfen?“, fragte Ben und warf ihr dabei einen flehenden Blick zu. Er spürte deutlich die Mauer, die sie zwischen ihnen errichtet hatte. Aus welchem Grund auch immer hatte er sich das Wiedersehen anders vorgestellt, aber er durfte jetzt nicht aufgeben. Jetzt, wo er endlich hier bei ihr war.
Lilly schien indes innerlich zerrissen zu sein, ob sie ihn fortschicken oder seine Hilfe annehmen sollte. Es war nicht schwer zu erkennen, dass sie zwei helfende Hände in ihrem Küchenchaos gut gebrauchen konnte, aber mussten es ausgerechnet seine sein? War es nicht besser, das Wiedersehen eher kurz und schmerzlos zu halten? Gleichzeitig spürte sie, wie ihr das Herz bis zum Hals schlug und sie nicht bestreiten konnte, den Moment in seinem Arm

durchaus genossen zu haben, auch wenn sie dies am liebsten abgestritten hätte. Sie presste die Lippen fest aufeinander und senkte den Blick. Ihre weiche und versöhnliche Seite gewann, wie sie es eigentlich immer tat und so murmelte sie zögerlich: „Kannst du den Weinkarton bitte auf die Terrasse stellen? Du kennst dich ja wahrscheinlich noch aus …". Sie blies sich eine Haarsträhne aus dem Gesicht und wandte sich schnell wieder der Sauce zu, die in einem der Töpfe vor sich hin köchelte.

Erleichtert, dass sie ihn nicht sofort vor die Tür gesetzt hatte, schnappte er sich den Karton, durchquerte ihr Wohnzimmer und stellte den Wein nach draußen. Genau hier hatte alles begonnen, überlegte er und wie Streiflichter liefen die Bilder seiner Erinnerung vor seinem inneren Auge ab. Er beeilte sich, die Tür wieder zu schließen, als wenn er dadurch auch seinen Gedanken Einhalt gebieten konnte und sah sich im Raum um: Hier war alles noch genau so, wie er es vor Monaten kennengelernt hatte. Rasch zog er seinen Mantel aus und legte ihn über die Lehne des Sofas, wartete aber noch einen Moment ab, bevor er Paola und Andrea gegenübertrat, die inzwischen die Treppen hinaufgestiegen und hereingekommen waren. Beide waren wie immer in ein leidenschaftliches Gespräch verwickelt. Dieses Mal ging es darum, ob und wann das nächste Hochwasser Venedig treffen würde, wobei er auf die Technik der Hochwasserschutzbarrieren in der Lagune vertraute und sie sich sicher war, dass diese früher oder später auch wieder ihren Dienst versagten.

Doch als die Marktfrau gerade die Küche betreten wollte, erhaschte sie aus den Augenwinkeln heraus einen kurzen Blick auf Ben, verstummte irritiert und blieb stehen. Sofort drängelte sich Andrea an ihr vorbei, um erst Lilly zu umarmen und dann neugierig die Deckel der Töpfe anzuheben, um sich den leckeren Duft in die Nase zu fächeln. Paola folgte ihm nachdenklich, stellte sich neben Lilly an den Herd und beobachtete sie aufmerksam. Sie warf ihr einen fragenden Blick zu, als diese sie zur Begrüßung gerade in den Arm nehmen wollte. Ratlos zuckte Lilly mit den Schultern und hob abwehrend ihre Hände, während sie ihr beinahe lautlos zuflüsterte: „Ich wusste nicht, dass er kommt. Wie aus dem Nichts stand er auf einmal da.“ Forschend und mit gerunzelter Stirn schaute Paola Lilly an und versucht ihre Gedanken zu ergründen. „Freust du dich denn nicht wenigstens ein bisschen, ihn zu sehen?“ Lilly senkte den Blick und antwortet auch dieses Mal kaum hörbar: „Ich weiß es nicht – ehrlich nicht.“ Andrea, der kein Wort mitbekommen, aber bemerkt hatte, dass die Stimmung gedrückter war als sonst, warf Paola einen erwartungsvollen Blick zu, den sie mit einem Kopfnicken in Richtung des Wohnzimmers beantwortete. Neugierig trat er in den Flur und stieß dort auf Ben. Die beiden hatten sich noch nie persönlich getroffen, dennoch wusste der Gondoliere sofort, wer hier vor ihm stand, schließlich hatte ihm Lilly stolz mehrfach Bilder von ihm gezeigt. Blitzschnell bemühte er sich nun, daraus die richtigen Schlüsse zu ziehen: eine etwas zu stille Lilly und ein Ben, der unerwartet ihr Gast war. Andrea nahm an, dass der Engländer, der hier etwas verloren vor ihm stand, gekommen war, um Lilly für sich zurückzugewinnen. Um die etwas angespannte Situation zu lösen, breitete er schnell die Arme aus und begrüßte Ben herzlich, bevor er sich ihm selbst vorstellte. Der wiederum war zwar erstaunt, aber sehr dankbar darüber, so freundlich von Lillys – nach eigener Aussage – bestem Freund willkommen geheißen zu werden. Nur einen Augenblick später trat auch Paola aus der Küche heraus und grüßte Ben ihrerseits, wenn auch nicht ganz so herzlich. Gewiss, dieser Mann hatte ihrer Freundin großen Schmerz zugefügt, aber niemand flog ohne Grund über tausend Kilometer, wenn er nicht beabsichtigte, etwas wieder gut zu machen. Und wer war sie, dass sie ihn für etwas verurteilte, von dem sie noch nicht einmal eine Ahnung hatte.

Kurz darauf trafen hintereinander auch Robert und Lillys Kollegin Maria ein. Jetzt waren alle da, denen sie mit diesem

Essen hatte Danke sagen wollen – Danke für ihre Freundschaft und ihre Unterstützung gerade in den letzten Wochen. Es lag ihr daher sehr am Herzen, dass dieser Abend wunderschön wurde und harmonisch verlief. Getrieben von einem gewissen Drang nach Perfektionismus, hastete sie fortwährend zwischen Küche und Wohnzimmer hin und her, bis alles ihrem Anspruch an sich selbst genügte. Ben hingegen versuchte mehrfach mit ihr zu reden oder ihr zu helfen, aber sobald er sich ihr näherte, wandte sie sich unwirsch von ihm ab oder wich ihm aus. Als zu guter Letzt alles bereitstand, wies sie ihm einen Platz am Tisch zu, der keinen direkten Blickkontakt zwischen ihnen zuließ, zumindest nicht zwingend. Dies war ihr, angesichts ihrer inneren Zerrissenheit außerordentlich wichtig, zumal sie vorhin bereits einen Vorgeschmack darauf bekommen hatte, was sein Blick immer noch in ihr auszulösen vermochte.

Lillys Nervosität wegen seines unerwarteten Erscheinens ließ erst ganz allmählich nach, als sie endlich die Vorspeisenplatte servieren konnte: gegrilltes Gemüse, hauchzart aufgeschnittenen Schinken, verschiedenen Olivensorten und in Würfel geschnittenen Käse. Dazu gab es frisches Ciabatta-Brot, das sie im Ofen leicht angewärmt hatte. Die Gespräche, die vorher noch laut und lebhaft gewesen waren, verstummten schlagartig und wurden durch ein lang gezogenes „Hmmmmm", ein „Köstlich" oder „So lecker!" ersetzt. Sie prosteten sich fröhlich zu, aßen und tranken, bis Lilly besorgt darum bat, sich nicht jetzt schon satt zu essen, da noch drei weitere Gänge folgen würden. Paola sah sie belustigt an, als sie leicht spöttisch erwiderte: „Glaubst du im Ernst, dass ich mit so wenig Appetit zu dir gekommen bin. Ich habe heute den ganzen Tag kaum etwas gegessen." Ben nickte stumm, vermied es aber vorsichtshalber, der Händlerin beizupflichten.

Doch als Lilly aufgestanden war, um abzuräumen, nutze er die Gelegenheit, schnappte sich die Teller seiner Tischnachbarn und folgte ihr in die Küche. „Lilly, ich würde gerne verstehen …", weiter kam er nicht, denn augenblicklich drehte sie sich zu ihm um, stemmte die Hände in die Hüften und fiel ihm harsch ins Wort: „Also ich für meinen Teil habe verstanden, dass es manchmal einfach nichts zu verstehen gibt.“ Erschrocken über ihren eigenen schroffen Ton, den sie so nicht beabsichtigt hatte, hielt sie kurz inne und senkte den Blick, um leise hinzuzufügen: „Es tut mir leid.“ Eilig von ihm abwendend, widmete sie sich wieder ihren Töpfen für den zweiten Gang und verdrückte eine kleine Träne, während Ben mit hängenden Schultern zu den anderen zurückkehrte und sich resignierend auf seinen Platz fallen ließ. Er wusste nicht, was er genau erwartet hatte, aber ihre abweisende Art traf ihn in seinem Innersten. Plötzlich spürte er Roberts Hand auf seiner Schulter. Der sagte nichts, aber Ben empfand diese Geste als tröstend. Alle an diesem Tisch schienen über ihn Bescheid zu wissen. Wobei? Worüber wussten sie eigentlich Bescheid? Was hatte Lilly ihnen erzählt? Von ihm und von dem, was vorgefallen war? Aufgefallen war ihm nur, dass keiner der Anwesenden ihm gegenüber abweisend war – keiner außer Lilly selbst. Wie gerne hätte er ihre Freunde gefragt, sie um Hilfe gebeten, um zu verstehen, aber er war sich sicher, dass er damit erst recht Lillys Zorn auf sich gezogen hätte und beschloss, weiter auf eine Gelegenheit zu warten, sie allein zu sprechen.

Kurz darauf kam sie mit zwei Schüsseln, in denen sich zweierlei Pasta befand, zurück ins Wohnzimmer und wollte eine davon gerade vor Ben auf dem Tisch abstellen, als er ihr diese abnahm und sich dabei kurz ihre Finger berührten. Schnell zog Lilly ihre Hand zurück und ihre Blicke trafen sich. Für den Bruchteil einer Sekunde schien ihre Welt still zu stehen. Ihm so nah zu sein, ließ die Wunde in ihrem Herzen, von der sie geglaubt hatte, dass sie allmählich verheilt war, wieder aufbrechen. Rasch ging sie an ihren Platz zurück, setzte sich und trank überhastet einen großen Schluck Wein. Er war so nah und dennoch konnte und wollte sie ihren Gefühlen, die sie zweifelsohne noch immer für ihn hatte, nicht nachgeben. Was sollte das auch bringen?

Alles würde wieder von Neuem beginnen. Sie holte tief Luft und lehnte sich für einen Moment zurück. Es galt nur diesen einen Abend zu überstehen, sich ordentlich von ihm zu verabschieden und ihn zu bitten, nicht noch einmal zu ihr zu kommen. Gedankenverloren stocherte sie in ihrer Pasta herum, was Paola nicht verborgen blieb. „Liebes, ist alles in Ordnung?“, fragte sie leise. Lilly fuhr zusammen, strich sich verlegen durchs Haar, nickte und hoffte, dass ihre Freundin keine weiteren Fragen stellte.

Die Stimmung am Tisch war ausgelassen und auch Lilly und Ben unterhielten sich angeregt, allerdings nie miteinander. Wie einstudiert wich sie jeder noch so kleinen Gelegenheit aus, ein Wort mit ihm wechseln zu müssen. Trotzdem schaute sie, wenn sie sich unbeobachtet fühlte, immer wieder zu ihm hinüber. Auch wenn sie es nicht wollte, musste sie sich eingestehen, dass er in dem recht eng geschnittenen Pullover fantastisch aussah. Seine starken Arme kamen so besonders gut zur Geltung, fand sie und biss sich auf Lippe, als sie bemerkte, wie ihr Herz sich gegen ihren Kopf durchzusetzen versuchte und ins Schwärmen geriert. Sofort zwang sie sich, daran zu denken, dass er mit diesen Armen sonst sicherlich Jill fest umschlungen hielt. Und was er sonst noch alles mit ihr tat, wollte sie sich erst gar nicht vorstellen, aber vermutlich war genau das der Grund, warum er so müde und erschöpft wirkte. Zum wiederholten Male nahm sie einen großen Schluck Wein, um die Gedanken fortzuspülen, als ihr gerade noch rechtzeitig und schmerzhaft die Folgen des Trinkgelages mit ihren Freundinnen einfielen. Eilig griff sie nach der Wasserflasche, goss sich ein Glas ein und leerte es in einem Zug, bemüht darum, einen klaren Kopf zu bewahren und keine Dummheiten zu begehen.
Als alle mit dem zweiten Gang fertig waren, beschloss Ben, einen erneuten Anlauf zu wagen, wurde aber von Robert gestoppt, der ihm mit einer kurzen Geste zu verstehen gab, sitzen zu bleiben. Von Paola hatte er gleich zu Beginn des Abends erfahren, wer der ihm unbekannte Besucher war und

sich daraufhin interessiert mit ihm unterhalten. Er war neugierig gewesen zu erfahren, wer dieser Mann war, der ganz offensichtlich gerade alles daran setzte, Lilly wieder für sich zu gewinnen. Zudem sparte Robert nicht damit, Lilly während des Essens zu beobachten und zu ergründen, wo ihrer beider Problem eigentlich lag.
Jetzt stand er auf, sammelte einige Teller ein und folgte Lilly in die Küche. Schnell drehte sich diese erschrocken um, als sie die Schritte hinter sich hörte, atmete aber erleichtert auf, als sie Robert erblickte. Seine Nähe machte ihr, im Gegensatz zu der von Ben, in diesem kleinen Raum nichts aus. Nachdem er das Geschirr in die Spülmaschine gestellt hatte, trat er hinter sie und legte ihr freundschaftlich die Hand auf die Schulter. „Ich weiß zwar nicht, was da in London zwischen euch beiden vorgefallen ist, aber willst du dich denn gar nicht mit ihm aussprechen?“ Langsam drehte sich Lilly zu ihm um, legte den Kopf in den Nacken und atmete tief durch, bevor sie ihn ansah und antwortete: „Was soll das bringen, Robert? Ich möchte einfach nicht noch mal verletzt werden. … er ist liiert!“ Robert stutzte und dachte an sein Gespräch mit Ben und den Eindruck, den er dabei von ihm gewonnen hatte. Nachdenklich entgegnete er: „Komisch, dass, was er mir erzählt hat, hat sich da ganz anders angehört, aber mir steht es natürlich nicht zu, mich da einzumischen.“ Mit diesen Worten ließ er Lilly in der Küche zurück und gesellte sich wieder zu den anderen, während sie mit sich rang, wie ernst sie seine Worte nehmen sollte. Ihre Augen wurden feucht, aber sie zwang sich, nicht auf diesen kleinen Hoffnungsschimmer hereinzufallen; das würde alles nur wieder viel schlimmer machen. Sie öffnete kurz das Küchenfenster, hielt ihr Gesicht in die kühle Abendluft, atmete tief durch und fühlte sich gleich etwas besser. „Ich bekomme das hin!“, beschwor sie sich selbst, schloss das Fenster und machte sich daran, den Fisch zu servieren.
Doch gerade als sie das Wohnzimmer betrat, sah sie, wie Ben damit beschäftigt war, zwei weitere Flaschen Wein von der Terrasse hereinzuholen und den Gästen

nachzuschenken. Die Lippen aufeinanderpressend, wusste sie nicht, ob sie wütend auf ihn sein sollte, weil er sich ungefragt in die Bewirtung ihrer Gäste einmischte oder dankbar dafür, dass er ihr ohne große Worte half. Aber ganz nebenbei beschlich sie auch noch ein anderer Gedanke. Der Gedanke daran, wie schön es gewesen wäre, wenn sie beide ihre Freunde immer wieder gemeinsam bewirtet hätten. So hatte sie es sich ausgemalt, bevor alles zerbrochen war und ihn jetzt genau in der Situation zu sehen, verpasste ihr erneut einen Stich. Den darauffolgenden für keinen vernehmbaren Seufzer schluckte sie schnell herunter und richtete das Essen an.

Paola war heute Abend richtiggehend stolz auf ihre Freundin, denn das Essen hatte auch ihren kritischen Ansprüchen standgehalten. Natürlich schrieb sie diese Tatsache einzig ihrem langjährigen und stetigen Training zu und sie attestierte Lilly, dass sie sich vor keiner anderen Venezianerin mit ihren Kochkünsten verstecken musste. Vor allem, da sie doch eigentlich eine Engländerin war, die sicherlich für vieles gerühmt wurden, aber ganz bestimmt nicht durchweg für ihre Kochkünste.
Dem Fisch folgte noch eine große Schale Tiramisu, von der sich alle jedoch nur noch eine Anstandsportion nahmen, um die Gastgeberin nicht zu enttäuschen. Doch zusammen mit dem Kaffee und dem Gläschen Vermut, die Lilly dazu reichte, war es der perfekte Abschluss dieses wunderbaren Menüs. Als sie sich etwas erschöpft, aber erleichtert auf ihren Stuhl sinken ließ, um mit den anderen anzustoßen, war sie auch ein bisschen stolz auf sich selbst, alles so hinbekommen zu haben, wie sie es sich vorgestellt hatte – und das, trotz dem sie in den vergangenen Stunden einer zusätzlichen Anspannung ausgesetzt gewesen war.
Als erste verabschiedete sich schließlich Maria, die morgen früh im Geschäft stehen musste, während Lilly sich den Tag vorsorglich freigenommen hatte, um ihre Küche, die zugegebenermaßen momentan eher einem Schlachtfeld

ähnelte, wieder halbwegs in Ordnung zu bringen. Danach ging auch Robert, allerdings nicht ohne sie unter vier Augen zu beschwören, nichts Unüberlegtes zu tun und vielleicht eine Chance zu verpassen. „Ich denke darüber nach", antwortete sie ihm ausweichend und gab ihm einen Kuss auf die Wange.
Zuletzt brachen auch Paola und Andrea auf, die allerdings gerne Lillys Bitte nachkamen und sich einiges von dem viel zu üppig kalkulierten Essen einpacken ließen. Lilly war dankbar, sich so die kommenden Tage nicht ausschließlich von den Resten ernähren zu müssen, besonders nachdem die beiden anderen zuvor dankend abgelehnt hatten – Robert verständlicherweise, da er derzeit immer noch in einem Hotel logierte und Maria, weil ihr Kühlschrank nach eigener Aussage bereits bis zum Bersten gefüllt war.
Schließlich verabschiedete sich Paola mit Wangenküssen und einer festen Umarmung von Lilly, hakte aber sichtlich besorgt ein letztes Mal nach: „Ist es wirklich okay, wenn ich jetzt gehe und euch beide allein lasse?" Lilly zog die Augenbrauen nach oben und zuckte mit den Schultern „Ja, ich werde es schon überstehen." Auch wenn ihr bei dem Gedanken, jetzt ganz allein mit Ben zu sein, etwas mulmig wurde. Denn ob sie es wollte oder nicht, sie war noch nicht über ihn hinweg, das war ihr heute Abend mehr als einmal sehr deutlich bewusst geworden und ihr war unbehaglich bei dem Gedanken an das nun unausweichliche Gespräch mit ihm. Andrea, der bereits vor einer Weile nach unten gegangen war, kam die Treppe noch einmal hochgesprungen, um nachzuschauen, warum ihm Paola immer noch nicht gefolgt war. Als er sie bei Lilly stehen sah, die ihm mit ihrer sorgenvollen Mine entgegenblickte, streichelte er ihr liebevoll über ihre Wange, bevor er sie ein weiteres Mal fest an sich drückte und ihr ins Ohr flüsterte: „Das wird schon. Und denk daran: ich … wir sind immer für dich da." Dann löste er sich von ihr, schenkte ihr noch ein aufmunterndes Lächeln, zog Paola am Ärmel und bedeutete ihr, jetzt endlich mit ihm zu kommen. Lilly winkte ihnen hinterher, als sie

gemeinsam die Stufen hinabstiegen, schloss die Tür hinter sich und lehnte sich von innen dagegen. Sie atmete tief durch und schloss für einen Moment die Augen.
Vor Wochen wären wir uns jetzt vermutlich in die Arme gefallen, hätten uns leidenschaftlich geküsst und danach zärtlich geliebt, schoss es ihr bei den schmerzlichen Erinnerungen durch den Kopf und obwohl sie die Situation so schnell es ging, klären und beenden wollte, fiel es ihr doch schwer, Ben einfach vor die Tür zu setzen. Ihr Magen krampfte sich zusammen und sie beschloss sich erst einmal dem Geschirr zu widmen, um dadurch Zeit zu gewinnen. Als sie ins Wohnzimmer ging, versuchte sie, Ben keines Blickes zu würdigen und räumte eilig den Tisch ab. Er hatte stumm am Fenster gestanden und nach draußen in die Dunkelheit gestarrt, drehte sich jetzt aber zu ihr um und half ihr, den Rest, den sie nicht hatte tragen können, in die Küche zu bringen. Dabei sprach auch er kein einziges Wort. Traurig über ihre abweisende Art und die vermutlich verpassten Chancen, beschloss er ihr zu helfen, aber nicht weiter zu bedrängen. Vielleicht würde sie letztlich dann doch bereit sein, ihm wenigstens einen Hinweis darauf zu geben, was passiert war.
Während Lilly die Schüsseln abspülte, die nicht in den Geschirrspüler passten, schnappte er sich ein Handtuch und trocknete diese ab. Viel zu schnell für seinen Geschmack waren sie damit fertig, denn er spürte wieder, wie sehr er einfach nur ihre Gegenwart genoss.
Nachdem sie das Wasser aus der Spüle gelassen hatte, trocknete sie sich die Hände ab und ging wortlos ins Wohnzimmer. Immer noch bemüht, die Fassung zu wahren, holte sie zwei Gläser aus dem Schrank, füllte sie mit Wein, zog dann ihren Mantel über und trat mit ihrem Glas hinaus auf die Dachterrasse. Der Himmel war bewölkt und so war es zwar kühl, aber ihr tat die frische Luft jetzt gut. Ben, der sie erstaunt dabei beobachtet hatte, warf sich ebenfalls seinen Mantel über, nahm sich das zweite Glas und folgte ihr.

Selbst jetzt im Dunkeln war die Atmosphäre hier über den Dächern eine ganz besondere und er betrachtete die Umrisse der Wolken, die vom Mond beschienen, kunstvolle Muster an den Nachthimmel malten.
Lilly wich ihm aus und setzte sich auf die kleine Bank, die jetzt im Dunkeln lag und so kein Lichtschein auf ihr Gesicht fiel. Sie wollte vermeiden, dass er ihre Tränen sah, falls sie diese – entgegen ihrem festen Vorsatz – doch nicht zurückhalten konnte. Stumm vor sich hinstarrend, umklammerte sie nun ihr Weinglas.
Ben lehnte währenddessen an der Brüstung, trank einen Schluck und rang verzweifelt mit sich, ob er vielleicht doch einen letzten Versuch wagen sollte, bevor er sie vermutlich endgültig aufgeben musste, als er hörte, wie es plötzlich aus ihr herausplatze: „Ben, ich bin mir einfach zu schade dafür, nur deine italienische Affäre, eine Romanze, zu sein, bei der du dich ab und zu ablenkst. So etwas bin ich nicht und will es auch nie sein. Bitte geh‘ darum einfach wieder!“ Ben schaute sie entgeistert und mit offenstehendem Mund an. Endlich redete sie mit ihm, aber er verstand kein Wort. „Von was sprichst du?“, fragte er perplex. „Ich spreche davon, dass du mit mir flirtest, mich küsst und mit mir schläfst, obwohl du mit einer anderen Frau zusammen bist.“ Sprachlos und wie vor den Kopf gestoßen, versuchte Ben das Gehörte zu verstehen. „Wie … wie kommst du auf so etwas? Die einzige Frau, mit der ich seit meiner Trennung zusammen gewesen bin, die … die warst du. Weder bin ich mit einer anderen Frau ausgegangen, noch bin ich … war ich … mit irgendwem liiert.“ „Und warum weiß sie dann, was wir uns geschrieben haben?“, konterte Lilly scharf. „Lässt du jeden auf dein Telefon schauen und teilst die Nachrichten, die nur für dich bestimmt waren?“ Sie merkte, wie ihre Stimme brüchig wurde und sich ihre Augen immer mehr mit Tränen füllten. Mit zusammengepressten Lippen und sich eine Träne mit dem Handrücken wegwischend, schaute sie zu ihm hinüber, wandte den Blick aber sofort wieder von ihm ab. „Lilly, wer soll … das ist lächerlich!“, entfuhr es ihm,

doch dann musste er an Karens Worte denken, die zugegeben hatte, einen Blick auf sein Handy geworfen zu haben. Gut möglich, dass sie nicht nur Lillys Bild, sondern vielleicht auch die eine oder andere Nachricht gesehen hatte. Aber das erklärte nicht, wie Lilly davon erfahren haben könnte und warum sie dachte, dass er mit ihr zusammen wäre. „Das muss ein Missverständnis sein! Eine der Assistentinnen …" Sie ließ ihn nicht ausreden und fiel ihm schroff ins Wort: „Ben, es war keine Assistentin … bemühe dich bitte nicht weiter", sie schaute stumm auf den Boden vor sich und nahm dann einen großen Schluck aus ihrem Glas. Ben suchte derweil krampfhaft nach einer Erklärung für ihre Vorwürfe und langsam dämmerte es ihm. Es kam nur noch eine Person infrage, aber hatte diese tatsächlich die Möglichkeit gehabt, seine Nachrichten zu lesen. Bevor er weiter darüber nachdachte, fragte er zögerlich: „Hat sie lange blonde Haare und ein eher auffälliges Auftreten?" Lilly sah ihn wortlos nickend an und Ben spürte, wie eine unbeschreibliche Wut in ihm aufstieg. Er senkte den Kopf, atmete tief durch und trank dann ebenfalls einen großen Schluck, bevor er weitersprach und hoffte, dass Lilly ihm Gehör schenkte: „Jetzt wird mir einiges klar: Das ist Jill, Jill Morris. Sie ist Mitglied der Rechtsanwaltskammer und hat irgendwann angefangen, recht offensiv mit mir zu flirten. Ich wollte damals kein Aufsehen erregen, habe ihre Flirtversuche ignoriert und gehofft, dass sie von sich aus bemerkt, dass ich keinerlei Interesse an ihr habe. Dann hat sie mich während eines Termins …", er suchte nach den richtigen Worten. „Sie wollte sich vor mir ausziehen, hat mich bedrängt und gedroht, dass sie mich anzeigt, wenn ich mich nicht auf sie einlasse." Ben stockte. Es kostete ihn merklich Überwindung, sich diesen Moment wieder vor Augen zu führen und Lilly jetzt alles schildern zu müssen, fiel ihm schwer. Aber wenn er wollte, dass sie ihm glaubte, musste er ihr alles erzählen. „Glücklicherweise konnte ich mich aus der Lage befreien und habe ihr gedroht, gegen sie vorzugehen. Mir war aber klar, dass man vermutlich ihr mehr Glauben schenken würde als mir. Und prompt hat sie das auch versucht und sich bei meinem Chef über mich beschwert, dass ich derjenige gewesen wäre, der sie bedrängt und unsittlich berührt hätte. Ich wollte sie daraufhin anzeigen, wurde aber gebeten, davon abzusehen, wozu ich nur unter Vorbehalt zugestimmt habe." Er versuchte, trotz der Dunkelheit eine Regung in Lillys Gesicht auszumachen, was ihm aber nicht gelang. Daher fuhr er fort: „Ich wollte dich mit dieser ganzen Geschichte nicht belasten, aber das war offenbar die falscheste Entscheidung, die ich hätte treffen können. Ich hätte es dir einfach gleich sagen sollen." Er machte erneut eine kurze Pause. „Ich nehme an, sie hat dich beim Empfang angesprochen, oder?" Lilly nickte. Sie hatte ihm die ganze Zeit fassungslos zugehört und versuchte immer noch, ihre Gedanken zu sortieren. Er schloss die Augen und legte resignierend den Kopf in den Nacken. „Zumindest war sie da mit einem ihrer Pläne mal richtig erfolgreich: mir den liebsten Menschen zu nehmen und dich glauben zu lassen, sie wäre meine Partnerin." Er leerte sein Weinglas in einem Zug, stellte es beiseite und ballte seine Hände zu Fäusten, bevor er plötzlich, getrieben von dem unbändigen Zorn in ihm, auf die hölzerne Brüstung schlug. Ein stechender Schmerz fuhr ihm augenblicklich durch die Hand und ließ ihn kurz aufstöhnen. Erschrocken sprang Lilly ohne weiter zu überlegen auf, griff nach seiner Hand und versuchte in dem spärlichen Licht auszumachen, ob er sich einen Splitter in die Haut eingerissen hatte. Vorsichtig fuhr sie mit ihrem Daumen über die Stelle, blickte dann zu ihm auf und fragte besorgt: „Alles okay?" Ben sah ihr tief in die Augen. „Sag du es mir, Lilly." Erst jetzt schien ihr bewusst zu werden, dass sie ihm ganz nah war und sie seine Hand in der ihren hielt. Wieder füllten sich ihre Augen mit Tränen, von denen eine auf seine Handinnenfläche tropfte, doch die Anspannung in ihrem Körper löste sich ein wenig und als er behutsam seinen Arm um sie legte, sträubte sie sich nicht mehr dagegen, sah ihn aber immer noch verunsichert an. „Sie war sehr überzeugend und dann hast du sie auch noch in den Arm genommen." Ben unterbrach sie: „Am Arm gepackt trifft es wohl besser. Ich habe ihr gedroht, dass sie mich in Ruhe lassen soll." „Ja, aber dann hat auch noch dein Chef gefragt, ob mit Jill wieder alles in Ordnung wäre, was sollte ich da anderes glauben?" Er nickte. Plötzlich gab alles einen Sinn. „Ja, aber warum hast du mich nicht gefragt. Ich hätte dir alles erklären können." „Ben, sie wusste so viel und ich hatte keine Ahnung, dass es sie gibt oder in welchem Verhältnis sie zu dir steht. Du hast kein einziges Mal ein Wort über sie verloren. Ich habe nicht daran geglaubt, dass du mir nach alldem die Wahrheit sagen würdest."

Aufgewühlt und gedankenverloren fuhr sie immer wieder mit ihren Fingerspitzen über das Revers seines Mantels, bis sie ihm schließlich in die Augen sah: „Was soll ich nur mit dir tun?" Vorsichtig begann er zu lächeln. „Meinst du, du könntest dich noch mal in mich verlieben? Ich wäre glücklich, wenn du es dir noch mal überlegen würdest, das mit uns zweien." Sie wandte den Blick von ihm ab und fragte leise: „Bist du dir da ganz sicher? Willst du wirklich eine Frau, die dich vorverurteilt, die nicht mit dir redet, dir nicht vertraut und dich sitzen lässt?" „Mich blockiert und mich anschweigt hast du noch vergessen.", fügte er schmunzelnd hinzu, machte eine Pause, nahm sie dann fest in den Arm und flüsterte ihr ins Ohr: „Natürlich will ich dich immer noch, ich habe nie aufgehört, dich zu wollen und dich zu lieben." Endlich kehrte ein Lächeln auch auf ihr Gesicht zurück und trotz der Dunkelheit, glaubte er ein Strahlen in ihren Augen erkennen zu können, als sie ihre Arme um seinen Hals schlang. „Ich habe so sehr versucht, dich aus meinem Kopf und vor allem aus meinem Herzen herauszubekommen - vergebens." Sie schaute ihm tief in die Augen, bis er ganz langsam seinen Kopf senkte und sich ihre Lippen sanft berührten. Ganz allmählich wurde ihr Kuss, nach dem sich beide so sehr gesehnt hatten, immer hingebungsvoller. Nach einer Weile löste sich Ben etwas atemlos von ihr. „Soll ich eigentlich immer noch gehen?"

Lilly, noch ganz benommen von seiner Zärtlichkeit, gab ihm lächelnd einen Klaps auf den Arm. „Natürlich nicht!“ und sanft fügte sie hinzu: „Bitte bleib bei mir und halte mich ganz fest.“ Glücklich schaute er sie an und war dankbar für Karens aufrüttelnde Worte am gestrigen Abend. Was hätte er verloren, wenn er sich jetzt nicht auf den Weg zu ihr und ihrem Herzen gemacht hätte.

Ihn aus seinen Gedanken reißend, griff sie entschlossen nach seiner Hand. „Komm lass uns rein gehen, trotz dem mir in deiner Gesellschaft immer heiß wird, ist es hier draußen auf Dauer einfach zu kalt.“ Spöttisch zwinkerte ihr zu. „Dir wird in meiner Nähe heiß? Das konntest du vorhin noch ganz gut verbergen.“ Mit gespieltem Ärger und zusammengekniffenen Augen boxte sie ihn in die Seite, zog ihn dann hinter sich her in die Wohnung hinein und schloss die Tür zur Dachterrasse. Bevor sie ihm entweichen konnte, drückte er sie schnell noch einmal eng an sich und flüsterte ihr ins Ohr: „Ich liebe dich, Lilly Moore.“ Sie lächelte übers ganze Gesicht und ihre Augen leuchteten, als sie leise hauchte: „Und ich liebe Dich, Ben Harris – und habe es immer getan.“

Beide zogen ihre Mäntel aus und während Lilly diese an der Garderobe aufhängte, holte Ben rasch ihre Gläser von draußen herein. Als er sie gerade erneut füllen wollte, kam Lilly mit einer Pinzette zu ihm zurück. „Lass mich dir als erstes den Holzspan aus der Haut ziehen, bevor sich da etwas entzündet.“ Da war sie wieder – ihre liebevolle Fürsorglichkeit, die dieses Mal ihm beinahe die Tränen der Rührung in die Augen trieb und für die er sich mit einem sanften Kuss auf ihre Stirn bedankte. Nachdem sie ihn verarztet hatte, schenkte er den Wein ein und wollte ihr gerade zuprosten, als sein Augenmerk auf eine Serviette fiel, die auf dem Tisch liegen geblieben war. Abrupt stellte er sein Glas wieder ab und suchte unter ihren fragenden Blicken nach einem Stift. Auf der Kommode wurde er schließlich fündig und schrieb schnell etwas auf die Serviette, bevor er sie Lilly entgegenhielt. „Ein neuer Versuch!“ Sie lächelte, als sie die Worte darauf las, die mehr gekritzelt als geschrieben standen: „*Willst du mit mir gehen?*“ Sie nahm ihm den Stift aus der Hand und malte darunter ein großes deutliches „*Ja*“. Anschließend machten es sich beide auf dem Sofa bequem, er zog sie auf seinen Schoß und legte seinen Arm um sie, während sie sich glücklich an ihn schmiegte, erleichtert darüber, endlich wieder einen solch innigen Moment zusammen genießen zu können. Sie immer wieder fest an sich drückend und küssend, konnte er sein Glück kaum fassen. Dieses kostbare Glück, dass er von nun an, aufmerksam beschützen würde.

Kapitel 22 – Entscheidung des Herzens

Genüsslich streckte sich Lilly unter ihrer Bettdecke. Sie hatte lange nicht so gut geschlafen und als sie die Augen aufschlug, erblickte sie im Halbdunkel des Morgens die Umrisse von Bens Gesicht auf dem Kissen neben sich. Sie konnte es noch gar nicht fassen, dass alles ein furchtbares Missverständnis gewesen war, das sie wochenlang entzweit und beinahe ihre Liebe gekostet hätte. Noch lange hatten sie am vergangenen Abend beieinander gesessen, sich aneinander festgehalten und miteinander geredet. Kein weiteres Mal wollten sie anderen die Möglichkeit geben, sich zwischen sie zu stellen. Lilly hatte es dabei genossen, endlich wieder in seinem Arm zu liegen und sein Lächeln zu sehen, während er nicht aufhören wollte, tief in ihre Augen zu schauen und sie immer wieder zu küssen. Erst als beide so müde waren, dass sie beinahe im Sitzen einnickten, gingen sie zu Bett und schliefen Arm in Arm ein.
Ben war noch nicht wach und so beobachtete sie die ruhigen Bewegungen seines Brustkorbs und seine entspannten Gesichtszüge, auf denen ein Lächeln zu liegen schien. Am liebsten hätte sie gleich damit begonnen, ihn zu liebkosen und zu küssen, doch sie wollte ihn noch nicht aufwecken und schob stattdessen vorsichtig seinen Arm zu Seite, kroch unter der Decke hervor, stand leise auf und verließ auf Zehenspitzen das Schlafzimmer.
Leise holte sie ihren Morgenmantel aus dem Bad, warf ihn sich über die Schultern und ging in die Küche, um die kleine Mokkakanne mit Wasser und Kaffeepulver zu füllen und auf die Herdplatte zu setzen. Ein Blick in den Kühlschrank verriet ihr danach allerdings, dass sie in den letzten Tagen zwar alles für das gestrige Essen besorgt hatte, ihre Vorräte für ein Frühstück aber mehr als mager waren. Gerade, als sie grübelnd die Kühlschranktür wieder schloss, kam Ben dahinter zum Vorschein und lächelte sie an. Er trug Jeans

und hatte sich dazu ein Hemd übergezogen, es aber halb offen gelassen - ein Anblick, der sie sofort strahlen ließ. Doch dann meldete sich ihr schlechtes Gewissen. „Guten Morgen! Habe ich dich etwa geweckt? Ich habe versucht, extra leise aufzustehen, um dich noch etwas schlafen zu lassen.“ Ben streckte seinen Arm nach ihr aus und zog sie zu sich heran, küsste sie und grinste. „Guten Morgen! Nicht du hast mich aufgeweckt, aber der Duft von frisch gekochtem italienischem Kaffee. Da konnte ich einfach nicht widerstehen und musste diesem Lockruf sofort folgen.“ Er schloss die Augen und sog den aromatischen Duft genüsslich ein. „Hmmm … so müsste jeder Morgen sein.“ Ihr zuzwinkernd ergänzte er schnell: „Und du musst natürlich da sein, mein Liebling.“ Sie schlang ihre Arme um seinen Hals, als sie ihm mit betont ernster Miene zuraunte: „Wir haben da übrigens ein großes Problem.“ Seinen irritierten Blick sehend, lachte sie auf. „Ich muss uns erst einmal was zum Frühstück besorgen, weil ich gar nichts mehr vorrätig habe. Ich hatte die ganzen Tage nur das gestrige Abendessen im Kopf. Am besten rufe ich drüben in der Cafébar an und lasse uns wieder etwas bringen.“ Sie wollte gerade nach ihrem Telefon suchen, doch Ben hielt sie am Arm fest. „Ist noch was vom Tiramisu da?“ Lilly sah ihn überrascht an. „Ja sicher, aber …“ Ben rieb sich die Hände. „Prima. Dann essen wir doch einfach davon etwas zum Kaffee.“ Sie zog die Augenbrauen hoch und sah ihn skeptisch an, doch er grinste nur. „Ging es dir früher nicht auch so, dass du am liebsten morgens schon Nachtisch oder Kuchen gegessen hättest. Warum also nicht jetzt?“ Sie schüttelte lachend den Kopf, öffnete dann aber den Kühlschrank und holte die Schale hervor, die noch reichlich gefüllt war. „Bestens!“, rief er aus, nahm sie ihr sofort aus der Hand, ging damit ins Wohnzimmer und stellte sie dort auf den Tisch. Lilly folgte etwas später mit zwei Tassen Kaffee und zwei großen Löffeln. „Wenn schon, denn schon. Dann essen wir jetzt auch gleich aus der Schüssel“, grinste sie ihn an. Er nickte, schenkte ihr einen liebevollen Blick und nahm sie erneut in den Arm, um sie fest an sich zu drücken, als wenn er Sorge hatte, dass sie ihm erneut weggenommen werden könnte. „Lilly, ich liebe dich und dieses unkomplizierte Leben mit dir. Du bist das Beste, was mit je passiert ist.“ Sie sah ihn mit ihren großen blauen Augen an und antwortete leise, während sie mit den Knöpfen seines Hemdes spielte: „Ich hatte das Gefühl, dass ich nicht in deine Welt passe. Ich kenne weder solche Ankleidezimmer, wie du eins besitzt, noch habe ich sonst mit Leuten, wie denen auf dem Empfang zu tun. Und nachdem das alles Teil deines Lebens ist, habe ich gezweifelt, ob du wirklich mit mir glücklich sein kannst.“ Ben legte seine Hand an ihr Kinn und hob es etwas an, um ihr dabei tief in die Augen schauen zu können. „Lilly, ich bin so glücklich, wenn ich mit dir zusammen bin, gerade weil du so bist, wie du bist. Glaub‘ mir, ich habe eins in diesem zurückliegenden Sommer gelernt – und das hast du mir gezeigt: Es gibt nichts Wichtigeres, als den Menschen zu finden, mit dem zusammen alles etwas schöner, etwas leichter ist. Und dass man vor allem auf sein Herz hören sollte, denn das weiß oft besser, was gut für einen ist, als der Kopf es zu wissen meint. Und wenn du glaubst, dass du nicht in meine Welt passt, dann muss sich – verdammt noch mal - meine Welt an dich und deine Welt anpassen, soweit es halt möglich ist, denn dich will ich nie wieder gehen lassen. Glaub mir, wenn ich dir sage, dass die letzten Wochen unerträglich waren ohne dein Lachen, deine wunderbar weiche Stimme und deine Küsse.“ Ihre Augen hatten sich mit Tränen gefüllt und die erste bahnte sich bereits ihren Weg über ihre Wange. Dieses Mal waren es allerdings Tränen des Glücks, die sie laut schniefend wegwischte, ihn gerührt ansah, nicht imstande etwas zu entgegnen.

Langsam und beinahe widerwillig löste sie sich von ihm, griff nach seiner Hand und zog ihn zu einem der Stühle: „Lass uns jetzt frühstücken, sonst wird der Kaffee noch ganz kalt und dann schmeckt selbst der italienische nur noch halb so gut." Sie setzten sich an den Tisch, tranken Kaffee, löffelten Tiramisu und warfen sich immer wieder verliebte Blicke zu. Verstohlen schaute Ben auf seine Armbanduhr, griff dann nach ihrer Hand und streichelte sanft mit seinem Daumen über ihren Handrücken, ohne ein Wort zu sagen. Lilly bemerkte, dass ihn etwas beschäftigte und sah ihn daher fragend an, bis er ihr schließlich erklärte: „Ich bin gestern Hals über Kopf nach Venedig gekommen, um dich endlich wiederzusehen und um rauszufinden, warum du nichts mehr mit mir zu tun haben wolltest", er stockte und Lilly hakte nach. „Aber?" „Ich muss leider noch heute zurück nach London fliegen. Morgen habe ich eine Verhandlung bei Gericht." Lilly starrte schweigend vor sich hin. Natürlich war ihr bewusst, dass sein Platz nach wie vor in England war, aber gerade jetzt, wo sie endlich wieder vereint waren, fiel es ihr schwer, an den bevorstehenden Abschied zu denken. Sie wollte ihn nicht schon wieder gehen lassen – jetzt noch nicht. Ben bemerkte ihre Traurigkeit, führte ihre Hand an seine Lippen und küsste sie zärtlich, während er seinen Blick nicht von ihren Augen abwandte. „Kannst du vielleicht ein paar Tage freinehmen und mit mir kommen?", fragte er sie, als sich ihre Blicke trafen und sie versuchte zu lächeln. „Ich weiß nicht so recht. Vielleicht fehlen mir jetzt im Alter einfach die Spontanität und der Mut, die früher für mich selbstverständlich waren." Verständnisvoll lächelnd schaute er sie an, streichelte erneut über ihre Hand und drückte sie schließlich fest. „Ich glaube nicht, dass es das Alter ist, aber die letzten Wochen haben uns beiden viel abverlangt. Und ich nehme an, dass die Erinnerungen, die du gerade mit London verbindest, nicht die allerbesten sind, oder?" Lilly nickte. „Stimmt, war alles ein bisschen viel und wenn ich ganz ehrlich bin, braucht es wohl ein wenig, bis ich alles verarbeitet habe. Du willst gar nicht wissen, was ich dir gedanklich alles an den Kopf geschmissen und dir gewünscht habe." Sie senkte den Blick und machte eine Pause, bis sie ihn wieder ansah und fragte: „Wann musst du los?“ „In einer guten Stunde sollte ich aufbrechen, um rechtzeitig zum Flughafen zu kommen“, überlegte er, nachdem er erneut geschaut hatte, wie spät es war. Lilly nickte stumm. Sie begann ihn jetzt schon zu vermissen. „Wann sehen wir uns wieder?“, erkundigte sie sich daher nach einer Weile und blickte in sein ratloses Gesicht. „Lilly, ich werde alles daransetzen, so schnell wie möglich, wieder bei dir zu sein, aber ich kann dir gerade nichts versprechen.“ Und nachdem er kurz innegehalten hatte, fragte er: „Vielleicht magst du ja auch irgendwann wieder zu mir kommen? Und versprochen, da wird es dann keinen Empfang geben, auf dem du dich nicht wohlfühlst. Da gibt es dann nur dich und mich in deiner alten Heimat.“ Eine weitere Frage beschäftigte ihn jetzt, wo sie wieder ein Paar waren und obwohl es noch recht früh dafür war, hielt er es für angebracht, sich damit zu beschäftigen. „Meinst du, du könntest dir irgendwann vielleicht vorstellen, zumindest zeitweise dein Leben in London zu verbringen? Ich würde mich sehr darüber freuen.“ Lilly sah ihn nachdenklich an. Das war wohl die Frage, mit der sie sich nun auseinandersetzen musste, wenn sie mit ihm zusammen sein wollte. Und ihr war bereits jetzt klar, dass eine Entscheidung ihr nicht leicht fallen würde. War sie nicht viel zu sehr zur Venezianerin geworden, um nach London zurückzukehren oder anders gesagt, wie könnte ihr Leben dann dort aussehen? Aber wie oft würde sie Ben sehen, wenn sie sich dagegen entschied. Diese Frage konnte und wollte sie im Moment noch nicht beantworten, trotzdem versprach sie Ben, sich Gedanken darüber zu machen.

Dann plötzlich, um das Gespräch auf ein anderes Thema zu lenken, schaute sie ihn verschmitzt an: „Lässt du deine Reisetasche gleich hier? Dann hast du einen weiteren Grund, schnell wieder zurückzukommen.“ „Als wenn ich den bräuchte, meine Süße“, entgegnete er und streichelte über

ihre Wange, setzte Daumen und Zeigefinger an ihr Kinn und hob ihren Kopf etwas an, um ihr einen Kuss zu geben.
Um nicht in Hektik verfallen zu müssen, zogen sich beide wenig später an und während Ben seine Sachen zusammen packte, wählte Lilly die Nummer des Wassertaxis, um ein Boot vorzubestellen. Anschließend setzte sie sich zu ihm aufs Sofa und schmiegte sich an ihn. Wie gerne hätte sie die Zeit gestoppt und den Augenblick bewahrt. Ben gingen derweil all die Momente, in denen er sie in den letzten Wochen so schmerzlich vermisst hatte, durch den Kopf. „Darf ich dich denn jetzt wieder anrufen und dir schreiben?“, fragte er sie mit einem Hauch Ironie in der Stimme und lachend musste er ihrer Hand ausweichen, mit der sie ihm an den Oberarm schlagen wollte. „Natürlich! Du Spinner.“, sie lachte ebenfalls. „Ich bestehe sogar darauf, dass du dich sofort meldest, wenn du daheim angekommen bist.“ Sie holte ihr Telefon aus der Küche, suchte seine Nummer und änderte die Einstellungen. „Versuch bitte gleich mal, mich anzurufen.“, rief sie ihm zu und kurz darauf ertönte ihr Klingelton. Erleichtert sah er sie an. „Lilly, du weißt gar nicht, wie sehr ich mich an unsere abendlichen Telefonate gewöhnt hatte und wie einsam es ohne deine Stimme war …“ „Ich weiß!“, antwortete sie, ging auf ihn zu und griff nach seinen Händen. „Mir ging es ja genau so und ich habe mich die ganze Zeit gefragt, wann es aufhört, wehzutun. Nebenbei erwähnt, konnte selbst Alkohol nichts an diesem Zustand ändern.“ Sie rollte mit den Augen und musste lachen, als sie seinen entgeisterten Blick sah. „Frag lieber nicht.“
Er warf einen erneuten Blick auf die Uhr, seufzte und stand auf, um seinen Mantel vom Garderobenhaken zu nehmen. Er zog ihn über, nahm sie ein letztes Mal in den Arm, drückte sie fest an sich, um ihr einen Kuss zu geben, der bereits jetzt voller Sehnsucht war. Sie hasste es, dass sie so nah am Wasser gebaut war und sich ihre Augen schon

wieder mit Tränen füllten und sie hasste es, ihn jetzt gehen lassen zu müssen. Das war einfach nicht fair. Kurzentschlossen bat sie ihn, kurz zu warten, schnappte sich ebenfalls Mantel und Schuhe, um ihn wenigstens noch bis zum Anleger zu begleiten, an dem ihn das georderte Wassertaxi gleich abholen würde. Fertig angezogen, steckte sie ihr Schlüsselbund ein, griff nach seiner Hand und stieg mit ihm zusammen die Stufen hinab.

Zu ihrem Leidwesen war das Boot überpünktlich und wartete bereits. Er küsste sie nochmals und sie entdeckte auch in seinem Augenwinkel eine kleine Träne, als er sich widerwillig von ihr löste und das Wassertaxi bestieg. Sie hörte nicht auf, ihm hinterher zu winken, bis sie das Boot nicht mehr sehen konnte und beschloss, noch ein wenig spazieren zu gehen. Erst jetzt merkte sie, wie ungemütlich dieser Novembertag war und sie vergrub ihre Hände tief in ihren Manteltaschen. Trotzdem wollte sie nicht heimgehen und in ihrer zwar warmen, aber trotz allem leeren Wohnung allein sein, jetzt da sie dort nur ihrer neu entbrannten Sehnsucht nach Ben nachhängen würde. Stattdessen zog sie es vor, Robert im Palazzo aufzusuchen. Vielleicht konnte sie ihm dabei behilflich sein, die Lüster und Wandleuchten, die Signore Constantini in der vergangenen Woche hatte liefern lassen, auszupacken und anzuschließen, überlegte sie.
Dort angekommen, stellte sie fest, dass Robert scheinbar die Heizung in allen Räumen eingeschaltet hatte und es wohlig warm war. Sie zog ihren Mantel aus, legte ihn über das Treppengeländer und stieg die Stufen nach oben empor. Wie weit sie doch in den letzten Wochen gekommen waren. Es fehlte nicht mehr viel und der Palazzo konnten wieder bezogen werden. Robert hatte sich dazu entschlossen, die Räume im ersten Stock zu vermieten und die beiden oberen Etagen selbst zu nutzen – nicht zuletzt wegen des atemberaubenden Ausblicks von der Dachterrasse. Die

Glücklichen, die von hier aus den Blick über den Canal Grande würden genießen können, dachte sich Lilly, als sie suchend durch die Räume im ersten Geschoss ging, nachdem Robert gestern erwähnt hatte, dass er heute hier sein würde. Plötzlich hörte sie ein Fluchen, das aus dem obersten Stockwerk durch das Treppenhaus nach unten drang und kurz darauf von einem dumpfen Aufschlag gefolgt wurde. Eilig sprang sie die Stufen nach oben und sah Robert, wie er sich seinen Daumen hielt. Am Boden lag der Hammer, mit dem er scheinbar versucht hatte, Nägel in die Wand zu schlagen. Schmunzelnd und mit wenig Mitleid schaute sie ihn an: „Willst du das nicht jemandem überlassen, der sich damit auskennt? Wenn mich nicht alles täuscht, sollten die Wandleuchten besser mit Dübel und Schraube in der Wand verankert werden und nicht nur mit einem windigen Nagel - es sei denn, es liegt dir etwas daran, unser Geschäft wohlwollend zu unterstützen und immer wieder Ersatz, für heruntergefallene Leuchten zu bestellen." Er machte ein mürrisches Gesicht, konnte sich aber trotzdem ein Grinsen nicht verkneifen. Es war ihm unangenehm, dass ausgerechnet sie ihn dabei ertappt hatte, dass er handwerklich nicht der Geschickteste war, auch wenn sie das vermutlich längst bemerkt hatte. „Du hast ja recht, aber ich wollte es halt auch mal versuchen.", entgegnete er und warf ihr einen forschenden Blick zu, als er sich den immer noch schmerzenden Daumen rieb.
„Wie geht es dir heute? Alles okay nach dem gestrigen Abend?", fragte er, hob den Hammer auf und legte ihn beiseite. Lilly lächelte versonnen vor sich hin. „Ja, alles bestens. Ich habe sehr gut in seinem Arm geschlafen." In dem Glauben, sich verhört zu haben, drehte er sich blitzartig zu ihr um und schaute sie mit hochgezogenen Augenbrauen an. „Moment – habe ich das richtig verstanden? Du hast was?" Lilly sah ihn verlegen grinsend an. „Du hattest recht, als du mir sagtest, dass ich nichts Unüberlegtes tun soll, na ja

und dann habe ich anschließend mit ihm geredet und habe später außergewöhnlich gut in Bens Armen geschlafen." Er schüttelte den Kopf, als wenn er immer noch an dem, was er gerade gehört hatte, zweifeln würde. Selbstverständlich freute er sich für seine Freundin, wenn es ihr endlich wieder besser ging, aber er hatte noch vor Augen, wie abweisend sie Ben während des Essens behandelt hatte und dass sie trotz seiner eigenen Vermittlungsversuche nichts von ihm wissen wollte. Und jetzt das. Er holte ein Glas, stellte es zu seinem in die Fensterbank und schenkte sich und ihr jeweils Wasser ein, als er erneut nachhakte: „Das musst du mir erklären. Wie, um alles in der Welt, soll man aus euch Frauen schlau werden? Du ignorierst ihn den ganzen Abend, obwohl er deinetwegen den weiten Weg von London nach Venedig auf sich genommen hat, gehst auch nicht auf gut gemeinte Ratschläge ein und dann ist in kürzester Zeit alles wieder in Ordnung und du schläfst sogar in seinen Armen ein?" Lilly stütze sich rücklings an der Fensterbank ab, stemmte sich hoch und setzte sich auf die Marmorplatte. „Wenn du so willst, habe ich nur das gemacht, wozu du mir geraten hattest. Ich habe mit ihm geredet." Er bemerkte das glückliche Lächeln in ihrem Gesicht. „Okay, erst habe ich ihm eigentlich nur Vorwürfe gemacht", gab sie widerwillig zu. „Typisch Frau!", unterbrach Robert sie und rollte mit den Augen, woraufhin sie ihn mit einen strafenden Blick bedachte, bevor sie fortfuhr: „Es hat sich herausgestellt, dass alles ein riesengroßes Missverständnis war, er nicht mit einer anderen liiert ist, sondern ihm ebenfalls übel mitgespielt wurde. Wir haben über alles gesprochen und er hat mir auch nicht nachgetragen, dass ich ihm nicht vertraut und keine Chance gegeben habe, zu erklären. Jetzt wollen wir einfach nur noch nach vorne schauen." Er nickte, starrte vor sich hin und fragte sie dann: „Und was genau tust du dann jetzt hier?" Lilly trank einen Schluck Wasser, bevor sie erklärte: „Ben musste nach London zurück. Er war nur hier, um endlich reinen Tisch zu machen und …". Robert seufzte hörbar und legte seine Stirn in Falten. „Noch mal: Warum bist du jetzt hier und nicht bei ihm? Du hast in den letzten Wochen, seitdem du von dem London-Trip zurückgekommen bist, so viel gelitten, hast geweint und eine Welt ist für dich zusammen gebrochen und nun klärt sich alles auf, ihr seid ganz offensichtlich wieder glücklich vereint und du willst seelenruhig darauf warten, dass sich irgendwann erneut eine Gelegenheit ergibt und ihr Euch wiedersehen könnt? Zugegeben: Ich habe Ben erst gestern kennengelernt und ich darf mir noch kein Urteil über ihn erlauben, aber ich kann mir nicht vorstellen, dass er dich nicht gefragt hat, ob du mit ihm gehst. Mal ganz ehrlich, was hat dich davon abgehalten? Was hält dich gerade hier. Wenigstens für ein paar Tage. Ist es dein Stolz? Ist es deine Angst? Du willst nicht wirklich hier sein, sondern bei ihm und das mit Recht, nach allem was in den letzten Wochen war, solltet ihr das, was ihr habt, beschützen und zusammen sein. Und bitte schiebe jetzt nicht die Arbeit vor. Lorenzo wäre der Letzte, der deinem Glück im Wege steht und dir nicht frei geben würde.", er schüttelte verständnislos den Kopf. „Frauen - euch soll jemand verstehen. Das ist - nein, das wird nie möglich sein." Er stemmte die Hände in die Hüften und zog den linken Mundwinkel nach oben. „Wenn er schon der Grund war, warum du mich nicht wolltest, dann halt ihn jetzt wenigstens ganz fest." Lilly sah ihn verdutzt an. Eine solch eindringliche und leidenschaftliche Reaktion hatte sie nicht von Robert erwartet und machte sich jetzt doch Vorwürfe. Warum war sie nur so feige gewesen? Dann plötzlich griff er nach ihrer Hand und zog sie von der Fensterbank runter. „Komm! Wann geht sein Flieger?" Sie zuckte mit den Schultern und warf einen kurzen Blick auf ihre Uhr. „Er ist vor einer guten Stunde aufgebrochen, um rechtzeitig am Flughafen zu sein." Robert überlegte kurz, kniff die Augen zusammen und spurtete los.

„Einen Versuch ist es zumindest wert. Vielleicht kommen wir ja noch rechtzeitig und dann fliegst du mit ihm." Lilly sah ihn entgeistert an, verkniff sich aber jeden weiteren Kommentar, als sie seinen entschlossenen Gesichtsausdruck sah und folgte ihm hastig nach unten, wo sie sich ihre Mäntel anzogen und nach draußen stürmten. Dort lag sein Boot, das er sich vor einiger Zeit zugelegt hatte, da er es leid gewesen war, für jeden Weg ein Wassertaxi rufen zu müssen. Eilig kletterte sie hinter ihm an Bord und schon legte er Richtung Canal Grande ab. Lilly wusste nicht, ob sie es gutheißen sollte, dass er die Höchstgeschwindigkeit großzügig überschritt, denn der Wellenschlag war nicht gut für die Jahrhunderte alten Fundamente und sollte er erwischt werden, konnte er mit einer saftigen Strafe rechnen. Doch bevor sie sich weiter darüber Sorgen machte, hing sie eher den Gedanken an Ben nach. Warum hatte sie gezögert? Wie sehr sie ihn, seine Liebe und die Geborgenheit, die sie bei ihm fand, nach all den Wochen brauchte, hatte sie letzte Nacht gespürt. Der ganze Ballast und die Leere waren verschwunden und hatten diesem warmen und wohligen Gefühl tief in ihr drin wieder Platz gemacht. Jetzt seine Stimme nur am Telefon hören zu können, würde kein Ersatz für seine Nähe und die liebevollen Umarmungen sein. Aufgeregt biss sie sich auf die Lippe und ballte vor Aufregung ihre Hände in den Manteltaschen zu Fäusten, bis sich ihre Fingernägel in die Handflächen bohrten, so sehr hoffte sie, ihn nicht zu verpassen.

Robert versuchte indes aus dem kleinen Boot alles herauszuholen, was der Motor hergab und donnerte über die Wellen der Lagune. Wortlos saßen sie so nebeneinander, während sie dem Festland immer näher kamen. Kurz bevor sie den Flughafen-Anleger erreichten, verlangsamte Robert seine Fahrt, stoppte das Boot schließlich und legte an einem Steg, der eigentlich Wassertaxis vorbehalten war, an. Lilly, der es jetzt nicht schnell genug gehen konnte, sprang mit einem großen Satz an Land und lief, ohne auf ihn zu warten, zum Flughafengebäude. Dabei musste sie immer wieder anderen Reisenden und deren Gepäck ausweichen und erreichte schließlich etwas außer Atem die Abflughalle. Mit klopfendem Herzen studierte sie die Anzeigetafel und suchte nach dem Flug, auf den Ben gebucht sein musste. Robert, der ihr im Laufschritt gefolgt war, nachdem er sein Boot vertäut hatte, erreichte sie und hörte, wie sie mehr zu sich selbst sagte: „Gerade ist die Maschine gestartet. Ausgerechnet seine war pünktlich." Sie senkte traurig den Kopf. Robert trat hinter sie und legte ihr tröstend seine Hand auf ihre Schultern. „Komm, dann buchen wir dir jetzt gleich einen Flug und du schreibst ihm eine Nachricht, dass du schnellstmöglich nachkommst." Er hielt nach den Buchungsschaltern Ausschau und wollte sie gerade mit sich ziehen, als sie plötzlich eine ihnen wohlbekannte Stimme hinter sich hörten. „Das wird nicht notwendig sein." Blitzartig drehte sich Lilly um und stand direkt vor Ben. Ungläubig sah sie ihn an. „Was? Ich dachte, du …", sie verstummte, als er die letzten Schritte auf sie zu machte, seine Tasche zu Boden fallen ließ und sie in seine Arme nahm. Er lächelte, als er ihr zärtlich eine Freudenträne, die ihr über die Wange lief, wegwischte. „Weißt du, ich hatte da mal die interessante Geschichte einer jungen Frau gehört, die im entscheidenden Moment nicht auf ihren Kopf, sondern auf ihr Herz gehört hat. Und dann habe ich einfach so meinen Flug verpasst und mein Ticket zerrissen", er zog ein durchgerissenes Blatt Papier aus der Manteltasche hervor und hielt es ihr grinsend entgegen. „Alte Gewohnheit, die immer noch auszudrucken und nicht nur auf das elektronische Ticket zu vertrauen." Erst jetzt schien sich Lilly aus ihrer Schockstarre zu lösen und schlang ihre Arme um seinen Hals. „Ich konnte einfach nicht jetzt schon wieder von dir gehen und nicht wissen, wann wir beide uns

wiedersehen“, ergänzte er lächelnd. „Und dein Termin?“, fragte sie. „Den muss jetzt ein Kollege für mich wahrnehmen. War nicht ganz einfach, aber ich habe denen in der Kanzlei erklärt, dass ich wirklich dringend eine Auszeit brauche und zudem da einen ganz wichtigen Fall vorliegen habe, bei dem mir eh kein anderer helfen kann.“ Liebevoll schaute er ihr tief in die Augen, küsste sie und hielt sie ganz fest an sich gedrückt. Für eine Weile vergaßen sie die Welt um sich herum.
Schließlich fiel Bens Blick auf Robert, der immer noch einige Schritte entfernt dastand und die beiden lächelnd beobachtete. Langsam löste sich Ben daher aus der Umarmung, ließ aber seinen Arm um Lillys Taille liegen und ging mit ihr auf ihn zu. Auf Robert, der ihm bereits gestern Trost gespendet und immer wieder in die Unterhaltungen mit einbezogen hatte, während Lilly noch damit beschäftigt gewesen war, ihm die kalte Schulter zu zeigen und der sie jetzt hierher gebracht hatte. Er streckte ihm die Hand entgegen. „Danke! Ich weiß gar nicht, wie ich das jemals wieder gut machen kann, was du für mich – für uns getan hast.“ „Das war nicht ich, das ward ihr schon ganz allein. Ich sage nur manchmal ganz gerne meine Meinung, wenn ich denke, es trifft auf offene Ohren.“ Mit diesen Worten schloss er Ben in die Arme, klopfte ihm auf den Rücken und fügte leise hinzu: „Ich freue mich für euch beide. Halt sie fest und pass gut auf sie auf, sie ist etwas ganz Besonderes.“ Bens Blick wurde ernst, als er Robert direkt in die Augen sah und ihm versprach: „Das werde ich!“ Sichtlich bewegt, presste er die Lippen aufeinander und war darum bemüht, seine Fassung zu wahren. Dann griff er nach seiner Tasche, nahm Lillys Hand und drückte sie ganz fest, als sie sich glücklich an ihn schmiegte. „Mission geglückt“, raunte Robert Lilly zu und ging voraus, als sie sich zusammen auf den Weg zu seinem Boot machten. Dort angekommen, gingen sie an Bord und Ben nahm, nachdem er seine Tasche

verstaut hatte, direkt hinter Robert Platz. Lilly setzte sich neben ihn und lehnte sich an seine Schulter, als er ihr zuflüsterte: „Ich freue mich auf alles, was vor uns liegt und bin ich mir absolut sicher, dass wir zwei unseren Weg finden werden, um viel Zeit zusammen zu verbringen." Er gab ihr einen Kuss und legte seinen Arm um ihre Schultern, als Robert schließlich den Motor startete und das Boot in die Lagune hinaus steuerte, wo die Lichter Venedigs zu ihnen herüberschienen. Vorhin war Lilly gar nicht aufgefallen, wie kalt es inzwischen war und sie hielt den Kragen ihres Mantels am Hals zusammen, um nicht noch mehr zu frieren. Als Ben bemerkte, dass sie ein wenig zitterte, zog er sie enger an sich heran, um sie bestmöglich wärmen zu können. Dankbar schaute Lilly ihn dabei an und wisperte ihm zu: „Danke Dir – vor allem auch, weil du an uns beide geglaubt und um mich gekämpft hast." Er zwinkerte ihr glücklich zu. „Ich habe durch dich etwas ganz Entscheidendes gelernt: Es ist manchmal wichtiger, auf die Entscheidung des Herzens zu hören und habe mir ganz fest vorgenommen, dass ich von nun an, mehr Wert auf dessen Urteilsvermögen legen werde."

Epilog

Einige Wochen später - Weihnachten. Zwei Tage zuvor war Lilly nach London gekommen und hatte es kaum erwarten können, mit Ben durch ihre weihnachtlich erleuchtete Heimatstadt zu bummeln, welche in einigen Straßen wie ein Märchenland wirkte. Schon als Kind hatten sie diese Zeit des Jahres und die zahlreichen bunten und glitzernden Lichter fasziniert. Jetzt wieder diese Pracht erleben zu dürfen, ließ ihr Herz schneller schlagen. Vorbei an den fantasievollen und bunten Schaufensterauslagen spazierten sie die geschäftige Oxford Street entlang, um letzte Besorgungen zu erledigen und machten einen Abstecher durch die Carnaby Street, von deren farbenfrohen Lichtinstallationen scheinbar die halbe Welt angelockt worden war. Spitzbübisch zwinkernd raunte Lilly ihrem Liebsten zu: „Jetzt fühle ich mich direkt heimisch. Hier ist es genau so überfüllt wie zwischen Rialtobrücke und Markusplatz." Ben lachte, legte den Arm um sie und steuerte danach gradewegs auf die Regent Street zu. Wenn ihr das hier schon gefiel, würde sie die dortige Dekoration erst recht lieben. Neugierig ihren Kopf reckend, erblickte sie sodann die aus unzähligen Lichtern bestehenden Engel, die mit ihren Flügeln die ganze Breite der Straße überspannten. Nicht bunt und kreischend, sondern schlicht und elegant. Bei ihrem Anblick erinnerte sie sich an die Weihnachtsfeste ihrer Kindheit. Wunderbare Gefühle, die sie in dieser Art lange schon nicht mehr gespürt hatte, stiegen in ihr auf, als sie jetzt mit Ben, der sie fest umschlungen hielt, auf einer Verkehrsinsel direkt unter den Himmelswesen stand. Still, den vorbeigleitenden Verkehr nicht wahrnehmend verharrte sie dort mit einem kindlichen Strahlen, glücklich, diesen Moment mit Ben teilen zu dürfen. Er hielt sie immer noch im Arm und streichelte ihr liebevoll über den Rücken, während er ihr einen Kuss auf ihr Haar gab. Es bewegte ihn, dass diese Frau, die die ganze Welt bereist und sich fern ab von daheim ein neues Leben

aufgebaut hatte, nicht den Sinn, für diese scheinbaren Kleinigkeiten verloren hatte. Wie ein Kind stand sie da und genoss mit großen Augen die magische Lichterwelt um sich herum. Er liebte sie dafür, dass sie die Fähigkeit zum Staunen noch immer nicht verloren hatte.
Selbst noch ganz gerührt von dem Moment, deutete Ben schließlich in Richtung Piccadilly Circus. Dort hatte er sich in einem Pub mit Sam verabredet. Als sie eintraten, war er bereits da. Die Männer begrüßten sich herzlich und Ben stellte Sam endlich seine Lilly vor. Beide verstanden sich auf Anhieb und die Tatsache, dass Lilly bodenständig genug war und die Vorzüge eines gut gekühlten Bieres zu schätzen wusste, machte sie ihm erst recht sympathisch.

Am darauffolgenden Tag waren die beiden dann hinaus aufs Land zu seinen Eltern gefahren. Er hatte es kaum erwarten können, ihnen endlich seine große Liebe vorzustellen und freute sich schon darauf, das Weihnachtsfest in diesem Jahr sowohl mit Lilly als auch ihnen zu verbringen.
Wie vermutet, waren sein Vater und seine Mutter begeistert von ihr und schlossen sie ebenfalls sofort in ihr Herz. Sie hatten mit Erleichterung festgestellt, wie sich ihr Sohn nach der schweren Zeit, die hinter ihm gelegen hatte, allmählich wieder glücklicher und gelöster gegeben hatte und jetzt da sie den Grund dafür kannten, konnten sie es auch nachvollziehen. Bei Lilly wussten sie ihren Jungen, der er immer für sie bleiben würde, in den allerbesten Händen.

Dann war der Weihnachtstag gekommen und als Ben sich schließlich am frühen Nachmittag in einem dieser dick gepolsterten Ohrensessel wiederfand, die er immer für extrem altmodisch gehalten hatte, musste er zugeben, dass es kaum etwas Bequemeres gab, wenn man sich mit einem viel zu vollen Magen kaum noch rühren konnte. Seiner Mutter hatte es sichtlich Freude bereitet, all die so typischen Leckereien aufzutischen und nicht nur Ben, war großzügig so manch kulinarischer Versuchung erlegen. Er grub in seinen Erinnerungen und versuchte sich daran zu erinnern, wann er tatsächlich zum letzten Mal Weihnachten bei seinen Eltern verbracht hatte. Und dabei ging es ihm nicht um die viel zu kurzen Besuche, bei denen man bisweilen nur rasch Geschenke und Nettigkeiten austauschte, sich versprach, in Zukunft öfters vorbeizuschauen und es dann doch nie einhielt, weil es vermeintlich so viele andere wichtige Dinge gab, die den Vorzug bekamen. Er konnte sich beim besten Willen nicht daran erinnern, aber es musste mit Sicherheit vor seiner Ehe gewesen sein. Diese Ehe, die im zurückliegenden Jahr endlich beendet worden war, nachdem sie sich in der letzten Zeit eher zu einer Farce entwickelt hatte. Zufrieden ließ er dabei das vergangene Jahr Revue passieren, dass ihm eben auch seine Lilly beschert hatte. Seine Schulfreundin, die es geschafft hatte, sich mit ihrer ganz besonderen Art vom ersten Moment an ganz heimlich still und leise in sein Herz zu schleichen. Er hatte bei ihr seit Jahren zum ersten Mal wieder Herzklopfen bekommen; gefühlt in einem ganz besonderen Takt – quasi Herzklopfen auf Venezianisch!

Sein Vater hielt ihm ein Glas Whisky entgegen und riss ihn damit aus seinen Gedanken. „Hier mein Sohn. Cheers auf ein so schönes Weihnachtsfest, wie wir es seit Jahren nicht mehr hatten." Ben spürte die Rührung in der Stimme seines Vaters und musste schlucken. Warum hatte er sich so lange um solche Augenblicke bringen lassen? Er nahm das Glas und prostete seinem Vater zu: „Danke dir, Dad." Mehr war er nicht in der Lage, hervorzubringen und trank einen kleinen Schluck, griff dann nach der Hand seines Vaters, drückte sie ganz fest und sah ihn sichtlich bewegt an.

Erst ein Geräusch aus der Küche konnte diesem emotionalen Moment zwischen Vater und Sohn ein Ende setzten und zog sofort ihre ganze Aufmerksamkeit auf sich. Ein Pfeifton ertönte, begleitet von einem aufgeregten Ausruf seiner Mutter, gefolgt von Lillys ruhiger und sanfter Stimme. Sie hatte – nicht ganz ohne Eigennutz – Bens Eltern eine der typischen Mokkakannen mitgebracht, versehen mit einem ausreichenden Vorrat an venezianischem Kaffee. Gerade erklärte sie seiner Mutter, wie einfach sie von nun an den besten Kaffee kochen konnte, den es in der ganzen Grafschaft gab. Aufgeregt hatte die ältere Dame ihr zugehört und dann, nachdem sie ihn gekostet hatte, zustimmend genickt. Kurz darauf standen die beiden Frauen in der Tür, Lilly trug ein Tablett mit vier Tassen, gefüllt mit dem aromatisch duftenden Getränk und seine Mutter hielt eine Schale mit selbst gebackenen Keksen in der Hand. Nachdem Lilly das Tablett abgesetzt hatte, reichte sie jedem eine Tasse und hockte sich dann auf die Armlehne des Sessels, in dem Ben es sich bequem gemacht hatte und gerade erneut versuchte, sich aufzurichten: es viel ihm immer noch schwer. Liebevoll legte sie ihren Arm um seine Schultern, lehnte sich an ihn und strahlte. „Das sollten wir viel öfter machen.“ Ben nickte stumm und sah dann den glücklichen Ausdruck in den Augen seiner Eltern. Was konnte es Schöneres geben? Lilly und er würden künftig alles dransetztzen, sich nicht noch einmal entzweien zu lassen, weder von irgendwem noch von der Entfernung, die zwischen ihren Wohnorten lag, denn das Gefühl in ihnen war stärker - stärker als alle Hindernisse es jemals sein konnten.

Printed in Poland
by Amazon Fulfillment
Poland Sp. z o.o., Wrocław

84408026R00202